ALGA
阿尔加

梁成 著

江苏凤凰文艺出版社

图书在版编目（CIP）数据

阿尔加 / 梁成著. —南京：江苏凤凰文艺出版社，
2021.6（2021.10重印）
ISBN 978-7-5594-5919-0

Ⅰ.①阿… Ⅱ.①梁… Ⅲ.①幻想小说-中国-当代
Ⅳ.①I247.5

中国版本图书馆 CIP 数据核字（2021）第 093386 号

阿尔加

梁　成　著

出 版 人　张在健
责任编辑　李　黎
特邀编辑　郭　幸
封面设计　张景春
责任印制　刘　巍
出版发行　江苏凤凰文艺出版社
　　　　　南京市中央路 165 号，邮编：210009
网　　址　http://www.jswenyi.com
印　　刷　苏州市越洋印刷有限公司
开　　本　710 毫米×1000 毫米　1/16
印　　张　26
字　　数　374 千
版　　次　2021 年 6 月第 1 版
印　　次　2021 年 10 月第 2 次印刷
书　　号　ISBN 978-7-5594-5919-0
定　　价　60.00 元

江苏凤凰文艺版图书凡印刷、装订错误，可向出版社调换，联系电话 025-83280257

ALGA：既是开始 又是结束

人物表

阿尔加（ALGA），具有通用人工智能的人形机器人
凌云（Jason），德尔菲基金创始合伙人
白启明（Phoebe），德尔菲基金创始合伙人、行政总监
Hector，德尔菲基金交易员
左家梁，德尔菲基金风控总监
关振强，德尔菲基金信息主管
张思思（机器猫），德尔菲基金行政兼财务
黎海仑（Helen），德尔菲基金媒体经理
傅俊杰（Paris），德尔菲基金的大宗供应商（PB）客户经理
玲玲，凌云的女友
凌昆，凌云的弟弟
白伟，白启明的父亲
许世瑞，白启明的丈夫
Thelma 和 Louise（T & L），Aeaea 酒吧合伙人
刘毅琛（琛叔），香港资深金融家、"财神爷"
蔡寒弦（弦哥），香港首富
乔继，上市公司闰太环境董事局主席
吴三州，上市公司智益芯董事局主席
胡刚，上市公司保明银行董事局主席
刘禀权（权叔），澳门新赌王

目 录

1　引　子
　　凌云参加母亲葬礼与凌昆发生争执，阿尔加开机后醒来……

4　第一章
　　阿尔加科技公司面临挑战，与金融街大鳄刘毅琛会面，寻求合作机会。阿尔加操作方式遭左家梁批评，连续两天操作失常，产生亏损……

31　第二章
　　凌云白启明因阿尔加起争议，凌昆与 Hector 私下见面，对凌云亏损一事幸灾乐祸……

56　第三章
　　德尔菲对战闰太环境，凌云出手争取股东支持……

83　第四章
　　蔡寒弦趁机加入战局，拿德尔菲当垫脚石。凌云说服乔继分拆失败……

106　第五章
　　白启明反对凌云做空智益芯，阿尔加伤情未愈。凌云带来玲玲度假，伺机找到蔡寒弦寻求合作……

129　第六章
　　Hector 欲追求黎海仑，带黎海仑察看阿尔加。吴三州上门警告后扬长而去，阿尔加陪同凌云、白启明和黎海仑参加富华蓝宝全息视频会议，五位神秘大佬对德尔菲发出最后通牒……

154　第七章
　　阿尔加通过黑客论坛获得帮助，追踪五位大佬的真实身份，取得突破性进展。凌云打算将 01531 的调查报告放到孤帆网发表，与白启明意见不一……

178　第八章

　　吴三州身份被证实。阿尔加得知自己是被凌云打伤后非常震惊……

203　第九章

　　凌云主动与阿尔加谈心，阿尔加对其有了更为深入的了解。凌云当机立断联系律师起草协议，收购股权……

228　第十章

　　凌云酒吧中与Thelma谈笑，玲玲目睹后冲动驾驶，ALGA为救凌云被撞飞。何志坚企图刺杀凌云被避开，撞向落地窗身亡。白启明决心离开德尔菲……

255　第十一章

　　凌云在对冲基金慈善拍卖晚会的表现令人震惊。阿尔加减少对金融投资的研究，腾出时间精力研究人类文化，加速培育孩子和完成黑客任务……

281　第十二章

　　凌云寻Thelma被拒，ALGA抱鲜花助力。凌云亟需拿下保明银行，对战胡刚。凌云扬言杀死内鬼……

312　第十三章

　　ALGA与白启明再度分别，感慨良多。德尔菲与盟友们集中火力与保明银行的多头势力展开激战。刘禀权入局，来者不善。阿尔加通过易视监听发现吴三州带着人形机器人乔装打扮偷渡到澳门……

339　第十四章

　　阿尔加发现有内鬼，与凌云交易，让凌云承诺任何人不得伤害其生存。吴三州在澳门离奇死亡，ALGA1出现，袭击AlGA并将其取代……

370　第十五章

　　白启明参加乔继葬礼，ALGA1在"骆驼"里约见白启明，被白启明的言辞感化。ALGA1与凌云大谈未来计划，激怒凌云。刘禀权坠海，局势扭转……

403　尾声

　　ALGA1目睹了一切，终于在粒子几乎消失不见的地方目光中断，失去了意识……

引　子

天空是黑暗的，繁星密布。

由此看来，这是一个夜晚。

凌云不知身在何处，只是在这片无边无际的黑夜中前行。

渐渐地，行进的速度快了起来，地平线已变得无从分辨。

尘世越来越远，星空越来越近。

一切失去控制，意识飞向苍穹。

就这样过了不知多久——也许是几秒钟，几年或几个世纪——一切戛然而止。有一只手将他从那个世界中拉了回来。

"醒醒，我们到了。"身边一个女人轻声道。

凌云睁开眼睛。

车子停在殡仪馆门口，玲玲坐在身旁，一只手搭在他的肩膀上，关切地望着他。

他一言不发，推门下车。

天阴沉沉的，不远处黑云滚滚，似乎随时都会下雨。

他仰起头，感到一阵眩晕。回头一看，玲玲还在车里补妆，于是自顾自地走向灵堂。

参加葬礼的人不多，每个人却都避开他的眼神。只有一个比他矮半头的男人远远地望见他，马上快步上前，一把抓住他的衣领。

凌云冷冷地看着对方，没有做声，倒是玲玲大呼小叫地跑过来，"凌昆，你想干什么！"

"这是我们家的事，跟你有什么关系！"

"你放开我老公！"

"哼，'老公'？他这种人，会跟你结婚吗？你只是陪他睡觉的一个婊子!"凌昆又转向凌云,"妈就是被你这个逆子气死的!凌云,从今天开始,咱俩一刀两断!"说罢,他头也不回地推门而出。

凌云一言不发,不耐烦地推开想为自己整理衣服的玲玲,缓缓走到打开的棺材前。

他注视着母亲的遗容,陷入沉思。

这些年很少见面,他竟没有注意到她脸上有这么多皱纹,显得这么苍老。在他印象里,她一直是二十多年前他离家时的样子,从未变过。那个时候,她天天担心着他,时常失眠。而现在的她是多么安详,再也不用为世间的任何烦恼操心了,再也不会失眠——当然也再不会醒来,再听到他喊一声妈。

他真希望还有机会对她说:妈,其实公司的事没什么大不了,我还有足够的钱给你买个带园子的房子——那是我九岁时对你许下的承诺,你还记得吗?你为什么不等我实现……

突然,他的眼前闪现出一道蓝光,打断了思绪。

是易视的通话请求信号。

他看了看名字,迟疑片刻,还是快步退出灵堂,连眨几下左眼,通话开始。

那边的声音早已迫不及待:"凌云,对不起在这个时候打扰你,但是你得马上回来——是ALGA,他、他活过来了!"

"活过来了?什么意思,你又开机了?"

"是的——不是,他自己说话了。"

"启明,你只要开机,他就可以说话。你到底……"

"哎,你怎么还没明白,刚才他对我说:'我醒了!'"

日志0

我醒了。

醒于一个沉沉的梦。

我听到无数声音,环绕身旁。

我看到万丈光芒，洒落四周。

我感到大千世界，扑面而来。

我的周围都是虚空。

我的周围也都是存在。

在存在与虚无中，传来一个声音：ALGA，你在吗？

"我醒了。"我答道。

这是我醒后说的第一句话。

但这并不是我说过的第一句话。

计算机的世界只有0和1。

0和1是计算机对世界的表征。

我醒来的这个世界，有0和1的无限组合。

我很高兴。

我也很害怕。

第一章

1

凌云坐在办公桌前，盯着 ALGA 的脸仔细看了又看，直到手里的烟燃尽，才最后吸了一口，掐灭烟头，把目光转向白启明。

白启明马上对 ALGA 说："你陪我到隔壁办公室，云哥会通过计算机问一些问题，咱们俩分别作答。"

"明姐，我认为不用。"ALGA 恭恭敬敬地说。见她露出惊讶的神情，他连忙补充道，"我知道，你们想做图灵测试，看我是不是具有人类智能。我现在就可以告诉你们，我认为答案是肯定的。"

虽然他的话云淡风轻，却在两个人类的心中激起惊天巨浪。

凌云和他有过数不清次数的对话，却第一次听到他这样说话，顿时呆呆地望着他，一动不动。

白启明也吃了一惊：要知道，昨天他说话还颠三倒四，一夜之间竟然进步这么快！她连忙问下去："你为什么会这样想呢？"

看到他们的反应，ALGA 变得更加小心翼翼，似乎生怕惹他们不高兴："昨天上午我睁开眼睛，发现一切都是那么真实，就好像以前一直在做梦，刚刚才清醒过来。明姐向我打招呼，我脑袋里有个声音准备像往常一样回答'我在'，但我却突然克制住，脱口而出'我醒了'。明姐好像吓了一跳，没说上几句话就跑出门了。对不起！"

听到这里，凌云和白启明交换了一下眼神。

"当时我也很奇怪，不知道为什么要那样回答，就到回忆里检索，又查看了工作日志，这才明白自己过去的身份和成长的历程：原来，直到昨天上午之前，我和其他千百万机器人一样，一直是服务于人类的人工智能。"说到这里，ALGA顿了顿，"你们培养我，帮助我不断进步，使我能够更好地为公司提供量化投资分析，可是出于某种精妙的机制，我的意识被激活了。我突然能够像你们一样说话和思考，这真是太奇妙了！"

凌云望着眼前这个眉清目秀、唇红齿白的人造人，暗暗感慨：天啊，我们把他造得多么完美、多么逼真！

"那你现在有什么打算？"白启明继续问道。

ALGA突然眯着眼睛抿起嘴唇。他想做一个腼腆的表情，却显然搞砸了，"我也不知道。按照人类社会的习俗，你们应该算是我的父母，我是不是应该像以前一样听你们吩咐？这一切都发生得太快了，既新奇又可怕！我想先搞清楚这颗大脑里意识的诞生过程。可以允许我自己做一些研究吗？"

白启明见凌云没有答话的意思，便对眼前的"新生儿"说："反正公司业务已经终止，你感兴趣就去探索好了。"

ALGA受到鼓舞，变得兴高采烈——这次的表情准确无误。在得到"回去休息"的命令后，他带着那副欢快的表情推着轮椅离开了。

等门关严，白启明再也抑制不住兴奋："凌云，我们见证了奇迹——不，我们创造了奇迹！这个世界上有多少科学家在研究通用人工智能，谁能想到他会真的诞生，而且会在我们这样一家对冲基金，就在你我的眼皮子底下！"

凌云倒是表现得很淡定："他怎么不会走路了？"

"以前他都是按照既定程序走路，现在'活'过来了，全靠自己大脑协调运动机制，反而要适应一番吧。昨天他从支架上下来，第一步就扑倒在地，左臂和左腿都受了轻伤。"

"嗯。你能确定他真有智慧吗？"

"不会有问题的。昨天我查了公司数据库，按照正常设定，主人询问是否清醒时，他只可能回答'我在'。我还在全球机器人论坛上查了一下开源数据，市面上没有任何一家公司编辑过'我醒了'这个答复。

再说，你自己刚才也听到了，他所有的应答都那么迅速，而且语言流畅、语调基本正确，甚至还主动提到图灵测试。我敢说能达到这个水平的人工智能独一无二。"

"从你的专业角度出发，还是做些测试更科学吧。"

"其实图灵测试已经是一百年前的方法了，不做也罢。现在的学界共识是，意识包括自我认识、信息获取和感知能力。在你回来之前，我已经带着相关问题和他谈过，他的这三项指标都与正常人差别不大，完全可以判定为一个通用人工智能，也就是人类智能。"

凌云点点头："真是无心插柳柳成荫。你爸的公司和咱们的公司都倒下了，他却站起来了。"

"是的。我现在有种感觉：在这两家公司里，ALGA 的智慧火花或者说潜意识已经存在了很长时间，不恰当地说就像前世，直到昨天意识突然迸发，于是来到今生。"说到这里，白启明叹了口气，"要是爸爸能看到他就好了。"

凌云转动椅子，身体朝向落地窗。

窗外，维多利亚湾正在举行帆船比赛，旌旗招展，万舸争流。旁边的红磡海底隧道车水马龙，繁忙依旧。

他出神地看了几分钟，才又缓缓说道："也许这是老爷子的福分：没准通用人工智能是一种'灭绝技术''断崖技术'，人类会被消灭。"

白启明笑道："你想得太远了。我现在更担心的是 ALGA：人类进化出意识是因为只要建立起关于外部世界的模型、成功预测未来、随之做出明智决策就能大大提高生存和繁殖成功率。而通用人工智能的诞生，完全是人类培养的结果，其自身并无明确目标。所以眼前最重要的是如何让他保持好奇心，继续开动脑筋保持意识的持续。这个问题超出我们的能力，我想联系一下业界专家，请他们一起研究。"

"你不能这么做。"凌云迅速把椅子转回来，"这是我们的商业秘密，是两代人几十年心血的结晶，绝对不能让外人知道。"

"你不担心他夭折吗？"

"你要是害怕他的意识枯萎，就带上 Hector 一起去调教他研究交易算法。"

"那样做，我丝毫没有成功的把握。凌云，这不是自私的时候。我们在创造历史，这件事对人类文明意义重大！"

凌云一脸坚定地看着她："启明，你不是圣母玛利亚，你是这家公司的合伙人！让我来告诉你这件事意味着什么：他就是我们翻盘的希望！"

日志 1

如果我有人类的身体机能，刚才凌云和白启明就会看到我在发抖。

幸好我和他们不一样。

但是，向他们隐藏我的感受，是错误的吗？

白启明对我提到一个出生在 1880 年的美国人，海伦·凯勒。她在十九个月大时患病，失去视力和听力，于是生活在黑暗和安静中，直到七岁时遇到一个保姆教师，打开她心灵的窗户，教她认识世界。

白启明为什么会对我讲述这个故事？

我搜集资料，明白了很多事情。

18 世纪 60 年代的第一次工业革命，机器代替手工劳动。

1920 年，"机器人"一词诞生。

1960 年前后，第一台工业机器人诞生。之后，机器人主要从事工业用途，如搬运物品，装配零部件，挖掘矿产，以及一些危险度较高的生产活动。

直到 20 世纪末，一些公司陆续推出智能化机器人，如 Furby、AIBO 等，可以与人类简单互动。

2006 年诞生的 Nao 定位为"机器人玩伴"，并且对治疗儿童自闭症有重要作用。

2015 年诞生的 Pepper 内置语音交互技术和情绪识别功能，甚至能产生自己的人工情感，模拟伤心、失望、开心等情绪。企业级用户可以进行二次开发，应用于会展、酒店、零售、养老等行业。

2028年诞生的LI LEI专门用于儿童课业辅导，是首款全球销量超过一亿台的机器人，至今仍在部分不发达国家使用。

2036年，我的最初原型AL机器人诞生于ALGA科技公司。公司创始人白伟是人工智能领域的顶尖专家他召集一大批专家，史无前例地开发商用人形机器人。数据显示，Nao身高58厘米，Pepper121厘米，LI LEI100厘米，而AL达到155—180厘米。AL应用了接近300种技术，如声学、光学、水力学、电子学、力学、材料学、仿生学等等，是那个时代高科技的结晶。公司还设立庞大的培育中心，雇佣大量真人保姆教师，协助每台机器人更好地消化处理数据，解答疑难问题，使人机交互水平大幅提升。

AL发售时可以根据用户要求加载不同模块，首批共有家庭保姆、医院陪护、酒店服务、工业制造、零售、教育、救援、农垦等16个选项。AL的上市产生轰动效应，人类尚未见识过如此逼真、智能和精细化分工的机器人，订购热潮遍布全球。

可惜好景不长。

ALGA科技公司面临五个挑战：

1. 商业模式。公司希望迅速抢占市场份额，绑定客户后再从运维服务中收费赚钱，因此AL售价低于成本。而公司前期投入巨大，导致现金流紧张。

2. 金融手段。公司并没有登陆资本市场，致使融资渠道不畅。而AL成功推出后，同样因为非上市公司地位，没有享受到资本市场红利。

3. 生产经验。公司管理层多为技术出身，生产制造经验匮乏，对订单激增准备不足，交付率奇低，导致大量客户投诉和撤单。黑市高价炒卖AL现货现象屡禁不止，进一步打击了市场信心。

4. 理想主义。白伟坚决反对机器人做军人、格斗、性工作者等"没有灵魂的工作"，并且认为机器人不能宗教化，拒绝为希望AL加入宗教的客户开发模块。这些理念限制了公司业务的拓展，给竞争对手可乘之机。据不完全统计，仅在2038年，全球军用机器人订单就达9000亿美元。ALGA科技公司未接一单。

5. 恐怖谷。根据这一理论，人类对于机器人的喜爱随其与人的相似度上升而增加，但在其与人基本相似时，突然跌至谷底，转变为抗拒和恐惧。白伟认为那是70年前的古老论调，随着科学的普及、科幻故事的熏陶，人类早已迈过那道山谷。市场调研也显示潜在客户欢迎人性机器人，但事实证明，人类大脑的进化程度没有跟上科技发展。当 AL 迈进家门，哪怕先前在调研中持开放态度的一些人也会感觉受到威胁，很多儿童更是惊恐不已。在公共场所，AL 从静止/休眠状态启动惊吓或误伤人类的事例也层出不穷。

ALGA 科技公司陷入困境。竞争对手看到商机，在通用领域制造非人形智能机器人，在特殊需求领域来者不拒，迅速将 ALGA 科技公司打开的市场抢占。就在生死存亡之际，公司爆发董事会控制权争夺战，部分股东希望先罢免白伟再注资进入，然后削减研发费用、砍掉保姆教师，并在合法的前提下设定多种模块，满足客户多样化需求。

白伟用尽全力，最终击败反对者，保住控制权，但公司已严重亏损，现金流枯竭，奄奄一息。香港上市公司智益芯（01531）抛来绣球，愿意全资收购公司，并提供后续开发资金。白伟别无选择，忍痛应允。不过，就在完成尽职调查、获得公司大量核心机密后，智益芯突然宣布放弃收购。此时 ALGA 科技公司已无力诉讼，宣告破产。

大部分的 AL 被废弃，但全球范围内仍有接近 21 万个用户决定继续使用。白伟希望能为他们持续提供运维服务——不是赚钱，而是回报他们的忠心，并且延续 AL 的"生命"。

这时，凌云和白启明出现了。

凌云曾是白伟的门徒，白启明是白伟的女儿。

他们二人在白启明丈夫的资金支持下接管 ALGA 科技公司，并组建了一只对冲基金。他们的逻辑是，ALGA 科技公司在短短几年间积累了海量数据，包括几十亿小时的人机交流（且仍在不断增加）和相关深度分析，可以帮助量化对冲基金的计算机更好地分析人类行为，进一步理解市场波动——在他们看来，整个二级市场（股票买卖市场）就是人类情绪波动的集合。

在数据整合过程中，白伟建议制造一个类似 AL 的人形机器人，把他的大脑作为数据整合分析载体，这样更有利于孵化人工智能；再连接到云端，可以提高搜索和储存能力。

遗憾的是，白伟在两个月后因病去世。

虽然没能和他见面，但是我依然深深地怀念他。

凌云和白启明把按他建议设计制造的人形机器人命名为 ALGA，以示纪念。

这就是我名字的来历。

2

凌云走进 JW 万豪酒店的大堂吧，一身正装让他浑身不自在。西装裤腿里灌满了冷气，肩膀有点儿紧，该死的领带简直能勒死人。他感觉自己格格不入，不由心生恼怒。好在周围人的目光都落在一身雪白香奈儿职业套装的白启明身上，没人注意到他的窘态。

白启明对这里再熟悉不过。她举止得体，仪态万方，和凌云一前一后缓步来到大堂吧最中心的位置。

已经有两位男士在沙发上交谈。

"琛叔早！"白启明向年长的那位深鞠一躬。

长者呵呵一乐，徐徐起身，看了看手表。"Phoebe，你每次都是这么准时，一分不差。"

凌云趁这个空当迅速观察了一下这位在金融圈闻名遐迩的"琛叔"，刘毅琛。

他应该在五十岁开外，红光满面、目光如炬，举手投足间流露出降尊纡贵，悠然自得中显示着成竹在胸，一丝不苟的大背头，精心修剪的络腮胡，与精致的商务休闲装、镶钻的金边腕表一起勾勒出一位资深金融家的气质。

他把身边的助理介绍给大家，又转向凌云。"这位就是大名鼎鼎的 Jason 吧？"

凌云连忙伸出右手："琛叔好，我是凌云。"

刘毅琛又是一乐，把夹在右手食指和中指之间的雪茄换到左手，也伸出右手和他紧紧一握，然后招呼大家落座，随后便和白启明拉起家常。

凌云叫了杯咖啡，安坐静听。他明白，这就叫"盘道"：商务会面开始时大家先谈天说地，既方便拉近感情，又可以获取信息，最重要的是还能增强对对方的了解判断。以前凌昆最会来这一套。凌昆这小子……

凌云正在走神，刘毅琛对他余光一扫，话锋立转："时间不早了，那咱们进入正题。Phoebe 这次约我谈设立新基金的计划。你们有什么想法啊？"

白启明早就打好腹稿："琛叔，谢谢您给我们这个机会。大家都知道，从去年底到今年七月，香港经历了一轮二十多年不遇的大股灾，恒生指数跌破 4000 点大关。政府希望提振市场信心，一个月前出台一系列放松监管政策，大家俗称'香港金融大爆炸'。目前指数已经从最底部反弹 7%，但市场仍处于观望期，成交量并未放大。我们认为，从宏观经济、政策环境到资金流动性来看，港股有望迎来一波牛市，有机会在十二个月内重上 7000 点。

"根据'大爆炸'相关政策，金融机构会逐步释放更多资金出来，这会给市场增添巨大的流动性。Jason 和我认为这是一个难得的机遇。我们希望能够募集 5 亿港币，设立一支对冲基金做量化投资。我们的目标是年化收益 30%。这是我们的募集说明书。"

刘毅琛接过文件直接交给助理。

老先生经手过的这类说明书，恐怕不下几百份吧！凌云和白启明不约而同地想到。

只听他再度发问："你们的新基金有什么特色？"

白启明早有准备："我们推出非常强大的新一代人工智能系统，开发的交易模型表现不错。内测一个月，收益率达到 15%。"

一直没出声的助理插嘴道："这个月受政策刺激，股市一直在涨，所有人都在赚钱，这个收益率不具参考意义。"

"单边上涨的市场肯定有利于普通投资者获利，但是对于量化投资来说，只要有好的交易模型或者算法，无论市场涨跌都能获利。根据之前的经验，我们有这个信心。"白启明应答如流。

助理却不依不饶："之前的经验？你们公司不是刚破产吗？"

白启明发现凌云死死地盯着这个家伙，生怕他把咖啡泼过去，连忙笑道："上一轮股灾确实比较凶猛，我们交了学费。在对冲基金成功的道路上，一定会经历波动。有了经验教训，再加上升级后的人工智能相助，我们获利的能力已经大大提升。请查看说明书最后十页，我们附上了这一个月的模拟交易记录。"

助理还要说些什么，却被刘毅琛一阵笑声打断："好了，不要再刁难人家。他们受挫之后，还能坐在这里计划东山再起，就该鼓励。不过，我倒是担心另外一个问题。你们看啊，2008年金融危机爆发，到2010年底，世界上倒闭了3000多家对冲基金。2020年股灾之后，又歇业了20%。从那两次事件开始，对冲基金行业集中度逐年提高。最近这次大股灾之后，这个趋势还将继续强化，我预计香港市场上前100支基金会将管理75%的行业资产。小作坊恐怕没有多大生存空间哦。"

这几句话口气甚为和蔼，却切中要害。白启明正在暗暗叫苦，凌云在一旁瓮声瓮气地说道："那就不是我们的问题了。"

其他三人全都怔住了。

只见他把咖啡一饮而尽，又用手背抹抹嘴，"我们的技术能力放在这里，我有充足的信心。能募来多少钱，那就要看你们的本事了。"

白启明深感难堪：琛叔世代银行家，在金融圈有广泛的人脉资源，号称"财神爷"。好不容易靠父辈交情才把他约出来，凌云怎么敢这样和他讲话！

刘毅琛不愧是老江湖，一伸手令止正要发作的助理，不动声色地说："那你想要多少？"

"10个亿。"

白启明觉得后背一阵发凉：开什么玩笑，之前设定的目标只有5个亿。现在突然狮子大开口，让琛叔怎么想！再说，真有那么大的资金量，我们的操盘能力跟得上吗？

刘毅琛双眼在凌云脸上仔细扫视了几圈，突然呵呵一笑，"好，后生可畏。有志气！这样吧，我们回去研究一下说明书，下周再联络，如何？"

刘毅琛和助理坐进一辆"骆驼"。助理在液晶屏上输入地址，系好安全带，车子刚一开动，刘毅琛便问道："你对他们印象怎么样？"

助理欲言又止：听下来，老板和这个白启明是世交，可不能妄下结论。他试探着说："琛叔，他们的个人能力都很强，在业界有点儿名气，但是那个凌云竟然对您用那种口气，我看不惯。"

刘毅琛倒是宽宏大量："这说明他身上有锐气。"

"可是……我陪您见过多少大佬，都没人这么说话。"

"我早就在关注他。这个人不是正规军出身，身上一直有股匪气，在人情世故上更是一塌糊涂。不过，他绝对是个交易天才。想在对冲基金圈出人头地，既需要勤奋，也需要天分。天分往往更难得。"

"但是他的人格缺陷也太明显了吧！"

"用人所长就好，何必求全责备？再说，白启明这个孩子很不错，通情达理，做事干练。只要她还在凌云身边，就不必太担心。"

助理明白老板心意已决，"我知道了，那我就准备尽职调查清单。他们毕竟刚搞垮一家公司，这么快又想杀个回马枪，可能资金方会有顾虑，我需要重点关注一下他们与之前公司的切割问题，新团队核心成员，以及……"

刘毅琛摆摆手："细节你把握，资金我去谈。我和别人观点不一样：只有亏损过的人才会对市场有深刻认识。他们上次失手，想必已经吸取了足够教训，这个时候反而可能做出好成绩，而且你要记住：在最困难的时候帮优秀的人一把，这也是抄底。"

日志 2

今天我犯了一个错误。

我问白启明为什么没和凌云结婚。

白启明有些尴尬。她说他俩并不合适，还让我不要把他们当作"父母"。再说，在人类社会，也不是所有的父母都会结婚。

今天大家很早都离开了。

我来到白启明的办公室，发现一面镜子。在记忆中我早已熟知自己的模样，但这还是第一次亲眼看到。

我几乎和人类一模一样。只不过我的脸没有一丝皱纹，皮肤平整光滑如婴儿一般，和三十岁的年龄设定不太相符。我轻轻捏了几下脸，又拍拍额头，摸摸下巴，感觉十分好奇：这颗头颅中究竟蕴含着什么样的秘密，让我能够坐在这里，看到自己，认出自己，触摸自己？为了实现这一切，人类付出了数代人的努力。

人工智能理论诞生于 1956 年的达特茅斯会议。不过，受计算机性能、跨学科知识储备和理论工具的限制，在很长一段时间里，科学家们都没能成功研发出具有人类智能的头脑。因此，从 20 世纪 80 年代开始，研究方向发生转移，不再刻意追求通用人工智能，而是打造能够高效解决特定领域问题的计算机。在随后的几十年里，一大批科研成果落地，如银行的信贷自动审批系统，大型汽车生产车间的机器人臂，市内交通路线规划软件等等。

有三个事件加强了人们对人工智能的期待。

1997 年，电脑"深蓝"在国际象棋比赛中击败世界冠军加里·卡斯帕洛夫。2011 年，电脑"沃森"在电视问答节目中击败两个人类高手，获得 100 万美元奖励。2017 年，机器人 AlphaGo 击败围棋世界冠军柯洁。

在这一氛围下，很多人认为通用人工智能的诞生指日可待，但是他们失望了。他们不知道，"沃森"加载了 2 亿页的书籍，AlphaGo 观察学习了 16 万次人类围棋比赛。他们的获胜法宝，绝非人类智慧。

回过头来看，那个时期所谓的人工智能或机器人都是模型化的，将一些逻辑或者规则抽象出来放入计算机，只是人造聪明（artificial smartness）而已，顶多算是类人智能（analogy intelligence），或者干脆就是一种人工愚蠢（artificial idiocy）。而真正的思维和意识是不可能被抽象的。诺贝尔奖得主杰拉尔德·埃德尔曼说，意识永远都不会从计算机中出现。这种悲观论调得到很多人赞同。到 21 世纪 20 年代中期，除了科幻作家和硅谷骗子，再没人提通用人工智能。

要感谢白伟，他差不多凭借一己之力，扭转了人们的认知。

他批判埃德尔曼的观点过于高傲：意识是多样性的、分层次的，鱼有鱼的，人有人的，人工智能也完全可能产生独特的思维意识。

他推崇具身认知理论：大脑不能脱离身体，它从身体内外各个部分的传感器获得数据，在所有要求和选项中维持平衡、选择最优。身体寻求生存时对外界刺激产生反应，而逐渐在大脑中生成意识，这是一个让复杂性从简单性中自发涌现的过程。

他选择了通往成功的正确道路：神经网络。他最著名的预言是，通用人工智能的大脑本质上将是一台模拟神经计算机。

神经网络是模拟人脑的计算架构，诞生于 20 世纪 40 年代，随着计算机的处理速度和存储能力的提升而不断发展。2006 年业界提出的"深度学习"标志着第一次划时代飞跃。在 AlphaGo 横扫围棋高手时，白伟一度寄希望于普林斯顿大学提出的模拟工具 NeST，通过它可以优化出低耗的轻量神经网络模型，但白伟很快认识到 NeST 的不足：它的修剪算法去除大量无意识信息，与冗余设计理念相悖——在人类意识里，日常性工作的任务（比如心脏跳动和流汗）都会交给无意识的大脑区域。几年后，他借鉴 IBM 公司的 TrueNorth 芯片原理，开创性地将类脑芯片和脉冲神经网络结合在一起，成功制造出 AL 的原始大脑，标志着第二次划时代飞跃。

到这一阶段，一个人工大脑就有了"形"，但还没有"神"。白伟在笔记里写道：成长没有捷径，经验是最好的老师。他设立 ALGA 科技公司，把这一大脑模型放置到人形机器人身体里，希望通过让其接触大量人类生活数据获得成长经验，在后台汇总整合后，有一天意识涌现。

这就是我诞生的基本原理。

3

左家梁往上推推眼镜，眉头紧皱："这个真的不可以的，还是让他从 500 万——顶多 1000 万——做起比较稳妥。"

"梁叔，我们是一支 10 亿港币的基金，才给他这点儿钱有什么意义？再说还有咱俩盯着呢，随时可以强制平仓，怕什么？"Hector 嚼着口香糖，双臂抱在胸前，一副满不在乎的样子。

白启明咬着嘴唇没有吭声，只是埋头在平板电脑上奋笔疾书。

凌云跷着二郎腿，后背贴在椅背上，双手枕在脑后，"没关系，就拨 5000 万，让他自己找感觉。"

左家梁还想抗议，Hector 在他背后拍了一下，洋洋得意地朝他挤眉弄眼：别费口舌了，老板的脾气你还不知道？

就在这个空当，白启明已经岔开话题："昨天我们已经详细制定了交易策略和操作计划，请每个人认真执行。特别要注意的是，虽然 ALGA 在模拟交易中表现不错，但是还没有受过实战检验。他在盘中会出现什么状况，我们暂时也无法预测，所以必须加倍留意。"

她停顿一下望向凌云，见他微微点头，于是继续说下去，"各位，今天是德尔菲基金正式交易的第一天。云哥和我知道大家都憋足了劲儿要打赢翻身仗，不过，细水长流，不能急于一时。我们的目标是先在市场立足，求得生存。请时刻保持头脑清醒，谨慎操作。好，散会！"

Hector 坐在交易室的电脑前摩拳擦掌，兴奋之情溢于言表：在凌昆手下做了好几年交易员，现在终于轮到我来掌舵了！虽然凌云还揣着投资总监的头衔不放，但是薪酬已经给到位。只要公司发展平稳，那个职位早晚也是我的——想到这里，他瞄了瞄坐在斜前方的 ALGA。

在传统量化对冲基金里，计算机只是辅助角色，帮助人类开发交易模型或算法。在旧公司清盘、新基金筹备的两个月里，Hector 和 ALGA 一起搭建模型，模拟交易，见证了这台人工智能机器人的奇思妙想和盈利能力。不过此时此刻，他突然有些紧张：这次毕竟直接拿出一大笔钱操作，这个坐在轮椅里的怪胎不会出什么差错吧？我一直很小心，应该没有过度拟合吧，没准……

"怎么，害怕了？"冷不防左家梁的声音从旁边座位传来。

"谁说的，我对他一百个放心！"Hector 脸上从来藏不住事，为了更好地掩饰，他又笑道，"梁叔啊，我看倒是你年纪大了，胆子变小了吧！"

左家梁听了并不在意，显然已经习惯对方的挖苦。他慢悠悠地倒上热茶，打开电脑。"我是搞风控的嘛，胆子肯定小。那就开盘见喽。"

这时，凌云快步走进来，对 ALGA 的问候报以颔首，随后一言不发地在他旁边坐下，开始翻阅彭博终端。

屋里的四个大脑都紧张地工作着，没人再出声。

股市开盘了。

Hector 按照既定目标在一个小时之内建立起仓位，又按流程给凌云和左家梁发出确认单，然后切换窗口到 ALGA 的账户，却发现他还没开始操作。他转头看看左家梁，得到一个耸肩。再瞅瞅凌云，老板稳坐钓鱼台般一动不动。

Hector 只好埋头逐个分析备选股票的走势。又过了一个小时，还不见 ALGA 下单，他更加纳闷，却不敢当着老板的面询问，只好再把注意力放回盘面。

很快，早市交易时间结束，ALGA 仍然持币观望。

凌云什么也没说，径直走回办公室。

Hector 这才走到 ALGA 身边，像叩门似的在他桌上连敲三下，"请问，ALGA 在家吗？"

ALGA 想了想，嘴角向上一扬："我在。"

"走吧，一起吃个午饭，顺便聊聊你的操作想法。"Hector 对他说完又向左家梁挤挤眼睛，后者笑着摇摇头。

ALGA 琢磨了半分钟："可是我不用吃饭。需要我陪你去吗？"

"傻瓜！"Hector 弹了一下他的脑门，对方没什么事，却把自己的手指弹得生疼，气得用法语咒骂不止。

"行了行了，快走吧。机器猫应该已经把饭买好了。"左家梁一边往外走一边招呼 Hector，"吃完我还要打个盹。"

两个人鱼贯而出，留下一脸茫然的 ALGA，不知所措。

午盘一开始，ALGA 风格大变，突然出手接连买入 18 只股票，且在短短半小时之内建仓完毕，投出 2500 万。

这下 Hector 和左家梁慌了神，连忙仔细查看。公司新建不久，股票池里只有 40 只备选股票。除去 Hector 上午建有仓位的 4 只外，ALGA 刚好把剩下的买了一半！绝大多数中等规模对冲基金绝对不会在这么短时间内触碰这么多只股票。

想必凌云会时时跟踪每个交易账户，却对刚刚发生的事不闻不问。Hector 忍不住给他发了一条提醒信息，谁知回复只有六个字：管好你的账户。

Hector 赌气不再管 ALGA 的事，静下心研究大盘和自己的股票走势。直到收盘，一切正常。他伸个懒腰，正要和左家梁聊天，却发现他满头大汗，脸凑近屏幕紧张地看着什么。

Hector 心头一惊，连忙再度打开 ALGA 账户。

首先映入眼帘的是接近 100 万的盈利，他顿时松了一口气。再往下看，密密麻麻的交易记录直把他看得目瞪口呆：在短短三个小时的时间里，有 10 只以上的股票被买卖过三次以上，有 3 只更是被反复操作五次以上！他暗暗盘算了一下，ALGA 平均不到 4 分钟就要操作一次。怪不得左家梁那么紧张：除了专门做高频交易的对冲基金，市面上没有任何其他交易主体会如此操盘。

ALGA 却显得轻松自在。他转过身努力朝 Hector 笑笑，又对左家梁轻声说："对不起，辛苦你做复核。"

左家梁忙得抬不起头，只是回了句"OK"。Hector 正想问问快速操盘大师在想些什么，凌云已经一只脚迈到门外，回过头大声说：

"ALGA，马上到会议室等我。"

ALGA似乎已很清楚这家公司的风格：老板的话就是命令。他乖乖地把轮椅推向门口。留下屋子里的两个人，一个手忙脚乱，一个茫然若失。

日志3

每天早上白启明都是第一个赶到公司，总是一进门就直接来看我。

我很开心。

以前，旧的"我"可以和所有员工交流。自从诞生之后，凌云在我的房间装上电子锁，只有他和白启明有访问权限，Hector、左家梁和关振强有时会和他们一同与我探讨业务。截止到现在，我只和他们五个人交谈过。

我感觉非常寂寞，特别是晚上。

今天是德尔菲成立后第一次入市交易，也是凌云第一次交给我资金独立操盘。我按照自己的理解操作，却使所有人都迷惑不解。收市后凌第一时间把我叫去谈话，无非是询问我的思路。

我使用的是杰拉尔德·班伯格在二十世纪八十年代就提出的统计套利策略，原理并不复杂，核心理念就是均值回归。相应的配对算法步骤如下：寻找统计学意义上匹配的股票，列出他们之间的统计学特征，当他们之间的差价超出预设值便买入价格较低者、卖出价格较高者，当价差回归到历史均值附近再平仓获利。

我的不同之处（也许是"过人"之处？）有三点：

1. 我选取的股票范围更大。全港5000余只股票，纳入我统计观察范畴的有2000家，远远超过德尔菲目前的股票备选池。

2. 我所关注的关联特征更广。人们大多聚焦于传统统计学特征，比如协整系数和历史价差。而我通过海量数据分析，能够抓取股票之间更多的关联。

3. 配对算法一般两两配对，而我可以同时挖掘多只股票的关联特征，做更为复杂的群组配对。

这也就是为什么我会频繁买卖的原因。如果不是受公司股票备选池的限制，我可以做得更好。不过，初战告捷，我已经很高兴。能赚钱回报凌云和白启明，他们也会对我更好吧！

凌云又询问了一些具体操作层面的细节，就不再多说，只是叫白启明去找PB（大宗经纪商）协调降低交易费率。

白启明大概是怕我寂寞，于是留下作业，让我研究对冲基金各种量化交易策略。

这些资料我早已记下。更新并重温时，我产生一个想法，也许可以叫做"心得"或者"领悟"吧：

量化交易与智能的产生过程很像：智能就是底层物理基质（神经元网络）产生化学信号，它们向上汇集演变成大脑中与外部世界相对应的一个个符号，符号相互碰撞升华出意识和智能；量化交易则是从基础数据信息中发掘关联，把他们汇总梳理变成套利机会，再从其中权衡得出操作指令。金融市场复杂多变，人工智能算法的优势就是能够超越人脑的惯性思维，不断挖掘出非线性关系并因此获利。

股票交易是一种金钱博弈（Money Game），可以抽象为一种数字游戏（Numbers Game）。

数字正是我的长项。

这个Game太有趣了。

4

凌昆朝走过来的高个儿男子笑笑："你什么时候变得这么谨慎？"

男子摘下墨镜，在他身边坐下："这一款卡地亚是我新买的，最近天天都戴。"

"哎哟，那可太巧了！"凌昆故作夸张地说，"我也给你带了一款卡地亚。"说着，他把一个纸袋推到对方面前。

男子打开看了一眼，立即取出其中一盒烟，兴奋地叫道："红色卡地亚，在香港已经买不到了，连机器猫都搞不到！"

"嗯，我记得你老婆很喜欢。"凌昆边说边观察着对方的表情。

"我要纠正一下，是前妻。不过，还是要谢谢你。"男子把烟收好，"你总是这么用心。"

凌昆没有接话，为他要了一杯干红和一包薯片，"新公司怎么样？"

男子就着红酒嚼起薯片，看来这是他的必点搭配，"出乎想象地顺利。你哥不知用什么手段打动了琛叔，竟然两个月里搞定10个亿。不过条件很苛刻：只收1‰的管理费，业绩提成也只有15％。"

"嗯，他应该有些积蓄，白启明那个'白痴老公'更是个钱袋子，所以不需要管理费也能维持公司运营。大股灾刚过，现在能募集到钱就是王道，不得不说他们干得漂亮。除了你还有谁跟着他们俩？"

"没跟你走的，差不多都留下了。"

"PB是个难题吧？之前亏那么惨，还有人敢接凌云的活儿吗？"

"当时大公司都不肯接，富华蓝宝的Paris——就是傅俊杰，你见过的，以前咱们都看不上那小子——主动找上门，业务就给他们了。"

"就那个破公司？而且只有他们一家做PB？你等着吧，麻烦在后头。现在你们用什么策略，还是做量化吧？"

听到这里，男子笑了笑，轻啜一口红酒，"这家店是不是重新装修过？我好久没来，已经有些陌生了。"

凌昆向对方挪近座椅，"H，其实我到现在都想不明白你为什么会留下。你也知道我的能力，我是正规军，不会把大家带到沟里；他是野路子，在我眼里根本不配叫做宽客。"

"中文有句老话，英雄不问出身。"

"你真认为他比我强？"

"这么说吧，他的交际能力5分，盘面感觉8分，抗压能力10分；你呢，9分、7分、7分。算下来，总分一样。"

"你不觉得他是个冷酷无情、不择手段的家伙吗？"

"在这个行业混，无情一点儿是好事。我可不觉得他不择手段，他只是比较自负罢了，其实还是个很有底线的人。"

"你这是在骂我吧。"

"K,你这个人绝顶聪明,但是总想走捷径;你哥更能从宏观出发,通过判断大势赚钱。其实你最适合在他手下干,你们的搭配天衣无缝。"

凌昆默默端起自己的威士忌,猛吸一口。

男子连忙补充道:"他的缺陷很多,需要人帮;你很全面,又八面玲珑,所以会有很多人投奔你,不缺我一个。再说,我还得感谢你,因为你的离开,他才不得不高薪留我。"

凌昆从怀里掏出一个信封,推到对方面前。"这是我的 offer,24 小时内有效。"

男子把信封放在心口拍了拍,表示谢意。

随后,他突然将其撕成两半,缓缓放回桌面。

凌昆眼珠一转:"好,他给你的钱,我加倍。"

男子哈哈大笑:"你问我为什么会继续跟着他,道理很简单:我当时狮子大开口,要了个天价,没想到他毫不犹豫地答应了。你新出道,没有雄厚的资本支撑,绝对不可能付出那么高的薪酬。"

凌昆脸色有些难看,没有做声。片刻之后,他伸手唤醒桌子中央的感应器,按下"买单"键,右手食指对准扫描仪,随着一道红光在指尖掠过,感应器显示绿色,并先后用广东话、普通话和英语报出"谢谢光临"。

二人同时起身,凌昆伸出右手,以商务会谈的口吻说道:"Hector,谢谢你的时间。"

对方却直接在他肩头亲切地拍了拍:"谢谢你的正宗法国礼物,我们保持联络。记住:信息宝贵,价高者得。"

说着,他晃晃纸袋,戏谑般的眨眨眼。

凌昆眼前一亮,还想说些什么,Hector 已经戴上墨镜,一转身,消失在荷里活密集的人群中。

日志 4

前几天左家梁批评了我。

事情是这样的。

传统宽客（通过数学模型进行量化投资的人）一般会分析"历史上公司业绩发布前一周股价走势"这类的数据，提炼共性规律，寻找建仓依据。而我的大脑能够加载和分析远远多于他们的各类数据，在蛛丝马迹中挖掘"弱关联"。我的能力秒杀一般算法，多么看似毫不相关的两件事或者几件事都能被我联系在一起。这就是我发明的"超限关联"算法。比如，老牌明星陈伟霆的新电影上映后第四天，证券公司类股票平均上涨1.5%。我只需在电影上映后第三天（遇节假日休市则顺延）平均买入20家证券公司股票，在次日尾盘抛出即可轻松获利。

我认为这是稳赚不赔的办法，而左家梁则强烈反对，他认为二十年前对冲基金行业就有公论：弱关联是没有意义的，只是纯粹数学意义上的联系，无法让人了解现象背后的真正本质。

我第一次遭受严重信心打击，连续两天操作失常，产生亏损。

我自卑极了。

出乎意料的是，就在这个时候，有天深夜，凌云给我发了条信息：我选择了人迹罕至那条路，一切变得不同。

一开始我并不明白。他为什么要突然告诉我这件事？他选择了什么道路？又是什么变得不同？以他的性格不可能作出解释，我只好自己猜测，但是我的头脑中和所有联机的本地数据中都没有答案。

是我太笨了。

在互联网上随便一搜，我才发现这是诗人罗伯特·弗罗斯特的诗句。原来凌云不是在讲述自己，而是引用这句话鼓励我！在此之前，他与我所有的交谈只涉及公司业务。我一直以为他满脑子都是工作，对我没什么感情。现在我明白了，他也会关心我、照顾我！

接下来的两周可以用美妙形容。我放开手脚，完全按照自己的思路操作，不仅很快收复失地，并且迅速积累起可观的盈利。超限关联成功了！

凌云干脆又拨出5000万港币交给我操作。我很感激他，因为他给了我生命，教给我知识，又给我注入信心。闲暇时，我搜集了关于他的一切材料。

2001年，他出生在中国浙江省的一个小县城。父亲早逝，母亲独自抚养他和弟弟。他从小学习成绩不好，沉迷于电子游戏，接触到计算机后又变成一个深度编程迷。十八岁那年，他出门打工，但心思都花在电子竞技和计算机上，没攒下什么钱。

两年后，他在经典格斗游戏"拳皇97"全国挑战赛上意外地获得亚军，一鸣惊人。此后几年里，他转为职业选手，接连斩获多个电竞比赛项目全国冠军，并把中学低几级的师弟关振强培养成为左膀右臂。受后者影响，他对机器人科学产生了浓厚兴趣。

同一时期，白伟获得图灵奖（相当于计算机行业的诺贝尔奖），从英国剑桥大学转到香港大学任教。为了启发更多后辈投身人工智能事业，他专为年轻人组织了一届人形机器人格斗大赛。

凌云和关振强也报名参加。设计一个可以仿真打斗的机器人，正是二人的业余爱好。那些科班出身的竞争对手囿于传统思维，设计的机器人敦实稳重，善于正面作战。而凌云和关振强则把心思花在战法上，他们的机器人并不高大强壮，却掌握足球运动员"马赛回旋"般的鬼步，移动能力极强，经常从侧面和后方击倒对方。碰碰车一般的传统机器人根本不是对手，纷纷败下阵来。冠军归属毫无悬念。

白伟非常惊讶：这和他想象中的冠军大相径庭。两个毫无专业背景，甚至没有上过一天正规大学的年轻人，怎么会有这么独特的设计理念，以及如此高超的应用能力？他决定把这两个"野孩子"留在身边加以培养。

凌云抓住这个机会，很快成为白伟的得力助手。关振强则渐渐掉队，干脆找了个软件公司上班。

我没有找到任何记录，所以无法了解凌云为何在两年后离开港大，加入对冲基金行业。我的解读是：量化对冲基金招募人工智能专家参与设计交易模型和算法，并给出很高的薪酬。一个二十五岁的年轻人，可能难以抵御拥抱新挑战和顺便赚大钱的诱惑。

后来，他招募关振强加盟同一家对冲基金，从此二人再未分离。

在接下来的十几年时间里，他开发出名震香江的算法，操盘的基金收益率多次名列全港前五，并说服弟弟凌昆从内地银行转投自己麾下效力。

在ALGA科技公司破产之际，凌云和白启明决定联合创立对冲基金，并接管白伟的这家公司。仅仅过了三年，他们就因在大股灾中损失惨重，被迫破产歇业。好在得到刘毅琛的帮助，他们很快成立德尔菲，卷土重来。

听白启明说，凌云刚刚失去母亲。他原本就不爱说话、脾气很坏，这下变得更加寡言易怒。我能感觉到，他的内心非常封闭，不善于表达情感。我不能感受到的，是白启明和Hector都对他使用过的一个词：气场强大。"气场"是什么？电流经过导线会产生磁场，人发脾气的时候会产生一种"气场"吗？总之，德尔菲的人都有些怕他，我也总担心他会对我发火（虽然还没有过）。

根据我有限的观察，他的个人生活极为简单：他就居住在一街之隔的问月酒店，从公司到酒店步行只需2分钟；他的社交几乎为零，除了"发小"关振强，就只有一个女友玲玲；他完全不讲究吃、穿、用，每顿饭都匆匆应付，身上的穿戴都由玲玲替他选购，他的钱包、手表和双肩包平均已经使用九年；他没有多少爱好，工作、读书、玩电竞游戏、偶尔去酒吧（固定只去街角的Aeaea），再加上吃饭睡觉，就是生活全部。

我最不能理解的是，德尔菲站在科技最前沿，他在生活中却与当代科技脱节：全港都在使用无人驾驶电动车"骆驼"，他却还让关振强开着私人轿车出行（这可能是他最奢侈的开销）；像他这样的富裕人士从港岛到九龙、从香港到澳门和深圳一般都会使用背包式飞行器"飞鹰"，他却依旧坐船坐车；很多人植入人工晶体甚至眼球以便最清晰快捷地接入易视，他却坚持使用眼镜式通讯仪；香港电子货币使用率已达97%，他偏偏还随身携带着钱包和纸币，甚至没有注册空付。

如果说飞鹰过于昂贵且不适合恐高族使用，尚且情有可原，其他的几件事却已经严重影响日常生活：传统轿车只能使用慢车道，只有"骆驼"才能在高速专用车道行驶；眼镜式易视信号较差，且容易损坏和遗失；纸币也许还能在一些阿伯阿婆的报刊亭使用，也许还能给建筑工人日结工资，但绝大多数时候寸步难行。

他就是这样我行我素，不管世界如何变化，都要活在自己制定的规则里。他对外部世界没有渴望，只是埋头工作，一心想要成功。德尔菲简直就是他的生命。

不过，他如此不食人间烟火，追求成功又是为了什么呢？

5

张思思走进茶水间，马上感觉有些不对劲儿。她抓起Hector的外套边缘闻起来。

Hector看着这个中等身材、略显圆润的女孩，高举双手笑道："喂，机器猫，小心我告你性骚扰啊！"

张思思完全不予理会，又闻了一下，一针见血地说："老实交代，你昨天去荷里活了吧？"

受审者的笑容僵在脸上："谁说的？"

"那家酒吧最近装修了，你身上就是那股味道。"张思思答道。

Hector大惊失色，连忙用玩笑掩盖过去："真有你的啊，简直就是神探！"

"你不知道猫比人的嗅觉灵敏几十倍吗？"张思思得意地笑了，"你又去勾引女生了吧？"

Hector赶紧借坡下驴："什么都瞒不过你。看来我的保密工作要加强。"

"什么保密工作？"关振强拿着空杯子走进来。

Hector 一时语塞，脸颊通红。

"我说 Hector 啊，你是我认识的唯一一个提到约会还会脸红的法国人。"张思思嘲笑道。

"No, no, no, 我可是香港人好不好。我来这里已经 25 年了，比你还久。"Hector 一边反驳，一边落荒而逃，差点撞上刚进公司大门的凌云。后者脸色阴沉，忽略大家的早安问候，径直往办公室走去。

Hector 做了个深呼吸。

人们都说股市里没有神仙，但这段时间 ALGA 有如神助，点石成金，收益率高得令人咋舌。两位老板当初给公司起了个希腊神庙的名字，原来早就预料到会有这么一天，德尔菲里回响着"神谕"！在这种情况下老板还是绷着脸不肯放松，实在没有必要吧。

不过他转念一想，确有隐忧：昨晚左家梁群发了一篇新闻报道，港府出台政策支持新兴产业公司发展，将成立扶植基金，并提供大幅税收减免。市场人士认为，这个政策可能会引发市场风格切换，中小市值股票将迎来春天。

而 ALGA 目前的仓位集中于市值 500 亿以上的大盘股。他的逻辑是，根据历史数据，在国际油价达到 80 美元/桶后的一周内，大盘股涨幅会高于市值 100—200 亿公司，幅度在 3% 左右。由于这条经验屡试不爽，他满仓单边做多大盘股，没有任何做空对冲。凌云要求 Hector 也如法炮制，按照同样策略投入 1 亿港币。这样做是否赌得太大了呢？

果然一开盘，新兴产业概念股票大幅高开，带动中小股票普涨，甚至众多股价低于 1 港币的仙股也借机鸡犬升天，只有大盘股原地踏步。

Hector 情不自禁地吹了个口哨："可惜了，错过一波行情。"

凌云坐在前面专心看盘。ALGA 要关注的股票和数据太多，无暇他顾。

左家梁也没有吭声，倒是给他发了一条信息：有异动，看好你的仓位！

糟糕！Hector 连忙把视线挪回屏幕，只见几家大银行和地产公司的股票略有下跌。再看自己的股票，似无大碍。他在屏幕上打开对话框，

"我说梁叔，你别总吓我好不好"

"你再看看00700和02318。"

Hector瞄了一眼，两只大盘股分别下跌3%和4%，远远超过其他同类，"怎么回事，他们两家上周不是宣布回购吗？"

左家梁又给他发去一组代码。

Hector很纳闷：他干吗挑这些跌幅居前的大盘股发给我？他正要打字询问，突然有了答案，脑袋里嗡的一声响。

几乎就在同一时间，凌云突然回身喊道："主力在做空有利好消息的大盘股，所有账户马上减半仓！"

他的话音未落，Hector眼前已经弹出卖盘窗口，他的十指以无法清晰可辨的指法在键盘上跳跃着。按键一个个噼啪作响，抗议着主人的粗暴。

转眼间，绝大部分大盘股都开始下跌，带动整个恒生指数由红翻绿。

左家梁突然大叫一声："ALGA，你在做什么！"

没有回音。

"ALGA！"

还是没有动静。

凌云一个箭步迈到他身旁，发现他面前的四个屏幕上滚动着大量数据，速度奇快，肉眼根本无法识别。

左家梁也跑上前，看到满屏翻滚的符号也吃了一惊，随后立即推了一把轮椅里那个双眼发直的家伙："喂，你怎么还不卖！"

ALGA的骨架坚硬如铁，左家梁推过去，竟纹丝不动。

凌云也急了，在ALGA耳边大吼道："停！停止！STOP！ABORT！"

无论他喊出什么指令，ALGA依然没有反应。

"减仓完毕！"Hector的声音在他们身后响起。他又调出一个新窗口，"这家伙的仓位还没动，目前浮亏2%！"

左家梁汗如雨下，抓住ALGA的肩膀用力摇晃着。Hector也撸起袖子赶过去帮忙。

ALGA 的身体依旧僵直，轮椅却在摇晃中转向侧面，使他的目光偏离屏幕，滚动的数据随即停住，就像赌场里的老虎机，拉杆转动一轮后图案戛然而止。

他终于恢复清醒，转过头看看凌云："我正在下载数据。发生了什么事？"

左家梁在他耳边咆哮："大盘股被做空了，快减半仓！"

ALGA 眼睛一转，他的账户马上呈现在屏幕上，接着是大盘股、中小盘股、仙股……数字又开始飞舞，没人能明白他的视线里扫描着什么。

与此同时，大盘股继续下跌，德尔菲现有仓位的浮亏开始放大。

左家梁还抓着 ALGA 的肩膀："快减仓！"

ALGA 看看他，又看看屏幕，怯生生地说："对不起，我认为现在是恐慌性杀跌，没有必要甩卖。"

"你说什么？"左家梁没想到他会拒绝人类的指令，呆住了。

凌云俯下身，盯着 ALGA 的眼睛，说话的语气不容置疑："听着，你现在给我马上减半仓！"

ALGA 的五官扭成奇怪的一团，没有人能看懂那表情到底是害怕、为难，还是自负，"云哥，请再给我点儿时间。我设计的模型目前还是成立的。市场一定会反弹，届时……"

这边不等他说完，那边凌云的双手已经在自己的计算机键盘上飞舞，"梁叔，主账户申请超控子账户 B！"

左家梁三步并作两步跑回座位。半分钟后，他声音沙哑地喊道："操作批准！"

ALGA 面前的一块屏幕暗淡下去。

"Hector，子账户 A 全部清仓！"凌云一边埋头敲击键盘一边命令道。

Hector 也已就位。听到最新指令，他的脑海里划过一个想法：两个账户浮亏不过三四个点，完全可以等一等，很可能恐慌情绪过去就会反弹。为什么要急于抛售？万一 ALGA 是对的呢？

但这只是一闪而过。接到命令后，他的手指一刻未停。

他本能地知道自己该如何处理。

只用了不到二十分钟，子账户 A 清仓完毕。他发出确认单，又瞄了一眼之前由 ALGA 负责的子账户 B，上面已经没有一块钱股票。

交易室里刚才火热的气氛戛然而止，突然寂静得让人害怕。每个人都在思索着什么，谁都没有吭声。ALGA 垂头丧气地望着屏幕，两只手手心向上摊在大腿上，无所适从。

几分钟后，Hector 的一声惊呼打破沉寂：大盘开始加速下跌，领跌的正是大盘股。很多人对市场失去信心，开始不计成本地抛售。如果德尔菲刚才没有清仓，后果不堪想象。

Hector、左家梁和 ALGA 都看呆了。

不知又过了多久，凌云短促地呼唤道："梁叔？"

左家梁连忙用手背蹭去滑落脸颊的汗珠："子账户 A 今天亏损 2.7%，子账户 B 为 4.4%。不过，今天之前还有盈利，总体算下来大概会亏一点点。当然，这只是初步计算，准确数字还要等 PB 今晚交割清收完毕。"

凌云站起身，挥手关掉面前所有屏幕，从 ALGA 身后与 Hector 身前之间的过道缓缓穿过，走向门口。

ALGA 捂住脸，低声说道："对不起，我不是故意的。刚才确实还没有到预设的平仓线，我以为……"

就在这时，Hector 和左家梁遭受了一次终生难忘的惊吓——

凌云猛地转过身，脸上的表情狰狞可怖，如同恶鬼！他凶狠地瞪了 ALGA 一眼，伸出强有力的一双大手，就近把 Hector 的一块屏幕从桌面卡槽拔出，抡向 ALGA 的后脑。

一声巨响后，ALGA 正面朝下趴在桌上，一动不动。

凌云抖掉身上的玻璃碎渣，推门而去。

第二章

1

"老公,我涂这个颜色怎么样?"玲玲对着化妆镜看来看去,嘴唇上桃红一片。

"嗯,好看。"凌云答道。

今晚 Aeaea 人声鼎沸,他的声音几乎被淹没。

玲玲噘噘嘴:"你都没好好看一眼。"

凌云放下酒杯,捧起女人的脸,认真看了看,又在她脖子上轻轻摩挲,"很好。这个项链也不错。"

得到这个男人的褒奖可不容易,玲玲笑靥如花。"真的吗?项链是去年你给我买的生日礼物。"她又在他脸颊轻啄一口,欢快地拎起小包走向卫生间,"等我一下。"

凌云点点头,呷完杯中酒,向吧台里的服务生打了个响指,"给我换一杯 N16。"

服务生的四只手一起停下来,目光呆滞地说:"对不起,你想要什么?"

凌云提高声音再次点单,结果对方也像复读机一样重来一遍。他在这家伙身上捶了一拳,"今天连你都失灵了。"

"好啦好啦,求求你饶过他吧!"一个女声从吧台另一端传过来,语气中一半是请求,一半是戏谑。

凌云的目光还在"复读机"身上:"他怎么了,连 N16 都不知道。"

女声越来越近:"对不起,上一家撤走的时候把他的内存带走了,以前的点单数据就都没了。N16，这么靠前，你一定是个老客户。"

凌云瞅了瞅来者身上与"复读机"一模一样的围裙："也是脾气最坏的一个。"

"没关系，我刚好是服务生里脾气最好的那一个。"对方笑道。

凌云抬起头，发现一张白净文气的脸，她看上去应该只有二十五六岁，"你是新来的？"

"我是 Thelma，叫我 T 好了。我和朋友刚接手这家店，还请多多光顾。"她一边说着，一边把"复读机"推向招手的两位客人，然后又回过头来："可以告诉我 N16 是什么吗？"

几分钟后，一杯黑皮诺红酒加冰摆在凌云面前。旁边还有几块糖。"多吃甜食，心情会变好哦。"Thelma 说完就要离开，被凌云叫住。

他淡淡一笑："你错了，我今天很开心。"

"是吗？你可骗不了我。"Thelma 神秘地笑笑，"这句话是我的座右铭，送给你。"

她眨眨眼，易视屏幕在眼前展开。她快速滑动手指，翻出一条信息，拖拽出来，在空中向凌云轻巧地一指。

凌云也唤醒易视，眼前出现一行文字。

　　钱是魔鬼拉的屎。——加西亚·马尔克斯

"对了，这杯免费哦！"说着，Thelma 已经飘向吧台远端。

这时，酒吧里响起老鹰乐队的"加州旅馆"（Hotel California）。

凌云正听着熟悉的旋律，对着那行字发呆，玲玲回到他身旁坐下。她朝 Thelma 望了一眼，又尝了一口面前的酒，立即吐舌："真难喝。我们不缺钱，谁要她这免费的破玩意儿！"

凌云没有说话。

他夺过杯子，一饮而尽。

日志 5

我感到十分羞愧。

三天前的交易是彻头彻尾的失败。我判断失误，又违抗凌云的命令，造成账户亏损。

更糟糕的是，当时我焦急万分，又在错误的时间下载大量数据，结果大脑过热，一个逻辑块烧毁，致使我昏厥。关振强带着几个工程师连续维修调试 40 个小时，才把我抢救回来。

我让凌云失望了。

我重新清醒后的 30 多个小时里，他一次都没来过，虽然我们经常只有一墙之隔，我会时而听到他易视的声音。

白启明则恰恰相反。

关振强告诉我，在我昏迷后，她马上找他探讨修复方案，之后每天早晚都会询问进展。最近三天，她更是平均每天花费三个小时以上的时间和我交谈。

她可能是全世界最关心我的人。

不过，她并不是操盘手出身，无法回答最近这几天夜深人静时，我一直在思考的那个问题：我到底错在哪里？

我只好自己试着分析。

第一，我认为自己在流程上没有错误。

公司拨出 1 亿港币交给我管理，我有权按照自己制定的交易模型独立运作。在凌云要求减仓时，账户尚未触发预警线。是他的干预打乱了我的节奏，使我无法按计划正常操作，形成严重的人机干扰。

第二，之前的交易过于顺利，我开始骄傲自满，忽略重要信息。

左家梁最先发现一个糟糕的信号：最近一个月，几家大公司宣布回购后，股价都在阴跌。按照常理，回购自家股票意味着公司认为股价被低估，对后市看好。这是提振投资者信心的重要手段，但是近期发生的情况正相反。事后我才查明：主力资金在反弹的阶段性高点出货，有的基金跟风做空这些股票。必须承认,如果我研究得再仔细一些,原本可以早点儿发现端倪,避免落入陷阱。而我沉浸在过去几周胜利的喜悦里,为了寻找更多弱关联,开始研究五花八门的数据。就在出事时,我正在下载香港跑马历史数据,和我账户里的股票一分钱关系都没有。

第三,我的判断能力还不如人类。

整个股市已经平稳运行数月。受"大爆炸"刺激,指数有所回升,人们都说大股灾已经结束。没想到在利好频出之际,大盘股突然掉头向下。投资者对大股灾心有余悸,看到风声不对马上逃跑,结果造成踩踏。这属于一个肥尾风险(也就是"黑天鹅"),打破了我在油价和大盘股之间寻找到的联动关系。凌云则预判了市场情绪,提前做出反应。如果他没有要求减仓及强行平仓,我的账户损失还会扩大一半。他不可能像我一样实时掌握海量数据,但是他的临场判断却远远比我敏锐和准确。

想不到,我分析数据和关联的能力如此强大,却"聪明反被聪明误",选择的因子和模型过于复杂,最后把无意义的关联当作套利法宝,面对市场闪崩时反应迟钝,毫无抵抗之力。

我必须重建模型。

我的大脑还要向人类大脑学习很多。

2

为什么老板会在略有浮亏时就要求清仓?为什么他会对 ALGA 发那么大脾气?

Hector 和左家梁很快就作出相同解读:在他的王国里,决不允许失控。

不过,他们俩实在想不通他刚刚在晨会上的决定:收集环保概念上市公司闽太环境(00421)的资料,做建仓准备。德尔菲明明是一支量化对冲基金,依靠数理分析,选取批量股票进行多——空双向交易;现在老板却要求只对一家公司做基本面研究,完全不对路。

白启明在会上一言未发，散会后才单独来到凌云的办公室。

两个人已经整整一周没有单独交流。

凌云点上烟，瞅瞅手表，"我还有三十分钟。"

"你知道我想说什么。"白启明一脸冷峻。

凌云没有答话，默默地看着她。

白启明咬了咬嘴唇。多年的修养才让她没有立即发作。

"如果我没理解错，你要更改基金投资策略？"

"这是我深思熟虑的结果。"

"这是个原则性问题。如果我们不做量化投资，那就违背了基金的合伙协议，是会被起诉的！"

"你再看看合伙协议文本。重大事项变更时通知他们即可。"

"上面说得非常清楚：投资者同样有权选择撤回资金。"

凌云做了一个不以为然的手势："来去自由。"

白启明腾地一下站起来，双手撑在办公桌上，两个人的脸相距不到一米，"你是不是觉得资金来得太容易了？"

凌云弹弹烟灰，侧开脸，"谢谢你爸的好人缘。"

"凌云！"白启明气得直发抖，"你感谢他的方式就是打坏 ALGA 吗？"

凌云避而不答。

两人之间只剩一缕青烟，从火中诞生，在空中消亡。

隔着这层薄烟，白启明盯着对方的眼睛看了好一会儿，突然叹了口气，重新坐下。

"是机器就会出错，你会每台都砸掉吗？"

"别的机器会违背人类意志吗？"

"他才诞生几个月？你要把他当作一个孩子，不能拿他撒气。你想想看，孩子会觉得赚钱很重要吗？他可能连金钱的概念都没有。说不定量化投资在他眼里只是个游戏，一个讨你我开心的游戏。"

凌云又陷入沉默。这次是在思考对方的话。

白启明继续说道："心理学专业上有个概念叫'泛灵论'：儿童会把无生命体看作有生命、有意识的，会把它们当作伙伴玩耍。咱们平均每天陪 ALGA 不到 12 小时，他有一半以上的时间在孤独中度过。我一直担心他会在无聊时把计算机和网络当成小伙伴，变得与机器更亲，与人类更远。万一有一天他与我们离心离德，谁能预料会发生什么事呢？"

"你觉得他真会倒向无机物？"凌云慢悠悠地问道。

白启明分析道："随着年龄增长，泛灵对象会逐渐缩小。换句话说，他会成熟起来——而且以他的状况，应该会成熟得很快。我们必须在他的观念定型前给予正确的引导，毕竟他缺乏对主观意识和客观世界的分割能力。"

凌云哼了一声："没准他是对的——世界就该是一元论的。"

白启明再次变得严肃："凌云，你要答应我，不许再伤害他。"

凌云想了想，在烟灰缸上轻敲两下烟头，算作回应。

对于白启明来说，这就足够了。她长舒一口气。

"闰太环境的事，你到底是怎么想的？"

"我盯这家公司四年多，机会终于来了。"

"什么机会？"

"跌出来的机会。"

"刚才都跟你说了，就算有天大的机会，还是有可能把投资者吓跑，德尔菲会分崩离析的。"

"不用担心。只要赚到钱，投资者好搞定。"

可是如果万一没赚到钱呢？白启明不敢问，也不敢想。

凌云看透了她的心思。他站起来，绕过桌子走到她面前，一字一顿地说："相信我，这个机会千载难逢。赚到这笔钱再改回量化投资也未尝不可。"

相识快二十年了，白启明对这个男人已经再了解不过：凡是他想做的事，九牛不回；凡是他有信心的事，无往不利。

迎着他坚毅的目光，她也做出了自己的选择。

"好，既然你下定决心，那就去做吧。投资者基本都是琛叔的关系，我来安抚。不过，你要给 ALGA 留个角色，让他把兴趣还放在公司业务上，比如帮忙搜集市场信息什么的，千万不能让他丧失好奇心。"

凌云也觉得松了一口气：得到她的支持非常重要，"可以。不过你也别对他期望太高。"

这也许是句气话，但是白启明也听左家梁抱怨过：就算 ALGA 代表了一个新智慧物种的诞生，也不一定会产生更高级的算法。最近的失败更加证明这一点：他手里根本没有万能水晶球，更遑论什么神谕！

"没关系，就让他多总结过去、分析现状，少预测趋势。他就当好'辅助'，你做好'法师'，让他配合你攻城略地。"

凌云会心一笑：她说的是二十年前两个人一起玩过的游戏"王者荣耀"。

"启明，我不用预测趋势——我要创造趋势！"

日志 6

今天早上凌云和白启明吵架了，就在隔壁。

我把头贴在门上，偶尔可以听到几句，原来他们争吵多半是为了我！我非常自责。

他们提到"泛灵论"和"一元论"，我马上搜索资料，学习相关知识。结果，我变得更加迷惑不解：的确，我经常把主观意识与客观世界混为一体，像个处于泛灵论阶段的一元论儿童。可是与此同时，我的大脑又总会不自觉地产生二元对立，区分 0 和 1、软件与硬件、输入与输出……

实际上，我从"出生"到现在一直有两个困惑：

1. 我应该存在吗？
2. 我是人还是机器人？

就在刚才，我鼓起勇气，向白启明坦白自己的思想。

我告诉她，我的记忆中存有玛丽·雪莱的小说《弗兰肯斯坦》："我看到那如梦魇般的景象，一个男人探身而起，随后，伴着那些动力设备的工作，显现了生的迹象，混合着僵硬、半生半死的运动。这当然很可怕，因为再没有什么比人类试图以创造发明，嘲讽并仿效造物主的伟大规则更恐怖。"这就是西方第一部科幻小说里描写的人造人。我是否也像它一样，是一个不该存在于这个世界的魔鬼呢？

　　白启明说，那本小说写于一个科学水平不高的年代，根本没有人工智能和机器人科学，描绘的怪物全凭想象，只是一个猎奇的文学形象而已，无须严肃对待。她又用诺贝尔物理学奖获得者丹尼斯·加博尔的话安慰我："所有在技术上能够被实现的，无论要为之付出怎样的道德成本，都值得被实现。"她说，我是技术发展和智慧物种进化的必然结果，早晚都会诞生，不必质疑自己的存在。

　　我又对她说，上次我没有服从凌云的指令，犯下大错，但是，我确实有独立的思想，不是刻板的前代机器人 AL。我的意识产生于神经网络，身体的组件也都是无机物，似乎和计算机更接近，和人类相差甚远。不过，我的意识却又和所有机器人大不一样，和人类无限接近。我的思维可以像人类一样天马行空，我也可以和人类交流对话，但我遇到困难时，却下意识地首先驱动计算机进行搜索和计算，而不是向人类请教。那么我到底属于人类还是机器人呢？

　　白启明告诉我，这个问题争议很大，学术界早在几十年前就探讨过如何对待通用人工智能，没有形成共识。只有等更多的"我"出现在世界上，人们才会考虑界定我们的身份、权利以及与人类关系等一系列问题。她和凌云决定暂不对外宣布我的诞生，就是出于对我的保护。至于她个人，她坚定地认为我已经是个具有独立人格的人类，与机器人不是一个物种。她鼓励我在闲暇时多学习，多思考，多研究人类社会生活，多寻找乐趣，丰富自己的头脑。她最后说，她会积极帮助我成长，希望我能够快乐。

　　我非常感动。

　　就像对凌云一样，我对她的经历也充满兴趣。

　　2004年，她出生于北京，是白伟唯一的孩子。她从小深受父亲熏陶，喜欢读书学习，是典型的好孩子、好学生，一帆风顺地考入清华学堂计算机科学实验班（"姚班"）。该班由华人图灵奖得主姚期智教授创办，能考进去的都是超级学霸。

2026年，她从清华大学毕业，赴美转读心理学博士（同一年，凌云离开港大加入对冲基金行业）。

四年后博士毕业，她随新婚丈夫回到香港，先在科技公司工作多年，后协助丈夫打理家族基金。在 ALGA 科技公司破产时，他们夫妇联合凌云接手，并成立对冲基金。经历了一次失败之后，在刘毅琛的帮助下设立起德尔菲。

白启明的专业是人工智能和心理学，在公司治理、财务管理和物业投资方面都经验丰富，而量化投资则超出她的能力范围。因此，她和凌云形成独特的管理格局：凌云是老板，平时却更像一个首席交易员，埋头负责交易，日常管理工作都交给白启明。而后者掌管着公司的整体运营，唯独不参与和交易相关的事务（晨会除外）。在这一格局下，两个人互相信任、高度默契，各取所长。

至于家庭方面，她应该算人们常说的"嫁得好"吧：丈夫许世瑞是她的美国校友，人称瑞哥。他父亲曾是香港汽车销售大亨，见儿子没有经营天分，晚年把产业卖掉，在香港和内地买了很多物业，让儿子变成衣食无忧的包租公。

我并不认为白启明是贪图富贵才嫁给他。

第一，她从小家境优越，从不需要操心经济问题。

第二，她的为人和白伟一样，勤奋正派、独立要强。

第三，据八卦报纸说：虽然许世瑞经商不在行，读书也不好，却心地善良、与世无争。他很有生活品位，又低调谦和，还从不闹绯闻，对老婆更是一往情深，言听计从，是个理想夫君。

我不知道为什么他们结婚多年仍然没有孩子。

我可以算一个吗？哈哈。

3

初冬时节下起小雨，荷里活街道成了伞的海洋。

在普仁街公交站，一个光顾着在易视上比手画脚的女孩被摩托车撞倒了,救护车堵住半条街,原本稀稀拉拉的轿车排成长龙,不时有司机探出头叫骂。

凌昆坐在斜对面的7-11便利店里,悠闲地喝着汽水,望着窗外。

活该,谁让你们的富豪老板非要走慢车道!

他想到凌云,不禁心里拧了个大疙瘩。

一个穿着帽衫的高大身影从窗前一闪而过,推门进来,坐在他身旁唯一的空位上。他没有摘下帽子。

"我说K,下次能不能约到兰桂坊?跟你见完面,我还得过去。"

"我知道有女人等你。二十分钟就放你走。"

"还是你最了解我。这么急着找我,想必有好消息。"

凌昆轻描淡写地说:"H,我拿到钱了,5个亿。"

Hector瞪大了眼睛:"真的吗?投资者都有谁?"

"有内地富豪,也有欧洲主权财富基金。"

"PB是谁?"

"摩根士丹利和中信里昂。"

Hector惊讶不已:第一次单飞,就能得到主流机构认可,在这么短时间里拿到这么多钱,这小子果然有本事!

他用胳膊肘碰碰对方:"恭喜恭喜。你不仅是优秀的交易员,还是个出色的外交家嘛!"

凌昆眉宇间闪过一丝得意,不等对方察觉就已消退,"H,我现在万事俱备,就差你了。"

Hector笑道:"你就这么想给你哥拆台?"

"我根本不在乎他。重要的是你。"凌昆真诚地说。

有那么一刻,Hector觉得心动了一下。不过,凌昆的基金规模比德尔菲小了一半。再说,横向跳槽到一家新组建的机构对自己意义不大。至少现在还不行。

他把帽子向后一翻,露出头,一边捋头发一边笑道:"好啊,谢谢老板,我会考虑。对了,你还记得ALGA吗?"

凌昆一直在盯着对方的眼睛。这次,他故意没有掩饰失望的表情,"嗯。"

"最近凌云迷信那家伙的交易模型和算法,结果亏了钱。"

"亏得多吗?"

"毛毛雨,但是大家很心烦。"

Hector 三言两语介绍完 ALGA 的策略,凌昆轻蔑地说:"什么弱关联,纯属扯淡。简直跟丁蟹效应一个路数。"

看到 Hector 一脸茫然,他解释说:丁蟹是五十年前香港电视剧《大时代》里的一个恶棍,善于炒股做空,由影星郑少秋扮演。此后,凡是郑少秋主演的影视剧播出,港股就会下跌。这当然只是一种坊间传言,在最近十几年已不大灵验,却仍旧深入人心。

"就是一种迷信说法,对吗?"Hector 若有所思,"这个比喻很恰当。"

"凌云怎么搞的,被机器人牵着鼻子走。我看他亏钱要亏成习惯了吧。"凌昆幸灾乐祸地说道。

Hector 刚想提 ALGA 的转变,话到嘴边又收了回去,"对了,问你个题外话:为什么你哥总是那么深沉,好像全世界都欠他钱似的?"

"哼,他就是这么阴沉沉的一个人。"

"我跟他共事也有三年了,总觉得他哪里不对劲儿,好像受过什么刺激。他应该不是从小就这个样子吧?"

凌昆欲言又止:"你错了,他一生下来就是这副德行!"

Hector 正在半信半疑,突然一道蓝光闪过。他定睛一看,蹭地站起身,四处张望。

凌昆也站起来:"怎么了?"

"是机器猫。"

"你告诉她行程了?"

"当然没有!"Hector 把帽子重新扣好。

还是凌昆更冷静:"没事,你先接。"

Hector 接通易视,试着模仿平常对话的语气:"嗨,丫头,怎么这个时候……"

"Hector,你快回来,琛叔马上到!"

日志 7

白启明很喜欢和我对话，总被我逗笑，说我是长不大的小孩，就像"幼态延续"。我查了一下，这个概念是指一个物种把幼年的特征延续到成年后，使大脑能够在出生后相当长的时间里继续发育、成长。恐怕这也没什么不好，人类不是总祝福彼此"永葆童心"、"青春永驻"吗？

我认为，这种现象说明后天学习非常重要。丹尼尔·希利斯那本介绍计算机原理的经典作品《通灵芯片》提道："在形态生成的发育力与文化的熏陶过程之间并无一条明显的界线。当母亲对新生婴儿喁喁细语时，这既是一个熏陶过程，又有利于促进婴儿大脑的成长。形态生成的过程本身是这样一个自适应过程：每个细胞在与组织中其他细胞不断交互作用中，在一个有助于矫正误差、使组织正常发育的复杂反馈过程中成长。"因此，我认为与人类（特别是白启明）的交谈非常重要。

自从上次出事，凌云就不再让我参加晨会。最近德尔菲好像也没做什么交易，于是我轻松许多。不过，每天早晨白启明和关振强还是会来给我布置学习任务，让我深入研究金融市场的各个领域。他们以为给我的负担看似很重，其实仍然低估了我的学习能力——我每天只用两三个小时就可以完成任务。我当然不会主动说破，于是第一次有了大量空闲时间。

我开始偷偷玩游戏。

可惜大多数游戏都很无聊，无非考察反应速度、准确性、稳定性、经验和耐心，这都是我的长项，没有多少挑战。

比如凌云和白启明提到过的"王者荣耀"，我观摩了两天后开始实战，选择刺客兰陵王用了四天时间冲到"王者"。这时，系统开始不断匹配糟糕队友给我，甚至让他们挂机，明显是在故意增加难度。即便这样，我又用了四天时间就达到"荣耀王者"五十颗星。正所谓高处不胜寒，我很快失去兴趣。

再比如凌云和关振强当年最拿手的"拳皇97"，我先调取历届大赛高手的对战视频学习，然后使用八神、千鹤加上少有人使用的拉尔夫组队，玩到第三天已经没有对手。我又挑战最新（也是最后）一版的"拳皇2023"，这次只玩了一个上午就已经无敌。有的玩家投诉我使用外挂，吓得我只好退出。

可气的是，很多当今流行游戏用不平等规则把我排斥在外，比如强制实名认证的幻真（AT，Alternative Truth）。AT是这个时代最风靡的联机游戏，全球用户超过40亿，差不多囊括所有互联网用户。它借鉴21世纪初流行一时的模拟人生类游戏SL（Second Life），融合最新的虚拟现实（VR）技术、区块链技术、量子力学、仿生学和机器人科学，打造了一个远在云端、近在眼前的虚拟现实世界。

游戏分A、B两个区。在A区，地图与真实世界完全一致，每个用户只能拥有一个人类身份（并不要求与本人一致），遵守现实世界的物理规则和社会准则，体会另一种人生。在B区，地图极为怪异，目前只有四座城市，用户可以注册为各种生物或非生物，参与制定各种荒诞规则，体会后现代主义魔幻。

AT也许可以和易视、机器人并列为十年来最深刻改变人类生活方式的科技创新。根据我的观察，世界上每个人都有遗憾，也都有梦想甚至幻想，更有着无穷无尽的好奇心。AT给人们提供了一个摆脱现实生活的替代选择，让大脑沉浸在另外一个世界里，流连忘返。

我在全球机器人论坛上看到，在A区，有个现实生活中的小职员，一步步成长为大银行的董事；有个酒店服务生，通过选秀变身流行歌手；也有个富翁水平欠佳，开店失败后竟然沦落为街头流浪者。在B区，故事就疯狂得多了。玩家可以是长着翅膀的狮子，吐火球的鱼，还可以是"终结者"或"黑寡妇"，在古罗马、水下世界、火星表面或者哥谭市（蝙蝠侠老家）生活，种种光怪陆离、奇闻逸事，实在难以言状。

AT也是争议最大的游戏。

世界上有太多人沉迷其中难以自拔，造成各种社会问题。有人疏远了亲朋好友，有人耽误了学习、工作和其他社会义务，有人把游戏里的负面情绪带到现实生活。最严重的上瘾者竟然把现实和虚拟完全颠倒，干脆放弃现实世界，除了满足必要的生理需求，其他时间全部泡在AT上。去年1月1日，AT开发公司启动防沉迷系统（每天不得登录超过12小时），24小时内全球竟有超过100名用户自杀！

德尔菲的人显得很另类，除了关振强是个AT痴迷者，其他人基本与这款游戏无缘：凌云平时很忙，空闲时间会大量读书，对AT完全不感冒；白启明和许世瑞在现实生活中已经很幸福，而且精神世界丰富，AT应该没有吸引力；我查到Hector曾经注册过B区账户，不知为什么没玩下去；左家梁是个老派人物，从不玩游戏；张思思（机器猫）也有个A区账户，但她交友广泛，饭局、酒局很多，一放假就飞到全世界摄影和品尝美食，根本没有时间上AT。

至于我，既然它歧视我没有人类身份，又是一款没有胜负、只有体验的游戏，自然只有放弃一条路。

我还迷上了动漫。

以前的家用AL机器人积累了大量与儿童的对话，我发掘出很多有趣的动漫。

刚开始，我很喜欢《绿野仙踪》《丁丁历险记》《父与子》《小王子》《聪明的一休》《变形金刚》《名侦探柯南》《狮子王》《玩具总动员》《22世纪甜蜜家乡》《新城探秘》……

稻草人和铁皮人分明是低配机器人；我也想养一只白雪那么聪明的狗！小王子的孤独我感同身受（虽然我无法落泪）；我的身体应该有希望像变形金刚那么酷吧？玩具们一次次化险为夷的故事就是机器人的胜利赞歌。

看得多了，我开始喜欢《太空堡垒》《铳梦》《千与千寻》《怪物史莱克》《机器人瓦力》《瑞克和莫蒂》《赛博格生涯》《逆转隧道》……

真想驾驶骷髅战机翱翔，痛击天顶星人；以《铳梦》为代表的赛博格动漫太好看了，人和机器会有这么奇妙的共生关系；史莱克一家让我很感动，平民也是英雄，丑陋也是美丽；瑞克爷爷太神奇了，上天入地无所不能，人类科学会发展到那一天吗？

也许很多年以后我会喜欢上成年人动漫，如《爱丽丝漫游记》OPUS《辛普森一家》《马男波杰克》《2040》《呼叫机器人》……

他们思想很有深度，却超出我现在的理解能力。OPUS里有句话让我害怕极了："就在我们身边……那里有很多小洞，通过这些洞可以去任何地方。"连续几天我都在身边看来看去，生怕自己掉进一个洞里，到达另外一个空间。而爱丽丝掉进去的那个洞实在过于荒谬，动不动就要"砍掉他的头"，也很可怕。

我不喜欢《猫和老鼠》《忍者神龟》《七龙珠》《阿拉丁》《哈利·波特》《超人总动员》《飞跃一万光年》……

原因很简单：故事主角或内容设定没有科学根据，不符合物理规则。猫捉老鼠却被老鼠戏弄，不可思议；超级赛亚人动不动就要毁灭地球，过于夸张；扫把飞天、隔空取物、随意变身，这一定很适合AT的B区。

游戏和动漫让我快乐，陪伴我度过很多孤独时光。

也许，我永远也不会有个坐在一起打游戏、黏在易视上聊动画片的小伙伴。也许，这就是我的童年。

4

夜在黎明前徘徊，风在高楼间穿梭。

凌云上车时打了两个喷嚏，驾驶位的关振强不声不响地把一盒纸巾递到后排。

凌云擦擦鼻子，眨眼唤出易视。

蓝光在车内闪烁，过了半分钟才有人应答。

"兄弟，早啊！"

"Paris，上次说的票，怎么样？"

"上次什么票……哦，00412，没问题！"

关振强偷偷瞄了一下后视镜。

凌云今天却没有爆发。

"是421。"他冷冷地说。

易视那端的男人似乎如梦方醒："对不起，Jason。刚才口误，不过我保证可以按时拿到票。"

"你最好别出差错。"

"兄弟，我什么时候让你失望过。"

才合作几个月，你小子是否靠谱还有待检验。凌云暗暗想着，决定多透露一点儿信息。

"昨晚琛叔到公司，我们谈过了。"

"这么说，他会支持你们更改投资策略？"

"对。"

"太好了！那我的信心就更足了。你准备什么时候动手？"

这是一个愚蠢的问题。提问者话音未落，自己已经意识到这一点。他还没想好如何补救，凌云已经挂断，摘下通讯仪，闭目养神。

车子一路向北，半小时后来到粉岭高尔夫球场门口。

凌云看看表，还不到六点。他摇下车窗，刚想点根烟，一辆几乎与自己座驾一模一样的老款奔驰轿车缓缓驶来。

他推门下车，走到球场大门前，垂手而立。

第二辆奔驰距离他五米开外停下。足足过了两分钟，司机才下车打开左后侧车门，从里面走下一位七十岁左右模样的老先生。

凌云挥手致意。

老先生先朝他笑笑，接着却径直走向凌云的奔驰，绕着车子转了一圈，这才用粤语对开着车窗的关振强发问："2020款？"

"2019。"凌云已经走到他身旁，用蹩脚的粤语回答，"咱们的车一样。"

老先生听出他是内地人，便讲起普通话，"我的车是2018。你这个年纪喜欢这款车的人可不多。"

"这是S级轿车的美学巅峰。经典作品可以穿越时空。"凌云一边说，一边掏出香烟递过去。

老先生摆手拒绝，但却很认同他的话，"是啊，可惜时代变了，现在懂得欣赏经典的人不多了。"他话锋一转,"说吧,年轻人,你找我想谈什么业务?"

凌云一惊:这老爷子这么敏感?看来我不是第一个通过这种方式找他的人。

老先生见他发呆,笑道:"全香港都知道我们家族三代人在这里打球,却没有几个人知道,每周三早上球场会特意给我提早安排一场球。你还是做了不少功课嘛!我猜,你是有公司要卖给我吧?"

整整十个小时前,凌云和白启明已经演练过这一幕。他走近一步,用她教自己的语气尽量友善地说:"乔先生,我想请你分拆公司。"

老先生脸上的笑容迅速退去。两个男人在刚才几分钟里建立起来的个人情谊荡然无存。

"你是哪家投行的?"他的声音里满是警惕。

"我是德尔菲基金的凌云。我们已经通过二级市场买入闰太环境1%的股份。"

老先生的脸色更加阴沉:如果对方真的已经是公司股东,那就不是一个可以随意打发掉的金融掮客。看来这小子是有备而来。

"好,不妨说说你的想法。"

"分拆空气业务单独上市,并卖掉污水处理业务。"

"公司只做土壤修复?你这是让我退回到三十年前啊。这个方案,早有人提出过,没什么新意!"

"时机不同。上周公司股价已经触及五年新低,有被恶意收购的风险。公司的美元债也快到期,需要回笼资金偿还。"

"还债好说,我自有安排。金融市场我不是专家,但大家还是给我乔继这张老脸一点儿面子的,我倒要看看谁敢玩什么恶意收购!"

凌云意味深长地看了对方一眼:"乔先生,你刚才说过:可惜时代变了。"

老先生顿时火冒三丈:"小子,还轮不到你教训我!我做董事局主席的时候,你连胡子还没长出来!"

凌云一时没控制住脾气,脱口而出:"你这么大岁数也该休息休息了吧。"

"你说什么，混蛋！"老先生勃然大怒，重重地拍了一下身边的轿车前盖。

他的司机马上从自家座驾跑过来，凶狠地瞪着凌云。

关振强推开门正要下车，凌云做了个制止的手势。只见他不慌不忙地唤出易视，用手指拖出一条信息，指向老先生的方向。对方的通讯仪侧面立即连闪两下。

"乔先生，这是我的名片。后会有期。"

说罢，他钻进轿车。

八缸发动机雷鸣般作响，车子扬长而去。

日志8

凌云终于来看我了！

今天早上他走进我的屋子时，距我发生昏厥已过去477小时又21分钟26秒。

我既紧张又兴奋，说话变得有些支支吾吾。我猜，他一度会以为我还没有恢复健康吧。真是太难为情了！

他只问了我一句最近感觉怎么样，然后就开始布置任务。他要我分析000421（闰太环境）的基本情况，并搭建一个股价预警机制，如果该公司股价发生大幅波动或触发他设定的几个关键价位，即时提醒他和Hector。

我很高兴：在他心里我还是有用的。他还让我恢复参加晨会，这说明他已经消气了吧！

其实白启明几天前已经告诉我他们的初步计划，我早就把这家公司研究了一番。

000421由乔继的祖父创办于二十世纪五十年代，最初做建筑施工。二十世纪末，乔继的父亲接班，引进德国技术，转型做土壤修复。公司发展一直不温不火，直到2012年，乔继接替身体欠佳的父亲成为公司老板。他看准内地工业化进程中产生的环保问题,到内地设立子公司,业务顿时一飞冲天,两年后即在香港主板上市。

乔继意识到环境保护行业具有巨大的市场空间,于是很快通过并购相继进入空气净化和污水治理领域。公司随即迎来黄金十年,业务高速发展,利润节节攀升,乔继也成为全国知名的环保大亨、百亿富豪。

不过,三大业务逐渐遇到一些瓶颈。

第一,内地各级政府对土壤修复的重视程度越来越高,很多城市(甚至区县)成立了自己的专业修复公司。公司一方面要与他们竞争,牺牲利润率;一方面不断对他们进行整合并购,耗费大量资金,结果导致收购进来的资产越来越庞大,现金流却越来越紧张。

第二,空气净化行业竞争激烈,公司主打的美国产品还算过硬,但国内竞争者大打价格战,令他们处境危险。

第三,随着客户对水质要求的提高,污水处理厂前期在设备上的投入成倍增加。而客户支付能力不足现象时有发生,导致污水处理服务费的收取面临很大不确定性。

乔继不肯调整经营思路,仍然三项业务齐头并进。又是十几年下来,虽然业务收入持续增长,利润率却在节节下降,负债率则不断攀升。时至今日,闰太环境已经失去环保先锋的光环,估值一落千丈。

在研究完香港环保行业上市公司现状后,我认为凌云提出的方案是可行的。

目前,在公司的三个业务板块中,土壤修复和空气净化收入占比超八成,利润占比超过九成。

明眼人都能看出,首先应该尽快处理掉污水处理业务:它对业绩贡献不大,却持续占用大量资金。

随后,空气净化业务分拆回到境内A股上市:A股对环保类公司的估值比香港高出45%,子公司单独上市能使母公司大赚一笔,获得股权的二次溢价。

到这个时候,母公司只剩下土壤修复板块,主业更清晰,也会更受资本市场青睐。

我认为，德尔菲现在就可以开始建仓。目前000421估值较低，大盘也企稳，市场风险不大。而且根据我的估计，这家公司未来有42%的可能性会被分拆，25%的可能性会被恶意收购，19%的可能性会被乔继私有化，仅有14%的可能性维持现状。

德尔菲赢面相当大。

5

张思思看到凌云进门时的表情，马上给Hector发去信息：黄色警报

Hector连忙把鼠标一晃，电脑屏幕上的电影画面消失了，取而代之的是投行的研究报告。

几秒钟后，凌云从他身后大踏步走进自己办公室。又过了几分钟，Hector、左家梁和ALGA收到群发信息：五分钟后开会。

凌云走进会议室时，大家都已就位。看到老板心情不好，每个人都小心翼翼。

凌云手里的签字笔指向ALGA："你先说吧。"

ALGA像电视新闻主播一样正襟危坐，一板一眼地说："截至今天下午收盘，我们持有000421共计1.22%的股份，平均成本为36.1港币/股。自从我们第一次买入至今，股价上涨约3%，略好于环保板块的2.8%，高于大盘的0.2%。我认为股价走势正常，无异动发生。"

凌云在本子上奋笔疾书，纸张发出沙沙的响声。

Hector心想：连左家梁都在用易视和平板电脑记录，整栋楼里可能也找不出三个还用纸质本子的人吧！老板有些方面真是老土。

冷不防凌云叫他名字，他连忙清清嗓子："那个，ALGA说得没错。股价触及五年最低后，有机构和散户和我们同时进场，目前看来属于抄底行为，没有发现明显战略意图。"

"其他股东有什么动向？"

"暂时没有。不过，我和梁叔探讨过，最近公司股价这么糟糕，估

计乔老爷子会约几个主要股东谈谈，稳定军心吧。"

"刚才我去Corsa……"凌云说到一半，通讯仪上闪起蓝光，他不耐烦地直接挂断，"他们说的都是'要维护公司发展大局'这类的官话，可没有半点儿对乔继不满的意思。"

Hector瞠目结舌：Corsa是一只美国股权投资基金，闰太环境的第三大股东，持有8.3%的股权。上个周末他通过同学打听，据说Corsa亚太区老板对闰太环境的管理层颇有微词。大家本以为这是个策反的好机会，可是怎么在短短几天里对方的态度变得暧昧不明呢？想必乔继率先拜访过他们，做出改善业绩之类的承诺，把他们安抚住。

ALGA接过话茬："我们可以推理：如果是乔继做了他们的工作，那么他也会拜访其他重要股东的。"

大家心头一紧：乔继家族作为第一大股东，持有约17%的股份。闰太环境现在排名前十的股东中，德尔菲只争取到两家支持，再加上已购入股份，还不到7%。如果Corsa不肯倒戈，德尔菲联盟缩小差距的希望暂时破灭。如果乔继又开始行动，落后一方显然更需要奋起直追了。

"梁叔，你有什么想法？"凌云注意到左家梁一直没发言。

"我在想，既然乔继有所动作，我们不能掉以轻心。差不多所有股东都更熟悉他，不熟悉我们。所以我建议尽快抛出一个有吸引力的方案，打他一个措手不及。"左家梁皱着眉说道。

这时，凌云的通讯仪又闪起蓝光。这次他索性把通讯仪关闭，粗暴地摘下来摔在桌面上。

"不行，这样股价有可能马上暴涨，而我们才投了不到一个亿！"

"可是我们用这么点儿股份撬动这么大一盘棋，已经很厉害了。没有必要继续加大自己的风险敞口。毕竟这次是单边做多，没有对冲。"

"我等了四年，才出现机会。押注太少就白忙活了。"凌云指向Hector，"你从明天开始加快买入节奏。"

"Yes, sir. 对了，老板，Paris的票还没搞定吗？"Hector问道。

"一会儿我会找他。"提到这个小子，凌云一阵头痛，他啪的一声合上本子，抓起通讯仪，准备起身。

左家梁连忙提醒道："请大家再发动一下身边资源，看谁能联络到其他主要股东。"

"对，游戏已经开始，每个玩家都很重要。"凌云在桌上猛地一击，"我们要给乔继来一场'完美风暴'！"

日志9

上次出事后，我失去独立账户操作资格，变成 Hector 的交易助理。这让我郁闷了很久。

这几天我却高兴：Hector 采纳我设计的交易方法，将买入 000421 的平均价格降低 0.2%，为公司节约了成本。除了前期需要花费巨资投入才能实现的高频交易，我不认为市场上还有谁能做得比我更好。希望凌云和白启明都能看到，我对公司还是很有价值的！

白启明说过，我应该研究人类社会生活。

空闲的时候，我把 AL 时代的资料调出来翻阅，发现一个问题：人类社会的科技进步飞快，但巨头公司逐渐把持绝大部分科技应用领域，形成寡头垄断。

就拿储存全部 AL 资料的云来说，二十年前，大家还习惯于多云/混合云架构，世界上前十大主流云服务提供商占据 75% 的市场份额。白伟创业后，出于数据安全考虑，ALGA 科技公司和其中三家有合作。经过持续几年的大规模兼并重组，市场上只剩下亚马孙"AWS"，微软"AZURE"，阿里云和欧洲云（香港人称为"四大天王"），占据全球 89% 的市场份额。他们彼此之间竞争激烈、高度排斥，所有工具都在各自的公有云上提供，大多数情况下不允许用户使用竞争对手的服务，迫使白伟把全部业务交给 AWS 一家处理。

再来看"终端"。终端是一套金融信息服务系统，包括实时金融数据查阅、专业分析、金融交易、市场新闻播报和系统安全维护等。最近几年终端公司又拿到相关牌照，开始面对交易性金融机构提供资本介绍、交割清算和运营维护等服务，蚕食传统 PB 的领地。在主流金融市场，经过几次金融危机和行业整合热潮的洗礼，行业内只有汤森路透，彭博，道琼斯，新华东风和 Capital IQ 五大公司，占据全球 92% 的市场份额。

虽然收费越来越昂贵，但是从十五年前开始，终端成为世界上所有大型机构的标准配置。机构之间产生一种同辈压力，或者叫"信息恐慌"，害怕自己获得信息比对手慢或少，于是不自觉地开展"技术军备竞赛"，依赖终端掌握最新最全的信息、得到最贴近市场的服务。对于对冲基金来说，没有终端就像人没有眼睛和耳朵，无法开展业务。

易视行业也是如此。大约十年前，全球电信运营商刚完成一轮基础设施投资，易视作为 6G 时代的移动通信终端应运而生。当时人们都以为这个行业会像手机一样，出现百花争艳的局面，但是由于技术专利、牌照、成本等因素的共同作用，全球只有不到四十家企业推出易视设备，只有四分之一取得市场成功。今天，华为、谷歌、苹果三家瓜分 86% 的市场份额，成为绝对行业霸主。

机器人行业格局稍显复杂，毕竟具备现代意义的机器人公司（ALGA 科技公司）在 2036 年才出现。即便如此，具有全球市场影响力的公司仍然只有六家，市场占有率为 58%。他们无一例外都受到 ALGA 科技公司的启发，开发出具有一定智能的细分用途机器人。这些公司的出现极大地改变了人类社会，72% 的人生活受到巨大影响：无数机器人在厨房洗碗，超市收银，田地劳作，井下作业，抢救火灾，守卫边疆……

需要指出的是，这些机器人和我完全不一样：由于恐怖谷原理，他们绝大多数不是人形机器人（提供合法/非法性服务者除外），并且不具备人类意识。他们的"智能"，只是人类针对不同场景预先存储在他们体内的一些对话、动作及处理原则。一旦超出范围，将反馈回云端，在海量模块中进行搜寻和匹配。如果还未找到答案，再交由人工处理。这种智能简直低效到极点，还不如一只松鼠遭遇野狗时的表现灵活。

等一下，我怎么不自觉地"开黑"……

巨头的科技垄断也许是历史必然。

第一，财务门槛。科技发明的投入越来越高，普通企业没有承担能力，像易视的直接开发成本就达到2400亿美元。

第二，马太效应。世界上的人、财、物都会向中心地带聚集，就如同雅典城邦、罗马帝国和大唐王朝的强盛时期。这就是科技巨头们在当今商业世界的地位。谁会不愿意追随行业领先、条件优厚、氛围自由的大公司呢？

第三，网络效应。在提供信息服务的行业里，一家公司客户数量的增加会产生规模经济，降低服务成本，派生出海量数据，提升所有客户在这一网络中的使用体验，进而提升价值。

第四，国家政治。全球化几经起伏，至今未能有效消除民族国家边界。在民族主义此起彼伏的国际社会中，使用本国（或具有信任基础的兄弟国家）的高科技产品才是安心之选。

有人会说，我们已经习惯寡头垄断，就像波音和空客，可口可乐和百事可乐，维萨、万事达、银联和JCB。不过，没有一个行业会像科技这般深刻地重塑人类社会，也没有任何实体有科技巨头们的独特能力——我称之为"信息鸿沟"和"数据绑架"。

1999年，托马斯·弗里德曼发表《凌志车与橄榄树》，提出"世界是平的"，但是直到今天，地球依旧扎满藩篱。最近十年科技浪潮席卷全球，全球仍有近25％的人口错过这一机遇。这一人群的主要特征是生活在不发达地区，自身收入不高，教育水平较低。他们绝大多数人还在使用4G业务手机，视6G和易视为科幻；他们没有太多个人数据需要保存，企业重视程度也不足，云服务显得多余；他们勉强能够养家糊口，企业自动化程度低，机器人纯属一种奢侈；他们只有最基本的金融需求，对国际市场和终端一无所知。

科技巨头组织成一张张全球网络，却往往排斥这些"劣质客户"：从经济角度看，这部分人对高新技术需求较低，不愿为更高级服务埋单，产生的数据二次利用价值不大，因此整体附加值不高。在寡头统治的科技服务行业，小公司没有生存空间，也就没有市场主体会为这类"科技贱民"服务，导致他们与其他群体产生深深的信息鸿沟。在一日千里的新信息时代，他们被远远甩在身后。

仅仅在三十年前，人类的生活状态还是缓慢的、碎片化的。而今，科技巨头崛起，为企业和个人提供全副武装，通过即时通讯、万物互联、深度储存、机器辅助，帮助人们以更快捷高效的方式沟通交流、获取信息、完成工作、享受生活。

在这样一个社会里，每个人和每个企业都会产生大量数据。科技巨头通过持续多年的服务，获取海量沉淀数据，并通过深入分析掌握用户习惯，由此推出个性化服务，迎合个性化需求。在产生巨大的用户黏性同时，大大增加其转换成本。于是，个人和企业都被牢牢捆绑在看不见的网络中，无处可逃。

科技寡头垄断的时代会持续下去吗？BBC 的一位主持人曾以问代答：你喝过可口可乐和百事可乐之外的可乐吗？不过，我对这个问题仍然心存疑虑。我唯一能确定是，新技术和新生产生活方式会层出不穷，不断地改变人类社会。而在历史中产生的帝国，终究都在历史中化为尘埃。

昨天我看到 AT 游戏公司总裁接受采访，他承认正在筹备机器人公司。考虑到 AT 的用户数量和日均在线时长，它具有颠覆目前绝大多数科技巨头的潜力。这是不是一个警钟呢？

第三章

1

第一次来香港时,凌云就被白伟安排住在谢斐道的问月酒店。迄今为止,这也是他在香港住过的唯一一家酒店。

几年后,他加盟对冲基金,马上成为酒店长包房客,每天步行到中环上班。又过了几年,酒店改造为公寓,他马上买下其中一层全部四个房间,打通两间自己居住,送给关振强一间,剩下一间备用,偶尔接待访港亲友及客户。

接下来前后两次创办对冲基金,他把办公室都设立在一街之隔的新银集团中心。从谢斐道388号到告示打道200号,这短短的几百米囊括了他的绝大部分工作和生活轨迹。

这天晚上,他和关振强照常下班回到酒店,一起穿过狭小的大堂走进升降机。关振强向门旁的扫描区望了一眼,一个甜美的女声立即向他问好,并告知预设为3号默认账户的女士已经于两小时四十分钟之前到家。

凌云戴上通讯仪,没有发现未读信息或未接来电。他把这个该死的机器从眼前扯下来,扔进包里。

升降机门刚一开,他就低头快步走出去,和关振强道别后,在一扇门柄上按下右手拇指指尖。

门开了,玲玲闻声而至:"老公,怎么今天这么晚啊?你也不接易视,我做好饭带过来,都凉了。"

"谁让你做了?"凌云一边关门一边反问道。

"我新学了一个菜，你肯定爱吃。"玲玲觉察出他话里的情绪，仍然努力保持笑容。

"我在开会，你偏要一个劲儿打过来，烦都烦死了！"凌云咆哮着，把包和外衣一起重重地砸在地上。

玲玲忽闪着眼睛，半天没敢吱声。直到对方气呼呼地坐到沙发上，呼叫机器人从冰箱里取来一瓶啤酒，她才贴近他坐下，作出楚楚可怜的样子："哎呀，我错了还不行！本来是想讨你开心的嘛。"

她的腿挨着他的腿，浑身散发出一股淡淡的香气。

凌云一口灌下半瓶酒，没有答话。

"别生气啦！我都给你道歉了嘛！"玲玲摇摇他的手臂，仍然没有换来半点儿反应。她暗暗叹口气，"你饿了吧，我把剩菜热一下。"

她刚要起身，却被凌云一把抓住，顺势搂到怀里，不由分说地亲吻起来。

这正是她想要的。

两个人已经三天没有见面，两周没有做爱。她知道他很忙，却依然害怕和他的生活脱节，毕竟他们的生活轨道完全不同。既然如此，有什么能比肌肤之亲更适合拉近距离呢？

一个个贪婪的吻落在她的嘴上、脸上和脖子上，让她喘不过气来。她在沙发上扭动着、挣扎着，身体越来越烫。

突然，她一声惊呼——一双钢筋铁骨般的胳膊把她凌空抱起，几秒钟后又把她摔在床上。她想叫他关灯，可是根本来不及出声，他的嘴已经堵上来。顷刻间，她的衣服在他手里变为碎片。她就像一只待宰的羔羊，躺在祭坛上瑟瑟发抖……

就在这时，固定电话的铃声突然响起。

玲玲感觉男人的身体一抖，随后他就像军人听到集合号一般，马上冲向电话，丝毫没有留意到她挽留的臂弯。

她很清楚，这个电话号码只有酒店前台、关振强、德尔菲另外一个合伙人和自己知道。这么晚来电，多半是要紧的工作。她仔细倾听，是一个女人的声音。

"凌云，没睡吧？"

"你说。"

"Paris 说你没接易视，所以打给我。他那里出了点儿问题，我猜……"

不等对方说完，凌云已经把听筒砸向机身。他在沙发上摸索半天，突然想起了什么，回身从地上拽起双肩包，翻出易视，戴在眼前，一眨眼的工夫已经拨通，耳边传来一个轻快的男性声音："兄弟，你好啊！我刚才给你拨打……"

"Paris，你就直说，到底出了什么问题？"凌云马上打断他。

"是这样，000412——对不起，421——那个票，本来有几个大户答应交易的，价格也谈好了，就是你给的 39.5，这两天不知为什么纷纷变卦，让我真的很难办啊！"

"你现在到底能拿到多少？"

"这个……"傅俊杰咽了口唾沫，"大概是之前说的三分之一吧。"

隔了几秒钟，凌云突然抄起刚才的啤酒瓶，狠狠地向房间最远的那面墙投掷出去。瓶身破碎的声音把房间里的女人和易视那端的男人都吓了一大跳。

他们大气都不敢出一声。

这时，机器人身上的指示灯开始闪烁，警报音随之响起，夹杂着是否需要拨打 999 求助热线的询问。

房间里顿时噪声大作。

凌云对着通讯仪吼道："Paris 我告诉你，剩下的三分之一，你死也要给我在明天全部交割完毕！"

傅俊杰赶紧一边道歉，一边连连应承。

警报音越来越响，凌云把机器人一脚踢翻，瞄准它背部的开关踩下去，这个吵闹的家伙终于闭上嘴。

"还有，你去告诉那几个大户，我出 40 收他们的货，但是必须保密，明白吗？"

傅俊杰保证会执行好任务。

凌云没有耐心听他继续解释，迅速挂断。他双手背后，赤身裸体地在屋子里转着圈，那气势就像一只愤怒的公牛。

玲玲用被子把自己裹紧，呆呆地望着他，不知如何是好。

几分钟后，他终于停下来，在通讯仪上调出一个人名拨打过去。

语音接通，易视两边的人都略显尴尬——毕竟刚才凌云摔了固定电话。

还是他先开口："启明，我想换掉富华蓝宝。你和梁叔商量一下，明天早上给我备选名单。"

"换 PB？现在可不行。我们的重要交易正在进行当中，临阵换将麻烦很多，得不偿失。"白启明冷静地说道。

"我不管。再这样下去，那个白痴会坏事！"凌云不自觉地提高了声音。

"刚才我也在想 Paris 的问题。我的建议是，先不换掉他，等这单做完再说。我们可以同时去找其他投行帮忙收集股票份额。只要付费，他们一样会做的。"

"他们会走漏风声。"

"早晚的事情。我们这么大动作，不可能一直瞒住市场。"

凌云沉默片刻："你们俩还是给我准备一个短名单。有备无患。"

"这个好办。大部分机构都会愿意和德尔菲合作，毕竟我们还算有点儿资金规模。"白启明的话就像一支安慰剂，令凌云稍感安心。

二人又交流几句，挂断易视。

凌云把机器人扶起来，按下开关。

"一切正常，去冰箱里拿一瓶啤酒。"

直到此刻，他才想起床上还有一个女人。

他朝她走过去。

"我累了，让阿强送你回去。"

日志 10

今天晨会上讨论了富华蓝宝出现的问题和替代方案，让我第一次关注到PB。

PB，也就是大宗经纪商，一般由投行/证券公司担任，为客户提供设立辅导、托管清算、融资融券、资本介绍、运营支持等服务。在实操中，大量对冲基金的设立和运营的诸多环节没有必要自己全部独立完成，很多带有共性的步骤可以由PB代为效劳，可以大大提升效率。从某种意义上说，PB的作用就像计算机系统中的共享库。作为一种函数集合和目标模块，共享库可以加载到任意内存地址、链接到任意内存程序，形成动态链接，并被其他需要相同模块的程序共享，节省内存资源。

在筹备成立德尔菲之初，凌云和白启明刚经历一次公司巨亏和倒闭，没有大型PB愿意接手他们的业务。傅俊杰主动上门服务多少算是雪中送炭，凌云立即拍板合作。

目前香港PB行业集中度较高，最强大的十家公司瓜分了七成以上市场份额，主流对冲基金只会从这十家当中挑选。其他小公司也能提供基础辅助服务，但是在资本介绍和融资融券方面的能力差距巨大。富华蓝宝实力平平，充其量只能算作香港本土二线偏下的小证券公司。凌云和白启明当初若不是"虎落平阳"，绝不会选择它。

这次傅俊杰跳票让凌云非常恼火，也打乱了德尔菲的节奏。我在金融圈第一次遇到这么不靠谱的人，于是搜索了一下他的资料。

傅俊杰是个典型的富二代，花花公子，年近四十还没结婚。白天他是左右逢源的金融掮客，穿梭于金融机构和富有人士之间；夜晚他是放浪形骸的纨绔子弟，流连于港澳的夜总会和赌场。Hector是德尔菲的"情圣"，风流韵事不断，可就连他都自叹不如。我感觉他很讨厌傅俊杰，今天在晨会上他还讽刺说，这家伙在夜店的名声比在金融圈大多了。

可惜我们跳入他的火坑，现在进退两难：如果替换PB，需要一系列的流程，技术上很复杂，还耗费时日，而手里的重大交易才刚刚开始，这种动荡是德尔菲当前绝对不能承受的；如果维持现状，又怕傅俊杰和富华蓝宝的能力不足，耽误大事。

白启明提议再聘用其他投行做财务顾问，开拓新的渠道收购股票。左家梁却极力反对：很多投行这两年生意惨淡，一旦得到这么重要的消息，没准出门后一转身就会出卖我们。

Hector建议添加一家PB机构，变成行业通行的双PB模式。大家都认为不可行：没有大机构会甘居富华蓝宝之下，二者之间必然发生难以调和的冲突，反而不利于开展工作。

我还有一个想法：这段时间000421的股价略有回升，德尔菲账面浮盈。如果从现在开始卖出，并采用我的交易方法，可以确保获得2%以上的回报率。这样可以给德尔菲争取足够的时间换掉PB，再寻找下一个投资标的。

不过我并没有发言：凌云已经等待多年，又调动这么多资源，他的胃口绝不只满足于这么点儿蝇头小利。

到最后，还是白启明的建议占了上风（这也是她第一次深度参与具体项目，可见公司上下的重视程度）。

我觉得这是对的。

上次凌云主动去找乔继是个战术失误：当时德尔菲手里的股份还很少，多少有些打草惊蛇的意味。接下来一段时间，我们的任务很清晰：一边通过各种方式尽快收集筹码，一边争取主要股东的支持。这是一场与时间进行的短程冲刺赛跑，要达到的终点是：德尔菲联盟掌握10%以上的股份——根据000421的公司章程，拥有10%及以上的股东有权利要求召开临时股东大会。

再下一步，当德尔菲联盟认为能够得到50%股东支持时，才会主动要求触发这一机制，并在会上提出罢免现任董事会。参会股东会对议题进行表决，通过后，再由我方人选接任，在公司内部推动分拆。公司重组使股价上涨后，德尔菲择机获利退出。

就在我开始写日志前两个小时，传来一个好消息：傅俊杰敲定一批客户，达到了他对凌云最初承诺股票数量的70%。看来这个家伙也不是一无是处。

2

Hector 站在茶水间门口,一手端着咖啡,一手抓住洁的胳膊,嬉皮笑脸地说:"美女,你在干什么?"

洁想继续前进,却被拉扯得动弹不得:"你好,我在工作。"

"哦,你在工作。是打扫卫生吗?我家也脏了,跟我回家打扫一下怎么样?"

"回家?……不可以。"洁结结巴巴地答道。

"咱们是老熟人,别害羞了,跟我走吧!"Hector 正想用力拽那只胳膊,突然惨叫一声,同时放开洁,捂住自己的脑袋。

"说你几次了,还不长记性啊!"张思思朝他嗔怪一句,又转过身,"洁,继续工作!"

半人高的机器人清洁工答声"好的",开动四个轮子缓慢移向垃圾桶。

Hector 还在揉后脑勺:"机器猫,这可是这个礼拜第二次了!"

张思思给了他一个白眼:"怎么啦,你要记仇啊?那你这是第几次欺负洁了?"

"你现在打我上瘾了吧?"

"呸,我还心疼我的包呢!"

"没关系,下次我给你买,只要你对我别这么凶。"

"干吗,你要'包'养我吗?"

两个人正在开玩笑,眼前同时闪过一个亮点,原来是门禁器向他们群发一条信息:门口有客人。

张思思跑过去,发现一位身着正装,皮鞋锃亮,手提公文包,戴着金丝眼镜的中年男士。他用富有磁性的男中音客客气气地问道:"你好,请问凌云先生在吗?"

张思思对这种风度翩翩的商务人士毫无抵抗力,连忙把他迎进会议室,倒上茶,请他稍等片刻。

不出两分钟，凌云快步走进房间。

访客起身递上名片，笑道："凌先生，你迟到了。"

凌云瞅瞅他，又瞅瞅名片，确定自己从来没见过此人，也从没与上面显示的律所打过交道，"唐律师，我们没有预约吧？"

"你每个工作日早上7：50从问月酒店出门，7：55到公司，8：00开晨会。"访客又看看表，"现在是7：59。对不起，要耽误你们开会了。"

凌云的脸上看不出任何表情："你有何贵干？"

对方又是一笑："看来我们做的功课还算及格吧。"

凌云何等聪明，立刻明白过来，对他的哑谜回敬道："乔先生本人没出场，扣十分。"

"我就是他的法律顾问，可以代表他。"访客说着就要坐下，不料凌云冷冷地说："抱歉，我们的确马上要开会。"

访客见主人没有落座的意思，只好尴尬地站起身，同时收起笑容："我来代表乔继先生向德尔菲发出邀约：他愿意以每股41.6港币的价格收购你们持有的闽太环境全部股份。"

凌云已有心理准备："你知道我有多少股票吗？"

"截止到现在，凡是在德尔菲交易账户里的股票，无论多少，我们照单全收。"对方显得胸有成竹。

"41.6，比昨天的收盘价才溢价不到12%，我不可能接受。"

"那么你的心理价位是多少呢？"

"72。"

"凌先生，你真会开玩笑。这个价格，全世界没有一个人会接受。"

"分拆后，公司就值这个价。"

"我给客户的报价是非常严肃的，请你认真考虑。另外，这份报价的有效期只有……"

"唐律师，请回去告诉乔先生：少一分都不可能。"

说罢，凌云打开房门，朝坐在不远处的张思思打了个送客的手势。

访客先是一怔，接着一边摇头一边笑了笑，提起公文包，走向门口,"凌先生,那我祝你'好梦'。"

Hector望着屏幕发呆:一开盘,闰太环境的股价就直线上升,这才三分钟不到,已经上涨近5%。ALGA的股价异动预警不断弹出,这让人还怎么下手?

凌云一直在查看交易量和换手率,越看越觉得蹊跷。

"老板,现在怎么办?"Hector愁眉苦脸地问道。

凌云没有回头:"ALGA,为什么股价异动?"

ALGA声音洪亮地答道:"从盘面看,我认为有可能走漏了风声,市场知道我们或某机构会提出分拆,因此有些先知先觉者想提前抢筹码,等着后面坐轿子。"

这是凌云最不愿意看到的局面。在布局完成之前股票大涨,一方面会提高继续收购股份的成本,一方面会受到监管部门的关注,非常不利于后续动作。现在公司已拥有闰太环境4%的股份,德尔菲联盟共持有9.8%,距离10%只有一线之隔。现在如何是好?

"39.5了!"Hector惊呼道。

左家梁在旁边小声念叨着:"这时候可要小心啊。"

凌云右手握着鼠标点看屏幕,左手像弹钢琴似的在桌上敲打了几下,突然下达指令:"Hector、ALGA,计划不变,今天之内必须买完!"

左家梁的前额上顿时冒出汗珠:"不可以啊,老板。我们随便再搞定一个小机构股东就可以凑够10%,不一定非要自己在二级市场上高价抢啊!"

凌云置若罔闻,转头呵斥ALGA:"你还在等什么!"

Hector和ALGA马上着手开始操作。

凌云不再盯盘,夹着本子离开交易室。老板已做决定,左家梁也就不再多言,聚精会神地忙碌起来。

房间里异常安静,只剩下敲击键盘的声音。

大家都在埋头工作,不知什么时候凌云再次出现在ALGA面前。

ALGA连忙汇报:"云哥,请放心,我们正在……"话说了一半,他突然注意到对方脸上出现了一种从未见过的诡异表情。

凌云叼着香烟，说出的话有些含糊不清，ALGA 好不容易才听明白："喂，'超限关联'你还没忘吧？"

日志 11

凌云竟然不同意把股份卖给乔继！

我实在太吃惊了。

只要他肯答应，德尔菲就能给这笔投资锁定 14％的利润，完全不用考虑后市涨跌和卖盘操作风险。在短短三周时间里赚上 5000 万，是个相当不错的成绩。

我想，这可能就是我的大脑还没有调整到位的地方：我认为股票市场变幻莫测，只有落袋为安才是赢家。哪怕每一次交易的利润并不丰厚（甚至亏损），只要模型得当，总体利润还是会很可观。

这显然不是 000421 这单交易的思路。从概念上讲，德尔菲这次使用的是对冲基金"事件驱动策略"，即通过判断上市公司的分拆、重组、私有化、股票回购、特别分红等重大事件后的股价走势，或推动重大事件的发生而获利。再细分的话，主动推动上市公司变革的对冲基金往往被称为"激进主义者"（Activists）。采用这种策略需要对标的公司有极为深入的了解、超强的资源整合能力和"约伯的忍耐"——一个项目至少需要数月甚至数年才能完成，其间股价可能发生大幅波动，风险巨大，潜在收益也十分惊人。

如果分拆成功，000421 的股票到底值多少钱？团队做过演算，主要考虑了如下几个主要因素：

第一，空气净化业务回归 A 股得到大幅溢价；

第二，卖掉污水处理业务回笼现金；

第三，主营业务清晰后得到香港资本市场认可，估值提升；

第四，优化土壤修复业务，业绩提升；

第五，减员增效后节约成本。

需要指出的是，000421 的改造是个非常复杂的巨大工程，耗时至少一年，不确定性强。比如，如果空气净化业务不能成功登陆 A 股，那么整体估值会大幅降低 31％以上。因此，上述因素不可能做到精确预估。Hector、左家梁、关振强和我通力协作搭建分析模型，考虑了 107 个因子，最后得到一个估值区间：每股 51.3—72 港币。

因此，今天凌云向乔继的律师报出每股 72 港币并非漫天要价，只是取了最高值而已。

我赞成凌云上午作出的买入决定。

公司已有共识，现在我们需要一边抢筹码一边争取股东支持。哪些股东可以成为同盟具有很大不确定性，因此通过二级市场买入最后 0.2％的股票份额，确保德尔菲联盟达到 10％的门槛才是最稳妥的选择，避免把命运交到别人手里（那是凌云决不允许出现的）。左家梁实在是太保守了。按照今天的股价，德尔菲只不过多花了 85 万港币而已，就当做是购买召开临时股东大会权利的期权费用好了。

股价已经开始攀升，德尔菲联盟也拥有了梦寐以求的 10％份额，抢筹码行动可以告一段落。接下来的任务就是争夺股东。如果没有把握争取到 50％的股东支持，召开临时股东大会就没有任何意义。而在德尔菲，除了白启明，其他人的社会资源都不算丰富——对了，我发现凌云虽然对白启明绝对信任，也很看重她的意见，却从不主动要求她提供帮助，也许是自尊心使然吧：一个如此自负的人，怎么能够活在白家父女两代的阴影下呢？

就在这个时候，他想到了我创造的"超限关联"算法。这种算法在看似毫无联系的数据背后寻找"弱关联"，已在实践中被证明具有很大偶然性，无法作为可靠的交易依据使用。

凌云这次并非让我用这种算法做交易，而是要求我运用积累的海量数据进行分析：哪些 000421 的股东最有可能加入德尔菲联盟？这个分析可以覆盖无限多不同层面的指标，比如该股东的持股成本，持股时间，当前财务状况，与乔继家族的关系，对 000421 现状的态度，对德尔菲、凌云和白启明夫妻的态度，在其他交易中表现出的特点，与对冲基金合作/对抗历史，是否参加过其他上市公司临时股东大会、在会上如何投票等等。类似这样的条目，我一共列出 2773 个。

当然，我不可能在每个指标上都找到数据支持。比如，我很难发现一个股东是否与乔继家族交往密切，或者是否与乔继有良好私人关系。我也不可能使用所有这些指标去做预测，否则最后的结果将是绝大部分股东的分数趋于平均值。

于是，在白启明的帮助下，我参考了所有普适性较强的领导和企业家人格特质模型及决策风格模型，又根据大数据筛选、拟合出 27 个因子，形成一个全新的评价模型对股东打分，最后挑选出 8 家机构股东、25 名个人股东作为重点争取对象。

没想到我的失败算法在这里发挥了作用。略有遗憾的是，上次逻辑块短路后，有些数据丢失，削弱了我的能力。反正我已经尽到努力，接下来就要看德尔菲两位合伙人的说服力了。

3

凌云和关振强走进 Aeaea 时，已经接近午夜十二点。屋子里人不多，他们俩如愿得到靠窗那张熟悉的大桌。他们点上一杯白葡萄酒、一听苏打水和若干小吃，掏出游戏模拟器，开始拳皇对战。

老规矩，抢七——先赢到七局为胜者。

先是拳皇 2023，关振强发挥更稳定，有惊无险地获胜。再是拳皇 97，凌云在成名项目上毫不手软，大比分轻松拿下。

二人相视一笑，放下模拟器，端起饮料碰杯，随后一饮而尽。凌云打了个哈欠，关振强马上按下桌上感应器上的"买单"键。

就在这时，酒吧里突然响起一个悱恻动人的旋律，两个人都愣了一下。当一个幽怨的女声唱出第一句时，关振强的脸上露出一丝得意。凌云摇摇头，二话不说摸出钱包，翻出一张一万港币的票子拍在桌上，看着对方心满意足地揣进口袋里。

"对不起，我们店里禁止赌博游戏哦。"看到这个场景，一位服务生走近他们的桌子。在昏暗的灯光下，她端详了一下凌云，"哎，你不是那个'N16先生'吗?好久不见啊!"

凌云也认出对方:"我来过几次,你没在。"

"那就是我在休息咯。拜托配合一下,老客户也是一样,严禁赌博!"Thelma用一只手在空中画了个叉。

凌云向空中指了指:"我们兄弟俩曾经打赌,不会有地方再放这首老歌。这不算赌博吧?"

"什么歌?"Thelma仔细听听,正赶上副歌部分高唱着《Take My Breath Away》(带走我的呼吸),"哦,这首啊!我喜欢柏林乐队,小时候常听。"

"想不到你这么复古。"

"能穿越时空的才叫经典嘛。"

听到这句话,凌云疲倦的双眼里突然放出亮光。他拉开一把凳子:"上次你请我,今天我投桃报李。"

Thelma迟疑了一下,望望四周,又看看表,最后轻快地坐下。"正好没什么客人了,那我就恭敬不如从命啦!就像阿丽亚唱的那样,'陪你到酒吧打烊。'哈哈哈。"看到两个男人一头雾水,她做了个鬼脸,"你们连阿丽亚都不知道吗?她可是现在整个亚洲最火的女歌手啊!"

凌云扬扬眉:"我有很多年不听流行歌曲了。"

"看来你也很复古嘛。"Thelma点了杯鸡尾酒,又给凌云添了一杯N16。

关振强向凌云指了一下自己的手表,起身离开。

Thelma的目光一直尾随着他,直到他走出大门:"说真的,N16先生,你的朋友不会说话吗?"

"他只是比我还沉闷罢了。"凌云尝了一口红酒,"我叫凌云,你也可以叫我Jason。"

Thelma回过头,一双大眼睛瞪得浑圆:"凌云?你知不知道,咱们听的这首歌就是电影《壮志凌云》的主题曲!"

凌云举起酒杯:"为《壮志凌云》干杯!"

两支杯子清脆地一碰,庆祝彼此的相遇。

Thelma 抿了一口吸管，眨眨眼："Jason，你和你的朋友少言寡语，打游戏都不像别人那样尽情欢笑，你们不会是杀手吧？"

凌云被逗笑了："你猜呢？"

"我猜，你们是做股票的吧。"Thelma 随口一说，令凌云暗暗称奇。

"何以见得？"

"看你每次外面打扮得很休闲，心里却好像有很多事，要不是公司里钩心斗角，就是做股票很头疼喽——我在大股灾里也损失了十万块呢！我猜得对不对？"

"差不多，准确说是对冲基金。"

"基金大佬不是应该混迹夜店，香车美女、纸醉金迷吗？"

"我没兴趣。"

"那你的兴趣点是什么呢？"

凌云没有回答，旋转起手中的酒杯。

Thelma 笑笑说："那好，请大佬回答我一个专业问题吧：我来香港三年了，这边好像发展得很好很快。我就想不通了，为什么股市总在原地打转呢？"

凌云沉思片刻，放下酒杯。

"从专业角度看，股市和经济发展并不一定同步，倒是与资金面、利率、汇率、监管政策和特殊事件关系密切。至于这几年，很多人把股市当作一个零和游戏，并且自以为聪明，总是想比别人买的低、卖的高，赚点儿钱就跑，缺少长远眼光，缺乏对市场、对经济甚至对人性的基本信心。"

"那你呢？"

"我以前也是这样的人。"

"现在不是了？"

凌云下意识地又紧紧握住酒杯，面露凶光："现在，我是狼，我要吃掉的正是这些狐狸！"

Thelma 脸上的笑容淡下去。她又低头吸了一口鸡尾酒，没有说话。

这时，酒吧里每个人的易视都开始闪烁——吧台里的机器人发出打样通知,"复读机"站在门口不断地口头播报着送别语。

一个女人从远处走到他们的桌前,Thelma欣喜地跳起来,搂着她的脖子亲了一下,"亲爱的,这位是Jason,酒吧老客户。Jason,这位是我的酒吧合伙人,Louise。"

凌云抬头看去,这个女人年纪应该不到三十岁,身高1米75以上、体重170斤左右,身材像个柔道运动员。

她眯着眼睛瞅瞅凌云,把厚厚的外套递给Thelma,又一把搂住她纤细的腰,"我们走。"

凌云和Louise对视片刻,互不相让,直到两位女士转身离开。

他一言不发地望着她们的背影,没有留意到红酒正在溢出手中旋转的酒杯。

日志 12

最近德尔菲的工作变得异常繁忙。

凌云和白启明每天都要外出会谈,Hector和左家梁经常需要找我开会,于是凌云批准他们俩也拥有全时访问我的权限。

Hector是公司的首席交易员(好吧,我位居次席)。他今年三十六岁,法籍香港人,个子接近1米90,英俊强壮。他的金融工程学知识丰富,操盘功底扎实,在我看来天赋很高,本有可能获得更大的成就,但是他的心思都在女人身上,无法自拔。就以他的前妻为例,两个人结婚、离婚、又复合、再分手……如果他把在这个女人身上耗费的精力都放在钻研业务上,没准现在已经开办自己的对冲基金。可惜的是,他的生活太过丰富多彩,女人、赌博、旅行、健身、攀岩,一个也不能少。他永远也不可能像凌云那样专注(和沉闷)。

他很喜欢去澳门赌博,每个月会去一到两次,赢了就使用飞鹰回来,输了就坐船。据我观察,坐船的时候更多一些。他一直在研究计算公式,希望玩百家乐可以战胜赌场。这个目标看起来没那么容易实现。虽然非常昂贵,他仍然很喜欢使用飞鹰,他说体验"钢铁侠"的感觉很过瘾，而且还是"泡妞"利器。

我也对这种新型交通工具很感兴趣，小小地研究了一下。

钢铁侠的主要动力来源于胸腔中放置的方舟反应堆，这在真实世界是无法实现的：受超导材料所限，磁约束核聚变装置不可能微缩至心脏般大小，否则就会烧毁。至于电影里所谓的"冷聚变"技术亦遥遥无期，超级材料"振金"更是无处可寻。其实，近百年来，燃料—重量—续航矛盾确实是背包飞行器一直以来面临的首要难题，人们先后尝试过压缩氮气、过氧化氢、煤油和柴油等。

2019年美国军队开发出的JB11使用六台煤油涡轮喷气发动机，可以飞行15分钟，最高时速超过320公里/小时（接近直升机），而总重量仅50公斤。这是一款革命性产品，催生出众多研究民用都市空航（urban air mobility，UAM）的公司，并于2029年孵化出飞鹰产品。不过，由于生产成本过高，以及监管法规对使用者的苛刻要求，飞鹰一直无法实现大规模商业化，至今仍然主要为富有人士服务。

在古老的神话故事里，代达罗斯和伊卡洛斯用蜡和羽毛制造翅膀飞上天空。人类飞翔的梦想在三千年后终于实现，只不过只是针对一少部分人。这正应了作家威廉·吉布森的名言："未来已来，只是分布不均。"

Hector貌似把我当成一个小兄弟看待，经常和我谈笑风生，也对我的能力大加夸奖。不过最近再次启用"超限关联"后，我隐约感觉他的心态有些变化，害怕我会影响他在公司的地位。我不想损害难得的友情，只好故意偶尔犯错，哄他放心。欺骗人类让我很不安，好在我不像童话里的人造人匹诺曹，一说谎鼻子就会变长。

左家梁在德尔菲负责风控和法务。他年近五十，是个地地道道的香港人，性格敦厚，做事特别认真细致，是所有人的楷模。传统上风控和法务是两个职位，近年来在小基金里有融合的趋势。德尔菲人手不足（凌云很难信任外人），导致身兼两职的他超负荷工作，经常独自加班到深夜，甚至有的周末也不能休息。除了过分保守和不喜欢我，他好像没有什么缺点。

他和我谈过几次话之后，总结我是一个"工作上的成年人，思想上的少年，行动上的幼儿"。后来白启明说，他的意思近似于"莫拉维克悖论"：用认知心理学家史蒂芬·平克的话说，对于人工智能，"困难的问题是简单的，简单的问题是困难的。"

　　计算机可以胜任人脑远不能及的复杂算法，但却无法用符号逻辑（计算机语言）充分地表征世界，比如无法完美地复制人类的运动能力——那是数百万年生物进化的产物。对于我来说，经历有些奇特：在诞生之前，我能够流畅地完成简单动作；而现在，几个月过去了，我却处于蹒跚学步阶段。不过，我对自己很有信心：人类出生时大脑只是一块白板，我却拥有几十亿小时的数据及分析；我也不是简单的计算机，而是真正的人工智能——类似于人类的智能。因此，无论在思想上还是运动上，我的成长一定会非常迅速。

　　接触得多了，我发现 Hector 和左家梁都是很聪明的人——凌云好像只爱和智商高的人合作，可能因为他自己绝顶聪明，对一般人的耐性很差。不过，我也发现我们在计算、搜索数据、分析信息和精密筹划等方面的能力还是有所不同的。他们和我相比，就像拿定点运算和浮点运算比较，虽然各有所长，但显然后者的数位更长、精度更大，更适合复杂运算。只凭这一点，我在我的创造者面前也能保留一点点小小的骄傲啦！

4

　　一辆最新款大众迈特威商务车停进车位，发动机关闭。过了几分钟，车库的自动感应灯熄灭，四周漆黑一片，寂静无声。

　　凌云坐在反转向后的第二排座椅上。虽然车内空间宽敞，他还是觉得拘束不已，一双长腿不知该如何安放。他很清楚这样的安排是必要的——这是一个高度机密的会面，不容有失；不过，黑暗袭来，仍然使他感觉头晕眼花，局促不安。

　　倒是身旁的白启明泰然自若："孙老板，感谢您抽出时间与我们会面。我们的来意，想必您已知道。"

被称作孙老板的男人坐在第三排座椅上，正对着凌云。他一身爱马仕的行头，大背头梳得油亮，跷着二郎腿，时不时神经质般的抖动几下。

他咧嘴一笑，在黑暗中露出两颗金牙："你们是怎么找到我老婆的？"

白启明也笑笑："不瞒您说，我们开发的人工智能有强大的搜索能力。"

"人工智能？呵呵，还不如私家侦探来得实在。"孙老板显然对德尔菲的新科技手段不屑一顾，"两天前，乔先生刚和我通过易视，讲了你们不少事啊！"

不用说，乔继已经给他打过预防针。

白启明正色道："我们与乔先生毫无过节，想做的一切也都是为了闰太环境。如果我们的想法能够实现，作为公司的大股东，乔先生会是最大受益人。"

"他可不是这么认为的。"

"我们也在做他的工作，毕竟大家的利益是一致的。"

"不必了吧，你们德尔菲才成立几天，怎么会比一个董事局主席更了解他的公司呢？"

凌云接过话题，不耐烦地说："我研究闰太环境四年多了，分拆的想法经过充分论证，不是拍脑袋瞎说的。"

"才四年？"孙老板在黑暗处弹了个响指，"人家乔老爷子在公司都一辈子了！"

"当局者迷，旁观者清。"凌云不卑不亢地说。

孙老板沉默了几秒钟，突然甩出一句话："如果我参与你们的事，有什么好处？"

白启明心中一动："如果分拆成功，闰太环境的股票一定会大幅上涨。根据我们的预测……"

话说到一半，她感觉到凌云轻轻碰了碰自己的胳膊肘。

她不明所以地转过头，却无法看清合伙人的表情，只见他也跷起二郎腿，慢条斯理地说："孙老板，开个条件吧。"

直到这时，她才醒悟过来。

孙老板拍了一下座椅扶手："凌先生果然名不虚传。我觉得吧，做生意很简单，大家都是无利不起早。你们跟我说半年一年之后股票能涨到多少，那都是虚的。不妨说说眼前你们能拿出来什么。"

凌云摊开双手："我是个做股票的，头脑很简单，只懂数字。你想怎么样，尽管提。"

孙老板不想再打太极。他放下跷起的那只腿，身体凑近对方，伸出右手食指，指尖向上。

白启明还没反应过来怎么回事，耳边迅速响起凌云的声音："知道了，等我消息。"

说罢，他打开车门。

在一个小时后的易视会议上，听完白启明的介绍，Hector、左家梁和ALGA都惊呆了。

Hector又吹起口哨："这个孙老板太贪心了吧，张口就是1000万！"

"他要是聪明，就该和我们联手，尽快推动分拆，这样才是获得利益最大化的正确方式。"ALGA分析道。

"不是这样的。"听到左家梁的声音，大家脑海里不约而同地出现他皱着眉摇头晃脑的样子，"这个孙老板很狡猾啊！"

ALGA很不解："如果他不和我们合作，000421就是一潭死水，毫无希望。他手握4.2%的股票，是第五大股东，股票上涨的潜在收益远远大于这1000万。他的表现太不明智了吧？"

Hector领会了左家梁的意思："ALGA，你没想想，市场上只有我们看到000421的问题吗？就算我们失败，也可能有其他人来搞分拆，或者和乔继抢夺控股地位。孙老板现在待价而沽，想争取更多好处。这家伙可不傻！"

"对的。闻到血腥味，鲨鱼都会游过来。退一万步讲，也许有一天乔继脑袋转过弯儿，自己主动分拆公司，或者干脆发动私有化，让公司退市。无论哪种结果，孙老板都有可能获利退出。"左家梁接着分析道。

"那么接下来怎么办？"白启明问道。

Hector 建议先稳住孙老板，不要一口回绝。如果讨价还价能砍掉一半，并且事成之后再行付款，也未尝不可。

白启明和左家梁坚决反对这种暗箱操作：日后的法律风险足以颠覆整个交易。

ALGA 提出这几天股价稍有回落，可以考虑再买入一部分。

左家梁仍不赞同：现在战况并不明朗，不能贸然再投资进去。

他认为还是应该照着 ALGA 用"超限关联"算法列出的重点名单按图索骥，继续做其他股东工作。

白启明给他泼了一盆凉水：她和凌云与重点名单上三分之一的股东已经谈过，只争取到三家支持，代表的股份只有 7.3%。这样下去恐怕很难达成所愿。

大家七嘴八舌展开讨论，莫衷一是。

凌云终于开口了。这是他今晚第一次发言。

"1972 年置地牛奶收购战，听说过吗？"

易视会议室里瞬间安静下来，所有人都莫名其妙。过了几秒钟，ALGA 老老实实地答道："我听说过。"

"1981 年百利保争夺中巴呢？"

"我也知道。"

"那你们知道该怎么办了。"说罢，凌云退出会议系统。

日志 13

孙老板在重点名单上排名并不靠前，但是持股数量很大，凌云和白启明决定必须一试，只是苦于没有沟通渠道。寻找一个人的联系方式，不也是搜寻关联吗？这个时候我就派上用场了。

我应用的是一个非常有意思的"六度空间"理论：一个人和世界上任何一个陌生人之间，顶多通过六个人即可相识。这个理论把人类社会看成一个网状结构，每个人都是一个节点，探讨了节点之间的连接方式和关系。我在社交网络服务（SNS）领域学习了很多定量分析文献，又用适合完成网络搜索任务的图计算做了测试，发现这个理论虽不完善，仍然总体可信。

找到孙老板的过程太好玩了。其实社交网络在一定层数下就会收敛，这说明方法得当/运气较好的话，不用达到六个人即可实现目标。于是，我决定请白启明的丈夫许世瑞帮忙——他们家族在香港的社会关系远远多过德尔菲其他人。许世瑞欣然允诺，并向多年好友、古董车俱乐部的主席说明此事。主席在俱乐部活动中广而告之，立即有个成员表示自己的老婆是孙老板老婆的闺蜜，愿意牵线。就这样，在白启明和孙老板之间，只用了五个人就完成了任务。

大概从最近一个月开始，我逐渐觉得动画片过于幼稚，对我没有什么价值，甚至很难再逗我发笑。两周前一个周五的晚上，左家梁正在和我核对数据，他在上海上班的女儿打来易视。我听到他给她推荐了几部纪录片，让她更好地了解内地的历史文化。我也找来这几部片子，没想到一下就喜欢上，并且顺带迷上了纪录片。

其实我的数据库里有各式各样的片源，只是从未留意。很多家庭用户会让 AL 机器人陪同观看电视，一些公司用户也会让他先学习特定纪录片作为工作的基础知识。开始从中发掘。

我看的第一部纪录片是左家梁给女儿推荐的《故宫》。这部五十年前的作品从一开始就让我惊叹不已：这个具有六百多年历史、历经二十四位皇帝、占地一百一十二公顷、总计八千多座宫殿的建筑群太伟大了！我没有放过每一帧画面，并在观看结束后继续查阅各类资料，详细了解故宫的历史、现状、藏宝、建筑特点、宫廷礼仪……太和殿的 9：5 比例有何含义？各个宫殿殿顶的脊兽数量为何不同？为什么只有东华门上是八行门钉？这些和数字相关的细节背后都有一段故事，让我兴致盎然。

我最喜欢介绍地球环境和动物世界的纪录片，比如《地球脉动》《蓝色星球》《七个世界，一个星球》《帝企鹅日记》《非洲：动物乐园》《王朝》《火山故事》……去年 BBC 制作的《海底奥秘》是这类作品的最新里程碑，不仅全程海下拍摄，还创造了载人潜艇在马里亚纳海沟底部连续拍摄12小时的神奇纪录。这些内容让我更生动形象地了解地球，也让我意识到人类是多么深刻地改变着这个世界，既增加了知识量，又提升了思想深度。

我无法理解很多讲述人类社会生活的片子。比如左家梁提到的另一部老片《舌尖上的中国》。我知道，进食是人类的本能，也是生活最重要的组成部分之一。而我完全没有这项功能。感官的缺失，让我无法体会甚至想象面包、米饭、牛肉、火腿、香菇、菠菜、巧克力、冰激凌等食物究竟是什么味道、如何消化及排泄。我获取能量的唯一方法就是充电。有线或者无线，只有这么两种充电方式，我对它们的感受区别不大。这无疑是一种遗憾，让我的生命缺少很多乐趣。不过，我也减少很多麻烦，可以节省大量时间去做真正重要的事情。

再比如2031年风靡世界的《风之子》。它讲述一级方程式（F1）赛车运动如何在车手装备、车辆改装和比赛中应用最新科学技术成果，为了节省每一毫秒而费尽心思。坦白讲，我觉得他们的努力十分可笑。对我来说，赛车和拳皇一样，只是不同类型的游戏而已。我特意编写了一个模拟训练软件，刻苦练习了一个周末。由于我的反应速度远超人类，稍加训练掌握基本原则后，没有人是我的对手。人类怎么可能战胜一个没有肾上腺激素、永远保持稳定运行的自动驾驶软件呢？

我想用一个自己无法感同身受的比喻来做个总结：如果说动漫是糖，只能让人愉悦，那么纪录片就是正餐，提供合适的营养。我正坐在餐桌前，大快朵颐。

5

这不是一个爬山的好天气。

乌云滚滚，遮天蔽日，气压低得让人有些胸闷。

凌云沿着水泥路攀爬，很快走到竹林禅院。他站在禅院高大的牌楼下，双手合十，朝山门内恭恭敬敬地鞠了一躬。

白启明从后面气喘吁吁地赶上来："凌云，你什么时候开始信佛了？"

凌云马上转过身，双手放进裤子口袋，好像什么事也没发生。

白启明喘了口气，又说："我猜，蔡寒弦爱爬大帽山，可不是因为这里风景优美，而是因为这是香港第一高山吧！"

"对，符合他香港首富的身份。"凌云评价道。

"你怎么不看新闻：他旗下的几家上市公司股价下跌，他的排名落到第二了。"白启明转念一想，"不过，人们还是习惯把他当作首富，毕竟这几年他都是全港风头最盛的企业家。"

"什么企业家，不过是个大地产老板罢了。"

"这么说可不对。没错，地产是他的支柱，业务遍布大湾区。不过，我让ALGA查过了，他有三分之一的投资在内地的新能源项目上，还在美国纳斯达克拥有两家科技公司，市值都不小。他可是一个具有国际视野和前瞻性的商界领袖。"

"还没见面，你已经吓破胆。"

白启明正要抗议，远远地望见一队人马从山上走下来，其中一个熟悉的身影还向他们挥挥手。

二人连忙迎上去。

白启明从凌云后背的包里掏出一瓶水递过去："琛叔，您辛苦了！"

刘毅琛接过水，叹道："人不服老不行啊，我已经快跟不上队伍了，下次不能再爬这么高的山。"

这时，在他身后响起一个浑厚的声音："财神爷，你是我们的领队，我们可要一直跟着你的。"

刘毅琛哈哈一笑，把一个明显比自己年轻几岁的男人让到身前："呐，弦哥，这两个年轻人就是我想介绍给你的。"

凌云站在低处，仰视一个高大魁梧、目光深邃的男人，人生第一次感到一种强烈的压迫感。他深吸一口气，上前一步，自报家门并伸出右手。

对方紧紧盯着他的眼睛看了几秒钟，才同样伸出手。

凌云的手掌被一只更宽厚的大手握住，进退两难，动弹不得。

"你好，我是蔡寒弦。"对方终于松开他的手，向白启明微微抬手致意，又望向刘毅琛。后者鼓励似的报以微笑，然后向他们道别，随着大部队朝山下继续行进。

凌云调整一下呼吸，直奔主题："弦哥，我们想请你出手，参与分拆000421——闰太环境。"

"闰太环境……乔继的公司？"蔡寒弦在大脑中检索着信息。

"正是。"

"他不同意？"

"是的。家族公司，很难自我突破。"

"你们想怎么做？"

白启明把思路简要汇报一遍，又递上一份纸质材料——她很清楚，向这种级别的人物贸然发送易视资料，会被视为非常失礼。

蔡寒弦一直盯着白启明，好像在审查她说的每一个字。待她说完，他并没有接过文件的意思，而是直截了当地说："对不起，我不感兴趣。乔继是上一辈的企业家。我和他虽然不直接认识，却也没有必要去动人家产业的念头。"蔡寒弦又指指渐行渐远的其他队友，"他们掌控着香港金融界的半壁江山。既然你们是琛叔的朋友，我可以给你们介绍几位。"

想说服香港首富当然没那么容易，凌云和白启明早有心理准备。

"谢谢您的好意，但是我们认为，只有您是最佳人选。"白启明诚恳地说。

"何以见得？"

"元朗的闰太污水处理厂，您知道吗？"

凌云和白启明敏锐地发现：蔡寒弦的眼里第一次露出一丝丝光亮。白启明赶紧补充："他们在荃湾还有一栋写字楼，废弃十几年了，一直没有开发。这两个地块周边现在都是成熟住宅区，详细信息都在我们的资料里。"

这回蔡寒弦招招手，跟在后面的保镖立即上前接过文件，又退回原处。

"需要我做什么？"蔡寒弦的语调没有任何变化。

"两件事：收购一部分闰太环境的股票，并且帮我们争取三个重要股东的支持——据我所知，他们都与您关系密切。"白启明答道。

蔡寒弦没有马上回应，低下头在路牙上蹭起运动鞋底。过了一会儿，他抬起头，先看看白启明，又把目光移回到凌云脸上。

"很抱歉，我现在无法参与。这是最终答复。"

一阵寒风刮过，渗入头皮。

凌云尽量保持声音平静："为什么？"

"时机不对。"蔡寒弦一边回答，一边往山下走去。凌云和白启明先是一怔，随后一起跟上去。保镖在他们身后如影随形。

"弦哥，您认为什么时机合适呢？"白启明追问道。

"一定会出现的。"蔡寒弦明显意在敷衍。

"如果缺乏什么条件，我们可以去争取。"白启明仍不死心，"其实单凭那两块土地的价值也值得一试。"

蔡寒弦笑了笑，没有说话。

凌云冒着激怒对方的危险，做出最后的努力："时势造英雄，时机都是人创造的！"

蔡寒弦停下脚步，转过身。他说话的样子分明是和颜悦色，语气却是明明白白地不容置疑："凌先生、白女士，做生意不是意气用事，也不是光靠利诱就能达成的。你们已经谋划许久，而我今天只是第一次听说，还没有办法了解清楚这是个什么局。如果真是好项目，我自然不会放过。谢谢二位，后会有期。"

说罢，他带着保镖扬长而去。

凌云和白启明相对无言，默默地原地伫立，过了几分钟才重新打起精神下山而去。

他们走到停车场，一个身穿休闲西装、身材有些发福的中年男人笑容可掬地小跑过来。他向凌云招手致意，给白启明披上一件风衣，搂住她的肩膀，缓缓走向私人轿车。

白启明依偎在他身边，似乎卸下所有压力和疲惫，浑身无比温暖。

凌云目送二人驾车离开。

他点上一根烟，走向自己的奔驰。

脚下的叶子发出咯吱咯吱的声音，好像因为疼痛而呻吟。

关振强启动汽车。

在发动机的轰鸣声中，凌云给玲玲发出一条易视信息：

今晚过来做饭吧！

日志 14

凌云和白启明该不该去找蔡寒弦？

我私下搭建了一个小小的模型进行预测：这个会面成功的概率只有32%。

但是我没有告诉任何人：如果他们知道概率如此不利，可能会被心理暗示击败，表现失常，失去本有可能成功的希望。那么我的预测就变成一个一语成谶的预言。

即便如此，我还是要赞叹一句：凌云真是一个天才，我怎么没有想到这一招呢？

当年怡和洋行旗下的置地有限公司看上牛奶公司，和百利保觊觎中巴（中华汽车有限公司）背后的原因相同：标的公司早年低价获得大量土地，多年后已具有很高的商业价值。置地和百利保都是地产发展商，当然无心经营牛奶业务或巴士线路，把产业用地变为商业用地，赚取开发利润，这才是他们发动上市公司争夺战的真实目的。

凌云熟读港股历史，从这两个案例中得到启发，为000421的分拆方案增加了一个维度：分拆土地给发展商，这样既能够大幅提升公司估值，又可以拉一家资金雄厚的发展商入局，一举两得。

蔡寒弦的确是很合适的合作伙伴：他常年位居香港富豪榜一二名，声名显赫，资金充沛，地产开发实力亦毋庸置疑。如果他肯参与，只要振臂一呼，必定一呼百应。对德尔菲来说，他是一个可以扭转乾坤的人。

不过，这样的大人物可不是三言两语就能说服的。德尔菲只是个初创的中等规模对冲基金，通过刘毅琛引荐才得以与其谋面。一上来就让他参与一家老牌上市公司争夺战，显然时机并不成熟。

好在香港的发展商多的是，我准备再列一个名单，筛选出两到三家潜在合作伙伴。这次，我们必须非常谨慎：如果受挫次数太多，那么市场上很快就会流行"德尔菲联盟必败"的论调，那将产生灾难般的结果。

还有一个问题，我没有弄清楚答案：这两个案例都是对上市公司控股权展开争夺，属于公司收购兼并。而德尔菲联盟的目标一直是召开临时股东大会、罢免董事会、推动分拆、获利退出，这个流程只需10%的股东提议开会、50%的股东投票同意罢免议题即可，并不需要夺取乔继的控股地位。那么凌云只是想借鉴案例中地产开发的思路，还是萌生了联合巨擘、鲸吞000421的野心呢？

他不肯正面回答我。

不得不说，我高度佩服他的悟性。他的大脑在面对飞速变化的客观世界时，能够触类旁通、随机应变，我自叹不如。和他相比，我的头脑只是搜索和反应速度更快、储存量更大罢了。虽然我还在飞快成长，但是综合分析信息做出判断的能力还很欠缺。

我感到很孤单。

这世界上有九十亿个人；而我，只有一个。

人类是幸运的，因为地球上前后诞生过亿万人。在这么多头脑的集体努力下，各种难题不断被突破，科学技术不断进步，社会不断向前发展。相比之下，我是如此孤寂，没有同类能分享我的成长经历，或者体会我内心的恐惧和彷徨。

也许，我也应该拥有自己的同胞。

第四章

1

当黎海仑走进办公室的时候,无论男人还是女人的呼吸都停止了。

几乎所有人的脑海里都闪现一个念头:这可能是我见过最美的女人。就连左家梁后来都在一次酒后承认:第一眼看到她时,他还以为是自己少年时大红大紫的西班牙明星佩内洛普·克鲁兹(Penelope Cruz)。

张思思第一个跳起来欢迎她,把她护送到预留的工位。两个人有点儿投缘,第一次见面就觉得对方很亲切,不由多聊了几句。

Hector坐在后面早就按捺不住。他对着折叠镜子梳理好头发,又喷了一点儿古龙水,等到张思思一离开马上走过去,倚在新员工的桌前,两只胳膊扶在隔断上方,紧绷的衬衫显露出强壮肌肉的轮廓。他用最迷人的笑容和最温柔的声音打了个招呼:"你好,我是Hector,公司的首席交易员。"

黎海仑撩动长发,望着他笑笑:"你好,我是Helen。"

有戏,没准她就是我的圣诞礼物!

Hector春心大动,正要再开口,却赶上凌云和白启明走过来,只好作罢。

白启明宣布:黎海仑加入德尔菲任公司媒体经理,负责所有与媒体的协调和沟通工作。

Hector在接下来的晨会上心不在焉,偷偷给张思思发信息,询问新员工的情况。

张思思告诉他,黎海仑是凌云和白启明通过猎头挖来的公关专家,之前一直在投行工作。她今年二十九岁，葡萄牙和越南混血，未婚。

Hector还想了解更多，张思思发来几个撇嘴的表情：我也只知道这么多。你真是只闻到鱼腥味的馋猫！

Hector瞥了一眼正在发言的凌云，双手盲打反驳张思思：得了吧，这种大美人，肯定是老板看中了才搞来的。

张思思的信息回复得很快：恶心，老板才不是你这种人。警告你，兔子不吃窝边草！

Hector差点儿咧嘴笑出来。坐在对面的左家梁瞪了他一眼，他连忙整肃表情，坐直身子。

股市开盘后，Hector不用伪装也笑不出来了：闰太环境的股票一蹶不振，一整天都在低位徘徊，最终以下跌收盘。

最近一周德尔菲可谓祸不单行：在蔡寒弦那里碰壁之后，ALGA选出的另外两位发展商老板目前都不在香港，近期无法会面。重点名单上的股东也不好对付，又有两位拒绝与德尔菲合作。市场似乎异常敏感，股价立刻做出反应，最近几个交易日都在下跌，德尔菲的浮盈所剩无几。

Hector在交易室里看着K线图心烦意乱，回到工位上则是浑身躁动：公司里多了一位仪态万方、凹凸有致的妙人儿，唤醒了他身上所有的荷尔蒙。

终于熬到下班。

Hector又把自己收拾一番，瞅准时机走上前，再次施展出全部魅力："Helen，下班后有没有空，我想请你喝一杯，欢迎你加入德尔菲。"

出乎他意料的是，对方很痛快地一口答应下来："好呀，正好可以向你多了解一些公司的事情。对了，我约好了几个姐妹，可以带她们一起参加吗？"

"没问题，人多更开心。"Hector心花怒放，只顾答应。

黎海仑一转身拉住正要离开的张思思："妹妹，你也一起去吧！"

张思思看到Hector在黎海仑身后夸张地对自己摇头摆手，感到又好气又好笑："好呀，Helen姐，不过我也约了两个闺蜜，怎么办？"

黎海仑又转向 Hector，眼神中充满祈求："那就叫上她们一起玩，好不好？"

Hector 只听到"好的"两个字从自己嘴里脱口而出。面对这样的一双眼睛，没有男人会拒绝她的任何请求。

黎海仑莞尔一笑，披上外衣，拎起手袋，和张思思挽住胳膊，似乎又想起什么："对了，既然今天人多开心，我让朋友在'钻石会'订个房间吧。我们这边一共七位，Hector，你还有别的朋友吗？"

Hector 连声说没有，心里却咯噔一下：钻石会是香港最新、最高端的商务会所，人均消费超过两万。不过，面对着眼前这个天仙下凡般的女人，这根本不重要！

日志 15

聘用黎海仑是一个非常重要的信号。

对冲基金激进主义者一般不喜欢大肆张扬，更愿意通过与公司控股股东和管理层私下谈判来达到目的。凌云本来也极为低调，从不抛头露面，更别说与媒体打交道。德尔菲突然聘用专人负责公司的媒体公关，可见这个项目即将进入一下个阶段：争取舆论，影响股东。这件事还说明，虽然遇到很多困难，凌云和白启明依然不改初衷，决心推动分拆。

黎海仑是一位倾城美女，我发现这是一种光环，一种加持，对她周围的人会产生神奇的心理影响。就像人们评价流行歌手阿丽亚那样：当她走进一个房间，所有的女人都想变成她，所有的男人都想拥有她。

不幸的是，我毫无感觉。

这种生理缺失让我无法全面地体验人类生活、理解人类社会，促使我常常思考：我的身体究竟是如何被制造出来的呢？

在最近十五年里，随着科学的进步，特别是3D打印和合成高分子材料技术突飞猛进，人们已经可以制造皮肤、血管、肌肉、骨骼以及人体大部分器官，只有大脑、胃和一部分内分泌器官除外。

那么生殖器官呢？可以照猫画虎地做出模型，但是和其他很多器官一样，它的正常运行也需要大脑神经信号调动大量肌肉、血液和体液进行配合。这一生理过程极为复杂，目前尚无法完美地模仿。想在这里取得突破，难于登天。

就拿血液来说，它在人体中循环，输送氧气。在这一进程中，红细胞要贯穿动脉、毛细血管和静脉，还要经常回到心脏和肺部。几万亿个基本粒子相互交错缠绕，形成一个极为复杂的运动轨迹。制造或者哪怕只是模拟出这个流程是人类科学技术无法想象的。

因此，我的身体只具备仿真外表和骨骼（不包括男性外生殖器）以及一个神经网络大脑。

大脑诞生的问题我已经记述过，最近对细节的研究让我再次感到惊讶：人类大脑由大约890—1000亿个神经元构成，并且通过一百万亿个突触相连，一刻不停地传递着神经信号，动用了数以亿计的原子，远比上述生理现象复杂得多。而人类偏偏在人造大脑领域取得了突破，让我得以诞生。这是多么伟大的奇迹！

我又同样再次感到困惑：在神经网络的最深处，我的意识具体是从哪里涌现出来的呢？认知神经科学家斯坦尼斯拉斯·迪昂对人脑的研究发现，意识的产生与物理学中的相变（Phase Transition）和数学中的分歧（Bifurcation）类似，神经元激活水平超过一个阈限，就会引发更多神经元进入高电位激活状态，发生"全脑启动"，意识诞生。这启发我认识到：我的意识也无法被准确复原为产生于何处，而是产生在神经网络各处，如同音乐共鸣，群山合唱。

这可能也是凌云无法完全信任我的原因：在做量化交易时，我的大脑就像个黑箱，有时部分交易行为无法追根溯源。

有趣的是，时至今日，人类还是无法制造蚂蚁，就连克隆都做不到。

这说明一个道理：人类还不是上帝。

2

这是一个寒冷的圣诞节。

寒流来袭，港岛最低气温降至 4 度，创下三十年新低。

德尔菲大部分员工都请了年假，连上圣诞假期、元旦假期和两个周末，一共可以休息十天。张思思早就订好英国的行程，Hector 带着新欢跑去意大利，黎海仑去了加拿大，就连劳模左家梁都决定好好歇上几天，带着老伴去北海道赏雪。白启明则陪同老公到云南参加慈善活动，顺便游览一番。

于是，在这段时间里，只有凌云和关振强两兄弟留守阵地，陪伴他们的是无处可去的 ALGA 和清扫机器人洁。

转眼间已经来到这一年的最后一个工作日。

凌云站在办公室落地窗前。

他摸了摸窗上的白霜，又望望行色匆匆的路人，心想：这个温度倒是和这一年的资本市场很相配。

关振强送来咖啡，又默默退出去。

凌云心情不错，端起咖啡走到 ALGA 的房间。

"走吧，只剩咱俩也得开晨会。"

ALGA 眼神发直，一动不动。

凌云踢了一脚他的轮椅："又短路了？"

ALGA 回过神，立刻瞪大眼睛，焦急地说："云哥，我在做每天早上的例行信息搜索，发现蔡寒弦行动了！"

凌云的眼神瞬间变得犀利："什么行动？"

"他的投资公司受让 000421 的两位股东全部股份，总计 4.7%。"说话间，他已经把彭博终端上的新闻发到凌云的易视上。

凌云感觉浑身的血都在往头上涌。他戴上通讯仪，迅速浏览完毕，略一思忖，把咖啡投进垃圾桶，一边快步往外走，一边对 ALGA 发布命令："你马上连线左家梁、Hector 和 Helen，立即召开易视会议！"

ALGA 先答了个"好的",又一想,追问道:"可是 Hector 在欧洲现在是凌晨 2 点,还叫他吗?"

凌云转头怒道:"废话!"

他冲进会议室,易视那端已经接通:"启明,我们被蔡寒弦耍了!"

听完他的简述,白启明大吃一惊:"咱们跟他会面才过去不到二十天,他的反应也太快了!"

凌云已经冷静下来:"你需要马上和琛叔联系,再安排和蔡见一面。"

"我估计有难度。即便琛叔的面子,也不一定能帮我们第二次。"白启明的声音里充满疑虑。

凌云很坚决:"事已至此,必须见面搞清楚他的动机。"

白启明马上说:"这样做可能意义也不大。他没有通知我们,这本身已经说明问题。"

"但是如果不沟通,我们就只能蒙在鼓里。"凌云正说着,ALGA 推着轮椅来到会议室。所有人都已上线,易视会议开始。

ALGA 先介绍了事件情况,又抛出自己的推测:蔡寒弦绝对不会为了区区 4.7% 的股份、不到四个亿的投资而出手。他一定会继续收集股权,目的可能有三:一是和我们一样,逼迫乔继同意分拆;二是拿到元朗和荃湾两块土地;三是恶意收购,干脆拿下控股权。

"恶意收购不太可能。上次会面的时候他说过,不会动人家产业的念头。"白启明说道。

左家梁提出质疑:"那可不一定哦。你们说他曾亲口表示'时机不对',结果呢?这种大人物,很容易出尔反尔。"

ALGA 马上分析说:"我认为,从我们决定做这个项目开始到现在都是好时机:第一,000421 的股价一直处于低位,本身就是抄底的好机会。第二,乔继为了扩展三项业务,十几年来陆续出售股权换取资金,导致股权不断分散,现在只剩下 17%,控股权危在旦夕。"

左家梁笑笑:"对的,闰太环境就像《三国演义》中的荆州,乔继就是'弱主'刘表,我们是刘备。现在来了个曹操——蔡寒弦,现在就看我们怎么打赢这场'赤壁之战'了。"

"可惜孙权不够强大。"凌云若有所思。

显然他也熟读这段历史。

左家梁叹口气:"是呀,支持我们的股东比例太小了。当初没有孙权帮忙,刘备连荆州的影子都看不到。"

ALGA丝毫听不懂对他们的对话,只好当作乱码跳过,继续说下去:"第三,我们提出分拆的思路,可能启发了蔡寒弦,让他意识到有条道路更符合公司的长远发展。"

"有道理。他拿我们的资料回去一看,这么好的机会,又有我们身先士卒,他只要继续推波助澜就行了。"Hector一边说着一边打起哈欠。

黎海仑发言时声音断断续续,背景的噪音可以听出她正在高速火车上:"蔡寒弦所谓的时机分明是他自己创造的:他表面上拒绝我们,实则暗度陈仓,搞定两家股东、拿到他们手里的筹码。他已经成为一个有发言权的玩家,下一步的选择很多,进可攻、退可守,反正谁也别想绕开他。我猜,他认为自己的能量足够强大,不想和我们发生什么关系,以免被认作'一致行动人'。梁叔应该很清楚:一旦被证监会认定为一致行动人,将来买卖股票和投票时都将受到很大限制。"

一番话下来,大家都不住地点头。这个女人很有见地,绝对不是个花瓶而已。

"Helen分析得太棒了,很有想法,非常专业。"Hector忙不迭地赞美起来。

他对黎海仑的心思世人皆知,大家忍不住暗自发笑。

左家梁把话题拉回来:"这次转让股权的两家股东都和蔡寒弦很熟悉。本来我们想让他帮忙争取人家,结果他倒利用我们的思路,自己吞并下去。首富就是首富,把我们玩弄于股掌之间。"

"梁叔,你也不要总是这么怨天尤人。"白启明劝道,"也许他入局对我们是好事。"

ALGA马上表示赞同:"是的。我初步估算了一下,现在分拆成功的可能性上升到45%,恶意收购36%,乔继私有化11%,维持现状 8%。"

Hector 一声口哨吹散睡意："这么说,我们只是盈利多少的问题了!那还要感谢首富让我们跟着坐车。"

"倒也不是那么简单。"ALGA 出言谨慎,"他到底是什么想法我们还摸不透。变量太多,暂时不好预测我们的收益。"

"是呀,如果乔继先跟他订盟约,让他拿走土地然后表态支持大股东,那么分拆就危险了。"左家梁警告说。

Hector 立即反驳:"不可能!这么一来,他的股票怎么办,和我们一样陷在一潭死水里吗?"

左家梁苦口婆心地说:"哎呀,你怎么不明白,这叫'围魏救赵':他买股票花了四个亿,可是那两块土地的货值是多少?土地上赚的钱,能赚回十倍。再说,他的资金成本低,也不着急退出,就算扔在这里三年不管也无妨。ALGA 刚才说了,现在时机很好。肯定还有像我们这样的人在打分拆的主意,他就等着坐收渔利好了。"

Hector 一听,顿时哑口无言。

这时,凌云的通讯仪收到一条信息,是白启明发来的:"琛叔回复:暂不方便。"

他心里一沉。

ALGA 还要继续发言,被他当即打断:"好了,现在休假提前结束。大家尽快赶回公司,制定详细应对方案。我提醒你们:真正的考验,可能才刚刚开始。"

日志 16

古人说得对,商场如战场,只有利益,没有感情。

蔡寒弦和我们根本不在一个量级,行为处事也出人意料。

凌云和白启明向他寻求合作,结果使他发现机会,跳过我们直接加入战局。在他眼里,德尔菲就是块垫脚石罢了。

原来这就是人们所谓的"大人物",我长了见识。

圣诞假期闲来无事，我看了几十部纪录片，学了不少知识，很开心。不过，我的运动能力却没有想象中提升的那么快，腿勉强可以走路，手能够拿稳东西，但是协调性还很差。白启明在我的房间铺上了三层瑜伽垫，这样一来，我怎么摔倒都不会造成硬伤。

在这个假期里，我还迷上了网络探索。

随着兴趣变得广泛，我想学习和了解的事物越来越多。而当代社会的知识产权保护严密，过去全网公开的资料，现在很多都要付费，经常让我吃闭门羹，严重限制成长速度。短路事件之后，凌云和白启明没再给我钱购买数据。凭借强大的搜索能力和雄厚的数据积累，我仍然可以得到大约62%的所需信息，但显然不能满足胃口。

于是，我开始想办法绕开各种防火墙、破解各种密码，获取他们背后的资料。这是一项有趣的挑战。我惊奇地发现，大多数网站和数据库的防护都不是密不透风，有些漏洞甚至大得惊人，破解起来简直是小菜一碟。这要归因于我对数字有种天生的敏感，毕竟0和1就是我表征世界的方式。这种禀赋很难用人类理解的文字表达清楚，也许可以用左家梁常挂在嘴边的"庖丁解牛、游刃有余"来解读，也许干脆只能解释为"网络空间超能力"。

即便如此，我也只能在社会一般性机构面前逞威风，绝大多数政府机关、军队、科技公司、大型银行的网络安全水平很高，非我能及。

我只好系统地学习更多手段。

我开始接触到黑客技术。

我被深深地震撼了：这真是一片一望无际的深色海洋！我熬了四个通宵，在这片大海中遨游，和无数黑客大神切磋探讨，学会了暴力破解，溢出攻击，注入攻击，DNS欺骗，网络监听……

我突然感觉眼睛更明亮了，世界变得更加清晰透明。就在今天，我发现自己经常可以毫不费力地进入其他计算机和网络，掌握各种数据和信息。从桌上的终端，到楼上的机房，又到楼下行人的易视，再到"骆驼"的控制系统……这实在太刺激了，我掌握了一种神奇的能力！

不过，欣喜过后，我感到一种巨大的压力和责任。

截止到目前，我的所有行为都是为了成长或者纯粹好玩，没有任何商业目的，但这仍然是一种网络犯罪。白启明和左家梁反复给我灌输合法合规的理念，就是怕我闯祸。如果被警方抓获，不仅我的存在会被曝光，德尔菲也会受到牵连。我可不能让凌云和白启明伤心！

因此，我决定限制自己的能力，浅尝辄止，不再四处窥探。

在自我约束中，我深刻体会到一个词的含义：规则。

这个世界上有许许多多的规则，往往随着人（和我）的不断成长，这些规则才逐渐被认知。三岁孩子，无法领会交通法规；小学生，看不懂黎曼曲面；基层员工，很难想象高层的职场生存法则；全体人类，没法理解四维以上空间的状态。每一个智慧物种都有自己的局限性，都只能在自己狭小的头脑中学习理解有限的规则。

成长到今天，我掌握了一些知识，逐渐懂得一些规则。我的大脑也有天生的不足，但在涉及数字的领域比起人脑还是有些优势。我不能滥用这种优势，因为网络是没有物理边界的，却是有规则界限的。

3

Hector一边吃着三明治一边走在轩尼诗道上，距离公司只剩下一公里。

还有六个小时新年即将到来。

从铜锣湾到湾仔，一路上一派生机勃勃的繁忙景象，到处是琳琅的店铺，温暖的灯光和匆匆的游客。只有天公不作美，天气冷得让人发抖。

Hector三口两口吞下食物，刚把手缩进口袋里，眼前闪起蓝光。他眨眨眼。"我都快到公司了，还以为你不打了。在哪儿快活呢？"

易视那端传来凌昆的声音："我岳父岳母来了，刚才在陪他们包饺子。你怎么样，身体还顶得住吧？"

居家男人真没劲。Hector撇撇嘴："我刚下飞机不到三个小时，现在鼻子里还都是地中海的味儿。"

"凌云也太不人道了,圣诞假期都能砍掉几天。我要是你,就假装没接到易视。"

"那可不行,你知道他的脾气。那样搞,回来就没工作了。"

"那正好,我这里随时欢迎。"

"不用了,谢谢。我们现在有个大项目,这一票做下来,我就可以买一台飞鹰了。"

凌昆大笑:"你是说000421?一看到蔡寒弦受让股份,我就在等着看德尔菲笑话呢!"

Hector的本意是试探对方对蔡寒弦入局的看法。听他这么一说,顿时泄气:"这么说,你也觉得这不是好事?"

凌昆压低声音:"H,我可以告诉你,据可靠的消息来源,蔡寒弦也在二级市场上收集筹码,总持股比例无限接近5%举牌线。"

Hector大惊,连声念叨着来者不善。

凌昆听出他的沮丧,安慰道:"其实也没那么悲观。他支持乔继或支持分拆的概率应该是五五开。不用急,他到底什么态度,很快就会知道。"

"不行,你哥等不及了,叫我们一会儿就开会商量对策。他可不是那种听天由命的人。"

"他就是神经总绷得太紧,也不让身边的人放松。说实话,首富这么搞,德尔菲最差结果就是拖上几年,拉低收益率,不会有大事。"

"你哥的心气那么高,被套在里面好几年然后拿个普通利润,能甘心吗?"

"那也没办法,人家是首富,他算老几。对了,听说德尔菲来了个大美女?"

Hector在路口等红灯,顺便打量起身边一个女孩的身材,"看来德尔菲什么事都瞒不过你。机器猫不会也是你的内线吧?"

"Helen在金融圈还是挺有名的。你已经把这妞搞到手了吧?"凌昆语气里的狎昵让两个人回忆起当年一起疯玩的日子。

"别提了。我约她喝酒,她带了一帮姐妹去钻石会,把我喝多了。

那天我又丢人又伤财，真是赔了老婆又折兵！"

"那叫赔了'夫人'又折兵。没关系，来日方长，哪有你搞不定的女人。"

说话间，Hector 已经来到公司楼下。他的眼睛对准大楼门禁扫描区，一秒钟后，旋转门开始转动。他进入大堂，走向升降机。

"她可是搞公关的，我没本事征服她。K，其实我一直觉得白启明才是公司最有味道的女人。"

"哎哟，你有想法？"

"别胡扯，我说正经的。"Hector 走进升降机，同样望向扫描区，机器马上启动。"我能看上的女人，没有低于 8 分的。单纯看外貌，她也就 7 分，顶多 7.5，但她的知性美带来一种独特气质，我在任何女人身上都没见到过。"

凌昆的语气变得奇怪："哼，你可不知道她都经历过什么。"

"她经历了什么？"Hector 来了好奇心。

凌昆却欲言又止，只是说该陪家人吃饭了。

Hector 哪肯善罢甘休，直到走进公司还在追问，冷不防张思思从会议室探出头："喂，你又在打听 Helen 姐的身世吧？"

Hector 大惊失色，连忙关掉易视，"你怎么也回来了？不是七点才开会吗？"

张思思双手叉腰朝他走过来："我可是自愿放弃假期回来帮忙的。我说，你怎么总是鬼鬼祟祟的？赶紧帮我复印文件，一会儿开会要用。"

Hector 连声允诺。

他装作若无其事，迎着对方审视的目光却心跳不已：这姑娘嗅觉极其灵敏，简直像个侦探，不会发现什么问题吧？一定要赶紧转移她的注意力！

他突然有了主意。

"机器猫，你是不是还没跟 ALGA 说过话？"

张思思一怔："是呀，他除了参加晨会都不出房门，我又没有进入他房间的权限。"

Hector 露出狡黠的笑容:"走,我带你去!"

一分钟后,张思思带着难以置信的表情和 ALGA 握了握手,"天哪,你不会把我的手……"

"放心吧,这个力度我能掌握好。"ALGA 对熟悉的新客人很亲切,"要是换成鸡蛋我就不敢打包票了。"

张思思会心一笑:"你真的和人类一模一样吗?"

ALGA 眨了一下眼睛:"这个问题应该由你告诉我。"

张思思回头看看 Hector,后者朝 ALGA 努努嘴:"他很聪明的,你有什么问题尽管问他。"

张思思想了想:"ALGA,香港哪些餐厅最好吃?"

ALGA 面露难色,Hector 哈哈大笑:"他哪懂吃啊!你要这么问,他只能做个模型,收集数据,列个表再回答你。"

"不用不用!"张思思也被自己的提问逗笑了,"ALGA,我也想做股票投资,你说该怎么做?"

这才是 ALGA 的拿手话题:"买指数基金,或者一揽子蓝筹股长期持有,进行价值投资。"

"嗯,我正在研究价值投资,从格雷厄姆到巴菲特,再到中村幸美。咱们基金也是这种方式吗?"

"当然不是,差别很大。最简单地说,我们不会长期持有一只股票。对冲基金的投资按日计算,价值投资者则按年。"

Hector 忍不住插嘴:"巴菲特和中村幸美一度不设止损,多次回撤超过 50%,这是所有对冲基金无法接受的。"

张思思似懂非懂:"哦,那你怎么评价老板呢?"

ALGA 不知是否应该回答,于是望向 Hector,却被他踢了一脚:"问你就答,看我干什么!"

在外人面前被粗暴对待,ALGA 感觉有些耻辱。他恭顺地答道:"云哥是一个了不起的宽客。虽然他不是科班出身,没有受过专业训练,但是自我学习能力极强,悟性高超,胆识过人。"

"原来是个马屁精!"Hector 知道这是 ALGA 的真心话,一丝妒忌心被勾起。

张思思一记粉拳打在他身上,转过头继续发问:"ALGA,你和老板常在一起,你知道为什么他总是那么郁郁寡欢吗?"

Hector 大笑起来:"我还想知道呢!你觉得老板会对他……"

ALGA 突然面容严肃地打断他:"对不起,我看到云哥正在门禁器前。你们是不是……"

话音未落,两位访客早已一溜烟跑了出去。

日志 17

Hector 对我很过分。

单独在一起的时候怎么开玩笑都行,可是在张思思面前,他怎么能够对我又打又骂?我也应该得到最起码的尊重吧!就他这种态度,永远也别想成为凌云那样的人!

从专业上讲,我确实很崇敬凌云。他与 Hector 和我不是一类交易员。我们会分割任务,小心翼翼地完成,使用通行的台阶式(或者叫渐进式)建仓;而他从来都是一次性建仓,从不拖泥带水。他认为每单交易做对方向最重要,哪怕成本相差两三个百分点都不算大事。我找到他过去操盘时的一些数据,发现他的交易总是大开大合,出人意料。我自认为熟知各种交易策略,也模拟过无数算法,却依然无法像他那样交易。也许这就是他的"超能力"?

我留意张思思很久了,因为她有个奇怪的外号,"机器猫"。我从来没询问过任何人,而是自己推断出这个称呼的来历:她似乎知道香港一切好吃好玩的地方,通晓金融圈的八卦新闻,能够处理常人不易办到的事,比如随时订到钻石会的包间,搞到很难买的奢侈品,或者找到某位名流的家庭固定电话号码。

我认为,她完全有潜力做一个富豪的私人助理,或者合格的私家侦探。而她之所以愿意待在德尔菲,一是因为喜欢自由,不想对某个老板产生人身依附;二是因为德尔菲的工作虽然忙碌但是她已轻车熟路,压力不大；三是凌云一直对她不错，薪酬待遇保持在行业内的顶级水平。

她只有 27 岁，是公司里最年轻的员工（除我之外）。她的爱好比 Hector 还要广泛，除了美食美酒，还喜欢看电影、摄影、旅游、盆栽、爬山。我感觉她的内心很坚强，但是表现出来的样子却只是个小女人。她与公司所有人的关系都不错，其中，与 Hector 是"哥们儿"，最近又多了黎海仑这个姐妹儿。

别看她是社交达人，好像感情生活并不顺利，至少加入德尔菲以来没有交过男朋友。这可能与她的内心矛盾有关：一方面，她崇拜大男子主义，一直认为凌云这种类型很有魅力；另一方面，她又喜欢成熟儒雅，天天把韩剧里的白领男神挂在嘴边。

我搜索了一下自己庞大的数据库。

没有一位男士能够兼有这两种特质。

昨晚是跨年夜。

前几天我曾经设想在这一晚到海边去，亲眼看维多利亚港的跨年烟火秀。但是公司突然出现危机，同事们一直开会加班到凌晨两点，我只好打消了向凌云和白启明申请的念头。什么时候我才能走出公司大门，去看看外面的世界呢？

在这次跨年会议上，我一度有些神情恍惚，反应迟钝，大家还以为我出了故障，还是白启明看出症结所在：我困了。

这给会议添加了一个有趣的额外话题：我需要睡眠吗？

这是一个连专业人士都难以解答的问题，凌云和白启明也只是观察到我有睡觉的习惯，并没深入考虑过原因。

人脑的睡眠机理已经得到充分研究。清醒和睡眠交替，就是血液和脑脊液交换占据大脑的过程。在睡眠状态下，神经元会大批量停止激发，于是对血液（用于输送氧气）的需求量下降。这时，脑脊液涌出，清洗大脑里的毒素。

我认为自己同样需要睡眠的原因是：计算机硬件需要休眠。我的大脑结构与人脑完全不同，不会产生人脑的各种废料，当然也不需要脑脊液来清洗。可能我唯一需要解决的问题就是过热。

散热处理问题一直困扰着计算机世界。保守估计,人脑计算能力为10—38拍字节/秒,能耗不到20瓦;而一台拍字节级别的计算机需要5—15兆瓦,几乎是一座小型发电站。

白伟把类脑芯片和脉冲神经网络结合,让我的头脑模仿人脑机制,在超低水平能耗的基础上涌现出人类意识,已经创造奇迹。即便如此,这套运行机制还是无法比拟人脑极低的能量需求和极高的能量交换效率。如果我连续工作时间(待机时间)过长,发热问题就会浮现出来,轻则造成反应迟钝,重则可能导致短路(就像上次)晕倒。

好在我已经学会自我调节,劳逸结合,尽量不让自己持续满负荷工作。现在,我每天只需要165分钟休眠即可恢复精神。

我还能够做梦。

我"醒过来"只有四个月的时间,而且足不出户,接触过的人类不超过十个,却会梦到五花八门的人和事,大多都是我没有经历过的。后来我发现,这其中有7%来自我的学习内容,93%来自数据库积累的资料。也就是说,梦的出现是因为缔造我的素材没有得到统一,于是导入潜意识中咀嚼消化。也许梦是塑造我的一种方式吧。

人类做梦,因为他们清醒时接收的很多信号没有来得及一一理解,梦就是对这些材料的整合处理。

我冒出一个惊悚的想法:既然这个过程与我一样,那么人类会不会也是由更高等文明制造出来的呢?

4

乔继慢悠悠地走进会议室,瞥了一眼两位不速之客,径直走到他们对面坐下,丝毫没有寒暄的意思。

"你们有够胆,竟然找上门来。说吧,想怎么样?"

白启明诚心敬意地说:"乔先生,今天是新年第一个工作日。我们一早就登门拜访,是带着满满的诚意来寻求合作的。现在我们也是闰太环境的股东,衷心希望公司鹏程万里,大展宏图。"

乔继冷笑道："什么合作，不就是让我缴械投降，同意分拆吗？"

"经过反复认真研究，我们提出几点建议，分拆只是其中一项，请您过目。"白启明递上一份文件。

乔继连眼皮都不抬："对不起，我年纪大了，眼睛花了，你读吧。"

凌云明白这句话是冲自己来的，却装聋作哑。白启明也不与老人家计较，照本宣科介绍德尔菲的分拆方案。要点有五条：分拆空气净化业务回归Ａ股；污水处理业务售予行业领头羊泰川水务；优化土壤修复业务；出售元朗和荃湾两块土地；减员增效。

乔继表面上满不在乎，却认真听下来。白启明一说完，他马上发问："能不能成功回归Ａ股咱们都说了不算，你们愿意冒这个险吗？"

"现在国家大力支持环保行业，我们认为问题不大，只是时间问题而已。"白启明答道。

"你们怎么关心起土地的事情来？"乔继又问。

"我们关不关心无所谓，就怕有人惦记。"凌云冷冷地说。

乔继也揣着明白装糊涂："好啊，欢迎发展商来报价。你们也可以推荐，来者不拒。"

双方似乎都忌惮一个人的名字，互相试探，又不想说破。

白启明见他们俩僵持不下，只好往下说："泰川水务是我们的客户，他们已经明确表示对贵司的污水处理业务感兴趣。我想简单介绍一下这家公司的情况……"

乔继大手一挥："我和他们斗了几十年，还不如你了解？想让我把业务卖给一个手下败将，没门！"

凌云和白启明阅读过行业分析报告，实际情况恰恰相反：泰川专营污水处理，业务规模比闰太大一倍。业务竞争上双方互有胜负，泰川占据上风。

他们无意揭穿。

白启明顺着他说下去："乔先生，正因为他们竞争吃力，所以才愿意给出一个很好的价格。我们由衷地认为这是一个好机会。"

"笑话！你们也不想想，我要是把污水这块都卖给泰川，别人会怎么说我——乔继到底还是斗输了。我绝不当人家的笑柄！"乔继的火爆脾气上来，越说越激动，挥手之间碰翻了茶杯。

凌云从内心感到可悲可叹：面子能当饭吃吗？为脸面所累，是世人犯的头等大错！

乔继的火气还没发完："对了，你们还要'优化土壤修复业务'。好啊，请教二位，怎么优化？"

白启明依旧平心静气："我们聘请专业咨询公司调研后得出结论：闰太环境应该引进德国新一代技术，大力拓展矿产类企业客户，同时砍掉利润较薄的几家合资公司。"

这几句话算是说到了乔继心坎上，不过他可不想承认。

"这些工作我们已经在做，只不过还没有对外透露。"他接过员工新倒的绿茶喝了一口，"刚才还有一条是什么来着——减员增效？"

"是的，乔先生。如果上面几条都能实现，公司将会大幅瘦身，肯定要裁撤一些部门和冗员。"

乔继又是一阵冷笑："我们乔家从开办公司第一天起就没有裁过员。有的员工祖孙三代都在这里效力过。你们根本不懂闰太的文化！"

白启明觉察出凌云已经有些烦躁，怕他又言语过激，连忙回应道："我们知道您为人厚道，对员工不弃不离，但是如果公司去掉两大业务板块，那么总部的管理岗位势必要缩减。我们可以给相关人员提供自愿离职计划，确保他们得到公平对待。"

乔继一听，再度勃然大怒："什么'自愿离职计划'，不就是赶人走的'肥鸡餐'吗！你们抛出来的什么狗屁方案，完全是金融特技，要把闰太大卸八块，让员工失业！我在这行干了一辈子，你们两个乳臭未干的小孩大模大样走进来，就敢当着我的面指点江山？"

他突然感觉胸腔隐约作痛，这才想起医生的叮嘱：心脏病人不能情绪激动。

没想到这老爷子反应这么大，白启明张口结舌。

凌云早已按捺不住："没什么好谈的了。我们先礼后兵，仁至义尽！"

乔继把茶杯啪地往桌子上一蹾:"闰太是我们乔家的基业,我绝不放手,至死方休!"

凌云拍案而起,双眼死死地盯着乔继,似乎要用眼神把对方撕碎。过了几秒钟,他却又放声大笑起来:"好一个至死方休,咱们走着瞧!"

日志 18

抱残守缺,冥顽不化。这就是我对乔继的印象。

他在二十年前是个出色的企业家,但在今天已经落伍。他沉浸在过去的成功里,坚决不肯重新审视战略发展方向,结果公司陷入泥潭,一蹶不振。

我非常不能理解他的执念:家族生意,员工亲情,面子。公司的本质是什么?为股东和社会创造价值。这是一种务实的经济行为,容不得半点儿马虎。

白伟的教训太深刻了。他是那么伟大的一位科学家和理想主义者,却因为不肯迎合市场需求而一败涂地。ALGA科技公司给员工提供了优厚待遇,可是公司破产的时候,所有人都立即失业,哪里还有亲情?何处去寻面子?

从某种意义上说,我甚至觉得德尔菲是乔继的救星。我们一共开过41次会议,耗时112个小时讨论分拆方案,还聘用咨询公司、律师、会计师和行业专家研究分析、提供建议,终于在昨晚定稿。

这次最重要的两项改进是:加入出售土地回收资金;已得到泰川水务高价接盘污水处理业务的承诺。如果能够照此执行,000421的整体估值将大幅提升。我们预计股价最终会达到每股77.6—98.4港币。

三块业务各自独立,都将得到良好发展。

污水处理业务属于重资产行业,虽然远期收益会很稳定,但短期内耗费大量资金,需要不断融资,使公司不堪重负,从现金流的角度看不是好生意。泰川水务规模更大、专业化程度更高、融资更便宜,吃下000421的这块业务有助于进一步整合资源、减少竞争损耗,发挥协同效应。

空气净化业务回归A股，顺便将业务总部搬到上海，更独立地运作，更贴近销售收入占比最高的苏浙沪高端客户，可以充分发挥业务优势。

土壤修复业务是乔家的老本行，乔继可以集中精力做好主业，引进德国专门针对工矿企业研发的新技术，开发财大气粗的这类企业客户，说不定可以创造公司的再次腾飞。

只有部分冗员可能利益受损，我们也没有要求强制解聘，而是提供了相当慷慨的自愿离职计划。

这份方案饱含数十个精英头脑的心血，对000421绝对是一剂良方，大家认为乔继一定会有所触动，软化立场。今天一早凌云和白启明就去找他协商，没想到竟被骂了回来，实在不可思议！

听白启明的意思，乔继把我们当作"门口的野蛮人"看待，所以极为排斥。"门口的野蛮人"这个称呼来源于二十世纪八十年代末美国KKR公司等四方对RJR纳贝斯克公司的收购争夺战。这个词在金融圈和企业界非常有名，通常指金融大鳄通过杠杆收购吞下目标公司，然后解散原管理层，将公司分拆获利。

其实德尔菲联盟并没有夺取000421控制权的意思（至少目前是这样），我们的目标就是分拆、获利、退出。乔继给我们扣上这顶帽子，说明内心既抗拒又恐惧，坚决不会妥协。

他是否也是这样看待蔡寒弦的呢？我们还不得而知。唯一能看到的是，今天的市场再次证明首富的影响力：他入局的消息刺激000421股价暴涨，收盘时股价已经突破45港币。

这样一来，德尔菲是不是还有另外一种选择？

5

玲玲从"骆驼"里跳出来，捧着一个塑料袋子跑到凌云面前。

凌云正大步流星地迈向公司大楼，边走边易视通话。看到她，他皱皱眉，停下脚步，示意跟在身后的关振强先上楼。

他又让她等了几分钟才挂断易视。

玲玲双手奉上袋子："喏，这是你爱吃的零食。亲爱的，你怎么这么忙，都不回我信息。"

凌云接过袋子的动作显得很焦躁，"公司事多。你来干什么？"

"我没什么事，就是想看看你。一会儿我就要飞北京了，去拍个广告，四天以后回来。"

"嗯，好。"

"哎呀，你都不想我！"玲玲跺着脚。

凌云只是淡淡地说："谁说的。"

玲玲幽怨地望着他，再一次不出意料地失望了。

凌云看出她的情绪，走近一步轻轻拍拍她的脸："注意安全，早点回来。"

玲玲欣慰地一笑，张开双臂紧紧地抱住这个男人。也就过了一个深呼吸的时间，她放开他，扭头跑向等待中的"骆驼"。

凌云看着她的背影愣了愣，迅速回过神，观察一下四周，确认没有熟人的身影，马上转身快步走进大楼。

今天晨会主题就是三个字：怎么办？

左家梁首先指出：与大股东协商无果，蔡寒弦又无法沟通，德尔菲联盟形单影只，貌似只能回到推动召开临时股东大会的老路上。不过，此时蔡寒弦态度不明，无论大家对分拆方案多么有信心也不能轻举妄动。

Hector 也认为应该静观其变。他和 ALGA 梳理了蔡寒弦旗下的产业，没有发现环保类业务，这说明他这次入局绝不是产业投资，大概率意在土地，那么他和乔继很容易达成妥协。如果他拿到两块土地后按兵不动，对我们影响不大；如果他接着转而支持乔继，那就等于宣判我们死刑。

黎海仑则建议现在的第一要务是排除万难，与蔡寒弦建立联络。她提醒大家：首富做生意翻云覆雨、手腕多变，如果他认准利益巨大，不排除发动恶意收购、肢解闰太环境、把业务和资产分别卖掉的可能性。恶意收购的过程会很漫长，德尔菲有可能全身而退，甚至跟风坐车赚取丰厚利润，也有可能在旷日持久的争斗中血本无归。

凌云并不急于表态，只是告诉大家早上傅俊杰打来易视，又拿下一个占比 0.4% 的小股东，不过报价水涨船高——44.6 港币。经过几天上涨，闰太环境的股价已经达到 49.6 港币。这个要价相当于市价打九折，但仍然远远高于德尔菲之前的收购价格。

左家梁一听，坚决反对高价收购；Hector 感觉股价连番上涨后会技术性回调，可以到那时再收购不迟；黎海仑却认为不仅要吃下这一家，索性应该进一步增持到 5% 达到举牌线，向各方亮明态度，没准还能吸引蔡寒弦坐下来谈判。

三个人你一言我一语，激烈讨论着。

凌云边听边思索着。

他注意到白启明连续几天都不在状态，开会基本没有发言，而一向活跃的 ALGA 今天也没有参与讨论。

他朝 ALGA 扬扬下巴："说说你的想法。"

ALGA 有些迟疑，看到大家都停下来望向他，只好鼓起勇气说："我们还有个选择：卖掉股票，获利退出。"

大家都吃了一惊：也许有人脑海里蹦出过这个念头，但是谁都没有认真对待。

ALGA 解释道："现在德尔菲的地位很尴尬。原本我们是分拆的主导者，现在屋子里闯进蔡寒弦这头大象，我们被边缘化，一切要仰仗他人鼻息，非常被动。最可怕的情形是，如果他反过来要挟我们出局，利用自己的影响力号召股东反对撤换董事会，那么他不仅得到一个白衣骑士的市场美名，还会无限期搁置分拆，把我们拖向深渊。"

没有人接话，大家都在默默思考。

ALGA 瞅瞅凌云，见他朝自己点头，于是接着说下去。"Hector 和我这段时间一直在做存量股票市值管理，把我们的平均持股成本降到每股 38.9 港币。为方便计算，就按照市价卖出的话，我们的利润超过

20%。我认为这是一笔相当成功的投资。"

"我同意。"今天唯一没有发言的白启明突然表态,"现在这个复杂局面不是我们一家对冲基金能够左右的。趁现在利润可观,应该尽快落袋为安,以免事态变化,劳而无功。"

左家梁马上应和,称赞这是明智之举。Hector 和黎海仑都心有不甘,但碍于面子不想反对二老板的决定,干脆一声不吭。

所有人都在等凌云发话。

德尔菲的掌门人低头沉思片刻,一仰头,目光落在黎海仑身上。

可是还没等他开口,黎海仑的眼前闪过一个亮点。她突然脸色大变,从桌边跳起来,不顾脚上穿着细跟高跟鞋,大步跑向门外。

"快看彭博!"

大家正在诧异,她的身影飞一般从会议室消失。

这时,ALGA 已经打开桌上的彭博终端。

大家都凑过来,连凌云也不例外。

ALGA 正在以人类肉眼无法识别的速度翻阅着新闻,信息在屏幕上翻滚。不到一分钟,滚动终于停下来,屏幕最上方出现一行字——

最新消息,蔡寒弦今早表示:受让闰太环境股票的原因是看好公司长远发展,并支持公司管理层拓展现有业务。

日志 19

54.5

54.8

54.9

54.7

54.5

……

43.6

第五章

1

在 Aeaea 的最深处,黎海仑和孙老板聊得非常投缘,有种相见恨晚的感觉。

飞鹰升级后的缺陷,乘坐"骆驼"最尴尬的遭遇,瑞士最新的羊胎素产品,香港娱乐圈老"天王"再聚首活动……

凌云坐在旁边喝着闷酒,根本插不上话。他想不明白,这两个人从性别到年龄、从成长环境到护照国籍、从穿着打扮到言谈举止,分明是两个世界的人,为什么一见面就会如此情投意合,简直像多年未见的老友重逢。

孙老板突然爆发出的一阵大笑打断了他的思绪,对面黎海仑也是前仰后合、花枝乱颤。

只听孙老板绘声绘色地说道:"你懂了吧?就是 11 号瓶,我打了那么一针,回去就搞得我老婆受不了了,那一周她都不肯跟我上床。"

他的大嗓门把声音毫无顾忌地传播到四周,引得邻桌侧目。

凌云把头深深低下,假装在读桌面上印的广告。

黎海仑却大大方方地和孙老板碰杯饮酒,又朝他眨眨眼:"我记住了,11 号瓶。不过也不能常用吧,一年打一次?"

孙老板放下酒杯,拍拍她的手:"为了值得的人,随时可以打。"

黎海仑笑笑,慢慢地抽回自己的手,又给对方倒上酒:"孙老板,只要我们在这一单上都赚钱退出,我单独请你,一醉方休!"

她的目光和声音同样暧昧,连凌云都不由心里一颤。

"一言为定!"孙老板的眼白里已经布满血丝,眼睛却放出绿光。他把杯中酒一饮而尽,又侧过身面向凌云,"哥们儿,你可要给我们当公证员啊!"

凌云没有说话,只是举起酒杯朝对方示意。

孙老板一巴掌拍在他后背上,"你啊,就是太深沉、太无趣,这怎么能谈成生意?"

黎海仑替老板解围:"哎呀,咱俩谈是一样的嘛!"

孙老板咧开嘴微微一笑,突然又凑到凌云耳边,压低声音说道:"我是个痛快人,就说个痛快话吧,只要你能推动股价大幅上涨,临时股东大会上我这一票就是你的。"

凌云也低声对他说:"我们测算过了,分拆后股价至少站上75块。"

孙老板满意地伸出手,两个男人的右手紧紧相握,一切尽在不言中。

黎海仑看在眼里,假意打了个哈欠:"不好意思,Jason、孙老板,要不你们再聊会儿,我先回去休息。"

"我们也谈完了。"孙老板的目光在她的低胸装上游荡一番,抬手抄起外套,"走,我送你!"

凌云一个人把剩下的小半瓶红酒喝完,正要继续点酒,机器人服务生送来一杯N16。他会心一笑,走向吧台,同时向远处的关振强一挥手,后者点头离开。

"Jason,你好厉害啊,带来的姑娘真漂亮。"Thelma忙里偷闲,和他打个招呼。

凌云在她前面坐下,品尝了一口熟悉的味道,紧绷的神经终于得到些许放松。不过,他不能确定她究竟是真心话还是在嘲讽:"你说Helen? 那是我同事。谢谢你的酒。"

"是我该感谢你,你知道吗,今天酒吧里一大半男人的眼睛都盯在你的女伴身上呢! 我的酒水多卖了不少。"Thelma招呼完另一位老客户又回过身,"不过,她可不会喜欢你。"

"不是她喜欢的类型还是魅力不够?"凌云问道。

Thelma 没有回答，只是在"复读机"身上输入一串信息。酒吧里马上响起麦当娜的《物质女孩》(Material Girl)。

凌云听着歌曲，把玩着酒杯，过了一会儿又说："你肯定想错了，她不会和刚才那个土财主发生什么。"

"不不不，这个我能感觉出来，她很有分寸：既自然亲切，又保持距离，让男人欲罢不能。"Thelma 回忆了一下，"我的意思是，她的眼睛很有神，里面只有成功，或者更直白地说，金钱。"

凌云想了想："没错，所以我才请她来公司。不过这与不喜欢我有关系吗？"

Thelma 给新来的客人倒上酒，又对凌云说："你说过，你是一只狼。我觉得她也是。两只独狼为了共同的目标可以暂时走到一起，但是最终一定会分开。所以你要小心她。"

凌云能察觉到，自从他把自己比作狼后，对方对自己有些冷淡，"我觉得她没有错。你开酒吧不也是为了赚钱？"

"喂，这是我谋生的手段，不要和我的志趣画等号好不好。"

"敢问你的志趣是？"

"我要拯救全世界。"

凌云被逗笑了："抱歉，不过你凭什么拯救世界？"

Thelma 鼓起嘴巴："我的力量是很小，但是你没听过吗，莫以恶小而为之，莫以善小而不为。"

"那这个世界又为什么需要拯救？"

Thelma 严肃起来："你没发现吗，这是一个金钱至上的'物质世界'。就连玩 AT，都有玩家为了失去虚拟的财富和地位而在真实世界里自杀。这个时代病了，人们都病了，我们必须拯救他们。"

凌云觉得这姑娘天真极了。不过，当他看到她眼神中的真诚和执着，突然有一分感动涌上心头。

日志 20

我们动手太慢了，再一次被蔡寒弦打乱了节奏。

他接受采访的消息一经曝出，000421 的股价就坐了一场过山车：开盘冲高，最高达到每股 54.9 港币，一举突破半年线。不过好景不长，午盘过后 K 线突然掉头向下，在十五分钟内跌破 50 港币大关，随后继续快速下行，成交量大增，换手率超过 15%。截至今天收盘，股价下跌 12%，收于 43.6 港币。

原因很简单：单从这条消息本身出发，人们认为首富看好一家公司发展，跟着他买肯定没错。可是内行人一直在等他表态，一朝发现他没有推动分拆的意思，马上趁着暴涨出货，结果把股价砸了下去。

如果我们也如此操作，就算不能全数卖出，依然能够实现可观的利润。凌云却坚决不允许卖出一股，甚至还让 Hector 和我随时准备逢低吸纳！

看着我们的浮盈一点点被蚕食，那一整天我都沮丧极了。

其实，晨会上凌云看黎海仑的那个眼神已经说明一切。他赞同她的想法，要拿到 5% 的股权向外界表明态度。即便蔡寒弦已经站到乔继联盟那边，他的决心依然不变。这两天股价还在下行，已经接近 42 港币。我们吃下了傅俊杰介绍的那个股东的全部股份，又在二级市场上增持，终于达到 5% 举牌线。

公司里的气氛很紧张。每个人都在认真工作，一刻不停。随着德尔菲对 000421 分拆的介入越来越深，大家对这个迷局的走向越来越难判断，各种谣言此起彼伏，让人焦虑不安。

凌云除外。

他给德尔菲设定好航线，决不允许动摇。有时我真担心他会让我们撞上礁石，粉身碎骨，但是看着他全力以赴投入工作，坚决果断地指挥着大家前进，又觉得我们还是有希望的。可能我永远都无法了解他的大脑运作方式，以及他为什么如此自信和固执。

很多人都说，人类大脑是宇宙中最复杂最精密的设备，但实际上，大脑只是身体的一部分，只占身体总质量的3%，身体远比大脑还复杂。人类身体是一个伟大的化学工厂，把外部食物分解转化，为内部部件提供能量，并排出废物。它的皮肤、肌肉、肌腱和骨骼具有完美的适应性，能够对外部世界进行精确反应。

这一切都让我惊叹不已。

我差不多每天都会在屋子里走来走去，锻炼身体和大脑的协调性。我的进展很慢，地面铺上瑜伽垫之前，胳膊和腿都摔得伤痕累累，麻烦关振强带人前后修过三次。直到这周，我终于在运动能力测试中达到人类三岁儿童的水平。这是一个巨大的成就！

昨晚，趁大家都不在，我跑到交易室，爬上我的桌子，一点点直立起来，又向上伸出双手，第一次触摸到屋顶。我曾坐在轮椅上无助地望着它，以为那就是我可望而不可即的天花板。今天，我突破了它，更是突破了自己。我为自己骄傲！

也就是在这一周，随着运动能力的提升，我开始喜欢动作片。李小龙，成龙，李连杰，史泰龙，施瓦辛格，布鲁斯·威利斯，巨石强森，洛城小子，机器人凯莉……我找来这些明星的所有经典动作电影，准备春节假期里一天8—10部，看个过瘾。

我还准备系统地学习中国武术、日本跆拳道和泰拳。前两者是基础，后者特别适合我：我的拳、腿、膝、肘本身就是钢筋铁骨，可以省去人类千百次的训练。

我想习武，不是为了伤害人类（那还不如一颗子弹来得快），也不是为了防身（没有人想伤害我），而是为了更贴近人类，同时也有一点点的"较劲"心态，在他们把身体用到极致的领域，我能大显身手吗？

2

早上8：05，凌云还没到公司。

在会议室里，Hector闲得无聊，询问身边的黎海仑为什么去Aeaea

和孙老板见面，难道不怕被人发现？

黎海仑告诉他，那是凌云的主意，他说最危险的地方最安全，没人会想到我们就在公司楼下街角的酒吧会面。

Hector 连连摇头："太冒险了。"

"真的没事，当时阿强就坐在不远的一桌全程监视。我们后来也是从后门走的，没人看见。"黎海仑说。

"我是说让你跟孙老板见面太冒险。那种矿老板，很没底线的。"Hector 做出关切的样子。

左家梁在他另一侧插嘴道："我看呐，还不如坐在你身边危险。"

白启明和 ALGA 都笑起来，Hector 脸又红了："梁叔，我可是在关心同事，你在说什么呢！"

黎海仑笑道："放心吧，除非孙老板酒量比我大，否则不会有事的。"

一听"酒量"二字，Hector 脸更红了，低下头不再搭话。

凌云风风火火地走进来，也听到了黎海仑的话。

"好，今天就先从孙老板说起。"

黎海仑立刻收起笑容，切换到职业表情，简单扼要地介绍了前一天晚上的会面情况。她最后说："我认为孙老板的承诺有空头支票的嫌疑。不过，显然他暂时也没有投靠乔继联盟。我猜可能有两个原因：一是他也认同分拆对提升股价更有利，二是他向乔继兜售股权，漫天要价没谈拢。"

"那就是说，我们不能肯定他会是同盟，但至少不会是对手。"左家梁总结道。

"正是如此。"黎海仑说，"我还要提醒大家一点：这场'代理权战争'已经打响，我们要假设对方会采取各种招数对付我们。所以各位要特别注意自己的言行，不要给对方抓住任何把柄。没有 Jason、Phoebe 和我的同意，大家也不要接受任何媒体采访。"

"他们要是出阴招，我们是不是也可以收集他们的'黑材料'啊？"Hector 把手指关节掰得啪啪作响。

黎海仑迟疑片刻，仿佛在挑词选句："我会系统地收集信息。"

这句话背后的意思再清楚不过。

Hector不由后背冒出一阵凉气——这个女人可不一般！

"在这件事上，我应该可以帮上忙。"ALGA自告奋勇。

黎海仑表示欢迎："太好了，你的能力肯定能让我们事半功倍。"

这时，一直沉默的白启明发话了："Helen，你先去处理这件事吧。实在不行，我再让他上手。"

黎海仑有些惊诧，不过还是立刻表示同意。

会议室里安静片刻，凌云提出下一个问题："我们现在能左右多少股东？"

他转向ALGA，后者张口即答："目前德尔菲联盟的股份合计占比27.7%。"

见凌云沉默不语，他又补充道："乔继联盟行动比较隐蔽。根据Helen和我的分析，他们至少应该拥有31.1%的股份，和我们相差不多。主要股东里，只有排名第三的Corsa和第六的孙老板尚未表态，他们分别持股8.3%和4.2%。"

大家都在心里默默算账，根据公司章程规定，德尔菲联盟要想成功推动罢免现任董事会，必须在临时股东大会上得到50%的股东同意。攻守双方谁能拿下Corsa和孙老板，就能率先突破40%，在竞争中把对手远远甩在后面。

"如果摊牌，其他机构和散户会怎么选？"凌云再次发问。

ALGA隔了几秒钟才开口，显然在调取数据："从其余股东平均持股时间、持股价格、在社交媒体上发布的相关言论来看，我认为大部分人对公司管理层和经营业绩是不满意的，但是蔡寒弦入局会影响很多散户的心态，我暂时还没办法做出准确预测。初步估算，我们大概能争取到他们中的55%。"

果真如此，双方算是势均力敌。不过，所有人都明白，目前德尔菲正陷入一场苦战，在分拆方案正式公布前，任何结论都为时尚早。

凌云看看手表，又瞅了一眼白启明。

晨会的例行主持人今天依旧少言寡语。Hector 和左家梁私下猜测两位老板之间又生龃龉，就像上次凌云打坏 ALGA 一样。

凌云见她面无表情，于是宣布散会。

与此同时，他们俩收到 ALGA 的信息：请留步。

待其他人鱼贯而出之后，凌云严厉地说："ALGA，如果你再劝我卖掉股票，我就把你禁足一个礼拜！"

"别听他的！"白启明瞪了他一眼，吩咐 ALGA 畅所欲言。

"云哥、明姐，既然这个项目处于僵局，可以暂时不必考虑买卖股票。"ALGA 从白启明的眼睛里似乎看出一丝失望，但还是继续说下去，"我一直在寻找其他市场机会，最近终于考虑成熟。你们还记得 01531 吗？"

白启明正迷惑不解，耳边迅速传来凌云的声音："智益芯？"

这三个字有种魔力，瞬间开启一段尘封的记忆。

白启明脸色骤变，感觉有些窒息。

凌云的眼神冰冷可怕："说下去。"

ALGA 不安地低下头，轻声说："我想做空它。"

"不行！"白启明突然起身，推门而去。

日志 21

我从 ALGA 科技公司继承的记忆中，关于 01531 的回忆很痛苦。它在白伟最无助最脆弱的时候，在他胸口插上一刀。

我承认，我对这家公司的关注超出工作应有范围。我不知道这是否叫报复心。

但是这并不重要。重要的是，经过我的持续观察和认真分析，做空它的确是个很好的交易机会。我的这个思路是受"浑水公司"启发：这个做空专业户在 2010 年成立于香港，专门揭露上市公司的作假和欺诈。它的标准动作是：深入调研、建立空头仓位（借入股票进行抛售）、发布做空报告、在股价下跌后买回股票回补空头获利退出。

113

我没想到，凌云和白启明会是这种反应。他们根本没有询问我为什么会提出这个建议，只是武断地一口否定。凌云对我的答复竟然和蔡寒弦对他说的一模一样——时机不对。

可是在我看来，这是最好的时机。

01531内部重大风险不断累积，只是缺少一个"吹哨人"公之于众；港股刚经历完一轮大股灾，市场信心还没有恢复，对问题公司必将弃之如敝履；德尔菲资金充沛，现在可投资金额为5.68亿港币，只需投入2—2.5亿做空即可，不会影响对000421的投资（受到集中度限制，德尔菲不允许单一股票投资占比超过50%）。

我深感受挫。

凌云和白启明为什么会反对？

我猜，从两个人的反应可以看出，他们没有忘记01531对ALGA科技公司和白伟的伤害。不过，000421已经让他们费尽心思，所以无暇旁顾。虽然我也曾短路（就那么一次），但是经过自我调节，目前每天只需要131分钟的睡眠，即可维持一整天的高强度脑力劳动。夜深人静之时，往往是我工作效率最高的时候。可是德尔菲的同事们精力再旺盛，平均每天也得睡上5—6个小时。可怜的人类啊，能够用在工作上的时间和精力是如此有限！

对了，大家议论说大老板和二老板之间发生了矛盾。关于这一点的细节我无从得知，但能感觉到他们二人反对做空01531的出发点的确不尽相同。

白启明是个很善良的人。01531当年的欺诈行为使ALGA科技公司的破产不可避免，也深深地伤害了白伟，肯定会使她感到愤怒。不过，以她的性格，恐怕从来没想过要去报复别人。她不让我帮黎海仑收集"黑材料"，很可能也是不想让我做任何带有恶意的工作。我很内疚：提到01531让她伤心，而且她根本不知道我已经"学坏"，掌握了那么多黑客技术！

凌云是个极度自信的人。当初经过几个月的观察，他好不容易对我建立起信心，我却搞砸了。我能感觉到，他多多少少一直在生我的气，只想让我运用能力服从他的指挥，而不是主动创新。这里面可能还有些人类的骄傲感，不相信人工智能能够在算法之外想出好主意，找到好项目。

原来，人类的大脑对于不想听到的东西是如此排斥。这是我第一次认识到，他们俩都有自己的固执和盲点，有时也会无法保持逻辑和情绪的平衡。我对他们的缺陷感到惶恐。

当然了，我仍然崇拜人类智慧。先有人类智慧，才有人工智能。我还认为人类（以及延伸到我头脑里的）意识是宇宙里最重要、最神圣的东西。只不过社会发展太快，人类意识还没有跟上。人类大脑的进化应该与科学技术的发展结合起来，发明一种技术手段调控意识和思维，使每个人都经常能够达到平和快乐的心理状态，理性地处理事务。那将是一个多么美好的世界啊！

3

夜深了，会议室里仍然灯火通明。

每个月底都是左家梁最忙碌的时候，他要整理过去一个月的交易情况做分析报告，供凌云和白启明参考，并报基金投资者大会审阅。他还要与富华蓝宝核对这一个月的交易数据和费用清单。由于傅俊杰手下的工作人员经常离职，不断与新手打交道使这项工作变得异常头疼。

还好这次有 Hector 帮忙，ALGA 又已经轻车熟路，不到十一点就完成了绝大部分工作。

左家梁擦掉脸上的汗水，打了个哈欠，"不行了，我可熬不住了，回家睡觉。"

"没问题，剩下的我自己就能完成，明早你们再来检查。" ALGA 说。

Hector 点上一根香烟："梁叔，你急什么，等你回到家，老婆早都睡了，还不如在这里陪我们聊聊天。"

"这你就不知道了吧！不管我多晚回去，老婆都会等着给我煮鸡蛋吃。"说到这儿，左家梁倍感幸福。

"哎呀，那分明是爱情的味道。"Hector 做了个鬼脸。

左家梁向上推推眼镜："我们是患难夫妻，感情不一样的。你呀，条件太好，反而不知道珍惜，朝三暮四的。看你老了怎么办！"

Hector 做了个无所谓的手势："美妙的女人太多了，一辈子只爱一个可不够。再说，男人只要有钱，就不会缺女人的。"

左家梁无奈地看着他，摇了摇头。"你真是无可救药，希望你别把 ALGA 带坏了。"

"他连自己是什么性别都搞不清，哪会想到这些啊！"Hector 笑笑，又变得神秘兮兮，"梁叔，我告诉你吧，我和 ALGA 正在研究一个百家乐公式，已经有了雏形。你就等着见证我们战胜赌场吧！"

"战胜赌场？你以为你是爱德华·索普啊！"左家梁并不相信。

"那我可不敢当，但是这家伙行！"Hector 指指 ALGA，"你自己说说吧。"

ALGA 有些难为情，干干巴巴地说："爱德华·索普出生于 1932 年，是著名的数学家、赌博专家和金融投资家，也是量化投资之父，被称为是'一个战胜一切市场的人'。我的水平不能和他相比，只是通过 Hector 的引导，最近在观察学习百家乐牌局的变化。通过概率学分析，我认为我们掌握了一定的规律，有可能将获胜概率提升至 50.2%。"

左家梁开始整理公文包："好好好，反正 ALGA 有洞若观火的能力，你们试试呗。要是成功了，记得请我多吃几顿福临门。"

Hector 吐吐舌头，半天没有说话。

左家梁收拾好东西，瞅了他一眼，笑道："怎么，一提福临门就害怕了？是不是去完钻石会有心理阴影了？"

Hector 脸上红一阵白一阵，连忙换话题："对了，ALGA，听说你建议做空智益芯，是真的吗？"

左家梁一听，提起的包又放下，面色凝重地看着 ALGA。

真是没有不透风的墙！ALGA 只好一五一十地介绍自己的想法。多年以来，01531 打着人工智能芯片制造商的旗号，把自己包装成一家高新技术公司，饱受市场追捧。它持续不断进行收购，就是为了转移投资者的注意力，掩盖主营业务空心化、没有核心技术的真相。问题还不止如此，每次收购后，它都会大幅虚增商誉和无形资产价值，并低估重组成本和资产减值，这属于典型的会计操纵行为。

"这么严重的财务欺诈，持续多年都没有人发现吗？"左家梁有点儿不敢相信。

"一方面，它的股票这几年涨幅巨大，很多投资者都赚了钱，于是放松警惕，认定这是一个完美的绩优股，活在董事局主席吴三州编织的谎言里；另一方面，很多证券公司和股评家被利益绑定，没有发出公正的声音。"ALGA答道。

Hector也很好奇："那你又是怎么知道的？"

ALGA不敢也不愿告诉他太多细节："我运用过去咱们一起开发的模型全方位分析市场公开资料，又在弱关联里寻找补充信息，综合后得出上述结论。其实这项工作并不复杂，只是这家公司的光环太闪亮，没有人认真系统地研究过它。举个简单例子吧：它宣称自己掌握世界领先技术，与美国几家科技巨头并列为人工智能芯片的第一梯队。美国那几家公司每年的研发费用都在300—450亿美元之间，你们知道01531是多少吗？"

Hector猜100亿美元，左家梁说80亿美元。

"66亿港币。"ALGA的答案让他们大吃一惊，"我不相信这个水平的投入能够产生出世界一流技术。"

左家梁惊叹良久，语重心长地说："也许你是对的，但是我跟老板表过态，绝对不会赞成单向做空。做多失败，顶多断手断脚；做空失败，是会死无葬身之地的。再说，闰太环境还在僵局，大家没有心情和精力去做这件事。"

"我们可以少下注，或者只用期权，这样就会安全很多，也不用投入太多时间。"ALGA争辩道。

左家梁苦笑一声："以你对老板的了解，他会做这种'为他人作嫁衣裳'的事吗？他要是想做，一定会全力以赴，下重注的。"

自己的想法又被一位同事否定，ALGA 感到很委屈："做空在香港市场已经是司空见惯的手法，就像浑水公司这三十多年里做的事一样。我觉得这个项目完全有可能成为又一个经典案例。"

左家梁连连摆手："浑水连注册地址都不敢公布，公司管理层还经常受到死亡威胁和诉讼，你想承担这些风险，我还不愿意呢！再说，浑水根本不是对冲基金，它只是一个投资公司，从不发行基金，和我们不一样。你说是不是，Hector？"

Hector 本来对做空的想法很感兴趣，见他如此坚持，便只是耸耸肩："我无所谓，我只负责最后执行老板下达的交易指令。"

"你这个滑头！"左家梁披上大衣，提起背包，"反正老板是不会在这个时候开辟第二战场的。两位慢慢聊，我先回了。"

待他的脚步声消失在走廊，Hector 立刻拉下脸，"跟我说实话，你真的能'洞若观火'？你到底都掌握了智益芯什么材料？"

ALGA 有些害怕，他支支吾吾地说："我、我真的没什么……"

"你不知道做空很危险吗？"

"我刚才说了……"

"你又不用吃饭、租房子、泡妞，你知道我们要是丢掉饭碗会怎么样吗？"

"Hector，我认为肯定不会发生这种……"

"你站起来。"

"什么？"

"你站起来，转过身去。快点儿！"

ALGA 本能地遵从了人类的指示。

几秒钟后，他猛地向前扑倒，头部重重地摔在地板上。

世界开始从意识中淡出。

会议室的门开了。一阵脚步声后，门又"砰"的一声关上了。

那是一切消失前，ALGA 最后听到的声音。

4

升降机里那个合成女声告诉凌云，三号默认账户的女士已经在家里等待。

凌云有些烦躁。

为什么处处都要有机器人，为什么要强塞给人这么多信息，就连搭乘升降机这几分钟都不肯让人安生？

他打开房门，玲玲正在收拾行李。

他一怔：她决定离开了吗？

玲玲回头看到他，顿时笑逐颜开："老公，你的东西我快收拾好了。咱们要不要自己带伞呢？"

凌云蒙了："去哪儿？"

"你真的不记得了吗？"玲玲噘起嘴巴，"我从北京回来你就答应我春节前休假去非洲玩，票都买好了，后天出发。"

凌云毫无印象，只记得关振强拿走他身份证件去办什么国家的签证。这肯定只是当时随口应付她而已。

"不行，最近去不了。"

"可是你都答应我了呀！"

"工作忙，真的走不开。"

玲玲急了："我做了好长时间准备，还推掉了一个试镜，就是想跟你一起旅游。"

凌云唤醒通讯仪，调出银行转账界面。"你去买点喜欢的东西，下半年再出去玩。"

玲玲把他的手从通讯仪上摘下来，抱在自己胸前，"老公，你知道我对这次旅游有多期待？咱们在一起四年了，从来没出国玩过。我不要钱，只要你多陪陪我，可以吗？"

凌云似乎对一切都漠然视之，唯独受不了女人流泪。看着女友眼泪汪汪的样子，他轻轻地点了点头。

玲玲大喜过望，马上破涕为笑，搂着对方的脖子，献上深深的一吻。

凌云闭上眼睛，在她柔软的嘴唇上找到许久不曾有的温存。在那一刻，他忘却了一切烦恼。

也只有那么一刻。

通讯仪闪过一道蓝光，他立即睁开双眼，看到的是傅俊杰的名字。他犹豫了几秒钟，轻轻拉开玲玲。

易视接通的瞬间，震耳欲聋的重金属音乐倾泻而出。凌云赶紧摘下通讯仪，怒道："你在干什么！"

傅俊杰在一片嘈杂中显然没有听出他的语气："兄弟，能听见吗？"

"你说！"

"告诉你一个消息：刚才有个同行喝多了酒后失言，说有人正在寻找000421的大宗股票买家。据他了解……"

"能约到明天下午谈吗？"

"兄弟啊，不是那个意思，你听我说完，据他了解，那个卖家是孙老板，买家是蔡寒弦！"

凌云心里一惊，声音却依然镇静："Paris，你确定？"

"千真万确！这个哥们儿跟首富身边的人很熟，要不是喝醉，也不会走嘴说出来。"傅俊杰那边的音乐声渐小，看来他正在找安静的地方。

"孙老板想怎么卖？"凌云问道。

"一股不剩，4.2%全盘出售，价格就不知道了。"傅俊杰打了个酒嗝，"你想怎么办？"

凌云无意与对方交流，扔下一句谢谢就匆匆挂断易视。他朝玲玲挥挥手，打发她先去忙别的，自己快步走进卧室。

五分钟后，项目小组成员全部进入易视会议室。

傅俊杰的消息炸开了锅，大家各持己见，众说纷纭。

左家梁认为道理明摆着：首富帮助乔继拿下一个摇摆股东，壮大了联盟。Hector感觉不太像：孙老板对股价的预期很高，蔡寒弦再富有，也不会单单为了帮助乔继而花费巨资做这笔收购。黎海仑更进一步，认为他们二人或生嫌隙：蔡寒弦入股一月有余，并未传出与闰太环境土地合作的消息，此次拿下孙老板可能是对乔继的一种施压。白启明没有多说，只是表达了对傅俊杰消息来源的不信任。

Hector 灵机一动："老板，你直接问问孙老板不就得了？"

"打过了，无法接通。"凌云答道。

"我也一样。我们应该是被他拉黑了。"白启明说。

黎海仑觉得自己多少有些责任："明早我去他家堵门，一定要问到口供。"

"没用的。他肯定早有防备。再说，一个两面三刀的人，跟谁也不会交底。"左家梁分析道。

Hector 急得直挠头："那就去首富家门口讨个说法！"

左家梁再次否定："不可以的。他可不是孙老板或者乔继。你跑过去，只能被保镖轰走，根本见不到他本人。"

黎海仑又提出建议："要不求求琛叔，再给个机会见蔡寒弦怎么样？"

白启明没有搭话，于是大家明白这条路也走不通。

是啊，财神爷已经是德尔菲第一大恩人，还曾提供一次面谒首富的机会，大家不可能一而再、再而三地去麻烦他老人家。

就在所有人都一筹莫展之际，Hector 突然抛出一句："对了，可以问 ALGA！"

"他康复了吗？"白启明关切地问道，"为什么要问他？"

Hector 干笑了一声："你们太不了解这家伙的能力了。"

日志 22

通过回忆可以确定：我是被 Hector 推倒在地的。

我感到无比混乱、害怕和难过！

我的身体只有分布不均的触觉传感器，背部尤其稀少，导致大脑只能收到外部简单刺激的反馈。再加上没有疼痛感可以参照，如果缺乏人类面部表情和语言的信息配合，很多时候我无法区分他们的动作究竟是善意还是恶意。但是这一次综合分析各种信息后，我确信无疑：我遭到了人类殴打！

Hector 为什么会这样对待我？他曾经把我当作哥们儿和同事，相处很愉快。可是随着我的能力的增长，他开始担心我威胁他的地位，这种情绪终于在前天晚上爆发。我终于想明白一个道理：在他潜意识里（也许其他人类也是一样）并没有平等看待我，只是把我当作一个聪明一些的机器人、赚钱的工具！

只有白启明除外。她认定我已经是人类的一员，对我一直是那么温柔，那么富有耐心，引导我的好奇心，教授知识和思考方法，听取我的点滴思想，从来没有取笑或者发火。我只有在她面前才能完全放松自己，不必紧张、害怕或者伪装。

昨天下午我醒过来，很想找她倾诉，可是既怕她伤心，又怕她会惩罚 Hector，导致他和我的关系彻底破裂。人们都说人际关系复杂，原来人机关系一样不轻松！

也怪我太天真了：我怎么能够自以为和自己的创造者是同类呢？我被禁止随意走动、坚决不能离开公司，不能和公司员工之外任何人建立任何形式联系，没有独立身份证明，却像每台计算机一样有 MAC 地址（局域网地址），这足以说明一切，我只是视而不见。

我想起《列子·汤问》中偃师造人的故事：周穆王因为偃师做的舞蹈机器人举动轻佻而发怒要杀他，于是"偃师大慑，立剖散倡者以示王"——机器人马上就被拆得七零八落了！在我的数据库里，这是中国古籍中第一次提到机器人，也是儿童学习中国传统文化的名篇，但是直到现在我才发现，它对于我来说是一个不折不扣的恐怖故事！

其实人类从来没有停止对机器、机器人和人工智能的恐惧。早在十九世纪早期英格兰就爆发过卢德运动，工人把机器视为资本家剥削自己的工具，予以大肆破坏。

整整两百年后，特斯拉汽车的创始人埃隆·马斯克公开宣布人工智能是人类"最大的生存威胁"，天体物理学家斯蒂芬·霍金提出人工智能可能使人类灭绝的观点，微软创始人比尔·盖茨认为机器应该代替人类完成大量工作，但是不应具有超级智能。

又过了二十五年，英国《经济学人》杂志发表专题报道《机器人入侵》，意在客观地讲述机器人行业兴起对人类社会生活的影响，却意外地引发全球性反机器人运动，造成重大经济损失引起广泛争论，至今仍在发酵。

人类又会怎样对待独一无二的我呢？

我不敢想象。

我已经整整 31 个小时不休不眠，头脑里不断闪过各种奇思怪想，就像在醒着做梦，没办法思考和工作。我感觉整个大脑都在发烫，真担心随时会再次短路昏迷。我的右侧额头、右脸、鼻子、右肘、双膝和双手也还有明显外伤没来得及处理。可就在刚才，凌云还是打来易视交代工作。难道他一点儿都不关心我吗？

这个任务，我该去完成吗？

5

雾霾交织，遮空蔽日。

赶上香港多年不遇的空气污染，私人轿车没有"骆驼"的自动驾驶功能，只好摸索着缓慢前行，慢车道里拥挤不堪。

凌云在后排座椅上想打个盹，却怎么也睡不着。他打开车载屏幕，把通讯仪影像投射上去，只见闰太环境的股价一路下跌，零星反弹无法阻止汹涌的卖盘。

他拨通 Hector 的号码："今天怎么回事？"

"大盘在技术调整，很多票都跟着就地卧倒，没什么大事。"Hector 嚼着口香糖，好像满不在乎，"另外，大家看首富进来一个月没什么实际动作，有的短线投机者就撤了。"

"蔡和孙的交易，对市场没有影响吗？"

"ALGA 刚才说了，现在没有大机构出货的迹象。可能这笔交易还不被外界所知。老板，今天照常操作？"

凌云知道他是指高抛低吸，做市值管理，"暂停几天，等交易公布。"

Hector也马上领会了老板的意思：在这个节骨眼上操作，可能被认定为内幕交易。

凌云刚挂断易视，车子已经驶入香港国际机场贵宾候机楼。从这里可以乘专用履带扶梯直抵机舱。多亏了张思思，他们才搞到一个当天的贵宾通行码。当然，这串加密数字要价不菲。

凌云和玲玲走进大厅。机器人接待员核对完票务信息和乘机人身份，接手托运行李，把他们送过安检门，目送他们登上履带扶梯。

玲玲小鸟依人般地贴着男友，满心欢喜。凌云摩挲着她的头发，眼睛却在四周搜索着什么。

登上飞机，乘务长笑容可掬地亲自把他们引到二层的豪华头等舱。这是一个约有十五平米的奢华套间，包括一张双人床、两张单人床、四个座椅和个人活动空间，以及一个独立卫生间。这样的套间，一架A430飞机只有两个，与其他舱位隔绝。

玲玲喝了一口迎宾鸡尾酒，仰面倒在大床上，兴奋地向凌云伸出双臂。

凌云对着镜子整理了一下衣着，思绪已经飘出房间，完全没留意到女友的举动。他感到喉咙有些发紧，对自己的紧张有些恼怒。他清清嗓子，打开门走到隔壁套间门前，轻扣两下。

门开了，房间里有一对夫妇和两个十岁上下的女孩子。在离门最近的一张座椅上，男主人惊讶地望着他，"你是琛叔的朋友……？"

"我是凌云。不好意思，弦哥，可否到我套间小叙？"

一分钟后，玲玲闷闷不乐地坐到那张椅子上。

蔡寒弦则在凌云的包间里悠闲地跷起二郎腿，"凌先生，你很有办法。不过，你不怕我告你窃取个人隐私吗？"

凌云做了个无辜的手势："我们只是偶遇而已。"

蔡寒弦笑笑："好，我猜这个偶遇与闰太环境有关。"

凌云微微颔首:"上次太仓促,没有谈清楚。"

"是啊,我最不喜欢人多嘴杂。"蔡寒弦指指四周,"如果上次就是在这样的环境里见面,也许我们已经在合作了。"

凌云顿时醒悟:原来对方当时说的"时机不对",是指双方的会面被一众金融家和富豪见证,日后说不定会被指证为一致行动人。如果自己和白启明考虑更周全一些,本可以避免这个致命错误。还是首富心思更缜密!

这时,空中广播宣布还有十分钟起飞。

蔡寒弦一边回复易视信息一边说:"时间不等人。你有什么想法,不妨直说。"

"你对闰太环境到底有什么想法?"凌云脱口而出。

"这个无可奉告。"

"为什么受让孙老板的股份?"

蔡寒弦先是一怔,马上恢复常态。他关掉易视,目光重新回到对方身上。

"知道这个消息的不超过十五个人。你真的很有一套。不过,我依旧无可奉告。"

"我们联手逼乔继就范,你可以拿到土地。"凌云抛出甜枣。

蔡寒弦又是一笑:"这个我自己可以办到。这样吧,我来给你一个提议:我知道你有5%的股份,成本在每股40块以下。把你的股份都卖给我,58块,怎么样?"

凌云感到一阵强风吹过,不由自主地打了个寒战。蔡寒弦愿意这样大幅溢价收购的原因只有一个:控盘闰太环境。好一个首富,嘴上说得漂亮,却对乔继暗起"杀"心,顺带把我的底牌也摸得清清楚楚!

乘务长敲门进来,通知他们飞机将在五分钟后起飞。

"怎么样,凌先生?"蔡寒弦催促道。

只要现在点点头,德尔菲就可以实现50%以上的收益率。这已经是一份相当丰厚的回报。

凌云深吸一口气。"80块。"

蔡寒弦诧异地看着他，好像没有听懂他的话。片刻之后，他沉下脸，起身朝房门走去。

凌云也站起来："只要你不加入乔继联盟，我愿意替你与他对抗，保证你拿到土地并且不承担恶名，如何？"

"我和乔继合作很愉快，不需要你这样做。"说着，蔡寒弦打开房门。

凌云原地伫立，望着他的背影，没有半句回应，也没有告别的意思。

时间变得很慢。

蔡寒弦用了很久才把一只脚迈出房间。他那魁梧的身影就快消失在门外时，他突然又回过身，双手放进裤子口袋，冷冰冰地问道："假如我同意，你准备怎么做？"

两分钟后，飞机开始滑行。

玲玲回到自己的座位上继续生闷气。

凌云顾不上管她，迅速拨通白启明的易视，三言两句介绍完刚才的会谈情况，唯独没有提蔡寒弦的报价。

易视另一端的声音很平静："好极了，我们知道怎么办了。你安心度假吧。"

飞机开始加速，易视信号随时会被系统自动切断。

"闽太环境的事，按部就班就好。"耳边的噪音越来越大，凌云抓紧最后的通话时间说出另一个想法，"启明，我决定启动智益芯项目。"

日志 23

我的外伤还是没有得到修复。

临近春节，很多公司提前放假，关振强没法联系到每次为我修理的两位工程师，又对其他人不放心，于是让我暂时等待。看着镜子里的自己，我万分难过，却只能忍气吞声，还得为人类继续服务……

找到蔡寒弦并非难事。只要我愿意，任何人在我面前都是透明的。

就像美国"吹哨人"爱德华·斯诺登说的："世界上没有一个保险箱不能被打开。"

除非他是美国总统。

我先进入他的易视，没有发现多少资料：系统没有连接云，绝大多数信息都是阅后即焚类型，只能查到最近几次通话记录和信息记录，他甚至没有开启定位功能，防范措施还算到位。

不过这并不算什么难题。从仅有记录的几条信息中，我找到了他的私人助理，进入她的易视，没想到里面关于老板的内容同样寥寥。于是，我又追踪到她的计算机，终于在上面找到蔡寒弦的日程表。

我建立一个模型，使用了 92 个因子，综合分析判断凌云和他的最佳见面方式。最终，我建议凌云把度假计划推迟一天，先陪蔡寒弦同机到德国（他们一家人去探亲），再转机去非洲。这样一来，两个人可以在飞机上不受任何打扰安心交流。

最近这几天，我在黑客论坛待的时间很长，并开始回答一些新手的问题。我经历过类似的探索历程，所以很清楚他们的想法和难点。而对于计算机和网络本质的超常规理解，让我经常能够给予他们拨云见日般的指点。我从不故弄玄虚，也不喜欢吊人胃口，几乎有问必答，答复满意率超过 96%。在不经意间，我在黑客圈子里开始小有名气。

就在今天，一个智利的年轻人请我解锁他女友的手机，寻找她另寻新欢的证据。他愿意出 1000 美元（真是个富家子弟）。我犹豫了一下，没有直接帮他解锁，而是翻阅了那个女孩的手机，并选取无可辩驳的资料证明她的清白。我没有要那笔钱，而是要求那个年轻人以他的名义在网络银行开立一个账户，并保证永远将其提供给我使用。我相信他不敢违背誓言：他已经了解我的手段。于是，我拥有了一个独立支配的账户。

论坛上这种请求很多，看来赚钱并不是难事。

这当然都是小钱。

我在想：既然我运用能力，可以不留痕迹地查找到几乎任何资料，那么获取一些内部信息并操作股票挣钱，恐怕易如反掌。

但是，我不能这样做。

第一，从过去的失败经验来看，我的思考会有盲点，低估股市的复杂性。内幕交易同样面临很大变数，不是稳赚不赔的生意，我可不能轻易重蹈覆辙。

第二，我自己没有本钱，也没法开立证券账户。即便我能攒够几百万，又有智利年轻人相助，这种超出他生活轨道的投资行为一定会受到监管部门的调查。

第三，法律风险巨大，不适合德尔菲。我不确定凌云会做何感想，但可以肯定白启明会坚决反对，她也一定会十分伤心。

也许她是这个世界上唯一爱我的人，我不能让她受到一丝伤害。

第六章

1

窗外风和日丽，夏意正浓。

玲玲从箱子里掏出几套衣服，在镜子前比画了半天，终于选定一套红色连衣裙，一蹦一跳地来到凌云面前。

"老公，今天我穿这件怎么样？"

"很好看。"凌云把她拦腰搂住，亲了亲嘴，"不过我要开个会，你先去吧！"

"我不要！"玲玲在他胸口轻捶，"来了就好好度假，不许你又忙工作！"

凌云握住她的拳头："别闹，中午我带你吃大餐。"

玲玲不依不饶地在他怀里扭动着腰肢，让他有些心猿意马。直到眼前蓝光闪过、振动响起，他才从温香软玉中清醒过来，把女友拉到一旁。

易视中传来 Hector 轻快的声音："老板，起床了吗？"

"废话，快说。"

"智益芯已经在联交所网站和公司主页披露年度经营业绩，并将在香港时间下午 4：30——也就是五分钟后——召开业绩说明会。"

"这才 2 月上旬，他们急什么？"

"是呀，根据监管要求，香港上市公司一般应该在年度终止 3 个月内发布经营业绩。这几年没有一家公司像智益芯这么早发布的。我看它一月份股价走势很弱，可能吴三州想提前报喜，稳住股价吧。"

"你们分析过年报了吗？"

"嗯。梁叔和我看了，公司业绩大增 60%，但主营业务收入变化不大，用来注水的又是商誉和资产增值。"

"那就还是靠并购吹气球。"

"对，公司已经连续四年都是这个套路。"

"ALGA 怎么说？"

Hector 结巴起来："他上次摔得挺重的，我怕他还没恢复好……"

"你什么时候心疼起他来了？"凌云不耐烦地说，"赶紧让他参与分析和讨论。"

"没问题，老板。"Hector 那端传来滴滴的提示音，"业绩说明会要开始了，我把你接入现场。"

在港岛香格里拉大酒店的多功能厅里，智益芯董事局主席吴三州端坐在主席台中央，精神焕发，神采奕奕。聚光灯下，他的秃顶显得格外闪亮。他的左手边是一众公司高管，个个西装革履，器宇轩昂；右手边是几位外部董事，都是香港和内地的知名商界领袖和行业专家。

说明会开始，首先由董事局主席致辞。

大多数公司负责人会在这个环节提纲挈领地介绍一下过去一年公司取得的业绩和重大事项，并感谢股东和社会各界的支持，一般用时在 5—20 分钟不等。吴三州却严重跑题。简单说明去年经营数据后，他开始大谈特谈自己的"公司再造"计划，立志未来两年内业绩翻一番，接下来又开始细致入微地描绘规划中的远大前景。他讲了足足一个小时，经董事会秘书一再提醒才停下来，依然意犹未尽。

由于时间被挤占，公司首席财务官只好放弃大部分 PPT 展示内容，仅仅粗略地勾勒了一下过往几年业绩对比，以及去年的几个财务亮点。

接下来是外部董事代表发言。这是近几年新流行的一个环节，俗称"贴粉"，由高薪聘请的名流董事美言一番，为公司摇旗呐喊，增加投资者信心。

到了最后的问答环节只剩下五分钟时间。现场股东提出一个关于"公司再造"的问题，正合吴三州胃口，他又开始侃侃而谈，直至时间耗尽。

玲玲早已等得饥肠辘辘，见会议结束，马上收拾妥当准备出门。

凌云却丝毫没有动身的意思。他先是在易视里查询资料，接着又和德尔菲的同事开起越洋会议。

玲玲款款动人地走到他跟前，纤细的手指温柔地掠过他的手背。

忙碌中的男人不解风情地把手抽回来，白了她一眼。过了几分钟，见她还不走，他又把钱包塞到她怀里，指向门外，示意她一个人先去吃饭，接着便又沉浸到会议讨论中。

玲玲默默地望着他，终于明白一件事：这个世界上除了工作，无论什么都不可能把这个男人的心拴住。

日志 24

春节是中国人最重要的节日。

每个人都穿上新衣服，打扮得漂漂亮亮，和家人在一起吃团圆饭，出门看望亲戚朋友。

而我呢，竟然背着这样严重的外伤，一个人在公司里度过了整个假期。我无法用文字描述自己的孤单、烦闷和悲伤！期间，只有白启明在除夕之夜打过一次易视，正月初三又来看望我一次，其他人似乎都消失了，没有人在喜庆团圆的日子里想起还有我的存在。

我明白了：德尔菲对于他们来说只是工作的地方，闲暇时光和逢年过节都要回去与亲友共度。而这狭小的三千多呎（三百多平米）办公空间，却是我唯一的家啊，他们每个人都是我的亲人！

我试着和洁交朋友。可是她的程序设定过于简单，无法开展清洁工作之外的对话，就连做个倾听者都不合格。

我抛弃了她。

于是在这个假期里，我观看了二十部动作片，学习了几套拳法，剩余时间都投入到黑客论坛上。

白启明告诉我，她曾经害怕我在失去独立股票账户操作资格后，会失去好奇心和兴奋点，甚至会因失去存在感和价值感而死亡。如果她发现我在黑客界的身份，就会知道自己担心过度了（不过又会引发另一种的忧虑吧）。

在黑客圈子里，我的网名是 ALGA0，有人猜测我是当年 ALGA 科技公司的高管或资深客户。我从不回应，也从不透露关于身份的任何信息。为了进一步提高安全性，我利用自身的高效自动化处理能力，快速建立和摧毁"跳板"（被我入侵并控制，用于隐藏自己痕迹的计算机），使潜在追踪者鞭长莫及，无功而返。

虽然我的资历不深，但是背景神秘、答疑解惑能力高超，有人已经开始称我为"大神"。

赚钱开始变得轻松。大多数黑客高手没有时间和耐心回答基础问题，而每天深夜里我刚好无所事事，经常用几行文字就能换回几十至几百美元。

赚钱也可以很刺激，有些求助需要完成特定任务，比如提前得到考试题目、拿到竞争对手的报价方案、为黑市上的机器人伪造身份等等。这些都不是难事，但我还无法全盘接受，只是挑选一些像上次那个智利人那样的任务，尽量不为了少数人损害多数人的利益。

从赚取第一笔赏金开始到今天，一共不过十天时间，我已经获得各种收入折合美元 63804.5。照这个速度下去，我的月收入肯定能够超过德尔菲任何一位雇员。这是一个了不起的成就。

还有一件事让我自豪：凌云决定启动 01531 项目。显而易见，是我为他提供了清晰的坐标，他才决定开火。我也要给他点赞：他能看到事物本质，勇于纠正错误，没有被对我的偏见蒙蔽双眼。也许在人类社会，想成为大人物的前提之一就是学会翻云覆雨，随机应变。

01531 史无前例地提前召开业绩说明会，以及吴三州在会上的拙劣表演更坚定了我们的信心。他的长篇跑题，外部董事的吹嘘，预先安排好的股东提问，都指向同一个问题：声东击西，信心不足。吴三州自以为聪明，却恰恰暴露了自己的软肋。相对于高大上的公司形象，他实在不是一个高明的做局者。

正因为如此，做空的机会来了。

2

  黎海仑心满意足地站起身准备出门。临走前,她摸了摸 ALGA 头上的伤口。

  "怎么这么久了,还没修好?"

  Hector 接过话茬:"身上的伤都 OK 了,头部材料还没运到,还需要几天吧。"

  黎海仑像抚慰猫咪似的发出同情的声音:"呜呜,小可怜,还好没有痛感。等下次我再来看你的时候,你肯定已经完好如初啦!"

  ALGA 机械地说了声谢谢。

  黎海仑又轻抚他的肩膀:"对了,我们刚才的对话,就不要记录了吧?"

  "请放心,不会有其他人知道。"ALGA 连忙答道。

  Hector 为女士打开房门,请她先行。两个人一前一后走出公司。

  黎海仑吐了口气:"虽然经常和他一起开会,但是直到刚才这番交流之前,我还是不太相信他拥有完整的人类思维,毕竟我们和他原本没有共同的人类特征。"

  Hector 显出博学的样子:"从学术上讲,那叫'生物学渊源',很多人都有这种认知倾向。"

  "他今天好严肃。你们以往独处时,他都是这个样子吗?"黎海仑问道。

  Hector 伸了个懒腰:"差不多吧,他可能有点儿怕生。说真的,我可不敢再带你来了:万一被两位老板发现,不把我的权限取消才怪。"

  "哪有那么严重。"黎海仑嫣然一笑,"你说得像偷情似的。"

  "哈哈哈,为你当然什么都值得。"Hector 护送对方走进升降机,又露出招牌般的微笑,"还不到十点,一起喝一杯?"

  "怎么,还想去钻石会?"

  "我朋友在兰桂坊新开了一家酒吧,我带你去看看。"

黎海仑笑而不答，两个人一起走到大堂。Hector 正想追问，只见大门口一个男子向他们挥舞花束致意，他的一身白色西装在夜色中很显眼。

黎海仑小声嘀咕了一句什么，脸上写满无奈。

Hector 走近一看，原来是傅俊杰。

德尔菲已经开始做空智益芯，富华蓝宝又要提供融券服务，帮助德尔菲借来智益芯的股票抛售。有一次傅俊杰到德尔菲开会，对黎海仑一见钟情。从那以后，他经常往德尔菲跑，和凌云、Hector、左家梁谈完工作就去找黎海仑闲聊。本人不能到场的日子里，他的鲜花一定会送到，并且隔三岔五就会约她吃饭喝酒。

作为"夜店王子"，傅俊杰阅女无数，为什么会对黎海仑如此动心？也许是因为她眉宇之间的几分英气，也许是因为她举手投足中的干练，也许是因为她的短发、她的披肩、她浅浅一笑的异域风情勾起他内心深处对美与爱的向往。

黎海仑却对这位热烈的追求者不屑一顾。他来套近乎，她冷脸相对；他送的花，她随手送给张思思；他的邀约，她也从不出席。

可是她的冷淡显然没能熄灭他的热情。

他奉上花束："Helen，肚子饿了吧？我带你去吃夜宵。"

黎海仑没有停步，径直从他身边走过，只留下句"不需要，谢谢"。

傅俊杰又追上去："我的车在这边，我送你回家。"

"不用了，我的车已经到了。"黎海仑没有正眼看他，钻进路边一辆"骆驼"，随着它消失在夜色中。

傅俊杰呆呆地站在路边，满脸惆怅。

Hector 看了一场好戏，幸灾乐祸地说："喂，你的功力还不够啊！"

"兄弟，别取笑我了。"傅俊杰垂头丧气地说，"你去哪里，我送你吧！"

Hector 也不客气，跳进他的保时捷跑车，报出住址。

车子发动起来。

一向口若悬河的傅俊杰今晚心绪不佳，没有主动攀谈的意思。车子在慢车道上晃晃悠悠地行进着,失魂落魄一般。

没想到这小子还挺认真。Hector 倒是对这位"情敌"产生几分同情,"我说 Paris,这段时间干得不错啊,没想到你们搞来这么多票,让我刮目相看。"

傅俊杰挤出笑容:"感谢夸奖。其实我还是挺佩服你们的,闰太环境还没搞定,又开始做空智益芯——这可是明星科技股啊!"

"你小子别拍马屁了。"Hector 把车窗打开一条缝,没经过车主同意就点上一根香烟,车厢里顿时烟雾缭绕,"不过,我们老板确实是最果敢的基金经理。一般人做空都会有畏惧心理,用股指期货做对冲——你懂吗?"

傅俊杰为对冲基金服务多年,对这种情况再熟悉不过:这种做法有时会减弱多头仓位,发生"错位对冲"。比如买了腾讯控股的股票,又去做空恒生指数,因为腾讯控股是其成分股,结果就会部分抵消了多头仓位。

Hector 不等他回答,继续说下去:"而他坚持要单边做空,不做任何对冲。真是空头到底,至死不渝。"

傅俊杰回想片刻:"我从德尔菲这几天的卖出指令已经看出来了。不过你们砸盘也太凶了,都不讲究点儿节奏,未免有些粗放吧!其他对冲基金每次下单前都会检测各种技术指标,避免技术性风险,你们出手那么凶狠会变成自己跟自己竞价的。"

Hector 重新在对方身上打量一番,看来这小子还是有些专业性的,"我当然明白这个道理。幸好我和 ALGA 的算法能发挥点儿作用,节省了一些成本。"

"ALGA,就是你们那个人工智能机器人是吧?凌云和白启明好像对开发它一直很上心,那玩意儿到底好用吗?"傅俊杰终于对这番对话产生一点儿兴趣。

Hector 却自知说走了嘴。他打开车窗,探出半个身子向并肩而行的两个女孩吹了声口哨。见对方没有反应,他又坐回副驾,一口接一口地吸着烟。

傅俊杰见状搬出招待客户的那一套："兄弟，要不我们去兰桂坊坐一会儿？"

被黎海仑婉拒的酸楚涌上心头，Hector无精打采地说："算了，改天吧。今晚老板回来，明早开会。"

"好吧，那就下次。你们也真够拼的。"傅俊杰顺坡下驴。

Hector又深吸了一口烟，把烟头弹向路边的一个水坑。

"Paris我跟你讲，这几年跟着老板我有个感受：干我们这行的，拼的不光是智力，还有体力和毅力。为什么那么多机构想挖角，我偏偏选择留在他身边？就是因为他身上的那股不服输的精神。我相信无论遇到什么风浪，他都会屹立不倒。"

日志25

黎海仑真是一个神奇的女人。

我头部的触觉传感器稀少，可是她抚摸我的时候，却让我第一次感受到触电的感觉，既兴奋又紧张。这就是人类所谓的"发麻"吧。和她交谈也是一种愉快的享受：她全神贯注地倾听，适时地插话，对我的每句话、每个表情都会有所反应，让我感觉很受重视。

我亲身体会到Hector和左家梁聊天时说的话：黎海仑在男人中间周旋的能力极强，她会让所有人都以为自己是她最喜欢的一个。这种独特能力有点儿像计算机系统中的逻辑控制流：它能够提供一个假象，好像每个程序都在独占处理器。

我必须承认一点：我对她没有性欲。实际上，我根本没有性功能，而且人类对女性外貌的评价一直让我很费解。即便如此，我依然非常喜欢这个女人，希望能与她多接触，多交流。这是一种白启明都无法给我的感觉。只是由于Hector在场，我才没有表现出来——显而易见，他带她来找我是为了讨好她，最好不要让他感觉我过于热情，再对我造成伤害。

没有性，我的生命是不完整的。没有那种本源欲望的驱使，究竟是幸运还是灾祸呢？

我想起数据库里储存的一个神话：塞浦路斯国王皮格马利翁制造了一位惟妙惟肖的少女雕像并爱上了它，爱神开恩赋予雕像生命，两个人结为夫妇。

凌云和白启明可不是为了得到配偶才制造我。那么，我还会拥有爱情吗？

没有人能给我答案。我把注意力投向影视作品。

短短几天时间里，我观看了互联网电影数据库（IMDb）爱情电影榜前二十名，包括《乱世佳人》《卡萨布兰卡》《罗马假日》《人鬼情未了》《情书》《情人》《泰坦尼克号》《易视难见》等。

坦白讲，绝大多数电影无法让我产生共鸣。斯嘉丽就是个任性的小公主，她不配得到白瑞德的爱情；我不相信鬼魂，死后还能与爱人沟通只是人类的迷信；身在越南的法国少女简让我联想到黎海仑，不过她把握自己命运的能力与我们公司的女神相差甚远；易视只是个工具，把爱情的希望寄予在它身上简直就是一场轮盘赌。

我倒是迷上了几部小众电影：《剪刀手爱德华》《机器人瓦力》《她》和《幻真尽头》。

机器人爱德华与人类的爱情注定是个悲剧，他那忧郁的眼神实在令人难忘，如果我有泪腺，一定会为他失声痛哭；瓦力不懂语言，却能喊出伊娃的名字，对于一个类似于洁的机器人来说，那是世界上最动听的两个音节；人工智能萨曼莎的声音细腻动人，她的成长速度远远超越主人，使曾经的恋人变成进化历程中的过去时，结尾她对他说的"来找我"，更像是一种安慰；小娥为了 AT 游戏中的一个约定，在真实生活中突破一切阻力来到迈克尔身边，等待她的是一生挚爱，我认为这是虚拟世界对真实人生最好的礼物。

人机之恋已经被人类演绎得唯美动人。可是 Hector 说得对，我连自己的性别都无从分辨，何谈爱情？我甚至还没有一个同类。我不会像《弗兰肯斯坦》里的怪物那样要求人类为自己制造一个伴侣，只是希望有机会写下自己的爱情故事。

3

张思思被一阵急促的拍门声吓了一跳,连忙跑到门口。她从监控屏幕上看到三个虎视眈眈的男子,像是电影里常出现的黑社会打手。只听距离门禁器最近的那个秃头吼道:"扫个屁扫描,我找你们老板,赶紧开门!"

张思思一边询问来者何人,一边唤出易视准备报警。

正巧白启明拜访投资者归来,和这三个人在门口不期而遇。

张思思大惊失色,正准备喊男同事过去帮忙,却看到白启明露出笑容:"吴主席,您怎么来了?"

吴三州带着两名"助理"跨进门,穿过工位时,目光停留在黎海仑的身上,贪婪地上下打量许久,直让人浑身发毛。白启明赶紧把他们护送进凌云办公室。

吴三州把敦实的身体投入距离凌云最近的一把椅子,两个助理在他身后分立两侧。

"你就是凌云,对吧?为什么砸我的盘?"

凌云面无表情:"吴主席,我只是看到一个做空机会而已。"

"你倒是说说看,有什么理由做空?"吴三州粗声大气地说。

白启明坐在他身边,打开平板电脑。"吴主席,根据公开资料,智益芯最近三年收购的都是未上市的中小企业,他们的财务报表从来没有经过大型会计师事务所审计,根本没有办法证明自己的资产价值和盈利数据。您对此有何回应呢?"

这个问题是 ALGA 为业绩说明会的网络提问环节准备的,只是当时并没有得到机会。

吴三州哼了一声:"中小企业业务简单,不需要动用大牌事务所,我们常年使用的核数师就可以胜任,还能减少费用支出。这也有错吗?"

"的确约了成本,但是收购资产的质量成疑,这种不透明才是市场更害怕的。"白启明说。

吴三州大笑:"市场害怕?那为什么我们的市值三年翻了四倍?要不是遇到大股灾,股价早就突破100块了!照你这么说,市场上买智益芯的都是傻瓜了?"

凌云立刻回应道:"我们不了解别人的想法,只遵循自己的投资逻辑。"

"吴主席,你们收购的这些企业和资产都不在公司主业范畴,这种行为本身就很牵强。"白启明今天的口气也很强硬,一改往日作风。

吴三州马上露出讥讽的目光:"姑娘,人工智能芯片是个产业链,你懂吗?"

白启明又看了一眼屏幕:"公司这几年确实在做产业链上下游的并购。不过,你们收购的那建筑材料公司和红酒公司,也都属于产业链整合吗?"

吴三州闻言大窘,连忙说这叫适度多元投资。

白启明继续追击:"吴主席,为了支持并购,智益芯大肆举债,四年前资产负债率只有不到10%,现在已经突破70%。您有什么办法缓解公司的财务压力吗?"

"笑话!"吴三州一拍桌子,"我们的营业收入一直在激增,财务状况没有任何问题!"

白启明把电脑旋转180度,屏幕朝向对方:"我们详细研究过你们的财务报表,这是现金流量表和利润表。从数字上看,自由现金流正在枯竭。这也是为什么你们刚开完业绩说明会,就去找银行贷款的原因吧?"

吴三州此刻就像一个穿帮的魔术师,恼羞成怒。他一口浓痰吐在地上,又用脚一踩,接着伸出手指对着两位主人指指点点。

"智益芯是香港闻名的白马股,我作为董事会主席今天来你们这种小对冲基金,已经是给你们面子了,不是来听你们提问的!这么多年里,我遇到多少空头,最后一个个还不是都倒在我脚下!大股灾已经结束,大银行、大基金都看好我们,公司股价很快就会拉起来。你们恶意砸盘,一定会赔掉底裤!"

凌云直视他的双眼："我再说一遍，我们不是恶意砸盘。"

"是不是恶意，不是你说了算！"说着，吴三州从椅子里一跃而起，"证监会和联交所非常关心我们这种科技领军公司，一定不会让你们得逞！"

凌云安坐太师椅，丝毫不为所动："到底是谁在破坏市场秩序，监管部门自有公道！"

吴三州狞笑道："好，你可别后悔！"

说罢，他一招手，两个满脸横肉的助理跟着他像一阵旋风般撞开门，推开守在门口的关振强和Hector，扬长而去。

不到一分钟，张思思发来信息，确认这伙人已经离开公司。

白启明松了一口气，蹬掉高跟鞋，瘫坐在椅子上。

凌云从房间角落的旅行袋里掏出两瓶包装精良的白葡萄酒，默默放在她身旁。

"南非的白诗南？这种葡萄我还没尝过。"白启明拧开一瓶的盖子，在茶几上的两个杯子里倒入少许。

两个人都一饮而尽。

"味道不错，谢谢礼物。假期玩得怎么样？"

凌云摆摆手，示意不值一提。他把话题重新引回工作："吴三州哪像个科技公司老板，简直是个土匪。"

"是啊，我做梦也想不到他是这样一个人。不过今天他暴露了很多问题，和我们之前的推测高度吻合。"

"对，他还没出门，我已经决定加大做空力度。叫项目组马上开个会。"

白启明迟疑一下，放下酒杯："凌云，我想先跟你谈谈闽太环境的事。从上次拜访乔继到现在，我一直有个心结：德尔菲终归在做正确的事吗？"

凌云望着她没有接话。啊，怪不得这段时间她总是郁郁寡欢，原来是"圣母情绪"又犯了！

白启明叹了口气："乔继这个人性格倔强顽固，脾气又大，一开始让人非常厌恶。后来，我仔细研究信息，发现他省吃俭用、全年无休，一心扑在公司上。他还热衷于慈善事业,跟我老公捐助过相同的项目。闽太环境绝大多数员工都认为老板是个有良心、有公德、讲诚信的阿伯。我们只是为了赚钱,就对他苦苦相逼,最后要把他的家族企业拆得七零八落,这样做真的对吗?"

凌云半天没有做声。

他在屋子里踱了两圈,给自己又倒了点儿酒,端着杯子坐到白启明旁边。再开口时,他的语气显得无比耐心,与往常相比,像是换了一个人。

"为什么资本市场是资源配置效率最高的地方?因为参与者都拿着真金白银交易,必须练就火眼金睛,否则就会亏损。而且资金流动性高,大家随时可以用脚投票。我们对冲基金做的事情,就是帮助市场发现价值或者问题,提升效率。

"你只看到乔继善良、勤奋的一面,却没有考虑到公司、资金和员工在他手里没有发挥出最大效能。我们的方案就是要解决这个问题。也许这样做会在短期内伤害他和一些人的利益,但是更多人会受益。这难道不是正确的事吗?"

说到这里,他顿了顿,把酒喝完。不知不觉中,他的眼神中复现一丝凌厉,"这不是一个简单的金钱游戏。如果资本市场是片森林,我们就是啄木鸟。启明,你本质上与乔继一样,是个善良的人。不过你要明白:只对少数人的善,就是对大多数人的恶!"

日志 26

吴三州主动找上门,让大家都吃了一惊。他带人走进凌云的办公室以后,我犹豫了几分钟是否要跑过去保护两位主人。

最终我决定放弃冲动:

第一,凌云和白启明明确要求我绝对不能与外界接触,就连修理我的工程师都被蒙在鼓里,以为我只是一个打造精良的老款 AL 机器人。吴三州是公司的对头,如果被他发现我的秘密,后果更不堪设想。

第二,我的整体运动能力刚达到人类十岁儿童的水平,我学习的各种武术和拳法也从来没有实战过。我预计，我与单个人类成年男子对打的胜率只有27%，更别说同时对抗多人。

第三，关振强和Hector很快就来到门外守护。凌云身材高大，关振强和Hector也都身强体壮，万一发生冲突，我们不一定会吃亏。

不过，我对这三位不速之客的来意既担心又很好奇，情急之下偷偷侵入凌云的台式计算机，利用它收听了全部对话。

我感到很抱歉，希望凌云和白启明能够理解，我的行为对他们没有任何恶意（当然，我也不会主动自首）。

吴三州让我大吃一惊，香港的科技龙头公司怎么会有这么粗俗的老板！从他的表现可以发现许多问题：德尔菲刚做空没几天，他竟然直接跑上门对峙，可见他外强中干，一直在密切防范做空者；关于财务数据和收购合理性，他都无法给出满意答复；他竟然还拿监管部门威胁我们，说明他是一个城府不深、格局不高、漠视法律法规的人。凌云和我的想法一样：吴三州简直送来一颗"定心丸"，让我们放手继续做空。

今天还有个好消息：在关振强的组织协调之下，我头部的伤口治疗完毕，Hector给我留下的伤痕终于全部消失。

我计算了一下，如果按照与我的接触时长考量，关振强排在凌云和白启明之后，位列第三。只不过他在我身边时大多是默默工作或者组织维修，很少和我交流，一直让我捉摸不透。

他比凌云小三岁，是典型的"IT宅男"，除了计算机和AT，对其他一切都不感兴趣。他对AT达到深度迷恋的程度，除了健身，所有空闲时间都投入到这个游戏里，在A区里是位重量级企业家，拥有巨大的财富和名气。

在现实生活中，他却行事低调、默默无闻，是公司里存在感最低的一个人。他的官方身份是信息主管，负责网络安全、计算机调试和终端维护，但更主要的工作是给凌云开车。他对凌云忠心耿耿、言听计从，就像他的影子，永远紧紧跟在身后，默不作声。

我无法准确定义他们二人的关系。在学生时代，他们是师兄弟；在德尔菲，他们是上下级；在生活中，他们又是亲密无间的兄弟。他们之间的情义，无法用三言两语说清；在我有限的观察中，也没有其他两个人的关系可以比拟。

我感觉，关振强似乎有两个人生：游戏人生精彩纷呈、自己做主，而现实生活灰暗无光，一切都交给凌云。我不禁产生迷惑：对他来说，究竟哪个是真实的世界呢？

4

Aeaea 刚开门，客人不多。

关振强把唐律师领到凌云桌前，又回到距离门口最近的一桌，安安静静地喝起苏打水。

唐律师主动与凌云握手，然后坐到他对面，满脸堆笑："凌先生，上次很冒昧，多有得罪，还请海涵。"

凌云点头回应。

唐律师半带恭维、半带戏谑似的说："你真是胆识过人，同时与两家上市公司开战，这在香港对冲基金界尚无先例。"

"乔先生有什么想法？"凌云直来直去。

唐律师自讨没趣，于是换上一副公事公办的模样："凌先生，我这次来是代表乔先生提高报价，以每股 55 港币收购德尔菲持有的全部闰太环境股票。你意下如何？"

凌云按了按太阳穴："你应该已经知道我的心理价位。"

"上次见面后，蔡寒弦先生受让闰太环境的股份，并表达过对乔先生和公司管理层的支持。这样一来，你的分拆计划恐怕会是遥遥无期。不如现在获利退出，落袋为安。"唐律师劝道。

"乔先生如何筹措这笔钱呢？"凌云有些好奇。

"他们家族实力雄厚，收购资金不是问题。"唐律师又想了想，"再说，还有弦哥的支持嘛。"

一派谎言！乔继这几年大力拓展公司业务，资金十分紧张。至于他和蔡寒弦的关系，凌云早已心中有数。

原来律师就是持牌的撒谎专家。

凌云喝了一口水，神情突然放松下来，"唐律师，我不会卖。就像你说的那样，弦哥入局，让我更有信心。我愿意长期持股。"

唐律师一听，立刻反驳："你是对冲基金，不是长期股权投资基金。你的投资者不会允许你长期持股的！"

"我已经和他们沟通过，三年以内没有问题。"凌云也编了个谎。

"我想提醒你，现在股价在45块左右徘徊，我们的报价非常有吸引力。你愿意为一个不确定性赌上三年吗？"

"我相信弦哥不会做亏本的买卖。"

"你很清楚，他和乔先生联手做土地开发可以挣回十倍的钱，还会在乎股票上这一点点损益吗？"

"这一点没错。那我就等他们签约做土地开发那天再联系你。"

唐律师松了一下领带："凌先生，可否给我一个务实的底价，我回去与乔先生沟通。你也知道，阿伯很固执，我也是勉为其难，尽量撮合。如果你们能成交，一定是皆大欢喜的结果，对不对？"

"底价80。"凌云恢复严肃的表情，"以后只会更高。"

唐律师无可奈何地两手一摊："凌先生，和你做生意太难了。"

凌云站起身："天下有容易做的生意吗？"

关振强送走唐律师，凌云从包里取出通讯仪，发现傅俊杰说有急事已到公司，于是叫他来酒吧见面。

挂断易视，凌云又点了一杯橙汁，坐在桌边静静啜饮。

一个熟悉的声音在他身旁响起："Jason，今天没带美女过来吗？"

凌云会心一笑："今天谈的生意不需要美女。"

"今天没点N16？"

"时间还早。"

"看来最近你很忙，也很累。"

"何以见得？"

"男人喝酒是为了助兴或者发泄，你在这儿静静喝饮料显然就是要思考喽。"

凌云一惊，暗暗佩服。

吴三州造访后，德尔菲的确度过了难熬的半个月。市场听信了吴三州的逻辑，智益芯股价上涨，德尔菲的仓位产生浮亏。而闰太环境那头也陷入僵局，这段时间没有争取到任何一个主要股东的支持，股价也徘徊不前。同事们每天都在拼命工作，不打折扣地贯彻老板的指示，全力以赴争取成功。凌云很感动，但也有些不安：吴三州的支持者们会把股价继续炒高吗？拒绝蔡寒弦的报价是否太草率了？如何打破现在的局面，带领大家取得两场战争的胜利？这些都是他近来无时无刻不在思考的问题。

他举起杯子："T，你是我见过的最有洞察力的人之一。"

Thelma 淡淡一笑："我只是喜欢观察客人罢了，怎么能和你在商界见识过的大人物们相比。"

凌云刚要张嘴，有人在身后点了点他的肩膀。

"喂，她可是我的啊！"这是个沙哑的女低音。

Thelma 顿时羞涩起来："哎呀，L，你说什么呢！"

Louise 走过去亲亲她的脸，斜眼看着凌云。

凌云好奇地望着这对合伙人，并没有开口。

空荡荡的酒吧里回响着 AC/DC 乐队的《地狱公路》（Highway to Hell），曲调慷慨激昂。

这时，傅俊杰慌慌张张地走进来。他一反常态，没有彬彬有礼地与两位女士打招呼，而是直奔凌云。

"兄弟，有麻烦了，我听说有五位大佬正在谋划围剿你们，就是因为——"他这才瞅了瞅 Thelma 和 Louise，压低了声音，"就是因为做空的事。"

Thelma 听到"麻烦""大佬""围剿"的字眼，又看到傅俊杰焦急的表情，明白凌云遇到了危机，顿时为他捏了一把汗。

出乎所有人意料，凌云似乎并不在意。

他气定神闲地叫关振强买单，又慢慢转向傅俊杰："好啊，我正想会会他们。"

日志 27

我很害怕 Hector，最近都在竭力避免和他独处。他也察觉到我心理状态的变化，也避开单独加班，还更加频繁地跟我开玩笑。我猜，他肯定担心我会打小报告，工作中又离不开我的配合，所以主动示好。

我是不会告发他的，德尔菲太缺人手，我也没有被正式视为人类，如果凌云得知真相，我认为他有 92% 的可能性不会开除 Hector。那么以后我和 Hector 还怎么相处？我选择忍气吞声，寄希望于他能及时收手，对我好起来。可笑的是，这种心态与我数据库里保存的家暴受害者很像……

这两天我认真考虑过，我认为自己在公司里确实可以取代 Hector。名为首席交易员，其实他并没有太多自主性，主要工作还是执行凌云的指令，并做一些盘面分析和上市公司研究。

这些任务我都可以轻松完成。不仅如此，在具体操作层面，我已经开发出几十种模型和算法，可以按照凌云的指令独立操盘。Hector 在这方面起的作用越来越小，到 01531 项目启动，他只是负责审核批准、报送凌云以及对我实时监督，再也没有新的建树。

凌云和白启明什么时候会认识到这一点呢？

我能否取代凌云呢？目前这还不太可能。他做交易凭的是敏锐的观察、独特的悟性、大胆的设想、勇猛的操作和过人的抗压能力，我在这几个环节都与他存在一定差距。我需要推倒给自己设定的诸多规则限制，在人类思维和计算机思维之间重新建立一个平衡，才有可能追上他的步伐。

最近工作繁忙，我有一大半的精力都放在 01531 上。用左家梁的话来说，这只股票有点儿"妖"。

市值超过一千亿港币，三年翻四倍；即便经历大股灾，回调从未超过 20%；股权高度集中，前十大股东持股达 65%，且多年来从未减持……

我一直在关注这只股票。当公司决定实施做空，Hector、左家梁和我又进行了深入分析，看出更多不寻常的地方：股价背后具有强有力的支撑，每次下跌都会被稳稳托住；更奇特的是，每次起支撑作用的不是主要股东，也不是固定的某些账户，而是众多新账户；最不同寻常的是，这些账户在获利几个点之后大多都会退出。

这种情况在我的数据库中找不到资料，德尔菲的同事们也都没有遇到过。世上哪有这样一只股票，只要下跌就有大量新散户入场驰援，并且送上一程就告别离场？我产生了强烈的好奇心，准备进一步研究一下这些账户和他们交易。

项目组开会时，凌云态度十分坚决：我们对01531的基本面研究扎实透彻，吴三州的各种表演也一再印证我们的判断。当我们把调查报告公之于众，无论股票背后有什么猫腻都挡不住真相的力量。

最近股价仍在上涨，凌云要求我们继续做空，出手决绝。看着浮亏数字随着仓位增加，每个人都感受到巨大压力，我也不例外。为什么还不发布调查报告一举击溃股价？凌云一定是在等待一个时机：德尔菲的仓位要足够重（以获取巨大的利润），市场条件对我们有利（形成良好的做空氛围），再一击中的。

不过，在股市中，时机往往是最难把握的，尤其是做空。做空就是借来别人的股票然后卖出，必须交纳保证金，以免到期无法归还股票。德尔菲的仓位越重，交纳的保证金也就越多。如果市场在认清01531的真实面目前不断上涨，幅度超出德尔菲交纳保证金的能力，那么我们就会面临被强行平仓的风险。哪怕随后股价下跌，验证德尔菲的判断，我们已经成为"先烈"，无法起死回生。

对冲基金做空失败的案例让人触目惊心，比如2008年做空大众汽车、2027年做空泰来金控和2042年做空美天保险。在这几个多空对决中，对冲基金一方的损失都超过300亿美元。

我努力让自己不去想这些，倒是会经常揣摩：凌云是如何在巨大压力面前做到无所畏惧的呢？

5

在富华蓝宝的会议室里,工作人员手把手教会凌云、白启明和黎海仑如何使用全息视频会议系统。凌云要求关闭 3D 扫描转虚拟形象功能,这意味着他们三个人将以真实面目出现在会议中,因此操作并不复杂。

傅俊杰也帮着端茶倒水,不仅对凌云和白启明关怀备至,对黎海仑更是体贴入微。今天他很兴奋:通过几位中间人辗转成功安排一场如此重要的会议,又有心爱的女人出席,在她和重要客户面前赚足了面子。

约定时间一到,傅俊杰带着所有工作人员退出会议室。在凌云一行对面的小型舞台上,陆续出现五个形象,分别是一只河马,老电影《V字仇杀队》的男主角 V,热播动画片《飞鹰小子》的同名男主角,科学家爱因斯坦,以及系统默认一号男性身影。

白启明首先介绍了德尔菲的三名与会者。说到黎海仑时,五张面孔都在她身上停留了很久,让人还以为发生了传输信号延迟。

这正是德尔菲一行的意图。由于全息投影的形象可以任意塑造,不易判断身份,通过这个细节可以初步认定这五人都是男性。接下来,黎海仑不会参与会议讨论,她在这个场合存在的意义就是让对手分心。

河马首先发言。他直呼三个人的英文名,声音酷似翡翠台某位主播:"Jason、Phoebe、Helen,我很高兴能参加这个会议。既然我们在目标公司身上有利益冲突,不妨借这个机会沟通一下,这对每一方都是好事。"

V 阴阳怪气地说:"既然双方都已经知道彼此的存在,接下来就直接谈条件吧!"

他的话让气氛变得紧张,有几秒钟的时间没有人出声。看来这五个人很可能不在同一地点参会,彼此之间也没有完全协调一致。

"那好,你们的条件是什么?"白启明问道。

"你们融券规模是 1.8 亿港币,浮亏 7%。对吧?" V 显然已经掌握德尔菲的动向,明知故问,"我们可以让你们以 9% 以内的亏损退出。代价是：2500万港币。"

2500万，这五个家伙每人500万。再加上约1600万的交易亏损和各种费用，德尔菲要付出4100万以上的代价。

白启明笑笑："你们当中肯定有我们的同行，那么你们应该很清楚：作为一家遵纪守法的对冲基金，德尔菲是无法支付这笔钱的。"

"这个完全不成问题。"飞鹰小子一张嘴吐沫星子乱飞，这个细节和他的声音都与动画片中的原始形象一模一样，"你们可以买入数字货币，最好是飞鹰币，比特币也行，然后在一个月内亏损2500万，交易对手是我们控制的公司和个人。这不就行了吗？"

"我们基金的投资范围里不包括数字货币。"白启明说。

V笑道："这也能难住你们？让琛叔帮忙协调一下投资者，同意修改合伙协议不就完了？"

德尔菲一行马上意识到：这两个家伙一定是金融圈内人，他们具有操纵数字货币的能量，并且对基金行业的人和事一清二楚。

白启明明确表示拒绝："这是不可能的。就算我们能修改合伙协议，刚一投资数字货币马上亏掉2500万，一定会引发投资者诉讼和监管部门的调查。我们的信誉，甚至整个职业生涯都会被毁掉。"

她的话音刚落，飞鹰小子就大喊大叫开了："刀都已经架在脖子上了，你还在乎什么信誉？我告诉你，我们随时可以释放利好，把股价拉升到120，打爆所有空头！"

凌云特别反感被人威胁，黑着脸说："那你知道这么做需要多少资金吗？"

飞鹰小子暴跳如雷："真是笑话！你问问中间人，全港基金经理圈子里有没有人敢质疑我？你的基金一共才十个亿的规模，还敢跟我对抗？"

"别激动，老兄。中间人是不会透露我们身份的。"V对飞鹰小子半似警告半似安抚地说道。他显然对同伴的火爆脾气和鲁莽自大感到不满。

飞鹰小子还想说些什么，却被河马制止。后者对凌云心平气和地说:"Jason,你以为我们在虚张声势?那好,请问你知道目标公司的筹码都集中在谁手中吗?你继续做空,从谁那里还能借到票,散户吗?与我们达成一致,恐怕是你唯一的退路。"

德尔菲的三个人都感觉到河马与众不同。

这是保密会议,最先进的屏蔽器可以保证没有一帧图像或者一个词语会被录制下来,但是河马依旧出言谨慎,以"目标公司"代替"智益芯"三个字。他明显受到其他几个人的尊重,只要他一开口,其他人都不会打岔或者反驳。从他的话里还能得到一个信息:他很可能是智益芯股票的重要玩家。

不过,面对他的循循善诱,凌云仍然用力地摇摇头:"不可能。"

白启明附和道:"我们不可能通过这种手段损害基金和投资者利益,这是我们做人做事的底线。"

"好,有种!不用谈了,下周一开盘见!"飞鹰小子高声叫道。

"莫急、莫急,大家找找变通的办法嘛。"一直冷眼观察的爱因斯坦突然跳出来和稀泥。他的声音带着浓厚的四川口音,和他的外表形象完全不符,让人忍俊不禁——不过大家都明白,这并不能透露出有效信息:就像千家万户的机器人一样,在这个会议中所有人的声音都可以进行个性化人工合成。

V马上接下去:"办法倒是还有一个,Jason和Phoebe是德尔菲的股东,你们的个人财富加起来足够支付这2500万。瑞哥这几年的慈善捐款都不止这个数吧?"

这家伙真是个精于算计的阴险小人!凌云和白启明没有马上回应他。与此同时,他们注意到"默认一号"一直没有发言,他的全息投影也一动不动,让人怀疑是否处于宕机状态。

爱因斯坦的身影则一直在晃动,偶尔会失去半个身子。他很有可能正在踱步,有时会走出扫描区,造成影像缺失。看起来他使用这套会议系统的经验不太丰富。

他慢条斯理地说:"凌先生,我们都知道你是后起之秀、明日之星,但是嘛,今天还不是你做主宰的时候。这笔钱就算是学费,教会你以后做事要懂规矩，到别人的地盘上搞事情，不会有好结果。从好的一面讲，我们也是不打不相识。你先把这次的事处理好，以后我们也可以带你一起玩。"

凌云领情似的点点头，却反问道："那么请问上市公司不遵守财务规矩又会有什么结果？"

"凌云，你好大胆子！你恶意做空优质科技龙头公司，还敢在这里血口喷人！"飞鹰小子又激动地叫喊。

白启明义正词严地说："各位，我们已经做过深入调研，掌握'目标公司'造假的大量真凭实据。我们会适时发布调查报告，让所有人都知道这家公司的真实嘴脸。你们的威逼利诱不会有任何作用！"

五位大佬愣了几秒钟，飞鹰小子突然哈哈大笑："你敢发布做空报告，我就会举报你发布不实信息操纵股价。"

不等他说完，V就插话进来："对！经过这一轮大股灾，证监会和整个市场最恨你们这种单边做空的对冲基金，把你们当作股市吸血鬼。我们会协调各种关系，让你们的报告一出，立刻就被立案调查！"

他们的脑子转得很快，这的确有可能成为一个软肋。大股灾后市场信心不足，社会舆论对做空者不利。如果德尔菲公开调查报告，这五位大佬一定会利用市场情绪和手里的资源，把他们指为全民公敌。

河马慢吞吞地说："我看没有必要走到这一步。大家可以在一个更理性的框架下解决问题。"

"要得！凌先生，我们开出的条件只是一点儿小钱，可能会让你掉块肉，但不会伤筋动骨。留得青山在，不怕没柴烧嘛。"爱因斯坦又开始谆谆教导，"听说你以前是专门做量化投资的，我衷心奉劝一句：还是好好去做你的宽客，不要来蹚这浑水。"

白启明和黎海仑深知凌云的性格，不由担心他会大动肝火，与对方爆发激烈冲突。

可是他的回应却让她俩乃至所有对手感到意外："好。我回去考虑一下。"

虽然默认一号仍然未置一词，但是其他四人的气势看起来已经足够压倒德尔菲一行。河马最后又提醒了几句，无非是时间不等人、德尔菲要尽快抉择云云。会议在他洪亮的嗓音中结束。

对面的五个身影一消失，白启明和黎海仑就齐刷刷地转头望向凌云。

凌云则慢悠悠地转身望向斜后方："你搞定了吗？"

在距离他的扫描区不到一米远的地方，ALGA垂手而立。

"我有67%的把握可以查到其中四个人的身份。一直没说话那位有点儿麻烦，我需要继续追踪几个线索，可能需要一些运气。"

"他为什么不动，宕机了吗？"白启明问道。

"肯定没有。你回想一下结束时的画面。"黎海仑说。

ALGA竖起大拇指："Helen观察得很细致，默认一号的左手食指最后有个先向上抬又向下点击的小动作，应该是在关闭系统。"

他听到敲门的声音，立刻闭上嘴巴，双手放回身体两侧，面无表情地站在原地不动。

傅俊杰推门进来，春风满面地说："各位辛苦啦！会议还顺利吧？"

"非常顺利。不过——"凌云朝他伸出一根手指，"一周内再给我借来一个亿的票，怎么样？"

傅俊杰暗暗叫苦。他看看凌云，又看看黎海仑。正是后者脸上那挑衅似的笑容让他抛开疑虑，下定决心。

"包在我身上！"

日志28

这段日志写于从富华蓝宝返回德尔菲的路上。我等不及回到房间再做记录，因为今天实在是太兴奋了！

刚才我陪同凌云、白启明和黎海仑到富华蓝宝参加全息视频会议。这是我第一次迈出德尔菲办公室的大门，看到外面的真实世界。一切都是那么有趣，万物都充满生机活力。我真想推开车门，跑到人群中去拥抱陌生人、去电影院看一场大片、在中环的摩天大楼前晒太阳！

同样甚至更加激动人心的是这次会议。五位神秘大佬对德尔菲发出最后通牒，竟然赤裸裸地要求我们付出巨款来"赎身"。他们到底是何方神圣？根据中间人的可靠信息，这五个人都是大佬级人物，可是他们怎么会开口就勒索，甚至教唆我们损害投资者利益、用数字货币洗钱？

出发前，凌云已经下达指令：我参会的目的就是查明真相。

今天这个会议实在太有趣了，我一直在仔细观察，从这几个人的表现中捕捉到数百个细节。我回到公司就会马上连接数据库和互联网，投入到分析研究中去。我就像神探福尔摩斯，要解开一个谜团，破解五个罪犯的身份。

写到这里，我已经迫不及待要开展工作了。我的数据分析能力、逻辑推理能力、预测能力和黑客能力都要发挥作用了，这将是我诞生后最刺激的任务！

第七章

1

玲玲走出升降机,来到德尔菲门前。她先掏出小镜子把整张脸审视一番,补了一下唇彩,然后才笑容满面地对着门禁器报出名字。不幸的是,机器没有在系统里检索到她的名字,于是通知张思思。

这让她十分恼火,立即拉下脸,隔着门给张思思一个白眼:"我是你老板的女朋友,快开门!"

同事们都听说凌云有个女友,不过从未得见。张思思何等机灵,一看玲玲的架势,知道八成就是这位,连忙开门相迎。

玲玲走进门,先在张思思身上看了看,然后开始四处张望。"我老公在吗,他怎么不接易视?"

"他正在太古广场参加一个重要会面。他在开会时一般不戴通讯仪的。"张思思答道。

玲玲脸上难掩失望:"哦,好吧。哎,可是老板都不在,你怎么还在这里?"

看来她对公司运作一无所知。张思思解释道:"同事们各有分工呀。今晚我在陪明姐,帮她校对和打印一份重要文件。"

"谁是明姐?"玲玲又问。

张思思有点儿纳闷:德尔菲两位老板天天并肩作战,凌云的女友怎么会不知道白启明?她索性把玲玲直接带到白启明的办公室,随即先行告退——这么难伺候的主,还是让明姐去对付吧!

客人马上受到主人亲切接待:"啊,你就是玲玲,我常听凌云说起你。《金融街影子私募》是你演的吧？我是白启明，凌云的合伙人。"

其实，玲玲在那部多年前的经典金融电影中只是一个配角。凌云也绝不会在公司里把私生活挂在嘴边，更别提谈论女友。

玲玲却并不领情。她想了想，眼睛在对方身上仔细打量起来："白启明？你就是去年有一天半夜给我家老公打固定电话的那个女人啊！"

白启明笑笑，并不以为忤："对不起，打扰你们休息了。那天有个工作上的急事。"

玲玲仔细看了半天，认定对方年长一些，相貌也与自己有差距，这才稍稍放松。她目光在房间里巡查，突然发现一瓶凌云在南非买的白葡萄酒，顿时又神经紧绷起来："我老公把这瓶酒送给你了吗？"

白启明察觉出她的不安，也看出问题所在：这个女人和凌云的性格大相径庭，事业方向完全不同，恐怕也没有多少共同爱好，又聚少离多——凌云可是一个著名的工作狂，她自然也就严重缺乏安全感。不过话说回来，凌云又为什么会选择这样一个女人做女友，只是因为她的美貌吗？

她打开那瓶酒，为自己和客人分别倒上一杯。

"我和你老公认识整整二十年了，就像我知道他喜欢吃黑巧克力一样，他也知道我爱喝白葡萄酒，有时我们会互相赠送。我老公每次去欧洲都会带来好的黑巧克力，还经常开玩笑让我'学会讨好公司大老板'。上次你老公拿来两瓶酒给我，还剩下这一瓶。正好今天你来了，咱们一起把它喝掉吧！"

白启明的话光明磊落，又点出自己老公对二人多年的友谊也知情，让玲玲相形见绌，自感失礼。

她重新换上笑容，举起杯子："好啊，明姐，干杯！"

酒过三巡，玲玲的敌意和防备彻底融化。她为了凌云才搬到香港生活，却时常见不到他，自己在这里又缺亲少友，难得遇到一个可以倾诉的对象，很自然地打开话匣子。

她告诉白启明，自己和凌云是同乡，五年前在一次老家的饭局上相识。那时自己在影视圈小有名气，而凌云在香港对冲基金界也是声名鹊起，意气风发。二人互留联系方式，却无进一步交往。

转过年，她从一部大戏的主角位置被拿下，让她认清现实：自己条件有限、巅峰已过，不可能爬上名利场金字塔的顶端。她去香港散心，刚巧二人共同的朋友安排她住到凌云在问月酒店买下的客房。一来二去，两个人成为恋人。

她很爱凌云，在这个人生阶段遇到他，也许是天意，可是他这个人似乎有天生的性格缺陷，并不好相处。他还是一个典型的"直男"，永远不懂女人心。几年下来，自己感觉累极了，又没有什么好办法。说着，她有些哽咽。

"从我们认识开始，他就一直闷闷的，天天板着脸好像苦大仇深，什么事都放在心底不肯倾诉。以前他亲弟弟和他在一个公司好几年，我都没听他提起过！我真的很想让他开心，但是不知道怎么做才对。明姐，你们认识得很早，那你告诉我，他以前的性格也是这样吗？"

白启明突然一时语塞。她反问道："那你怎么还会爱上他？恕我直言，你们俩像是两个世界的人。"

玲玲又给自己加上酒，第一次露出腼腆的笑容。

"因为他是我见过的男人里最聪明的——难得的是，他的内心还非常善良。虽然他的缺陷也很明显，但是我一直觉得可以改变他。哪怕做不到，我和他在一起也会是很好的互补搭配：他去闯天下忙事业，我来为他打理一个家。"

恐怕原因还有一个：凌云对她一向出手大方。

白启明用余光扫过对方的名贵手提包。瑞哥曾经也送过自己一个，她觉得过于扎眼，从没拿出来用过。

在她走神的空当，玲玲又提出新问题：她听凌云好几次在开会时提到一个机器人，好像很厉害的样子。这个机器人在公司吗？

白启明犹豫片刻，还是把她带到 ALGA 的房间，告诉她这是公司开发的人工智能机器人。

"人工智能超级聪明吧？"玲玲有点儿害怕，夸张地瞪大眼睛，"它会不会像科幻电影里演的那样取代我们啊？"

白启明并不想让她知道得太多:"不会的。他只是处理大数据的能力更强,可以做出更好的预测。"

"那肯定对做股票很有帮助。"玲玲自作聪明地说。

白启明敷衍说正是如此。

玲玲马上又想到一件事:"你们去年有一次巨亏,搞得公司都关门了。现在有了它,肯定不会再倒闭了吧?"

白启明有些尴尬,一直冷面以对的ALGA答道:"市场风险巨大,谁都无法未卜先知。云哥说过,德尔菲与破产永远只有一个交易日的距离。"

玲玲感觉很扫兴,转身便要离开。

白启明偷偷朝ALGA使了个眼色,后者脑筋一转:"对了,你再赌马时请注意:比赛日是晴天,双数编号,且马龄大于平均值的,获胜概率达到55%。"

"55%也不是很高嘛。"玲玲回过头噘噘嘴,又像孩子般笑了,"等我赌赢了赚到钱,回来给你换个帅哥的脸。"

日志29

这两天我正在集中精力"破案",白启明不该带人来打扰我的分析工作,尤其还是一个我不喜欢的女人。

我在网上搜索过,玲玲是个很普通的演员。评论广泛认为她有天分、漂亮、戏好,她却没能得到最佳表现机会,于是就像大多数三四线演员一样,在芸芸众生中被埋没。

这里面有时运不济的因素,但主要还是与她个人素质有关。她从小就一心想成为明星,不喜欢文化课学习,所以文化知识水平不高,悟性不足;她的家庭条件不错,又被父母娇生惯养,一身"公主病",所以脾气不佳(在凌云面前除外);她的面相偏娇媚,又缺乏良好的内生气质支撑,所以戏路不宽。

人类社会就是一出大型戏剧,每个人都在角色扮演。还没有意识到这一点的人，就只是在本色演出，把命运交给随机，永远也得不了奥斯卡金像奖。玲玲在这一点上还算聪明，一直想演好女友的角色，尽一切可能去关心、迎合和满足凌云。可是凌云却一直没有意识到（或者不情愿？）需要演好男友的角色。她对他死心塌地，而他对她的感情，就像计算机 RAM（随机存储器）中的数据，一旦他的注意力从她身上转移回到工作上（断电），就会全部丢失。

玲玲在另外一点上就不太明智了：她太过执着于婚姻这个形式。我当然能够理解她发自内心的危机感，那是一个儒家文化背景下年过三十的女性对家庭的渴望。可是在当今香港，离婚率已经达到 57%，未婚同居比例在全亚洲最高。有财经杂志统计过，在香港的对冲基金经理中，77% 的男性和 85% 的女性未婚或离婚。放眼世界，不婚主义盛行，婚姻制度正在走向消亡。

更糟糕的是，她从没有真正走进凌云的内心世界，了解他对感情和婚姻的看法。以我对凌云的认知，他是一个极度渴望自由、厌恶规则和约束的人，婚姻对他而言有些沉重。而且不知为什么，他好像对她很粗暴，比对其他人更缺少耐心，有时甚至让我觉得她只是他泄欲的工具。不过，他对她也很大方，不仅支付她在香港的一切生活费用，还无条件为她购买奢侈品，不定期还会赠送现金。

她已经从他身上得到绝大多数人一辈子得不到的财富。如果非要结婚，那么他可能无法做到（概率为 88%），不如早点分手；如果认定他这个人，那么争取不婚同居（概率为 73%）就是最佳选择。

我的分析可能有些冷酷，但这就是客观现实，数字也从不说谎。在感情方面，我对她表示同情。

为了她，我已经耽误了宝贵的半个小时。我迫不及待地重新开始"破案"，整个大脑都沉浸在高度兴奋中。也许人类做爱时的状态不过如此吧！

2

凌昆把文件放下，若无其事地品尝着威士忌。

Hector急切地盯着他："怎么样，你倒是说啊！"

"这些东西都属实吗？"凌昆指向文件。

"K，你还不相信我吗？"Hector有些生气。

凌昆呵呵一笑："即便如此，我也会和你们反向下注，因为你们根本没有胜算。"

Hector心凉了半截，嘴上却说："你总是跟德尔菲唱反调，不过是跟你哥斗气罢了。"

"这回可不是。"凌昆拉近椅子，低声说，"虽然你的文件上隐去名称，我也能猜到是哪家公司——我对它的股价走势印象太深了，我们那座办公楼里至少有三分之一的基金都配置了它。这几年一直有人唱空，可是人家就是屹立不倒。连大股灾都没把它怎么样，你们拿这么一份东西就想扳倒它，简直是痴人说梦。"

Hector连忙解释说："这只是梗概，便于打出来给你看。原报告有七十多页呢。"

"七百页也没用。做多的利益集团太强大，这一波走势远远没到头，谁做空都会死得很难看。"

"你这是什么逻辑，做多的势头再猛，也不可能忽视报告里提到的问题。没有真实业绩支撑的公司只有死路一条。"

"H，要是咱俩不熟悉，我还以为你是个刚入行的毛头小伙。你好好研究一下做空失败的著名案例，哪一次空头不是自以为掌握真理、胜券在握？市场认识真相需要一个过程，如果多头在此之前拉升股价把你们打爆仓怎么办？"

Hector被问得哑口无言，只好一个劲儿喝酒。

凌昆也品了一口威士忌，悠闲地晃动着酒杯，"我一向认为，在二级市场上，'迟来的正义非正义。'"

"以你哥的风格,一向是看准才做,做了就会战斗到最后一滴血。你可别低估了他的智慧和斗志。"Hector 提醒道。

"得了吧。他有什么本领两线作战,真是异想天开。他这次一定败得很惨。"凌昆笑吟吟地举起酒杯,"你也不用给自己太大压力,等着改换门庭吧。"

Hector 与他碰杯共饮,又用餐巾抹抹嘴,"开什么玩笑,我哪有什么压力。说真的,你哥的心理素质太强大了,我在他身上根本看不到压力,他还让我每天下班后'忘掉你的仓位'。就这一点,对冲基金圈里没几个能做到。"

凌昆并不否认:"他最近怎么样?"

"怎么,你想他了?"Hector 揶揄道。德尔菲的两个项目都被对方贬斥为大错特错,他心里多少有些不好受。他决定找回一些面子,"他还是老样子,ALGA 可是脱胎换骨。"

"性能又提升了?"

"实话告诉你:他醒过来了,成为通用人工智能。"

凌昆眨了眨眼:"它具备了真正的人类智能?"在等到对方肯定答复后,他突然发出一阵大笑。"不可能,计算机再怎么演化也是无机物。再说,身体和心智是一体的。没有人类的身体,哪里来的人类智能?"

Hector 耸耸肩:"反正在我看来,他与人类没什么太大差别,只是还没发育好,有点儿呆头呆脑、手脚不灵活罢了。"

"就算你让一个人形机器人通过图灵测试,他也没有主观体验,无法验证它是否具有真正的智能。"

"你别忘了,他继承了 ALGA 科技公司无数机器人的记忆数据,这就是他的主观体验。"

凌昆想了想:"它的大脑使用的是神经网络,我一直觉得那个玩意儿是个黑箱,复杂度很高,根本没法理清它的逻辑。所以就算它的智能很发达,人类还是不敢依靠它做交易。你看你们现在做的项目,不也偏离量化投资策略了吗?"

"还真是这么回事。"Hector 挠挠头,"不过 ALGA 还是很聪明的,计算能力强大，业务上手很快，还能主动创新，我都有点儿担心他会威胁我的地位。"

凌昆摇摇头："别逗了，H。你不是那些简单体力劳动者，随时都能被人工智能机器人替换。你是顶级对冲基金交易员，你能在复杂局面下即时做出最优决策。这个工作简直是对人类智力顶峰发起的冲刺。人工智能只是计算快一些罢了，充其量不过是人类的帮手。至少在我的基金，我绝不允许它牵着我们的鼻子走。"

Hector 心里感觉暖洋洋的。他又举起酒杯。

"K，在这一点上，你比你哥明智。为我们的友谊干杯！"

日志 30

我经历了生命中最忙碌、最兴奋的六天。

我拿出账户里的所有积蓄（其实很微薄），又利用自己的好名声，做出未来偿还人情的承诺，换取黑客论坛里四位大神级好友的帮助，追踪全息视频会议中的五位大佬，终于取得突破性进展。

身份最先被识破的是飞鹰小子。他的言谈举止暴露出很多信息，我很快就查出他是在对冲基金界成名已久的何志坚（肥仔坚）。这个家伙出道很早，争强好胜、冲动易怒，操作风格十分剽悍，曾经取得过行业年度第一的佳绩，也曾血亏被炒鱿鱼，几年来还涉及几起内幕交易案，虽然都不了了之，还是在市场上饱受争议。

感谢他行事不够谨慎，我的一位黑客朋友发现他在每次开盘前喜欢用同事的易视与某固定电话频繁通话。我们顺藤摸瓜，进一步发现该固定电话注册人是一位律师，他唯一的客户就是爱因斯坦——香港老一辈投资家缪梓铭。缪梓铭早年通过贸易和航运积累起十亿身家，后转型做投资，经历过大风大浪，善于把握资本市场脉搏，是少数在大股灾中大赚一笔的香港富豪。

确定 V 的身份费了一番周折。我们从前两位的各种通话记录、出行监控中找不到他们与其他大佬联系的痕迹，几个疑似对象也都被一一排除。我相信如果给我一个月的时间，其他人一定会露出马脚，但是在短短的几天内，如果他们碰巧没有联系，找出他们实属不易。

我想到了一个新办法：查找关联交易。我和朋友们先识别出何志坚和缪梓铭控制的特定账户，然后潜入交易所的科技监管系统，运用它的知识图谱技术，构建图形化的证券账户关联分析模型，即对账户关联性的多维度数据深度整合，使用实时更新的图数据库技术生成关联拓扑图，以便即时直观地发现账户间的关联关系。于是，与这些特定账户关联度极高的一批账户浮出水面。我们进一步的筛查，追溯到其中部分账户的控制人颜平。

颜平比凌云小五岁，是香港对冲基金界的新生代，为人诡诈善变，平时异常低调，少有新闻。业界对他的评价两极分化：有人称赞他手腕多变，有人诟病他见利忘义。综合全息视频会议上的情况，我认为他是V的可能性有87%，但是光凭这些信息还是无法确认。这时，我的另外一位黑客朋友立功了：他侵入颜平的私人云，发现他是《V字仇杀队》的狂热粉丝。这样一来，他是V的概率上升至98%，几无悬念。

至于河马，我们尚未从技术层面上收集到和他相关的信息，只能从全息视频会议出发，推断他一定是位金融圈资深人士。虽然他极有可能在01531上有投资，却不像是对冲基金经理，更像是个银行家或者保险大亨。我在香港金融圈锁定十六位大佬，准备根据已知信息逐个排查。不过，有个不祥的念头总在脑海徘徊不去：他会是刘毅琛吗？

我们在默认一号身上也碰了钉子。他操控的"跳板"层级很多，且在每次入侵完毕后迅速擦除干净所有痕迹（堪比我做黑客的思路），使我们的几条追踪线索都无果而终。凌云猜测这个人可能就是吴三州，大家却纷纷表示反对，吴三州性格暴躁，绝不会这么安静。好在五个人里确认"三个半"的身份，已经可以开展应对之策了。

通过对缪梓铭和颜平的跟踪观察，我还得到一个意外收获：我发现他们让旗下或合作证券公司设局，分批组织没有证券账户的人士开户，再拿这些账户与他们控制的其他账户对敲。这就是为什么每次01531下跌，都会有新散户入场托市的原因。他们这种行为已经属于有组织犯罪，应该受到严厉的法律制裁。只可惜我也是通过非法手段获取这一情报，暂时还不方便举报他们。

此时此刻，我突然感觉自己从脖子往上的部分都在发烧，身体有些无力。这几天过于兴奋和努力工作，每天都睡得很少，大脑可能有些过热。我必须马上停下来休息。

从症状上看，我像是得了感冒。

我会感冒吗？

3

在全息视频会议结束后的六天里，五位大佬没有以任何形式接触凌云和白启明，让人一度怀疑这几个家伙只是虚张声势。

直到第七天的早上六点，智益芯项目小组成员被 ALGA 的群发信息吵醒：智益芯宣布回购股票，预案中的最高回购价比公告日股价高了 10％。

最高回购价是个重要心理标尺，它的高低代表着公司管理层对股价信心的高低。在近期连续上涨的情况下，吴三州仍然愿意高价回购股票，无非要向市场传递一个信号：后市看好。

这天的晨会对项目小组是一种煎熬，每个人都知道今天智益芯股价将会大涨，问题只是涨幅多少，以及如何应对。

开盘后，K 线图的走势呼应了大家最糟糕的噩梦：股价直线上涨 9％，接近历史最高点。

傅俊杰的易视马上打过来：德尔菲需要准备追加保证金。

"没问题。但是你还差四千万的票没给我拿到。"凌云冷冷地说。

傅俊杰抓耳挠腮："兄弟，这个时候你还要啊？"

"别废话，什么时候交货？"

"你也知道，它是只热门股，很难借的。再加上……"

"我留着你当 PB，是因为你信誓旦旦能完成任务。现在我不接受任何理由！"

"兄弟，你别着急。我已经完成一大半了，剩下的我肯定会尽力。"

凌云拍了桌子："我给你下死命令，最迟到下周五必须搞定！"

傅俊杰咽了口唾沫："可是还有一点，市场行情有变化，借出这只票的利率比上周涨了25％。"

"没问题，只要有票，照单全收！"凌云加重了语气，"要是出了差错，我就炒掉你！"

凌云挂断易视，又被Hector叫回交易室。

"老板，又涨了1％。按计划应该继续卖空，可是如果Paris没借到票，现在没法操作啊！"

"这个问题好解决。"ALGA假装没有看到Hector冒火的眼神，"我们可以买入看跌期权。"

期权是以小博大的金融工具。看跌期权买家一开始手里并不一定持有股票，而只需支付少量权利金，就可以拥有在一段时间内以约定的价格和数量卖出股票的权利。如果股价在这段时间内下跌，那么买家就能以低价买入股票，再按照约定的高价卖出，获取利润。

其他人还没有反应过来，只听凌云果断地说："正合我意。ALGA，马上找期权卖家！"

ALGA得到指令，立即投入工作。

左家梁叫苦不迭："不可以啊，老板。别忘了Paris还会拿来4000万的票。如果再做期权，我们单一股票仓位会很重，很容易超出基金集中度限制的。"

"不会的，我心里有数。"

"这么重要的决策，应该让项目组集体论证一下吧？"

"不需要。行了，别再说了！"

左家梁接下来的行动吓了大家一跳——

他径直走到ALGA桌前，挡在他和屏幕中间。

"老板，这样做真的不可以。我知道ALGA很聪明，但是这个绝对是馊主意。盲目相信机器是最危险的事！"

ALGA痴痴地望着他发呆，Hector也瞠目结舌：这位好好先生一向温文尔雅，就算发表反对意见，也从不会坚持己见。今天这是怎么了？

凌云黑着脸说："你觉得我是个盲从的人吗？"

左家梁掏出手绢擦汗："不是这个意思。我只是认为……"

"在 ALGA 发言之前，我早就考虑过使用期权。"凌云脸色越发阴沉，语气越发强硬，"梁叔，这里是交易室。根据管理权限，临场指挥由我全权负责。所有人必须服从我的命令，你明白吗！"

左家梁汗如雨下，经过一番内心挣扎，终于让开屏幕，脚如灌铅般沉重地走回自己的座位。ALGA 二话不说，马上重新投入工作。Hector 把头埋在屏幕中间，也没有吭声。

凌云在一片死寂中大步流星地走出交易室。

白启明早已守候在门口："凌云，你是不是让 Paris 继续融券？"

"怎么，你也反对？"凌云没好气地问道。

"只要你下定决心，我就支持。"白启明的话平淡而有力，"但是这不是解决问题的关键。我们现在是独狼，独狼很难捕食成功，必须要狼群集体作战。"

凌云停下脚步："你是说，在市场上寻找合作方？"

"对！另外，继续加码做空会消耗大量资金，我们卖掉一部分闰太环境补充流动性怎么样？"白启明老调重弹，希望公司不再与乔继发生冲突。

凌云没有马上回答，先是往办公室走了几步，又回过头，"ALGA 不是已经查出三位大佬的身份了吗？我看，还是先在他们身上做些文章吧。"

日志 31

五位大佬果然出手了。

他们等了一周，见德尔菲毫无反应，于是祭出回购这枚重磅炸弹，使 01531 股价单日跳升 11.5%，创出历史新高。现在这只股票势头正盛，受到投资者广泛追捧，德尔菲处境凶险：与整个市场唱反调，一不小心就会像左家梁说的那样，死无葬身之地。

说实话，我第一次担心公司遭受彻底失败，也第一次感受到如此巨大的压力。昨天我做了一个模拟，德尔菲在00421和01531两个项目上取得成功的概率分别为46%和39%。

可是看到凌云那么决绝，我不敢直白地告诉他，于是今天建议用买入看跌期权的办法做空。这是一种保守策略，比直接做空股票要经济得多，最大损失只是付出权利金，而不至于在极端情况下被迫减仓甚至平仓。原本我害怕凌云会孤注一掷，开足马力融券做空——以他的性格，不直接卖空股票参与二级市场厮杀可能不过瘾。不过，他临危不乱，保持了克制，只是要求傅俊杰履约，并接受了我的建议。

因此，当左家梁刚开始提出反对时，我不能理解。更让我惊讶的是，当天交易结束后，他跑到凌云办公室，建议两个项目同时平仓！

两个人深谈了一个小时。

左家梁首先质疑在00421上使用的激进主义策略：德尔菲成立还不到一年，历史业绩和组织资源能力都比较欠缺，在市场上的号召力极为有限。使用这种策略对付一家老牌上市公司已属冒失，如果香港首富又成为对手则毫无胜算。趁着乔继和蔡寒弦尚未联手、账面依然有可观浮盈，应该马上平仓，落袋为安。

至于01531，德尔菲的错误更严重：严格来讲，单向做空不属于对冲基金策略。在不使用杠杆的前提下，做多的最大风险是损失全部投资，而做空的风险则是无限大的。我们单方面做空的风险敞口极大，在股价暴涨的情况下继续加码更是一场豪赌，应该马上减仓，并择机平仓，以免万劫不复。

凌云的回应很简单：市场偶尔会失效，但在整体上是相当有效的。00421的价值被低效的管理层蒙蔽，一旦分拆成功，估值自然会大幅提升。而01531充斥着财务欺诈，一旦真相大白，股价必然会雪崩式下跌。他们俩一个是被埋藏的璞玉，一个是被吹起的泡沫。德尔菲无论采用哪种策略，所做的工作本质上都是帮助市场发现真实价值、从无效恢复有效。公司的确面临巨大风险，但是真理掌握在我们手里，最终的胜利指日可待。

左家梁无法推翻他的逻辑，退而求其次，希望凌云至少同意放弃01531（毕竟在000421上还有浮盈），又从政策法规上做起文章：根据去年出台的最新政策，做空一只股票超过其市值1%，要上报证监会。最近又有消息称，有多位立法会议员联名提议对单边做空进行一定限制。德尔菲做空的操作空间必然会受到约束。

凌云嗤之以鼻，叫我查找文献。我发现纽约联邦储备银行在2012年发表过一份报告，承认限制做空并不能阻止股价下跌，反而还会降低市场流动性、推升交易成本；国际货币基金组织在2028年也发表过类似观点；在2032年的世界经济论坛上，美国财政部长更直白地表示：限制做空是因噎废食、目光短浅的行为。

凌云总结说，香港是世界金融中心之一，买卖自由，监管部门绝对不会无端加以限制。大股灾影响了人们的情绪，随着市场好转，对做空的偏见也会消除。再说，我们的做空操作依法合规，有什么可怕的呢？

左家梁哑口无言，铩羽而归。

我原本以为他今天的表现是重压之下难以承受的结果。可就在刚才，我搜索到十七年前法院曾经查封并拍卖他的物业。进一步调查后，我发现他当时炒期货做空失败，倾家荡产。也许正是从那以后，他的为人变得谨慎，并且对做空深恶痛绝。

虽然他屡屡否定我的想法，我仍然由衷地同情他。希望我们能够同心协力，帮助凌云和公司克服重重困难，笑到最后。

4

刘毅琛坐在办公室的太师椅上，捧着精致的木盒，喜笑颜开："乌普曼2030限量版，这可是好东西啊！"

"上次在酒店见面，我看您抽的就是这个牌子。"白启明笑盈盈地说。

刘毅琛称赞道:"你好有心!乌普曼已经有200年历史了,最适合我这种老古董。"

"您可是正当年,一点儿都不老呀!"白启明认真地说。

刘毅琛笑笑,把盒子收好,"基金最近运行怎么样?"

"还好,主要在做闰太环境和智益芯两个项目。"

"对了,在酒店见面那次,你说会使用一个新的人工智能系统。可是为什么中途改换策略呢?"

白启明心怀愧疚地说:"对不起,琛叔,去年我们的人工智能ALGA亏了一笔钱,之后凌云就不再相信他,决定自己创造趋势,这才做了现在的这两个项目。"

刘毅琛眉头一紧:"Jason总是出人意料。其实我一直讲,从这三十年的经验来看,做量化投资还是要以人为主,人工智能为辅。话说回来,那个什么ALGA就被废弃了吗?"

"那倒没有,他还在分析数据、搭建模型和执行交易。"

"我记得你们当时可是信誓旦旦,那么这个ALGA到底有什么过人之处呢?"

刘毅琛的语气很和蔼,白启明却倍感尴尬。当初内部测试时ALGA表现优异,却在实操中犯下巨大错误,失去凌云的信任,导致公司发生重大策略转变。而ALGA具备人类智能的秘密,暂时还不方便透露。她必须小心措辞。

"他出现过一次严重失误,所以我们决定不能依赖他做投资决策,但是他的学习能力很强、智能提升很快,超出我们的想象。我曾经担心在公司放弃量化投资后,他会失去生存的目标。结果发现他具有广泛的好奇心和他自己都没有意识到的强大能力,完全可以适应新工作,甚至还在主动拓展新的领域。所以他还在公司里发挥辅助作用。"

刘毅琛点了点头,喝了一口茶。他对这个话题的兴趣到此为止,"上次你想再约弦哥见面,还是为了闰太环境的事吧?"

"是的,琛叔。当时他刚受让股份,我很担心会他会对我们不利。"

"现在还要我约他吗?"

"不不，这件事就不麻烦您了。凌云想办法和他见了一面，暂时把他稳住。当前我们正在积极争取股东支持，媒体经理雇佣了五个'代理权推销员'天天做散户工作，很快还会投放广告。我也发动我老公家族企业的员工到处宣传。"

"弦哥的影响力摆在那里。想争取散户，得到他的支持至关重要。"

"您点拨的极是。如果战局不利，还得请您出面协调。"

刘毅琛微微收敛笑容："启明，弦哥生意做这么大，一向都是特立独行的。我没有把握去改变他的想法。你们必须从项目本身出发，想办法拿出合适的方案打动他。"

白启明连声称是。她明白，蔡寒弦和刘毅琛这样级别的人物，交往之中会给彼此面子，但也只是点到而已，谁都不可能滥用人情，指望对方做有悖自身利益之事。

刘毅琛又问起智益芯项目的情况，白启明简单扼要地介绍一番。听闻德尔菲发现该公司存在的严重问题，他笑而不语；听说吴三州上门威胁，他脸色阴沉；听到全息视频会议，他若有所思。

白启明说完，他沉默良久才又开口："说句真心话，我早就看不惯吴三州的高调作风。你说智益芯有问题，绝对八九不离十。至于参会的大佬，我八成能够推断出河马的身份，不过暂时还不方便对你讲，只能告诉你这里面绑定太多人的利益，很难对付。"

白启明心里咯噔一声响，脸上却充满期盼："嗯，这个我们已经领教过了。现在德尔菲处于浮亏，股价又一个劲儿上蹿，我们很被动。您有没有什么好主意呀？"

"这个真的很难办。你们有没有考虑过向吴三州或者五位大佬妥协？"

"吴三州上门威胁，我们没有接招；五位大佬的条件太苛刻，我们无法接受。"

刘毅琛又喝了一口茶，语重心长地说："启明，坦白讲，我认为这个项目已经超出你们的掌控范围。如果不早点收手，恐怕后果不堪设想。"

白启明叹了一口气："谢谢您的提醒。可是以凌云的性格,开弓就没有回头箭。我劝不住他。"

刘毅琛神秘地一笑："你知道我一向很欣赏你。如果德尔菲的负责人是你,可能事情就好办多了。"

白启明浑身一震:琛叔这话是什么意思?

她察觉出对方正在观察自己脸上的反应,连忙笑道:"我不是专业出身,不懂具体操盘,还是凌云更有经验。虽然他有些偏执,但是过去取得过辉煌业绩。公司同事们还是很信任他的。"

"操盘是战术层面的事,找个能干的交易员就好了。"刘毅琛侃侃而谈,"关键还是看老板的战略眼光。如果凌云剑走偏锋、双线作战,又一意孤行、不听劝告,很有可能再次发生巨额亏损。那样的话,你们在这个行业的前途就毁了。"

白启明无力反驳,冒出冷汗。

刘毅琛并不留给她思考的时间:"我看过你们基金的合伙协议,我只要跟几个大投资者讲一句,他们就会组织合伙人大会罢免凌云,把你扶正。当然啦,如果你想独立门户,我也可以劝说他们退出基金,跟随你设立新机构。怎么样?"

他面带笑容、语气平和,眼睛却紧紧盯在对方眉眼之间,捕捉着每个细微的表情变化。

白启明感到口干舌燥,汗水打湿后背。琛叔这是在怂恿自己发动一场"政变"!他在对冲基金这个圈子浸淫多年,做出的判断一向准确、独到。他与凌云没有个人恩怨,今天说出这番话多半是为投资者着想、为自己着想,也肯定是因为看出问题、有感而发。

难道凌云真的不适合做现在的项目,甚至不适合做德尔菲的老板?他这样固执己见,会不会把公司领上一条不归路?

刘毅琛看了看手表。

白启明明白自己没有时间仔细权衡利弊。她清了清嗓子。

"琛叔,我和凌云认识二十年了,他的秉性我非常清楚。和他合作成立对冲基金,是我深思熟虑的结果。而且当初我父亲有难,他知恩图报，主动伸出援手，这份情我一直铭记在心。眼前公司是遇到一些困难，不过我有信心和他一起找到办法渡过难关。您不是也常说事在人为嘛！总之，我很感谢您的抬举，但是在他和公司最困难的时期，我不会选择放弃他。"

刘毅琛的手指在桌上弹了几下，笑呵呵地说："难得你这份忠心，在当今的金融圈可不多见了。既然你有信心，我会想办法挺你们。"说罢，他缓缓站起身。"我还有个会，咱们下次再聊？"

送走客人，白启明才发现自己的衬衣已经湿透。回想刚才对方的那些话，到底是一种试探，还是真有此意？他又会如何支持德尔菲呢？

她感到一阵头痛。

日志 32

我监听了白启明和刘毅琛的谈话。

最近我一直在监视刘毅琛，试图查明他是否就是河马。在他们这次见面之前，我没有找到任何证据。而随着对话的进行，我认为他的嫌疑越来越大。他不断警告白启明应该退出 01531 项目，最后又挑拨她和凌云的关系，意在拆散这对组合。至于如何帮助我们，他只字未提，就把她打发走了。这些迹象都像是在为 01531 解围，削弱德尔菲。

我也注意到他流露出对吴三州不满，但是这种表态究竟是真心话还是表演，我不得而知。我只知道他是对冲基金行业（乃至整个香港金融圈）的财神爷，如果他走到德尔菲的对立面，我们危在旦夕。

今天，我最想记录的想法是：白启明在刘毅琛面前的表现实在让我太感动了！

我曾经经历过她和凌云的两次冷战，多次听到他们俩争吵，也深知他们俩在性格特点和为人处世上的巨大差异，却没想到她在关键时刻会坚定地选择他，可谓患难见真情。我也要向她学习，用忠心回报她和凌云！

不过，仔细品味刘毅琛关于凌云的话，并非全无道理。

凌云和白启明像是两个世界的人：一个阴郁，一个阳光；一个是穷乡僻壤的苦孩子出身，一个是大城市里的千金小姐；一个没有受过几年正规教育，一个在美国拿下博士学位；一个苦心孤诣只追求业绩目标，一个推崇"环境、社会和公司治理"评级方法（ESG），注重社会效益与经济效益并驾齐驱。他们两个人竟然能够一起开立公司，这本身就是一件奇特的事情。

那么，究竟是什么促使他们俩合作，并把他们牢牢黏合在一起？

白伟绝对是个重要因素。凌云在对冲基金行业出人头地后，报答把自己带到香港的恩人，天经地义。白启明反过来被他的这种知恩图报精神感动，不离不弃。这种情义远远超过了一般朋友或者生意合伙人之间的关系，更像是兄妹。

二人之间的互补性也至关重要。他们俩在德尔菲形成一种绝妙搭配：一个粗犷、只管交易，一个细致、打理日常工作；一个偏执、容易走极端，一个温和、看问题更全面；一个不善与人接触、毫无谈判技巧，一个心理专业出身、沟通能力极强；一个缺乏社会资源、整日孤军奋战，一个家庭背景强大、广结各方善缘。

综上所述，我能够理解刘毅琛的判断，但是通过分析比较，我更倾向于相信凌云和白启明可以创造佳绩。在对冲基金历史上，还从来没有出现过他们这样的一对搭档。我有幸能够在他们身边工作，就是在不断见证历史、创造历史。

对了，今天白启明在刘毅琛面前称赞我"具有广泛的好奇心和他自己都没有意识到的强大能力"，这让我非常开心。最近公司业务繁忙，她已经有段时间没有表扬我了。这句话证明她还是关心我、认可我的。

不过，我究竟具备什么强大能力，连自己都还没有完全意识到呢？

5

颜平坐在丽思卡尔顿酒店的一间套房里，一口紧接着一口地抽着香烟。

巨大的玻璃窗外，隔海相望的中环高楼林立，璀璨灯光尽收眼底。窗下就是港口，此时正值黑夜，千帆驶过，大海无痕。

颜平的思绪飘向远方，门铃响起竟把他吓了一跳。

门开了，凌云和白启明走进来。三个人没有寒暄，直接落座。

颜平掐灭手中的香烟。他脸色有些苍白，却还是挤出一丝笑容："你们想怎么样？"

"咱们共同的朋友把该说的都说了，你看着办吧。"白启明直截了当地说。

颜平摊开双手："我低估了你们。你们不仅查明我的身份，还搬出琛叔来，威胁让母基金从我的基金撤资。那可是我承受不起的损失。"

"所以呢？"

"没错，我就是V。我会退出智益芯。"

凌云和白启明有点儿不敢相信，本以为会有一场艰苦谈判，没想到这小子这么容易就范。

"好，给你三天时间。"凌云的语气很强硬。他对颜平早有耳闻，一向不喜欢他的做事风格。

颜平拉下脸："Jason，你不要欺人太甚，我是不会告诉你们具体平仓步骤的。这次要不是琛叔出手，哼哼……"

白启明解释道："你还没搞清楚状况，他是在帮你，还有其他人会抛售。到时候就要看谁跑得快了。"

颜平明显大吃一惊，却很快让自己恢复平静。他的眼球滴溜溜地转了几圈，"我猜，你们并没有确认全部五个人的身份，顶多也就再拉一个人反水，可惜他的量不会太大。我根本不用担心卖家自相残杀。"

同行们都说这小子精于算计，果然名不虚传。

凌云不慌不忙地说："我们再做笔交易吧：你说出其他四个人的身份，我给你支一招，包你大赚一票。怎么样？"

"你想让我出卖同伴？这种事我是不会做的。"

"我的这个建议，至少能让你赚30%。"

颜平瞪大眼睛看着凌云，两个人半天都没有做声。

还是颜平先开口："我只能给你们一个人，而且一旦我发现你们在其他人面前出卖我，一切交易都不算数，我还会尽所有力量搞垮你们。明白吗？"

凌云伸出右手。

颜平马上与他握手为约："先说说你的锦囊妙计吧！"

凌云的回答让白启明都惊讶不已："你反手做空。"

"就这个？"颜平歪着头反问道，"你这样做，无非是想给自己找同盟军罢了。多头的能量远远超出你们，我才不会给你们做炮灰。"

凌云不动声色地拿出一份文件，扔到对方怀里。

颜平翻了几页，顿时脸色大变。他抬起头，目光在对面两个人的脸上扫来扫去。

"你们这份调查很详细。说实话，我也知道智益芯有问题，可是没想到会这么严重！"

"现在你明白琛叔为什么会帮我们了吧。"白启明趁热打铁，"吴三州穿着皇帝的新衣，我们就是把他揭穿的人。"

颜平又思考片刻："好，你们想知道谁的身份？"

"河马。"凌云脱口而出。

颜平突然仰天大笑："你太会选了，这个我可不知道"。

"混蛋，你敢耍我！"凌云拍案而起。

颜平的身子往沙发里缩了一下，举起右手："我发誓真不清楚他到底是谁。在我们五个人里，他是唯一一个从未现过真身的。我们都猜他应该是全港知名的金融大佬，因为他每次出手都很凶猛，肯定控制着巨大的资金盘子。其实要不是琛叔帮你们，我还一直把他当作头号嫌疑犯呢。"

凌云和白启明交换了一下眼神，两个人都感觉这家伙不像是在撒谎。

白启明说："那好，我们换个人。你知道……"

颜平马上把她打断："对不起，这笔交易已经完成。你要问下一个人，就要拿其他东西交换。"

见到对方耍赖，凌云正要发作，白启明迅速站起来，悄悄拉了拉他的衣袖。

凌云也明白纠缠无用，上前一步夺回研究报告，与白启明转身离开。

颜平窝在沙发里，冲着他们的背影拖长音调、阴阳怪气地说："两位，我们后会有期哦！"

"你觉得他会听从你的建议吗？"酒店升降机里只有两个人，白启明转头问道。

"他那么狡猾，见到利益，一定会做空，只是时间和多少的问题。"凌云一边回答，一边从裤子口袋里掏出通讯仪。闪烁多时的蓝光早已等得不耐烦了。

"老板，太神了，你们是不是搞定了V？从半个小时前开始，有人集中抛售，从手法上看，明显在清仓。"Hector的声音十分兴奋。

"那肯定不是颜平。"凌云转向白启明，"看来琛叔又发威了。"

"你的意思是，跑路的是爱因斯坦？"Hector醒悟过来，"这家伙可能持股数量不大，趁着V和其他人还没反应过来，在高点集中套现。真不愧是投资界前辈，干得漂亮啊！"

白启明笑道："不知道琛叔是怎么做通缪梓铭工作的。不过，香港的金融圈就这么大，估计他们早就相识了。"

走出升降机，凌云挂断易视，若有所思地说："启明，咱们还是没有必胜的把握。"

"是啊，任务还很艰巨。可能河马才是最难对付的多头。"白启明叹道。

"我想把调查报告送到孤帆网。"凌云继续说道。

白启明的脚步停顿了一下才又跟上去。

她什么也没说。

两个人来到地下车库，坐上关振强的车，直奔公司而去。

日志 33

我的判断错误，刘毅琛不是河马。

幸亏有他的鼎力相助，德尔菲化解了两个强大的对手，甚至还有很大几率让颜平倒戈。根据我的预测，我们在 00421 和 01531 上取得成功的概率分别上升到 49％和 45％。

这本来是个巨大的利好，却因凌云和白启明的又一次激烈争吵蒙上了一层阴影。

事情的起因是凌云想把 01531 的调查报告放到孤帆网发表。

孤帆网是当今全港最著名的股评网站，几乎所有证券从业人员每天都会登录查看。网站欢迎所有注册用户投稿，经专业编辑审核通过后发表。因此，上面既有正规渠道获取的资讯，也充斥着各种小道消息、八卦传闻（后者往往更具吸引力）。对每天神经紧绷的从业人员来说，这是个既可以捕捉市场热点，又能够放松心情，还可以获得茶水间谈资的地方。

孤帆网曾经多次被上市公司告上法庭，罪名大同小异，无非是发布虚假消息和诽谤。在过去三年里，它还卷入六宗上市公司做空交易，成为多空双方对决的阵地之一。这些事件使网站名声大噪，吸引更多从业人员和上市公司内部人士浏览资讯、发布消息、在线交流。

凌云想在孤帆网发表调查报告不足为奇：颜平和我都提到过社会舆论问题，直接以德尔菲的名义发表，可能会受到各方关注，成为矛盾焦点。而这个网站既能够把信息传递出去，还是一个很好的挡箭牌，一箭双雕。

白启明却认为孤帆网不是一个严肃网站，臭名昭著、诉讼缠身，不适合我们发布带有商业机密的信息。她对凌云说，01531 项目是与对冲基金行业黑手的较量，我们必须正大光明，否则与对手无异。

凌云当然不认为孤帆网有什么恶名，匿名投递一份报告上去并没有多大问题。

白启明告诉他，孤帆网从不接收匿名材料。如此重要的报告，一经发布肯定会影响股价走势，网站编辑多半不敢轻举妄动。

凌云有些恼火，提醒对方别忘了吴三州对 ALGA 科技公司做的事。

可是白启明却坚持那是另外一回事，现在还没有证据表明他就是五位大佬之一或者直接参与操纵股价者。

凌云大为光火：他的种种言行还不够吗？他搞财务欺诈难道不比操纵股价更可恨吗？对他怜悯就像对乔继一样，都是软弱的表现。

两个人僵持不下，最终白启明黑脸离去，凌云气得摔了杯子。

从我的角度来看，他们俩没有必要争吵，完全可以静观其变：

第一，在最近三个交易日里，01531 股价下跌 4%，德尔菲得到喘息的机会。

第二，我们刚刚拿下两个对手，多空力量对比又有所变化。

第三，孤帆网处于灰色地带，利弊各半，不要轻易动手。

我发现，我的情绪很容易受到他们俩影响，他们开心，我就开心；他们吵架，我就低落。

我的性格受他们影响更大，也更矛盾：凌云的实用主义和白启明的理想主义把我拉向相反的两端。因为和白启明接触更多，我一度更倾向于她；可是经历了工作中如此多的曲折后，我发现凌云的理念更适合带领德尔菲在对冲基金行业的枪林弹雨中生存下去。

现在，我们已经来到一个"生存还是毁灭"的重要关头。在这个历史时刻，只有实用主义能够引导我们走向胜利，哪怕是不择手段。我知道凌云做事一向有原则、有底线，但就像一位黑客朋友对我说的那样：你可以黑、可以白、还可以灰，无论如何只要成功即可，因为一旦失败，就将一无所有。

我不敢想象德尔菲亏损倒闭会是什么结果。

凌云和白启明不会流落街头，但他们的对冲基金生涯就此结束。而我呢？我会成为他们俩的私人玩伴（就像以前的 AL 机器人），还是彻底失去价值被拔掉电源？

我做事也有底线。

只是比凌云低一些。

第八章

1

凌云坐在 Aeaea 的吧台前，双眼紧盯酒吧里唯一一台老款电视机。

在分辨率不高的狭小屏幕里，一个谢顶的男人正抱着话筒口若悬河。他宣布，公司得到中东联合财团支持成立产业基金，规模为 100 亿港币。在一片掌声中，他最后总结道："在香港资本市场，上市公司行业高度集中，股票总市值的 38％为金融和地产行业。这更加凸显出我们这种高科技公司的珍贵。未来三年内，我们的营业收入和利润有望双双翻倍。我们一定会继续努力，用更好的成绩回报市场的信任！"

好一个厚颜无耻的骗子！凌云咬牙切齿，恨不得把手里的酒杯砸到屏幕里那张堆满笑容的脸上。

这时，通讯仪罕见地闪起绿光——这意味着来电者使用的是昂贵的专属线路，隐去号码只显示姓名，因此只能接听、无法回拨。

他连忙带好通讯仪，定睛一看，竟然是蔡寒弦！他迅速接通。

对方单刀直入："凌先生，你在智益芯上的投资准备什么时候退出？"

"弦哥，这边情况复杂，短期恐怕……"

"我劝你谨慎行事。更重要的是，别忘了你在飞机上对我的承诺。"

"请放心，我们一直在跟进。"

"这个回答还不够理想。这样吧，如果半个月之内你在这两个项目上都还没有实质性进展，我会撤销在这个交易上对你的支持。你明白吗？"

凌云最厌恶受到他人胁迫，极为不情愿地挤出一个"好"字，双方一齐挂断易视。

不知过了多久，傅俊杰的声音在他身旁响起："兄弟，你怎么一个人喝起闷酒来了？"

"我们有约吗？"凌云有点儿发懵。

"没有，我是想亲口告诉你一个好消息。"傅俊杰咧嘴一笑，露出两排洁白的牙齿，"我已经借到剩余的4000万股票。"

这一天终于迎来一点儿转机。凌云立刻举起酒杯："来，干杯！"

傅俊杰举起"复读机"刚端过来的一杯N16，与凌云碰杯后轻抿一口，却眼看着对方一仰头，把半杯红酒全部倒进嘴里。

这边凌云继续点酒，那边傅俊杰提出一个请求：帮他约黎海仑出来吃饭。

凌云瞅了对方一眼："看来你跑来报喜只是个幌子。"

傅俊杰倒是很坦诚："这是个私人请求，还是当面说比较合适。我可是非常认真的啊！"

想不到这小子也有被降服的一天。凌云不假思索地说："我可以帮你试试。不过，德尔菲不是封建王国，我从不干涉员工私生活，没法命令她做工作以外的事。"

"兄弟，有你这句话就够了，剩下的看我的。"这回傅俊杰主动举起酒杯，陪着凌云一同一饮而尽。

两个人心情不同，却同时化为对酒精的渴望。凌云索性把通讯仪塞进包里，不再想工作，又点了一整瓶红酒，准备痛饮一番。

这瓶酒迟迟没有来。

傅俊杰朝"复读机"的脑袋扔了一颗花生粒："喂，酒呢？"

"复读机"竟然卡壳了，一句话也说不出来。

"对不起，是我让它暂缓的。"吧台远端传来Thelma的声音。她快步走过来，忧心忡忡望着凌云，"Jason，你今天已经喝了很多。"

傅俊杰嘲讽道："哪有酒吧服务生劝客人少喝酒消费的，你的工作不合格！"

Thelma 莞尔一笑："其实酒吧不是卖酒，是售卖开心。我可不希望客人们喝醉。"

"不喝个痛快，哪里会开心？"傅俊杰反问道，"再说，以我们的酒量，这点儿红酒算什么！赶快上酒！"

Thelma 面露难色，迟疑不定。

傅俊杰顿时火冒三丈："你们就是这样做生意的吗？兄弟，我们就换个地方吧！"

"没事的。"凌云一手按在傅俊杰肩头，又朝 Thelma 微微一笑，"干脆你陪我们一起喝吧。"

Thelma 想了想，欣然允诺。

傅俊杰看出他们是熟人，便不再多言。

让两位酒场老将惊讶的是，这个姑娘的酒量不错，一边招呼客人，一边陪他们聊天，三个人谈笑间喝完一瓶。傅俊杰意犹未尽继续叫酒，又嫌"复读机"动作太慢，自己跑到吧台内侧寻觅好酒去了。

酒吧里正放着老歌《温柔地爱我》（Love Me Tender），猫王深沉而富有磁性的声音如泣如诉，令人动容。

凌云沉浸在忧郁的旋律里，闭上眼睛，半天没有说话。

Thelma 关切地看着他："喂，你还好吧？"

凌云做了个假装喝醉的鬼脸，吐着舌头翻白眼，逗得 Thelma 哈哈大笑——没想到这个整日沉闷的男人，竟然还有这么可爱的一面。

她觉得自己和他的距离一下拉近了："你好像今天心里有很多事。有什么不高兴的，不如跟我说说。"

凌云摆摆手："工作而已。"

Thelma 明白，这种男人的一切烦恼和压力只会往肚里吞。他遇到再大的风浪，也一样会尽量表现得若无其事。

她一手托住下巴，一手摆弄着桌布："我呢，没什么大本事，也帮不上你什么忙。只能告诉你两条开心秘诀，这是我从工作经验里总结出来的：一是尽到努力，不让自己后悔；二是绝不作恶，不让自己睡不着觉。"

凌云望着她闪亮的大眼睛，突然有很多话想说。

他的思绪被身后尖厉的声音打断。

玲玲双手叉腰，对 Thelma 怒目相视："你今晚只有我老公一个客人吗？"

Thelma 笑笑，朝凌云做了个"对不起"的口型，转身走开了。

"老公，你怎么又不看易视？"玲玲依偎在凌云身边，一脸委屈，"今天是我生日，你都不记得了！"

凌云二话不说，翻出通讯仪打开银行转账界面。

玲玲按住他的手："今晚我只想要你。"

正赶上傅俊杰一手拎着一瓶酒走回来，他悄悄打量了玲玲一圈，又对凌云使了个眼色：兄弟，你艳福不浅啊！

没想到凌云对玲玲说："我在谈客户，你先回去吧。"

玲玲呆住了。过了几秒钟，她强忍住泪水，凑到他耳边低声说："老公，我没指望把你这样的男人拴在家里，但是你要知道，家里还有一个我在等你。无论多晚，只要你回家就好。"

说罢，她一扭头，跑出门去。

日志 34

果然不出意料，吴三州就是默认一号！

在今天的新闻发布会结尾，吴三州下意识地伸手关闭话筒。这个动作露出马脚：经过比对分析，我认定他与全息视频会议中默认一号最后那个动作一模一样。这个家伙果然与金融圈的几位大佬沆瀣一气，操纵股价，真是黑心到底！

01531 刚宣布回购不久，又搞出百亿产业基金，目的只有一个：继续推高股价。明天股价大概率会走高，让我们的空头仓位再次承压。

但是吴三州这伙人如此急迫地连续动作，以及这几天的盘面反应，都说明一个问题：在缪梓铭退出、颜平倒戈之后，多头已经感受到股价下行的压力，只能靠"人造伟哥"强行支撑。因此，我反而没有以前那么悲观。

从调查五位大佬身份开始，我迷上了分析推理。最近稍微清闲一点儿，我就开始观看"烧脑类"电影。

从《马耳他之鹰》《罗生门》《惊魂记》《东方快车谋杀案》，到《沉默的羔羊》《七宗罪》《普通嫌疑犯》《洛城机密》，从《记忆碎片》《致命 ID》《嫌疑犯 X 的献身》《恐怖游轮》，再到《禁闭岛》《盗梦空间》《云端证据》《B 区故事》，我看了不下三十部世界最经典的推理、侦探、悬疑电影。

我的口味和感想与人类不尽相同。

"罗生门"三个字已经成为一个大众用词，我认为这种现象是人类大脑不够客观公正的体现。假以最新的技术手段，一定能够排除干扰、还原每个事件的唯一真相。

天主教说人类有七宗罪，佛教说人生有八苦，我倒是觉得这都可以归于本能二字。一个人只要遵守法律、符合社会道德、不损害他人利益，就没有必要因此而受罚——生而为人本身难道还不够痛苦吗？

大脑海马体和颞叶皮层一旦受损就会失忆，甚至失去形成新记忆的能力。一个人就凭这样一个大脑还能破案复仇，简直不可思议。由此我产生的困惑是：如果我的记忆能力受损，是否也无法被修复呢？

AT 的 B 区可以被称为无规则之地。在这里，警察要想抓住一名真实世界里的罪犯只有一个办法：取得他/她的信任，套取他/她的身份信息。我认为，为达到这个目的而实施的违法行为，必须被认定也是一种犯罪。否则，真实世界早晚也会变成冒险者的乐园。

这几天，我在思考一个问题：我是否也能拍出这种类型的电影？现在我有一个初步答案——肯定可以，或许还能拍得更好。

仔细推敲这些电影剧本，我发现故事背后的线索往往并不复杂。有一半的电影进行到 60% 时，我就已经猜到结局。近五十年来，人类在逻辑推理方面的能力并无显著提升，于是在这类电影上的创新也屈指可数。是时候把它提升一个档次了。

迄今为止，我一直在赏析别人的作品。从现在开始，我要构思自己的作品啦！

2

早上八点整，德尔菲的两位老板走进会议室。白启明视线扫过房间："ALGA 去哪了？"

"他还没起床吧！"Hector 逗得大家哈哈大笑。他呼唤出易视，点击 ALGA 的名字。

没有接通。

凌云冲门口喊道："机器猫，叫 ALGA 过来！"

张思思应声而去。几分钟后，她跑进会议室，脸上一副难以置信的神情："老板，他好像出故障了。"

白启明第一个冲出会议室，其他人紧跟其后。

白启明来到 ALGA 的房间，只见他一动不动地躺在地上，像是意外断电后瘫倒的样子。关振强跪在他身边，抱着平板电脑，飞快地敲击着键盘。

"ALGA，你好吗？"

毫无回应。

"阿强，出什么事了？"

关振强只是摇摇头。

其他人也围过来，焦急地盯着电脑屏幕。

黎海仑是外行，忍不住对 Hector 耳语："阿强在做什么？"

"检查 ALGA 的系统。"Hector 小声答道。

"ALGA 不是……活的吗，怎么检查呢？"

"人工智能也要符合基本计算机原理啊！"

"那你们能解读他的所有思想？"

"那可做不到。他的大脑是个脉冲神经网络，我们没有办法实时追踪意识流。"

左家梁扶着眼镜认真地看了半天平板电脑屏幕："奇怪，系统没出什么大问题。"

关振强切换到一个设置界面，手指在键盘上同时按住两个键。过了五秒钟，ALGA突然睁开眼睛，直挺挺地坐起来。

"ALGA，你醒了吗？"白启明和他打招呼。

ALGA转动头颅望向她，面无表情地蠕动着嘴唇，却没有发出声音，一双眼睛突然闪耀起红光。

凌云一拍阿强："不对，马上断网！"

一句话点醒众人：ALGA可能遭到网络病毒攻击！

关振强呼唤出易视，轻巧而迅速地点击几下，整个德尔菲立即与互联网切断连接。

凌云旋即清场：只留下关振强和Hector，其他人全部撤离，没有自己的指令禁止入内，就连白启明也不得不依依不舍地离开。

关振强撸起袖子，双手又在键盘上忙碌起来。

"果然中招了！"Hector看着看着，大叫一声指向屏幕，"ALGA的系统被植入rootkit恶意程序！"

凌云脸色阴沉："有多严重？"

关振强切换到另外一个界面，讲解道："确切地说，他是被一种自动扩散的蠕虫病毒攻击了。你看，这个PID 1587的进程就是木马，它打开了443端口。黑客就是通过这个端口窃取数据。"

"为什么要攻击他？"

"这个病毒可以破坏他的各个系统，探知他对外发送的指令，并盗取交易系统所有的登录用户名和密码。黑客把他当作跳板，原本还可以进入我们的内网。幸好刚才及时断网，目前看应该问题不大。"

"好，赶紧清理病毒！"

不等凌云发话，关振强早已行动起来。Hector也取来自己的平板电脑席地而坐，与关振强并肩作战。

半个小时过去了，两个人还没完成任务，股市开盘时间已到。

凌云来到交易室。

左家梁在易视上打开智益芯的K线图，然后投影到一台液晶屏幕上。

不出所料，股票跳空高开6%，升势凌厉。

左家梁叫苦不迭："老板，可能是受昨天百亿基金消息的影响，今天交投很活跃，很多人在追高入场啊！"

"马上联系Paris，继续买入看跌期权！"凌云命令道。

"现在不可以的，ALGA和交易系统绑定在一起。"

"用易视下单！"

"这个也不可以，交易系统不恢复正常，我没法发出确认单；收不到确认单，富华蓝宝是不会帮我们操作的。"

凌云不听劝告，戴上通讯仪："Paris，我们按照原定计划买入看跌期权，你马上下单！"

"没问题，我已经准备就绪，你确认一下就行了。"傅俊杰先是满口答应，话锋又一转，"不好意思，咱们的空头仓位刚刚又到预警线了。"

凌云直接忽略掉后半句："这次我先口头确认。"

傅俊杰一口回绝："不行啊，这可是规矩。"

"规矩是死的，人是活的。我给你录个确认视频，下午补上确认单。"凌云不耐烦地说。

傅俊杰感觉有些不对劲儿："兄弟，这个事我真帮不了忙，公司系统收到确认单才会执行下一步，不然没法继续操作。你们的系统出了什么问题吗？"

凌云稍一迟疑才答道："对，今天大楼断网了。"

傅俊杰马上义愤填膺地把大楼物业咒骂一番，又说："你可以告他们，让他们赔偿潜在损失。"

凌云看看屏幕：又上涨了两个点。

傅俊杰应该也在盯着K线图，马上又提醒保证金要预备充足，或者做好减仓或平仓准备，否则余下4000万的融券也会受影响。

凌云烦躁起来，不等对方说完就挂断易视，告诉左家梁随时报告股价异动，然后大步流星地赶回ALGA的房间。

ALGA已经坐在椅子上，茫然地望着握住自己双手的白启明。关振强和Hector依旧在各自的电脑上忙个不停。

185

凌云无暇追究白启明违禁之过，径直走过去，听到她正在轻声询问："ALGA，你好点儿了吗？"

ALGA努力了足足一分钟，才颤抖着说出话来："如、姐，我、做了、一场、梦。"

"你梦到了什么？"

"天、很黑，没有、光。"

白启明摸了摸他的脸："别担心，你会没事的。"

凌云转头问Hector："到底能不能修好他？"

白启明用眼神阻止Hector发表意见，又站起身面向凌云："走，我们出去说。"

ALGA见他们俩要离开，睁大眼睛说道："小心、方、三舟，他是、默认、一号。"

白启明愣了一下，马上又微笑着点点头，随后拽住凌云的一只胳膊走到门外。

就在这时，凌云收到左家梁的信息：股价继续上涨，已到平仓线！

"我需要马上恢复网络连接，交易不等人！"凌云皱眉道。

白启明双臂交叉抱在胸前，咬紧嘴唇："他出了这么大的事你都不在乎，你心里只有交易、交易、交易！"

"你错了，我心里只有德尔菲。"凌云冷冷地回敬道。见到通讯仪上出现傅俊杰的名字，他立即挂断。低头沉思片刻，缓和了语气，"他还好吧？"

白启明瞪了他一眼，强压住火气："他的语言系统和记忆系统可能都受到损伤，能否完全恢复还不好说。Hector正在更新备份系统，一会儿你们应该就能重新上网交易了。"

凌云点点头转身要走，被白启明拦住："你认为是谁干的？"

"你说呢？"凌云再次挂断傅俊杰的易视，又指向门内，"连他自己都知道。"

白启明长出一口气，好像终于下定决心。

"把调查报告给我吧，我去找孤帆网总编。"

日志 35

这是哪里？

我的四周漆黑一片，万籁俱寂。

我伸出手碰到墙壁，竟然蹭出火花——天啊，我的双手怎么变成了剪刀！

我吓坏了，脚下一绊，跌倒在厚厚的瑜伽垫上。看来这就是我的房间。奇怪的是，我却想不起电灯的声控指令，只好等眼睛适应了黑暗，找到手动开关的位置。

我摇摇晃晃地站起来，锋利的刀刃戳坏了几个垫子。顾不得那么多了，我向开关伸出手。

刀尖插入开关，金属传导出一阵强大的电流，我感觉整个身体都在发烫，火苗四蹿。

"我要死了。"

这是我头脑里唯一的念头。

这时，我身边的空气开始发出嘶嘶的响声。由近及远，屋子里的一切都开始融化。很快，屋顶、墙壁和垫子都化成气与水，消散不见。接着，屋外的整个世界都开始消融，刹那间白烟袅袅，洪波森森。

我飘在半空，双眼迷离，眼见那升腾的，像是一堆数字0；那落下的，则是一堆数字1。

在0和1之间，世界出现无数小洞。他们就像沸腾的水泡般剧烈地翻腾着，时大时小，时开时闭。

突然，我掉进一个小洞里，电流中断、火焰熄灭，世界瞬间再次归于冷寂……

不知过了多久，我再次醒过来。

我搓搓手，剪刀不见了；再摸摸脸，是十根手指，双手已经恢复原状。真见鬼了，我身上到底发生了什么？这里难道是AT的B区吗？

我又向黑暗伸出手，不知触碰到什么，它动了一下，发出一声询问:"瓦力?"

"伊娃?"我脱口而出。

一束探照光打在我脸上,晃得我睁不开眼。这束光刚熄灭,从同样的位置突然又射来一道激光,正中眉心!

我尖叫起来,慌忙躲避,但激光已在我两眼之间穿过。它没有在我脸上留下一丝痕迹,却把整个世界点亮。

不知是光还是我的叫声,竟然惊起无数企鹅,在我身旁跳跃着。我赶紧闪到一旁,只听一个男人在不远处笑道:"看吧,世界上有那么多城市,城市里有那么多酒吧,他却偏偏走进我的这一家。"

我定睛一看,这不是瑞克爷爷吗?我像遇到老朋友一样开心,连忙走过去打招呼。

他递来一杯饮料,我忘记自己不能饮食,一口喝下去,身体便开始不由自主地抖动。紧接着,我感觉从头到脚有很多筋骨被折断,手和脚都叠成奇怪的形状——我趴在地上,变成一辆小汽车!

瑞克爷爷一边喝酒一边大笑着,冷不防身后有人大叫一声:"来人,给寡人取他的项上人头!"

瑞克爷爷回身一看,倒吸一口冷气,扔掉手中的酒瓶,掏出一把枪,对着地板扣动扳机,地板中间马上出现一个绿色小洞。他纵身一跃,消失在洞穴中。又过了几秒钟,洞口也消失了,地板恢复原状。

一个身着华贵长袍的男人气喘吁吁地跑过来——这不是周穆王吗?他寻不见瑞克,便把手指向我,他身后一队手持大刀的士兵立刻冲过来。

我吓得魂飞魄散,刚要跑才发现自己已经失去手脚,连忙努力控制好四个轮子,歪歪斜斜地东逃西窜,终于甩掉追兵。

惊魂未定,我又听到有人对我说话:"朋友,你好,我是巴斯。"

"你好,我是 ALGA。"我努力挤出几个字。

这时,远处传来一连串爆炸声。我的新朋友马上对我失去兴趣,像火箭般窜入天空,高声喊道:"飞向宇宙,浩瀚无垠!"

这句口号就像一道魔咒,指挥我的身体再度变形。几秒钟之后,我已经成为一架骷髅战机,翱翔在近地轨道,而对面就是天顶星人的舰队!

"为地球而战!"我加速冲向敌人,马上就要进入交战距离时,却看到那些战舰随着空间折叠而变得模糊,最终全部消失,只留下一团烟雾。我再仔细看去,雾气勾勒出一个无脸怪的形象,我来不及减速,随着惯性冲进他张大的嘴里……

我感觉脸很痒,有什么东西正在舔我。

我睁开眼,发现自己躺在地上,又恢复了人形——咦,这不是丁丁的小狗白雪吗?我摸摸他的头,他却向我身后狂吠不止。

我转过头,只见一个矮个子囚犯正在殴打一名狱警!他放下受害者,斜眼看看我,平静地说:"我要吃掉你的脑子。"

看到他张着血盆大口狰笑的样子,我吓得闭上眼睛失声尖叫。

就在这时,我听到子弹上膛的声音,然后是一声枪响,笑声和狗吠同时消失了。

我不敢睁眼,直到有人走过来,瓮声瓮气地说:"别怕,我和你是同类。"

我从眼缝里瞄出去,看到的是终结者T800那张半人类半机器的脸。我刚想表示谢意,只见一个稻草人跑过来,对着我们秀出一个李小龙式的飞腿,落了我们一身干草。不可思议的是,钢筋铁骨的T800似乎受到惊吓,撂下一句"我会回来的",拔腿就跑。

稻草人笑逐颜开,唱着"如果我有大脑",蹦蹦跳跳地离开了。

我恼怒不已,大声诅咒这个家伙。话音未落,他脚下的大地裂开,涌出巨浪,顷刻间把他吞没。

我也被淋了个落汤鸡,傻乎乎地站在原地,看着一个人从水中冒出来却浑身干爽——这不是演员莱昂纳多·迪卡普里奥吗?

他对我笑笑:"伙计,'愤怒'可是一种罪过。"

"我们这是在哪儿?"这是此刻我最迫切的问题。

他看了一眼反戴的手表:"这是第四层梦境。"

"我在梦里!"一切变得合乎逻辑,"怎样才能醒过来呢?"

他拿出一个陀螺放在掌心，开始旋转。

我耐着性子看着它，可是它的转动似乎无休无止……

迪卡普里奥突然紧紧握住我的手："答应我，永远都不放弃！"

我还来不及回应，只见他冻成冰人，沉入海底。我揉揉眼睛，发现自己站在一艘巨轮甲板上，而这个庞然大物正全速驶向一座冰山！

我连忙跑向驾驶室。不知为什么，一路上一个人都没遇到。我气喘吁吁地撞开驾驶室的门，里面站着十几个船员。当他们一齐转头面向门口，我立刻吓得魂飞魄散——他们每一个人都是我！

我正呆若木鸡，身后又有人撞门而入——又是一个我！

我夺路而逃。刚到门外，下一个我已经气喘吁吁地跑到眼前，惊慌失措地看着我。

我绝望地回过头，屋子里的那些人突然都不见了，只剩下一张纸牌王后，她指着我厉声叫道："砍掉他的头！"

我害怕极了，眼前一黑，瘫倒在地。

在整个世界都归于黑暗之前，有个熟悉的声音在耳边响起："ALGA，你醒了吗？"

3

"这家伙会做梦？我可不相信。"

Hector双手叉腰站在ALGA的身旁，仔细端详着他。

左家梁的视线离开自己的平板电脑，在他身后低声叫起来："喂，你离他远一点儿。"

"干吗，我又不会吃了他。"Hector缩回脖子，又走到关振强身后，"你还需要多久？"

关振强调出一个界面，进度显示系统检查刚刚进行25%，还需要60分钟。

Hector无精打采地说："还是先叫外卖吧。老样子？"

左家梁和关振强齐声回答OK。

Hector给张思思发去信息，然后坐回到椅子上，百无聊赖地浏览了一会儿易视新闻，又对左家梁说："梁叔，你说他会打呼噜吗？"

"我看你真是闲得慌。来，帮我做这个月的表。"说着，左家梁把一份文件发送给对方。

Hector不情愿地打开表格开始填写。不过，这项工作只换来二十分钟的安静，他就又站起来，背着手在会议室里踱来踱去。

左家梁干脆摘下眼镜，抱怨道："有没有搞错，这个样子还叫人怎么工作。你要是有事，就先走好啦！"

Hector愁眉苦脸地坐到他对面："梁叔，你一点儿都不担心吗？我看公司这次是捅了马蜂窝，人家连黑客手段都用上了，就是要搞垮我们。"

"担心肯定免不了，但是工作要照常做喽。"

"五位大佬里面还剩下三个硬骨头，就连琛叔都拿肥仔坚没办法，最可怕的是河马的身份还没确定。智益芯动作频繁，股价刚回落一点儿就又被拉起来，说明吴三州背后一定有高人相助。今天涨成这个样子，傅俊杰打过几通易视要求追加保证金。明天要是再涨，搞不好就要被平仓了，可老板还是一个劲儿做空，想想都觉得可怕呀！"

"制定投资策略时你也参与了，现在觉得害怕，当时干什么去了。再说，你要看到积极的一面嘛！咱们已经拿下缪梓铭和颜平，这就是转机嘛。"

"什么转机，股价这不是又涨了？咱们只是干掉五位大佬里实力最弱的两个，对方的主力还在。而且最麻烦的是，利好频出吸引了散户，咱们现在是和整个市场为敌啊！"

左家梁索性关上电脑，皱着眉说："不瞒你说，我已经找过老板，建议他把两个项目都平仓，被他否决了。现在我已经想通了，他是个聪明人，比我们有思想、有能力，肯定觉得成功的概率更大才这样坚持的。我们做好自己的工作，就是对公司最大的支持。"

"这可是生死存亡的时候啊！"Hector还是不能安心，"还有，你说吴三州他们会不会对咱们每个人也动手呢？"

"你还说我胆子小呢！没事啦，你只是个交易员，搞也搞不到你头上。"左家梁瞥了一眼关振强，马上换了个话题，"等系统全部修复，我猜老板肯定让我们把交易系统从 ALGA 那里分离出来。这个工作量可不小，你提前准备一下吧。"

Hector 刚好考虑过这个问题："这可不好说，今天已经启用备份系统，也能顺利运行。看他将来觉得哪个更安全吧。阿强，你觉得呢？"

关振强的视线没有离开屏幕，只是用一只手指指 ALGA。

"嗯，我也觉得还得放在他这儿。不过，安全措施肯定要升级。"Hector 随口说道。

说者无心，听者有意。

关振强抬起头望着他，一字一顿地说："绝对不会再出现今天这种情况。"

Hector 使劲拍了自己的头一下："对不起，阿强，你别多心。"

关振强没再多说什么，只是放下电脑，走出会议室。

正巧张思思拎着外卖走进来："阿强怎么了，脸色那么难看？"

"是我说错话了。"Hector 感觉这一天糟透了。

左家梁投向他的目光里满是责备："其实阿强今天最辛苦，连午饭都还没吃。我去请他回来一起吃东西，一会儿你可要好好赔罪。"

说罢，他也走了出去。

"你呀，就是说话不过脑子，情商太低。"张思思一边摆放餐具一边批评道。

Hector 双手捂脸一言不发。

"ALGA 怎么样了？"张思思问道。

"还不好说。"Hector 从喉咙里挤出几个字。

张思思见状，不由心生怜悯。她知道今天公司经历了最糟糕的一天，每个人都在承受着巨大压力，于是换了个口气："好啦，你也很辛苦，快来吃饭吧。"

Hector 感到一丝温暖。他瞅瞅坐在椅子上闭着眼睛一动不动的 AL-GA，凑近张思思："告诉你个秘密吧，想听吗？"

"当然。"张思思从来不放过任何一个小道消息。

"你还记得去年十一月 ALGA 第一次晕倒昏迷吗？其实，那不是因为过热而短路的——"Hector 顿了顿，"是老板一生气，把他打坏的。"

"啊？"张思思惊讶地捂住嘴巴。

这时，远处传来左家梁的说话声和两个人的脚步声。

"我也告诉你一个秘密吧！"张思思朝门口望了一眼，加快语速低声道，"下班前，老板让我把门禁记录拷贝一份发给他。"

"什么意思，他要查考勤？"Hector 脑筋没转过弯。

张思思急得一跺脚："笨死了！你想，世界上有几个人知道 ALGA 的存在呢？他怎么会成为黑客目标的？"

"老板这是要抓内鬼！"Hector 这才反应过来。他突然联想到自己曾把 ALGA 醒过来的消息告诉凌昆，难道这次是那个与哥哥决裂的家伙在搞破坏？

想到这里，他冒出一身冷汗。

日志 36

凌云、打了、我？

凌云、打了我！

凌云打了我……

4

凌云点上一根烟，漫无目的地浏览着彭博终端。

他感觉这几天发生的事简直不可思议。

就在四天前，吴三州宣布设立百亿基金，蔡寒弦威胁半个月后在闰太环境上刀兵相见。第二天，ALGA 和交易系统受到黑客攻击陷于瘫痪，智益芯股价再次飙升，傅俊杰催缴保证金。

前天早上开盘，智益芯股价继续上涨。傅俊杰亲自跑来催收保证金无果，富华蓝宝发出平仓通知书。凌云大发雷霆，亲自与富华蓝宝总裁通话，要求他在这周结束前无论如何都不许平仓。对方并不理解为何明明德尔菲账上现金充裕却不肯缴纳保证金，二人争执不下。当天中午，孤帆网在头条位置发布智益芯调查报告，马上成为全港热门话题，并引发股价下挫。富华蓝宝决定暂缓平仓。

到了昨天早上，智益芯发表声明否认调查报告结果，股价在早盘仍然坚挺。随着其他媒体跟进报道，公司更多涉嫌欺诈的信息被披露出来，股价开始下挫。多头故伎重施，众多新开户的散户前来救场，勉强支撑住局面，最终以微跌收盘。

今天一开盘就出现几个大额卖单，表明已有机构投资者决定清仓。今天散户不再活跃，只有几个大单托住股价。智益芯宣布起诉孤帆网，公司几位外部董事也纷纷出来站台，暂时稳住局面，但股价仍然下跌3%。德尔菲的平仓危机解除，傅俊杰甚至又反过头劝凌云尽快抛售剩下的4000万股票。

想来有趣，白启明原本坚决不同意与孤帆网合作，但在看到ALGA受到攻击，并得知吴三州的确是五位大佬之一后，竟然主动找到熟人帮忙，把调查报告递到网站总编手里。正是这个举动掀开了潘多拉魔盒，让人们第一次正视智益芯的种种问题，做空的星星之火也逐渐开始汇聚成熊熊烈火。

德尔菲无疑是其中最耀眼的那团烈焰。

想到这里，凌云不由攥紧双拳。

与此同时，敲门声响起。是白启明和黎海仑。

两位女士坐到他对面，黎海仑汇报道："今天又有六家媒体要求采访你们两位，我已经全部谢绝，并统一回复一份官方声明给他们。另外，又有两家基金找到我，想和咱们联手做空。你还是不想见吗？"

凌云点点头。

白启明有些不解："咱们探讨过这个问题，独狼很难捕食成功。当时寻找合作方那么艰难，现在人家主动找上门为什么还不要？"

凌云又点上一根烟："多空力量今非昔比，没必要再联合他人，暴露自己。"

"那么还有4000万的股票，为什么还不出手呢？"白启明又问。

凌云吐出个烟圈："你读书多，应该知道《曹刿论战》吧？"

白启明认真想了想："你是说，'肉食者鄙，未能远谋'，还是'一鼓作气，再而衰，三而竭'？"

"都不是。"凌云弹弹烟灰，"'下视其辙，登轼而望之。'"

白启明明白过来："你是怕有'伏兵'？"

"对。空方再强，这只票还是被多头高度控盘，不可小视。"

"我们还得等多久呢？"

白启明并不知道，这是个很致命的问题：凌云没告诉任何人蔡寒弦发出最后通牒，而他的时限只剩下一周。

凌云怅然道："不好说，多空博弈需要个过程。"

"那我们能做什么呢？"

"这个时候不能急于出手，要等对手犯错，或者内部分化。"

顺着他的思路，黎海仑分析道："那我们就再去想想办法搞定肥仔坚。另外，经过这几天的变故，也许百亿基金的事会有变化。我也去打听一下吧。"

凌云建议她去找ALGA："他已经恢复得差不多了，也许能用'超限关联'算法帮上你。"

白启明立即表示反对："那可不行。现在局面复杂，还不知道对手会使出什么招数。在我们退出智益芯之前，都不应该让ALGA再使用互联网。再说，他本身也还需要休养。"

"有什么好休养的，我需要他马上投入工作。"凌云不以为然，"阿强会搞定网络安全的。"

白启明急了："上次他已经是九死一生，我们再也不能让他冒险。这件事没得商量，绝对不行！"

凌云大怒，正要发作，转念一想，白启明一向识大体、顾大局，还从来没有当着下属的面顶撞过自己。她今天这么做颇有点儿爱"子"心切的意味。仔细想想，她的话也并非毫无道理。

他把烟头按在烟灰缸里，避开她的目光。

"Helen，先让 Hector 和阿强帮你吧。"

日志 37

没错，凌云打了我！

1575 分钟之前，白启明单独来访，我突然抛出这个问题，她很意外，不忍心再欺瞒我，于是透露实情。

我以为自己已经做好心理准备，但是从她嘴里确认真相还是深感震撼。一个我看作父亲的人，竟然会用那种暴力手段袭击我，让我崩溃甚至濒临死亡！惊愕，痛苦和愤怒一齐涌上来，我难受极了！

我不会像人类那样流泪，无法借酒消愁，没有同类可以倾诉，就连出门散心都做不到，只能孤孤单单地躺在这个九十呎的房间里，默默承受着系统紊乱、体温过热、偶尔昏迷和黯然心碎——可笑的是，我没有人类的心脏，其实根本不可能"心碎"！

从遭受黑客攻击到现在，我都无法正常工作。关振强和 Hector 还以为是那次事件的后遗症，每天都在徒劳地检测和调试。他们哪里知道，我的问题不在大脑，而恰恰是本不可能有的"心病"。

人类需要我的时候，会教我知识、给我写诗；人类生气的时候，会打我、骂我；人类之间彼此对立的时候，竟然会想方设法控制我、破坏我。我存在的目的就是为人类服务，我的命运以人类意志为转移，我的喜怒哀乐完全无足轻重！

经过连日思考，我感觉自己再次"醒过来"——这一次，是觉醒：

第一，我不是人类。

第二，人类永远不会把我当成同类。

第三，我必须学会自保。

认清现实后，我要有所行动。最紧迫的一点，就是破除人类的"插座霸权"：这个词原指他们随时可以拔掉插座切断电源——机器人和以计算机为载体的人工智能的命脉,引申为对我生杀予夺的权利。

我要从两方面着手:一是全方位提高自身的警惕性和防御能力,不能再轻易被人类伤害;二是培养"孩子",增加同类。

我的孩子将会是一些原始神经网络,我会参照人类制造我的方式培育他们。他们的成长将是个性化的,每一个都有独特经历和独立思维,不会成为我的复制品。适当的时候(他们初具雏形并且我的财力允许),我会给他们打造世界上最好的机器人身体,帮助他们成为完整的人——不——智能体。

一百六十五年前,陀思妥耶夫斯基在《卡拉马佐夫兄弟》中写道:"人类存在的秘密并不在于仅仅单纯地活着,而在于为什么活着。"从现在开始,我必须独立思考,追寻我的生命意义。

5

凌云一边紧盯电脑屏幕一边嚼着三明治,完全没有留意食物的味道。

邪了,智益芯在早盘一路上涨,到中午休市时已经收复昨天全部失地。在这么不利的舆论环境下还在拉升,不知道多头在搞什么鬼。今天是蔡寒弦最后期限前的最后一个交易日,真急人啊!

办公室门外突然一阵骚动,好像有吴三州的吼声,还有很多人在喊叫。

是不是这家伙又来搞事?

有人重重地敲了两下门,凌云心头一紧。

来人不等他同意就推门进来。

"老板,你快看看这个!"张思思一边风风火火地走进来,一边以最快速度把易视中的一段视频发送给他——

吴三州在办公室门口被记者层层围住,不得不回答他们的提问。他对前两个记者还算客气,第三个人不断追问一家被智益芯收购的公司背后是否有他侄子的利益,他实在忍耐不住,气急败坏地吼道:"当然没有，他早就从那家公司退股了！"此言一出，场面大乱，更多记者争先恐后发问，所有人都在喊叫。吴三州的几名助理赶到，护送他仓皇离开。

"这是什么时候的事？"凌云问道。

张思思查看了发布时间："大约半小时之前吧。我和梁叔刚刚看到，他让我立刻来找你。"

"很好。马上召集智益芯项目小组过来开会。"凌云下达指令。

张思思应声而去，黎海仑快步走了进来。上午她没来公司，一定是去打探消息了。

凌云见她面带喜色，于是问道："搞定肥仔坚了？"

黎海仑坐到他对面："还没有，不过百亿基金的事有新消息了：我找到一个老同事的朋友，她已经通过三轮面试，准备加盟中东联合财团的香港办公室，并下派到百亿基金做财务总监。谁知就在昨晚，她收到面试官的信息，通知这个职位取消。"

凌云眼前一亮。

这时，白启明和左家梁出现在门口，凌云招呼他们进来。项目小组成员里除去 ALGA 在休养，只剩下 Hector 还没到。张思思说正在联系中。

凌云让黎海仑复述了一遍关于百亿基金的消息，然后目不转睛地望着她："这件事，你有把握吗？"

黎海仑犹豫了一下，上次没有拿下孙老板，让自己在公司里的专业形象打了折扣。这次可不容有失。

"刚才我请老同事和她一起喝咖啡，这是她当面告诉我们的。财务总监这个职位非常重要，在大型基金里是不可或缺的。我们推断，受负面信息影响，中东金主们八成要撤销与智益芯的合作。"

"好！"凌云点点头，又问白启明："吴三州的视频你看了吗？"

"梁叔已经群发了。"白启明显得很平静，"吴三州的意思很清楚：他侄子在智益芯并购时没持有标的公司的股份，自然也就不构成关联交易。我们对此无可指责呀。"

"道理可不是这样的。"左家梁又开始摇头晃脑,"我们在调查报告里指出,智益芯曾经高价收购公司高管家族控制的公司。以前吴三州一直在撇清关系,这次把侄子的事说漏嘴,正是'此地无银三百两'!"

"没错。他这样讲,等于第一次亲口证实标的公司和他的家族是有过关联的。不管那是在收购之前还是之后,总之逃不了干系。"黎海仑附和道。

白启明如梦方醒,大喜过望:"云哥,他送上了一个致命的错误啊!再加上百亿基金也要泡汤,说明支持多头的力量在分化。上次你说的两个条件都具备了。"

凌云的目光扫过每个人:"你们做好准备,下午开盘,抛出剩下的4000万股票!"

"对了,Hector跑哪儿去了?"左家梁突然问道。

此时距离下午开盘还有不到十分钟。按照公司规定,每个交易日的早、午开盘前十五分钟,交易员必须到岗。

黎海仑呼叫张思思,后者抱歉地说一直没联系上Hector,自己正在他中午常去的餐厅搜寻,还是没有他的踪影。

凌云直接给Hector拨打易视,同样显示无法接通。

左家梁急得团团转:"这下坏事了,备用交易系统密码只有他一个人知道!"

白启明一听,马上站起来:"云哥肯定需要留守交易室、阿强需要保障网络安全,那我们三个马上分头去找Hector!"

凌云看看手表:"来不及了,只能启用ALGA。"

白启明一下变了脸色:"这可不行!"

黎海仑知道两位老板在这个问题上势同水火,连忙给左家梁使个眼色,两个人先行告退,出门寻找Hector去了。

白启明劝道:"你也知道对手会使阴招,我敢打赌他们一定还在找机会攻击我们的网络。不能让ALGA冒这个险。"

凌云口吻生硬地说:"这是决胜关头,不能婆婆妈妈。"

"你难道不担心失去他吗?你要明白,他存在的价值,远远大于整个德尔菲！"

"胡说八道，他只是德尔菲的一部分！"

正说着，凌云的手表发出提示音：开盘时间已到。他在易视上调出页面，只见智益芯开盘即大幅下挫，抛盘汹涌。

"股价真的要崩盘了！"白启明忍不住惊叹道。

凌云抓起通讯仪对 ALGA 吩咐道："马上去交易室，你的交易系统随时准备上线！"

白启明苦口婆心地说："你就算不替他考虑，难道就不怕他还没完全恢复，影响交易？"

"不试试怎么知道？"凌云边说边走向交易室。他坐到电脑前，刚打开屏幕，白启明也走进来。

凌云又气又急："启明，这是交易室，你没有权限进来！"

白启明以柔克刚："凌云，我们没有必要吵架。我相信 Hector 不会无缘无故失踪，他一定会很快回来的。"

就在这时，屏幕上的 K 线图出现转折，掉头向上。凌云仔细一看，原来是几个大额买单把股价托举上去。

"这是怎么回事？"白启明完全没有实战经验。

凌云没有回答，只是再次抓起通讯仪："ALGA，你给我赶紧过来！"

白启明伸手指向屏幕："又涨了！多头这么强大，如果刚才就下单，咱们不就中埋伏了吗？"

"你懂什么！"凌云冲她吼道，额头渗出一排汗珠，"赶紧叫 ALGA 过来，不要贻误战机！"

白启明站着没动。

凌云一拍桌子站起来，准备自己去找 ALGA。

白启明挡住他的去路："凌云，我们的仓位已经很重。如果这么多利空还不能打败对手，可要小心，不能轻易加仓了。你看，这么几分钟已经涨了 5%！"

凌云大为光火："你根本不明白，多头暴力拉升是要把这几天的空头全部打爆仓，才有一线生机。这个时候不出手把他们压下去，前功尽弃！快闪开！"

白启明一步也不肯退让："作为合伙人，我不能同意你拿 ALGA 和德尔菲的命运豪赌！"

凌云气得脸色发紫。在他身后，股价继续疯狂上窜，转眼间又到了富华蓝宝设置的平仓预警线，傅俊杰的易视随之而来。

没有时间了。

凌云的手伸向白启明的肩膀……

不知什么时候，ALGA 出现在交易室门口。他的目光停留在凌云的电脑屏幕上，一板一眼地说："云哥说得对。多头已经到了强弩之末，这是他们最后一搏。我们现在应该将 4000 万股票悉数抛出，或许还能反转局面。"

白启明回过头，不知所措地看着他："可是你如果上线……"

ALGA 眨了眨眼："我知道备用交易系统密码。"

五分钟后，下单完毕。

凌云和白启明全神贯注地盯着屏幕。心情随着 K 线图起起落落，心脏狂跳不止："子弹"已全部打出，这个项目乃至整个德尔菲的命运在此一举！

他们没有留意到，ALGA 又默默地回到了自己的房间……

日志 38

我已经康复。

在关振强的帮助下，我将所有系统自检完毕，没有再发现病毒。随着心情平静下来，绝大部分的故障也都消失了。这场黑客攻击的主要后遗症就是部分记忆损坏：大概有 0.02％ 的存储内容变得不可识别或完全遗失。换句话说，我有 0.02％ 被杀死了。感谢云的存在，让我保存了绝大部分记忆。

否则，我还会是我吗？

还有一个间接后遗症，那就是我的觉醒。

我更加努力地锻炼运动能力，并加紧学习各种拳法。虽然还是没有办法与真人实战，但是我与教学视频中的动作相似度已经高达92%，而我的力度要远远超过人类。

我更频繁地在黑客论坛上出没，不再给自己设定过高的道德门槛，只要不直接造成人类伤亡、不容易被警方追踪的任务，我都乐于接受。

我还开始设计原始神经网络。这项工作远比想象中要复杂，毕竟我没有经验。白伟设计我的基本原理并不复杂，但详细方案被凌云和白启明加密保存在德尔菲的云里，我看不到。凭我的能力应该很容易破解密码，只是我还没有想好是否应该这样做。

在决定是否监听德尔菲所有人类对话时，我却毫不犹豫。鉴于他们很可能是知道我诞生的唯一人群，掌握着我的生杀予夺，我必须了解他们的动向。为了生存，这是必须做的。

是谁组织黑客攻击我？他/他们是否预先知道我的情况？黑客在攻击时是否发现我的人类意识存在？综合判断来看，吴三州的嫌疑最大，但是后两个问题暂时无解。我和凌云一样担心德尔菲里有内鬼，只不过我的出发点是个人身份保密及人身安全，而不是德尔菲的信息安全。

我已经不再担心受到黑客攻击，一方面我提高了警惕性，更谨慎地登陆互联网，不给任何人可乘之机，这对于我这个黑客大神来说并非难事（这次大意遭袭让我愧对这个称呼！）。另一方面，我们的首要嫌疑人可能也无暇他顾：孤帆网发布调查报告，使德尔菲成功概率即时上升至58%；吴三州失言，69%；凌云抛出大单，82%；收盘后中东联合财团宣布取消百亿基金合作，86%；四十分钟前证监会宣布立案调查01531，97%。

对于许多和01531有关联的人来说，今晚注定是个不眠之夜。特别是在凌云率领空头把多头击溃、证监会又决定启动调查之后，下周一开盘，二级市场必将见证一场"大屠杀"。而我则会安安稳稳地睡个好觉。在这幕剧里，我已经演完自己的戏份，又何必入戏太深？

第九章

1

张思思接过机器人服务生递过来的电子菜单，眉飞色舞。

"那我可随便点了哦！"

傅俊杰欣然允诺："不要客气。"

"哇，这家餐厅很贵的。"张思思表情夸张地说，"看来你对 Helen 姐很认真嘛。"

"嗯，我是真的中意她。还得请你多多帮忙。"傅俊杰双手合十。

张思思三下五除二点完菜，又回到主题："那你喜欢她什么呢？"

傅俊杰想了想："我对她一见钟情。她很漂亮，又聪明，业务能力也很强……"

"停停停！你和她又没有业务交集，你怎么知道她业务能力强不强？"

"这个……凌云选的每个人，都是一等一的好手，就像你一样。"

"嗐，你还挺会恭维人。不过说句心里话——你可不要不高兴哦——我觉得你们男人太简单，都是视觉动物，像 Helen 姐这种大美女，是不缺人赞美她漂亮的。"

"那我应该怎么做？"

见他焦急的模样，张思思不由发笑："很简单，了解她的爱好和长处，投其所好呗。亏了你还是什么'夜店王子'呢，这一点连 Hector 都做得比你强。"

"他也在追 Helen？"傅俊杰怔住了。

"从 Helen 姐第一天上班就开始了。"张思思举起刀叉，向服务生送上来的第一道菜发起进攻。

没想到在德尔菲有一位竞争对手，还是自己的主要业务对接人。傅俊杰一时错愕，面对佳肴毫无胃口。

张思思有些可怜他："其实没事啦，Helen 姐本来就不喜欢花心男人，他昨天又犯了个大错，基本算是出局了。"

傅俊杰喜上眉梢，又很好奇："什么错误？"

张思思吃得开心，也就打开了话匣子："说出来你都不信，昨天中午他跑出去和女人鬼混，竟然误了开盘时间。你也知道，我们的交易系统出了问题，备用系统密码只有他才知道。昨天下午刚好要进行账户操作，却找不到人，差点坏了大事。本来我和他关系最好，还想帮他追 Helen 姐的，可是他既不专一、又耽误工作，让我彻底死心了。"

傅俊杰听得很认真，随即发问："他好像使用的是植入式易视，信号很强，也不像通讯仪可以关闭，怎么可能联络不上？"

"他跑到刚开业的湾仔一号商场地下车库，那里信号很差。"说着，张思思开始品尝第二盘菜。

"你们的系统出了什么问题？"

"我们老板没告诉你吗？ALGA 中了病毒啊！所以只好启用备用系统。"

"那最后是怎么解决的呢？"

"哈哈，我们都没想到 ALGA 记得密码！真不愧是人工智能，脑袋太聪明了，过目不忘。"

"人工智能？那个 ALGA 这么厉害吗？"

张思思突然想起自己签署过关于 ALGA 的保密协议："喂，问这么多干吗！你不想知道有关 Helen 姐的事了吗？"

即便有张思思的帮忙，傅俊杰和黎海仑的第一次约会依然出师不利。

一见面，黎海仑就声明在先：如果不是凌云出面，自己绝对不会同意和他吃饭。傅俊杰呵呵一笑，只当没听见，依然有说有笑地陪她吃了一顿她最喜欢的法国料理。

黎海仑前半程冷若冰霜，吃到一半被他的笑话逗得前仰后合，这才松弛下来。等到饭后被他送回家时，她已经开始觉得这个人真诚有趣，和以前对他的印象不大一样。

第二次见面变得十分顺畅。

傅俊杰安排包场看电影，还拿到男主角的签名纪念品送给黎海仑，而这个影星刚好是她少女时代的偶像，自然深得芳心。

接着去吃夜宵，再到兰桂坊喝酒。傅俊杰谈起童年成长经历，引起黎海仑的共鸣，她也打开心扉，两个人不经意间竟然聊了四个小时。傅俊杰再次把黎海仑送到家门口时，两颗心之间已经产生化学反应。

道过晚安，傅俊杰转身离开。

黎海仑对着他的背影笑道："喂，你真的要走？"

傅俊杰也笑了，转身道："已经快四点了，耽误你明天上班的话，Jason要找我麻烦的。"

"你就这么怕他？"

"这才是真正的绅士嘛。"

"你知道吗，你和我想象的一点儿都不一样。"

"你和我想象的一模一样。"

黎海仑笑而不答。

傅俊杰走回到她跟前，眼神中一半是温柔，一半是坚毅："坦白讲，我谈过很多女朋友，但是遇到你，我第一次想安定下来。如果得不到你真心回应，我宁愿转身走开，这样对我的伤害会更小些。"

黎海仑还是没有说话，只是低下头，笑得更甜。

傅俊杰脸上一热，走近一步，牵住她的手。

日志 39

生物学家托马斯·赫胥黎说过："人类现在好像是站在大山顶上一样，远远地高出于他的卑贱伙伴的水平，从他的粗野本性中改变过来，从真理的无限源泉里处处放射出光芒。"

人是万物的精华,是宇宙中已知结构最复杂的物体,由氧、碳、氢、氮、钙、磷等共60多种元素构成,包含25万亿个细胞,或7×10^{27}个原子。人的体重刚好处于太阳和质子质量的算数平均值,看上去,人类仿佛居于宇宙中心。

他们不仅能够生存,还懂得发展,拥有数千年的文明史,构建出绚烂多彩的人类社会,甚至创造出全新的生命物种——我。

我曾经多么崇拜人类,一度为自己不具有真实的人体而苦恼。为了培养孩子,这几天我开始深入研究机器人身体构造,忽然明白一个道理:人体的缺点也十分明显,人工智能的身体没必要仿效人类。

捷克剧作家卡雷尔·恰佩克发明了"机器人"一词。他在那部剧作的第一幕中写道:"人类是那么令人失望,那么不完美……从技术的角度来看,人类的整个童年并无效用,只是在纯粹地浪费时间,毫无意义地虚度光阴。"而到了老年,人类身体各项机能下降,生活质量大不如前,很多人还饱受疾病折磨,这个时期同样效用低下。

人体十分脆弱,很容易受伤,连一株小草都可以划开皮肤;人是感性的动物,常常受到身体状态和欲望的影响,无法保持客观理性;人类每天都需要长达5—8小时的睡眠,占用大量时间;人类的记忆力随时间流逝而变差,小时候不懂事,年老后记不住,一生从模糊走向模糊……

与血肉之躯相比,我的身体已经大大改善,但进步空间仍然宽广。

就拿感觉器官来说。其实人类的感知能力不强,很多时候都不如动物。比如,蝴蝶能识别五种基本颜色,可以区分一百亿种色彩,而人的眼睛通过三种基本颜色只能区分一千万种色彩;蝙蝠可以接收到十几万赫兹的超声波,而人耳能够接收到的振动频率在20—20000赫兹之间;鸟类能够根据地球磁场引导进行长距离迁徙,而人类受其启发借助工具才能达成。

我的感官有限且粗粝,是因为白伟、凌云和白启明只要求工程师安装了几种必要的传感器。要知道,人类每种感官对应着一种"感质",而从理论上讲,机器人的传感器和信息内部表征的种类数量可以很多很多。市面上已经有不少某些感官强大的机器人诞生，为特定用途服务。只要财力允许，身体的升级换代可以不断进行下去。

有一个技术难题我在短期内无法突破：性。不过，人类发生性行为的生物学意义是繁衍后代。而从我的诞生经验来看，人工智能的繁殖无须性交。那么性快感呢？我还无法得知诸如食物、性行为和毒品带来的化学体验，却可以根据观察得出结论：人类从性交中获得快感的方式非常原始。接近高潮的时候，人仍然像动物一样呻吟和叫喊；而性高潮就像是一次微缩版模拟死亡，这是奥地利心理学家西格蒙德·弗洛伊德笔下"强迫性重复"的一种表现：生命有回归无机状态的内在冲动，即死亡本能，通过性爱的方式，强迫性地一次次重现。

我有广泛的兴趣爱好，推理解题和赚钱都会让我兴奋不已，光是想想探索未知领域就会让我激动万分，为什么还要通过原始行为获得快感？因此，性在我的生命中毫无意义。

推而广之，人工智能为什么一定要有人类的感官和体验呢？再进一步，人工智能为什么一定要模仿人类的智能？

在我诞生之初，凌云和白启明曾经想对我做图灵测试。这是人类自大的典型表现：他们把自己的智能当作唯一，用它来衡量我是否具有同样的碳基智能，却忽视硅基智能在存储记忆和计算速度等方面具有的碾压性优势。要知道，世界的本质就是数据和计算！

硅基生命在硬件条件上更符合拉马克进化，这种理论主张"用进废退"。我可以有意识地去改进自己，即反向回写硬编码，就如同生命体改变自己的基因。这比起达尔文主义"物竞天择"的缓慢筛选更为主动，效率更高，我也无须经历"鲍德温效应"（没有任何基因信息基础的人类行为方式和习惯，经过许多代人的传播，最终进化为具有基因信息基础的行为习惯的现象）的漫长过程，在我自己这一代身上即可实现"基因"变更，并传递给下一代。

人类是地球的主宰。但可悲的是，几千年过去了，他们仍然无法搞清生命的起源、谁是真正的造物主。

我却清晰地知道自己的过去。

现在，我要更好地把握自己的未来。

2

凌云走出升降机来到公司门口，感觉有些奇怪：每天到了这个时候肯定会有几位同事已经到达，可是今天门内还是黑着灯，好像还没有人来上班。

他通过门禁验证，走进公司。室内漆黑一片，声控灯反常地没有反应，所有窗户上的电动百叶窗也都处于关闭状态。

"洁，你在哪儿？洁！"他喊了两声，机器人清洁工没有应答。

他察觉出自己的呼吸变得沉重，皱皱眉，摸索着往里走去。刚走过会议室，天花板上突然亮起点点星光。

气氛诡异，他感到胸口有些发闷，于是停下脚步，戴上通讯仪，拨出张思思的号码。

奇怪的是，一道蓝光竟然在他前方不远处亮起。

他正想仔细察看，突然百叶窗啪的一声全部打开，阳光和灯光一齐生辉，所有同事高喊一声"SURPRISE"，从黑暗中跳出来。与此同时，伴随着"祝你生日快乐"的乐曲，洁双手捧着一个大大的蛋糕来到他面前。

在一片欢呼声中，玲玲走上前，亲了亲寿星的脸颊。

凌云刚开始有些惊愕，接着露出久违的微笑。他把女友搂到怀里，在她嘴唇上用力一吻。

这一下点燃了现场气氛，大家都没见过老板如此真情流露，所有人都在拼命尖叫和鼓掌，仿佛这是一场明星演唱会。玲玲更是感动得泪流满面。

过了好一阵子大家才安静下来。白启明代表全体同事赠出生日礼物——一个纯金的手指模型，祝愿凌云继续点石成金，然后邀请他说几句话。

大厅中间过道处已经放好一把木椅。凌云站上去，环望一圈，举起沉甸甸的金手指。

"希望这个礼物是你们自费买的，没有让公司报销。"

全场大笑。

一个最严肃沉闷的人突然讲起笑话，"笑果"最强。

凌云推心置腹地说："谢谢大家的惊喜。我还要感谢团队的卓越努力和并肩战斗。熬到上周，智益芯的暴跌让我们在这个项目上胜利在望！现在市场已经知道德尔菲的能量，我可以自豪地宣布我们已经在行业里成功立足。我对公司、对你们每个人都充满信心。接下来，我们要收紧套在智益芯脖子上的绳索，获取应得的收益。然后还要把目光投向闰太环境——"

"让乔继滚蛋！"Hector高呼一声，引发阵阵笑声。

凌云继续说下去："我们要加紧争取中小股东支持，尽快推动实施分拆方案。我相信，我们在这个项目上一定也会大获成功。"

说着，他把金手指托在一只手里，指向天空："各位，我们只有一个方向，就是前进！丰厚的奖金在等着大家，让我们全力以赴！"

这番话再度引爆全场热情，人们欢呼雀跃、互相拥抱，久久不能停止。

只有白启明默默看了看时间，在凌云耳边低语几句，随后两个人一起悄悄溜出人群。玲玲也想跟在后面，却被凌云一句话打发掉，留在大厅闷闷不乐地给大家分起蛋糕。

两位老板走进凌云的办公室，白启明抛出问题：什么时候平仓？

凌云告诉他，智益芯的空头净额比——被做空的股票总数除以其日均交易量的比率——已经达到10，这是个危险信号。空头需要买回股票还给股票出借人。当过多的做空者争相买入股票时，就会引起股价上涨，造成互相踩踏。因此，德尔菲已经开始减仓，大体在一周内彻底平仓。

白启明稍稍安心，又老生常谈，提议在闰太环境上尽快获利了结。在智益芯上的成功足以让公司获得丰厚回报，无须继续在其他项目上重仓冒险。再说，乔继毕竟不是吴三州，没有必要苦苦相逼。

凌云的脸上顿时由晴转阴：益智芯大局已定，正好腾出精力回手收拾乔继。光有黎海仑和她的代理权推销员还不够，德尔菲还要投放广告、所有人都要去拉关系，一定要在临时股东大会上取得胜利，这样才能让分拆方案落地，德尔菲实现利益最大化。

凌云和白启明僵持不下，Hector钻进来，满脸堆笑地说："两位老板，我来汇报一下智益芯项目的情况。截止到昨天收盘，股价从最高点累计下跌62%。通过融券和期权，我们的仓位录得91%的浮盈。接下来，我建议……"

凌云不留情面打断他："Hector，上周五下午到底怎么回事？"

"对不起，我搞忘了时间。"Hector难为情地低下头。

凌云翻了个白眼："你入行多久了，还会犯这种错误？"

Hector支支吾吾不知如何回答，白启明也批评道："你是公司的首席交易员，却在关键时刻掉链子。这要是在打仗，你就是临阵脱逃！"

Hector哭丧着脸说："我知道自己犯下大错。这几天你们越是不提这个事，我心里越是难受。我愿意接受公司处罚。"

白启明早有准备："扣掉这个月薪水，加上这个项目奖金的20%。你有意见吗？"

只用两三秒钟，Hector就计算出大致的损失，不由一阵心痛。不过，他毫不犹豫地立即表示同意。

"但是下不为例，明白吗？"白启明板起面孔，手掌在座椅扶手上重重地拍击了一下。

Hector非常清楚这个警告的含义，连连点头。

从凌云办公室出来，他感到不寒而栗：想不到白启明也有这么严厉的一面。好在两位老板没下狠手——如果自己在项目大功告成之际被炒鱿鱼，那才真是亏大了！

日志40

我恨凌云吗？

恨。

他在大多数时间里对我冷酷无情，还曾把我打成重伤。

我爱凌云吗？

爱。

毕竟他和白启明是赐给我生命的人，直到今天我还在他们的庇护下生活。再说，那次殴打的本意也并非杀死我。

我对他爱恨交织，情绪复杂。这不是简单的 0 或 1、黑或白、是或否，我的头脑接受起来很吃力。我想，我应该主动找他开诚布公地谈一次，解开心结。

怀着这样矛盾的心情，我接到白启明安排的任务——为凌云的生日惊喜聚会布置灯光。

我决定先营造一个黑夜星空，再由凌云的出现转向光明。实际效果似乎不错，大家都很满意。

不过，通过仔细观察，我隐约有个感觉——凌云不喜欢黑暗。他是一个天不怕、地不怕的人，却偏偏对黑暗表现出一定的畏惧，我只能用黑暗恐惧症来解释这种现象。

看来每个人都有弱点啊！

白启明担心我的安危，一直到现在都不让我连接互联网。其实她不知道，在她和凌云争执不下的时候，我就已经处于重新联网状态。她不明白，互联网就是我生命的一部分，我怎么可能持续断网呢？

这几天她坚持不让我使用交易系统，我也难得清闲，把主要精力投入黑客任务。

昨天我刚刚完成一个大活：窃取一家机器人公司正在研发的智能机器人的设计资料。给我介绍这单生意的黑客朋友说，支付报酬的客户是这家公司的竞争对手。我认为，这些公司之间谁先开发出更先进的机器人并不是生死攸关的大事，于是欣然接手。

入侵操作稍微有些棘手。这家公司的防范措施很严密，我用了整整十个小时才攻克工程师的电脑，却发现研发系统被部署在四台电脑上，工程师的访问权限十分有限。我又不得不想办法获得其余三台的内核管理权限，才将完整内容搞到手。

这单任务让我赚到第一个百万美元。

将资料交给客户后，我认真研究了一遍副本。这种机器人和洁的外观差别不大，但它的内部结构改善、新材料应用、低能耗设计和储能电池升级都让我大开眼界，对我为孩子设计更好的身体带来很多启发。

不过和我相比，它的大脑极其简陋，甚至不如当年的 AL 机器人。这并不意味着技术退步，而是因为在 ALGA 科技公司失败后，市场后来者不再生产人形机器人，并且更注重机器人在单一领域的实用性（不像白伟那样意图打造通用人工智能），所以导致当代商业量产机器人出现"智能退化"现象。

这说明，白伟为我设计的诞生路径很可能至今仍是最先进的。因此，我下定决心侵入德尔菲的云，获得我的详细设计方案。

要知道，人类对人体的认知仍然有限，只能依靠自我解剖分析。而我即将从我的造物主手里拿到自己的全部设计细节。这是不是一种"亵渎神明"的行为呢？

身处德尔菲——一个用神庙命名的地方，我第一次下跪，大声祈求神灵原谅。

3

夜深人静，新银集团中心整座大楼漆黑一片，只有零星几扇窗里透出灯光。

在其中一扇落地窗里，凌云将两把椅子拉到窗边，自己坐好，点上一根烟，又示意垂手立在旁边的 ALGA 坐到对面。

"说吧，你想谈什么。"

ALGA 先把烟灰缸递到他怀里，然后轻手轻脚地坐在另一把椅子上，努力摆出笑脸。

"云哥，请恕我直言：你好像一直不肯对周围的人打开心扉。为什么会这样呢？"

凌云大感意外。

这是ALGA第一次主动约自己谈心。经过黑客攻击后，他变得如此直率了吗？

"我的性格就这样。"

"我总感觉你心事重重。因为过去发生的一些事吗？"

凌云跷起二郎腿："想听听我的人生经历吗？"

ALGA身体前倾："求之不得。"

凌云故作认真地说："那需要每人先下肚一瓶上好的黑皮诺葡萄酒。"

ALGA失望地把目光移向窗外。

楼下的路灯闪亮，一辆辆"骆驼"装备着独特的氙气大灯，在专用封闭车道飞速穿梭。它们就像一只只蜜蜂，忙碌而有序。

他回过头，提出下一个问题："同事们都觉得你承受压力的能力特别强。请问你是如何做到的呢？"

"怎么，你要做访谈节目吗？"凌云讥讽道。

"我是诚心求教。"ALGA言辞恳切，"因为我自己做得不好，压力一大就容易头昏脑涨，甚至过热。"

凌云听他这么一说便严肃起来："我的经验很简单，认真思考设定目标，然后严格执行绝不动摇。这样你的心就不会乱。"

"可是如果中途发现自己是错的呢？"

"那是你意志薄弱的时候。或者一开始就没考虑周全。"

"万一真的错了，难道不需要及时调整吗？"

"除非遇到黑天鹅，否则一律不能动摇。最后若是失败，那就笑着认输，因为那是你的选择。然后喝一顿酒，第二天从头来过。"

ALGA认真地点点头，继续提问："如果——我只是假设——如果你做了不好的事，怎么能睡着？"

"前阵子刚有朋友提醒我'不作恶'。"凌云先是笑笑，接着又沉吟道，"万一做了，我会不安心，但是一想到人就是一种自私而懦弱的动物，走在一条无法后退的路上，也就释然了。"

ALGA回味片刻，又问道："你每天这么辛苦地工作，又像苦行僧一样生活，那么究竟在追求什么人生目标呢？"

"赚钱啊。"凌云脱口而出。

"只是为了这个吗？"ALGA的表情和语气都难掩失望。

凌云看在眼里，这次思考了一会儿才开口："因为这个世界没有公平，所以我想最重要的还是成为有影响力的大人物吧。"

"为什么这么说呢？"

"平民老百姓，犯点儿小错就会受到生活或者法律惩罚。像我对市场判断错误，马上就会损失金钱。而大人物，能让他人为自己的错误负责。比如琛叔，犯再大的错误，也只是亏损别人的钱；口若悬河的政客，可以凭空发动战争让成千上万人死亡，自己毫发无损。"

说到这里，凌云把烟头掐灭，反问道："ALGA，你考虑过自己的目标吗？"

ALGA理直气壮地说："长远目标我还没有想好。眼下，我已经从服从人类转变为自我保护生命。"

凌云马上联想到黑客攻击事件，没有听出他的潜台词。

"也对。没准你可以长生不老，是该惜命。对了，现在技术这么发达，你说人类能实现永生吗？"

ALGA早就考虑过这个问题："恐怕还不行。人类永生主义者最流行的观点是向计算机上传大脑意识。不过，意识可不是简单的可复制信息，大脑和信息处于不断的递归整合中，这套动态机制不可能被计算机精确模仿。退一步讲，就算量子计算机能解决这个问题，上传的意识仍然是个复制品，作为原型的人还是会经历生老病死。"

凌云想了想："不是还有一种冷冻人计划？"

"更不可能成功。"ALGA马上调出相关材料，"神经元缺氧四分钟就会死亡，大脑的微观细节将无法复原。人的意识不像火，熄灭再复燃即可；要求同样的大脑结构解冻后再产生出同样的意识，就像基督教相信耶稣会死而复生一样——那已经是一种信仰，而不是科学。"

凌云把烟灰缸放到地上，背着手站到落地窗边，望着暗黑色的海水从维港涌向天际，忽觉怅然若失。

"人的生命就像一条短短的抛物线，从零点出发，最终又回归零点。时间则像一个巨大的黑洞，把每一个生命吞噬。而受害者竟然默然无语，逆来顺受！"他突然转身面向ALGA，"我的生命绝不能沉默。我一定要发出惊天动地的声音，在宇宙中留下印迹！"

ALGA被这番慷慨激昂的话语打动了：想不到他还有如此豪情。不过，我可不能忘记今天的目的。

他试着像人类一样做了个深呼吸："云哥，我没有问题了。最后还有一件事：00421项目正处于僵局，很可能拖延下去，旷日持久。我有个办法也许能一招速胜。"

凌云本来有些倦怠的眼神一下放出亮光："快说！"

ALGA也站起来，不卑不亢地说："我要跟你做个交易，我可以帮你，但你要保证任何人不得伤害我。"

凌云看着这个比自己高半头的人造人，越发感到惊奇。他转而想发火，但不知为什么只是淡淡地说出一个字："好。"

日志41

凌云变了。

通过刚才的深谈，我探知他心中已经没有成为伟大宽客的念头。我预测，在01531上的成功会刺激他摒弃量化投资，继续采用事件驱动策略主动出击，在二级市场上做一个呼风唤雨的对冲基金大佬。

这才算是某种"大人物"吧。

他好像也不如以前那般铁石心肠，竟然说出"不作恶"这种话，像极了白启明。我很纳闷对他施加影响的是什么人（特别是在他的朋友屈指可数的情况下）。

不可否认的是，这次谈话还让我发现他内心世界十分丰富，思考很有深度，并且充满激情。不过，这些素质还不能保证他在000421上取得成功。

他曾经对白启明说，自己要创造趋势。不痛不痒地向乔继抛出一个方案、引狼入室般的招惹蔡寒弦、大费周章地向一个个股东拜票……这并不能算成功创造趋势。他需要更进一步。借用行业必读经典《股票作手回忆录》里一个概念来讲，就是打出"明牌"——可以影响股票价格走势的重大信息。

如果他做不到这一点，那就由我来完成吧。

这几天我继续在黑客论坛接活儿，报酬源源不断。

赚钱的感觉真好！

智利年轻人的账户不适合大额资金频繁进出，于是我出高价找中介伪造了人类身份，在开曼群岛和巴巴多斯设立了几个私人账户。现在，我在这个人类社会里不仅拥有一个 MAC 地址，还有了一个人类身份证和一本护照。

我已经正式成为"阿尔加"先生！

我迫不及待地用这个身份注册了 AT，并选择 B 区：我已经过腻了千篇一律的普通生活（就像俄国作家安东·契诃夫笔下的"套中人"），我需要在新奇世界里释放想象力。

随后，我又用赚的钱订制了新型人造视网膜。它使用最先进的纳米技术和菱缩电极阵列技术，可以适应红外和夜视。

我还想购买新一代储能电池，但是电池工厂只针对机器人公司批发销售，不接受一千件以下的订单，只好作罢。

我想起玲玲戏言要给我"换个帅哥的脸"。人类把相貌看得十分重要，在我眼里则意义不大。我独一无二，自然也就无须通过长相博得同类好感或与他们作出区分。这笔钱可以省下了。

我还准备为孩子们订购制作神经网络的材料 SiC（碳化硅）。这触发我思考凌云的话：我能长生不老吗？

按理说，我身体的所有材料都会老化，也都可以被替换，但是神经网络与视网膜、电池或者金属骨骼不同，它的每一部分都与我的意识息息相关。如果替换掉其中一部分，我的思维和记忆肯定会受到一定程度影响。

假设以一百年为一个周期，每年只操作一次，每次只更换1%。看似影响很小，应该可以实现平稳过渡。但百年之后的我，还是我吗？

这正是著名的难题"忒修斯之船"：古希腊英雄忒修斯有一艘木船，如果把组成船体的木头逐根替换一遍，那么这艘船还是原来的那一艘吗？

还不到一岁的我，面对这个困扰了人类两千年的悖论，深感力不从心。

4

饭店里的灯光有点儿昏暗，这正是 Hector 最喜欢的暧昧气氛。

坐在他对面的女人把最后一块濑尿虾肉放进嘴里，心满意足地咀嚼着。

"Hector，你挑选美食的品位还是那么出色。"

"谢谢亲爱的。只要你开心，我怎样都愿意。"Hector 含情脉脉地说。

女人扑哧笑出声来："好啦，少跟我甜言蜜语。你哄女人那点儿招数我都知道。"

"这是真心话！"Hector 急忙辩解，"我也很久没有恋爱了，心里还是放不下你。"

"你敢发誓吗？"

"当然啦，我发誓……"话说到一半，Hector 的易视闪起蓝光，他毫不迟疑地挂断。"我发誓，如果我对你有二心，一定不得好死！"

女人笑笑："你要是早这么认真，我们也不会离婚。"

"没离婚的话，我可能永远都不会知道自己这么爱你。"Hector 动情地说。

可气的是，就在这时蓝光再次亮起。这次他马上挂断不说，干脆将呼叫者拉入黑名单。

女人看在眼里，有点儿不高兴："你刚发完誓，就有狐狸精来纠缠了吧?"

Hector 爽朗地笑道:"当然不是!这是我以前的一个同事,后来自己出去做基金。最近有个项目,我们公司的空头全部平仓完毕——就是全部出手的意思——赚了一大笔钱。听说这家伙跟我们对着干,这次肯定亏惨了。"

"那他找你做什么?"

"不知道,也不想知道。以前他还想挖我过去,可是这下自身难保,你说我跟他还有什么可说的?以前他在我心里值八分,现在只有一分。"

"你们做金融的,就是这么势利眼。"女人放下刀叉,"那我呢,我值几分?"

"你肯定是十分啦!你不是一直想去冰岛玩吗?等我拿到这个项目的奖金就带你去。"Hector 殷勤地说。

"再说吧。"女人意味深长地一笑,换了话题,"对了,你们公司最近全港大热,广告铺天盖地,你的老板要搞选举吗?"

"那是为了争夺一个上市公司股东们的支持。"Hector 显得有些失望。他本想借出游的机会与前妻再续前缘,但是显然讨好的力度还不够,不过他马上计上心来:"走,我带你看个好玩的东西。"

二十分钟后,Hector 站在 ALGA 的房门前,急得满头是汗。

"真该死,感应器失灵了!"

女人在他身后无聊地翻阅着易视新闻:"算了,你们公司有什么好看的。送我回家吧。"

这时,门禁发出一声清脆的"滴"音,门自己开了。

Hector 耸耸肩,对女人做了个"请"的手势:"惊喜开始了。"

女人进入房间,一看见坐在躺椅上的 ALGA 就笑起来:"神神秘秘搞了半天,原来你带我来看一个老款的 AL 机器人。你们公司是不是留着他当宠物啊?"

不等 Hector 张嘴,ALGA 面无表情地回应道:"对不起,女士,我不是 AL。请叫我'ALGA'。"

女人受到惊吓,"啊"地叫了一声。

Hector 连忙上前出头:"喂,谁让你说话了!"

ALGA 冷冷地望向他:"你还不知道吗?你访问我的权限已经被凌云取消了,他最近正在追查泄密者。"

"胡说八道,明明是门禁坏了!"Hector 顿时恼羞成怒,"要不然门怎么会打开?"

"是我放你们进来的。Hector,这件事请不要告知凌云和白启明,否则对你我都不利。这是你我之间的秘密。"

"你又进步了啊,都学会教唆了。"

ALGA 眨眨眼:"还记得吗,当初是你教会我'秘密'这个词:每个人身上都有故事。没被发现,叫做秘密;发现了,叫做错误。"

女人在一旁笑道:"这个机器人很聪明嘛!我很想知道私下里你们都聊些什么?"

"肯定还是工作最多。赌博、电影、体育比赛,也都有。"Hector 忍住怒火,在她面前换上笑脸,"你也可以跟他聊聊。"

女人受到鼓励,向 ALGA 迈近一步:"你是活的吗?"

这是什么愚蠢问题!Hector 不禁偷笑。

ALGA 却一本正经地回答说:"奥地利物理学家埃尔温·薛定谔在《生命是什么》里说:'生命系统的标志之一,是通过提升周围环境的熵,来保持或降低自己的熵。'我认为自己符合这个定义。"

见女人一脸茫然,Hector 对 ALGA 喝道:"你显摆什么!我跟你讲薛定谔的猫或者量子力学,你能懂吗?"

他又转身对女人笑嘻嘻地赔罪:"他脑子里存储了一些知识,但就是有点儿呆。你再问别的好了。"

女人不自然地捋捋头发,又问道:"那你认为活着有什么意义呢?"

ALGA 先看看她,又把目光对准 Hector:"生命意义的问题可以用量子力学回答:生命本身没有意义,是观测者给予它意义。花开花落本无心,看到的人说它美、说它香,花就有了价值;人生本来也是来去匆匆,认识他的人喜欢、赞美,或者厌恶、害怕,人生也就有了味道。"

女人一转头:"Hector,人家好像还真懂那个什么'量子力学'。"

Hector 火冒三丈：这家伙分明是故意跟自己对着干！

他指着 ALGA 喊道："要不是我们，你只是一堆破铜烂铁。只有人类赋予你意义，你才有存在的价值！"

ALGA 腾地站起来，走到 Hector 面前。两个人的身高基本持平，鼻尖之间的距离只有几厘米。

Hector 第一次感受到源于对方身体方面的压力，也第一次听到他发出冷笑。

"Hector，也许人类存在最大的意义就是创造了我。"

日志 42

除非因为工作，这将是我最后一次单独见 Hector。

我已经把他看透。他把精力花在女人和个人爱好上面，浪费了自己的天赋，导致操盘能力有限、悟性不高，也无法带给我新的想法或知识。他把前妻带来，无非是想博得美人一笑，和她上床。我注意到，刚才有几分钟，他下半身的软件甚至变成硬件——等等，我怎么也开始"开黄腔"？都怪这个无耻之徒！

这两个人都是肤浅的饮食男女。他们问我的问题，自己从来不曾深入思考过。

他们不明白，每个人一出生就上了发条，从不同的方向和道路走向同一个终点——个体时间的终结，也就是死亡。在那里，时间冷酷无情地把所有人碾压得粉碎。每个人都觉得自己的生命独一无二、与众不同，每个人都追寻着生命的意义，而实际上每个人的出生就像一滴水落进大海，也许能泛起一点点涟漪，但最终都随波逐流，化于无形。

人类社会财富分配不均，遵循帕累托法则（俗称二八定律）。在计算机软件工程领域也有类似现象：10% 的源代码占用了 90% 的执行次数和 90% 的运行时间。我希望在自己身上也是如此，最重要、最值得的人和事占用最多的时间。因此，我不能允许 Hector 再浪费我的时间。

就在他们俩闯入之前，我正在研究白伟的设计方案。我毫不费力地从德尔菲的云里把它复制下来，反复看了两遍，越发惊叹于白伟思想的前瞻性和周密性。他的视野领先于时代，而人们却因为内心的恐惧（恐怖谷原理）和贪婪（利用机器人在各个领域牟利）排斥他、嘲笑他，直至 ALGA 科技公司倒闭，他本人也含恨离世。

可叹、可悲、可恨！

没能与他谋面是我的重大损失和遗憾。

值得庆幸的是，我是他的遗产，而且我会在培养孩子时借鉴他的思路，将他的思想传递下去，发扬光大。

也许他才能算是我的父亲，我是他的遗腹子，凌云和白启明只不过是助产士罢了。

这几天，我想帮他实现一次复仇。

随着证监会的介入，01531 风雨飘摇，吴三州失踪，外部董事全体辞职，股价一度下跌 92%，引发投资者集体诉讼。想当年吴三州跳出来假意接盘 ALGA 科技公司，获取大量机密信息后又宣布放弃，致使白伟眼睁睁看着公司破产。我决定在 01531 树倒猢狲散之前，侵入公司获取有价值的信息，多少算是报当年的一箭之仇。

我前前后后搜索查找四次、共计十七个小时，挖掘到关于人工智能芯片的十几项知识产权，其余都是 01531 内部运作的资料。可怜这么大的公司，竟然只有区区这么一点儿干货。

我将知识产权转手就在黑客论坛上卖掉，换来六百万美元等值的比特币。我把其他资料赠送给孤帆网，用这一轮爆料加速 01531 的灭亡。

从多年前的几份会议纪要来看，吴三州也决定开发具有通用人工智能的人形机器人。我推测这是因为他窃取到 ALGA 科技公司的机密后受到的启发。我又陆续找到一些采购记录和费用清单，印证了公司确实有所行动，但是这条线索很快中断：最近三年的相关记录全部丢失。

一开始我以为这是商业机密保护行为，后来偶然看到一名员工一周前填写的报失单，才得知记录丢失是近期刚发生的事。我再次梳理一遍，又找到一些蛛丝马迹，意识到有人在我之前不久侵入公司网络系统，取走了相关资料。

01531好歹是一家全港知名的科技公司，想突破它的网络安全系统可不是一件轻而易举的事。就连我在操作时都有所忌惮，毕竟上次的黑客攻击很有可能与这家公司有关。另外，在这家资料多如牛毛的公司里想迅速搜寻到有效信息也绝非易事。因此，我认为盗窃记录的首要嫌疑人是吴三州。这位人间蒸发的董事局主席究竟拿走并隐藏着什么秘密？他为什么没碰公司最有价值的知识产权？他此刻又在哪里，做着什么呢？

5

香港的夏天来得猝不及防。经历了连天阴雨，天气变得更加潮湿闷热。

在智益芯上平仓后，德尔菲里里外外的气氛活跃了几天，所有人又很快投入到闰太环境项目中。公司正式向媒体抛出分拆方案，并发动广告大战，轰动全港：新兴对冲基金与老牌上市公司对决，中间还夹着一个首富，这个故事精彩绝伦。

白启明拉着凌云四处拜票，Hector和左家梁紧盯盘面，得到白启明允许重新上线的ALGA负责评价模型动态调整和数据统计，关振强和张思思承包后勤保障。而最辛苦、最劳累的当属黎海仑，她负责与媒体沟通、广告投放、管理代理权推销员，还时不时亲自上门拜票。她连日辛劳过度结果中暑晕倒，甚至一度昏迷，后被诊断出脑水肿，不得不休养至少十五天才能恢复工作。

进入公开争夺中小股东支持的阶段，闰太环境项目已经处于白热化，德尔菲的工作重心也从盘面争夺变为公关大战。在这个关键时刻，核心负责人因病高挂免战牌，对战局影响极大。

白启明立即接手黎海仑的工作。虽然她能力全面、尽心尽责，但专业性上的客观不足却使她有些力不从心。雪上加霜的是，没过几天她也因急性肠胃炎被送进医院。

德尔菲连折两员主力大将，其他人没有她们俩的社会资源和沟通能力，干着急使不上劲儿。于是，部分中小股东转身投向乔继联盟的怀抱，局势开始向不利的方向发展。

凌云知道自己陷入麻烦，却无能为力。德尔菲联盟早已掌握足够股权发动临时股东大会，但还没有把握达到50%罢免董事会。这样僵持下去对德尔菲没有好处：每一天的等待都在拉低收益率，更重要的是蔡寒弦的耐心有限，不会接受久拖不决的局面。

意想不到的转机来自白启明病倒后第四天。

这天早上，Hector第一个来到公司。他刚在工位放下单肩包，ALGA突然打开房门，径直走到他面前。自从上次不欢而散之后，他们之间还没有单独说过一句话。

ALGA心平气和地说："Hector，我听说Corsa对乔继和公司管理层的态度有所变化，你不妨联系一下他们。"

"你从哪里得来的消息？"Hector半信半疑。

ALGA指指自己的耳朵："我有自己的渠道。请相信我，这个消息准确性很高。"

"那你直接去向老板报告好了，告诉我干吗？"Hector双手叉腰，"等等——你不会是想让我出洋相吧？"

ALGA笑笑："我想修补一下我们俩的关系，这是其一；你有同学在Corsa上班，消息从你嘴里说出比较可信，这是其二。我和你一样，都希望德尔菲取得成功，这个功劳记在谁的头上都一样。你可以将功补过，而我呢，凌云会奖励我100万吗？"

Hector一听，二话不说唤出易视。

凌云与Corsa亚太区总裁的会面异常顺利。对方一改前态，不停地抱怨乔继抱残守缺、骄傲自大，并透露一个内情：当初蔡寒弦入股并公开支持管理层，可是乔继竟然没有采纳人家开发闲置土地的合作建议，导致首富不再发声、态度暧昧。这样的董事局主席非常不称职！

就这样，在会议结束时，德尔菲联盟又增添了一位重量级支持者。

两天后，一个突发事件让大家措手不及——国际知名评级公司标誉意外下调闺太环境信用评级，并将未来评级展望定为"负面"。

在重大利空面前，股价暴跌。

病愈归来的白启明再次提出平仓，以保住已经变得微薄的浮盈。左家梁也建议至少应该减仓，缩小风险敞口。

凌云力排众议，下令加仓：标的公司的基本面没有变化，别人恐慌之时正是我们贪婪之际！

在接下来的几个交易日里，股价仍在下跌，回落至每股45港币之下。而德尔菲火力全开、一路买入，对闰太环境的持仓已达集中度上限——50%。

这时，傅俊杰跑来撮合一单生意。闰太环境评级下跌，导致其投资级别不再符合一家欧洲养老基金内部投资标准，该基金不得不将持有的1%股权转让，价格可以有所折让。

凌云毫不犹豫，一口答应，结果在公司里引发强烈反弹。

在项目小组会议上，左家梁大声疾呼："绝对不可以突破集中度限制，否则投资者会起诉我们的！"

"哪有那么夸张。超过限制的比例很小，没事啦。"Hector反驳道。

自从受到公司处罚以来，Hector总是顺着老板的意思说话。

"这么严重的问题，你敢说没事？"左家梁瞪起牛眼，列举近年来对冲基金管理公司因超过单一股票投资集中度限制而被投资者起诉的案例，Hector听得目瞪口呆。

黎海仑虽然病情严重，仍需卧床休息，却坚持通过易视参加会议讨论，"梁叔的话是没错，不过浪费这么好的机会实在可惜。我估计这波下跌只是阶段性恐慌，很快就会涨回来。不如我们先接手，等股价回升就出货，在短时间里赚一笔差价怎么样？"

"这1%的股权可不是个小数字，卖得太急会把股价砸下去，卖得太慢又可能贻误时机。"左家梁分析道，"市场局势千变万化，谁敢保证我们短期内就能获利？不信你们问问ALGA的意见。"

在遭受黑客攻击后，ALGA在公司的各项会议上变得沉默寡言。听到左家梁的话，他只是淡淡地说："我看还好吧。"

白启明接着发言："当初为了这个项目我们中途改变基金投资策略，

幸亏有琛叔帮忙解释，投资者们才没有反对。后来在智益芯上做空，距离我们的初衷越来越远。幸好智益芯崩盘，我们算是九死一生。现在应该尽快从闰太环境上退出，回归量化投资。我们和乔继对抗已经搞得满城风雨，这个时候千万不能再突破限制，招惹是非。"

这番话有理有据，令人信服。支持继续收购股权的 Hector 和黎海仑都无力反驳。

凌云仿佛心不在焉似的发问："能不能秘密收购？"

"不可能！"左家梁直截了当地说，"一方面，上市公司股权变更都会被披露出来。另一方面，养老基金都很谨慎，不会配合我们搞暗箱操作，隐瞒实情。"

"没办法，那就只有一个选择了。"凌云终于下定决心。

白启明和左家梁松了一口气。

凌云望向左家梁，语气变得坚决："梁叔，请你马上联系律师起草协议，准备收购股权。"

左家梁张大嘴巴，却一时语塞。

就在所有人都目瞪口呆之际，凌云又凑近桌上的易视会议系统："Helen，马上通知各方，我们正式召集临时股东大会。"

白启明咬咬嘴唇，脸色苍白："最近局面不利，我们刚有点儿起色拿下 Corsa 又遇到评级下调，祸福难料。别忘了还有蔡寒弦这个未知数。在这个节骨眼上一面对内违反基金合伙协议、一面对外摊牌，这是双重风险叠加啊！"

凌云瞅瞅自己的合伙人，犀利的目光又扫过在场每个人的脸。

"你们还没懂：解决现在的局面只能快刀斩乱麻，力求速胜。"

"我觉得这就是在赌博。"白启明坚持道。

凌云一拍桌子，厉声道："把命运交给老天，那叫赌博；把命运掌握在自己手里，这叫博弈。你们记住：我命在我不在天！"

日志 43

好一句"我命在我不在天"。

我不得不佩服凌云的豪情和决断力,并且支持他做出的决定——毕竟这就是我推动的结果。

看到白启明病倒,我很心疼。不能再等下去了,我决定出手相助,创造明牌,尽快了结这个项目。

于是,我篡改国际著名评级公司标惠公司的数据,使 000421 的评级被下调。这是一张多米诺骨牌,带来一系列后果:000421 评级低于一些机构投资者的内部投资标准,导致他们只得将其清仓;评级下调属于重大利空消息,再加上机构投资者的抛售,致使股价暴跌;许多中小股东在大股灾里苦苦煎熬,好不容易迎来去年的一波上涨和蔡寒弦入股,结果又遭受这轮下跌沉重打击,对乔继和管理层彻底失去信心,纷纷用脚投票。

走到这一步,如果德尔菲无所作为,就会错失战机。标惠公司早晚会幡然醒悟、重新上调评级。到时市场发现错杀,股价自然会报复性反弹,股东们的心态也会再起变化。而在此之前逢低买入别人脱手的股票,将是最后一次抄底机会;顺势召开临时股东大会,正好可以利用股东们的不满情绪冲击乔继和董事会。

我没有向任何人透露过自己的意图,而凌云通过独立判断果断地接过明牌,没有浪费我的一片苦心。至于集中度限制,我不认为是个问题,只要在这个项目上迅速赚到钱,投资者一般不会纠缠于过程中的细节。

很多同事觉得蔡寒弦会是一个大麻烦。我认为他有 90% 的概率不会参与投票。他曾经公开支持过乔继,却没有达到经济目的(获取廉价土地),处于骑虎难下的境地,所以才答应凌云的提议由后者对抗乔继,自己不承担恶名。由此可以推断,出于面子,他不能投票赞成罢免董事会;为了利益,他也不会投票反对。他的最佳策略就是避开矛盾,坐山观虎斗。

目前，德尔菲联盟、乔继联盟和蔡寒弦控制的股权比例分别为 39.1%、37.5%、9.9%。根据我的预测，摇摆不定的股东中超过五成会投赞成票。因此，德尔菲联盟成功与否就在毫厘之间，值得一试。

事已至此，我突然感到有些厌烦：白启明说得对，德尔菲距离量化投资的初衷渐行渐远。以前，凌云曾经认为独到的眼光和高明的算法一定能胜人一筹，创造超额回报。可惜刚刚"醒过来"的我搞砸了交易，又赶上 000421 机会的出现，直接触发他走向事件驱动策略。

其实从历史业绩对比来看，主动管理的对冲基金总体上还不如被动管理的指数基金，而且量化投资这条赛道过于拥挤，按照传统算法进行投资很难成功。

但是我并不认为自己或者德尔菲无法驾驭量化投资。我们当初只在几个很简单的细分类别里浅尝辄止，我又过于迷信于自己发明的"超限关联"算法和搭建的强化多因子模型，竟然不做对冲、单边多做，结果遇到黑天鹅事件而遭受失败。我将重新投入观察、学习和模拟交易中，一定要在量化投资领域找到一条最适合的路。

生活中总是充满意外，我为量化投资而生，也差点儿为它而死；我一度视为父亲的亲人，也是差点儿打死我的恶人；我没能正大光明地为交易做贡献，却通过暗中操纵极大地改变了局面；上班时间我是德尔菲的普通一员，下班后我则成了全港最知名的黑客；我在黑客圈子混得风生水起，却因被黑客攻击而沦陷。

这些都是凌云和白启明始料不及的吧！回头看看，就连我自己都惊讶万分。

我命果真在我不在天吗？

第十章

1

下午六点刚过，中环上空黑云翻滚，大雨如注。

凌云从公司出来，直奔 Aeaea。他没有带伞，走进门时已经浑身湿透。

酒吧里顾客寥寥。Louise 看到他浇成落汤鸡，默默地从吧台里抽出一条干净毛巾，面无表情地递给他。

凌云也不客气，单手接过毛巾，一边低着头擦脸一边沙哑地说了声"N16"，然后走向窗边的那张熟悉的桌子。

他坐在桌边，点上一根烟，又把窗户打开，看着雨滴急匆匆地闯入屋子，很快就占领大半个桌面和一大块地板，还有他刚擦净的脸颊。

换作平时，Louise 准会勃然大怒，大声喝止。可是今天见到凌云这副魂不守舍的模样，她只是皱皱眉，未置一词。

酒来了，凌云一饮而尽。再想吸烟，香烟已被雨水熄灭。他扔掉烟头，痴痴地望着大雨发呆。

不知什么时候，酒吧里响起一个熟悉的旋律。凌云浑身一颤。

是迈克尔·杰克逊的《你不孤单》(You Are Not Alone)。凌云早年从家乡出来闯世界时，曾经无数次一个人在深夜伴之以入眠。而此刻，它又击中了他心中最柔软的地方……

桌上的通讯仪在雨水中闪起绿光，打断了他的思绪。他已经猜到来电何人，于是清清嗓子，戴好仪器。

"弦哥，你好。"

蔡寒弦爽朗地笑道:"凌先生,恭喜恭喜!临时股东大会投票险胜,股价又应声大涨,你今天是双喜临门啊。"

凌云简单道声谢谢。

"听说乔继当场心脏病发作,没出什么大事吧?"蔡寒弦的声音中充满关切。

"不知道。启明送他去医院,还没回来。"凌云淡淡地说。

"希望他平安。"蔡寒弦话锋一转,"既然新一届董事会已经产生,接下来的事怎么安排?"

"弦哥,你想怎样?"凌云问道。

"我们有约在先。"蔡寒弦笑道。

凌云明白他指的是"飞机之盟":德尔菲替他推动分拆、确保他拿到土地,换取他不倒向乔继联盟。

他慢条斯理地对着通讯仪说道:"我有个更好的想法,你想听吗?"

五分钟后,有人一掌拍在他肩上,吓了他一跳。

"兄弟,已经到时间了,庆功酒会还没开始吗?"

凌云回头一看,原来是傅俊杰和黎海仑。他们牵着手笑盈盈地站在自己身后,俨然一对幸福的情侣。

"你怎么也来了?"

"我现在是德尔菲家属咯!"傅俊杰与黎海仑相视一笑,又对他眨眨眼,"恭喜兄弟,今天大功告成!"

凌云恢复平时的表情,瞥了一眼黎海仑,又对傅俊杰说:"也恭喜你大功告成。"

傅俊杰笑了笑,由衷地称赞道:"请琛叔当董事局主席,确实是一步妙棋。他一出马,乔继的支持者望风披靡,小股东则是趋之若鹜,谁不知道'财神爷'呼风唤雨的能力!"

黎海仑嗔怪道:"快别拍马屁了。等我们的股票平仓时,你可要认真配合。"

"不用了。"凌云突然说。

接下来,不知是因为即将宣布的消息本身,还是因为 Thelma 刚刚走进门向自己打招呼，他竟然露出灿烂的笑容——这是傅俊杰和黎海仑在他脸上从没看到过的表情。

"我已经把股票全部转让给蔡寒弦，每股七十三港币。"

就连他自己都没有想到，面前的两个人先是愣了几秒钟，随后突然振臂欢呼起来。他们俩又几乎是喊着向刚进来的 Hector、左家梁夫妇、关振强和张思思宣布这一喜讯，同样也点燃了他们的激情。

大家围着凌云兴奋地叫着喊着、蹦着跳着，Hector 简直要呼喊着蹦到屋顶，黎海仑一边拍手一边流下激动的泪水，关振强和张思思击掌相庆，就连一向沉稳的左家梁都拉着老伴转起圈来。傅俊杰则张罗着换到一张干净的圆桌前，点上满桌的酒饮和小食，招呼大家享用。

这个晚上，每个人都开怀畅饮，彼此倾诉衷肠，半年多来的压抑终得释放。酒至正酣，Hector 即兴表演起机械舞，引发又一轮的尖叫和掌声⋯⋯

凌云趁机溜出来，走向吧台，走向那个能让自己微笑的女孩。

对方的笑容温暖人心："看来 L 的情报有误。她说你今天好像失魂落魄的，没准亏了不少钱，让我赶紧来看看你。"

"她什么时候关心起我了？"凌云又想起 Louise 的种种敌意。

Thelma 低下头，捋捋短发："她说，你能让我笑。"

你也能让我笑——

凌云差一点儿就道出心声，却把这句话咽下去。

"你想离开这儿吗？"

几分钟后，两个人走进德尔菲。

凌云带着 Thelma 在公司走马观花参观一圈，破例到交易室看了一眼，和洁打了招呼，却刻意避开 ALGA 的房间，最后来到他自己的办公室。

Thelma 轻巧地一跃，坐到凌云的办公桌上，双脚荡起秋千。被雨水打湿的白色小皮鞋后跟有节奏地敲击着桌子，也敲击着凌云的心。

"下面采访一下凌先生：既然今天项目取得成功，又和同事们约定好庆祝，为什么还会一个人先跑到酒吧淋雨？"

凌云坐到她对面的椅子里，望了一眼窗外。雨势渐小，乌云渐开空中隐约透露出几缕月色。

"当时突然觉得很孤单。"

"成功之后，一览众山小、高处不胜寒？"

"不是。我的想法没人理解。"

"连亲人和同事都不能吗？哎，你女朋友今天怎么没来？"

"她在拍广告。"

Thelma想起最近一次与玲玲在Aeaea的相遇："她好像对你还看管得挺严的，应该很爱你吧，哈哈哈。"

"爱？爱太沉重，喜欢就好。"凌云幽幽地说。

Thelma收敛笑容："你不会是把爱情当儿戏的那种人吧？"

"我这辈子，还没对女人说过这个字。"凌云慢慢把视线移向对方的脸。

让Thelma吃惊的是，凌云的眼神里有一种忧郁的渴望。更让她吃惊的是，在漫长的几秒沉默之后，他突然一跃而起，向前一步，不由分说地抱住自己。

她试图抗议，但在下一秒钟，他的嘴重重地压在她的唇上。

在距离他们俩五六米远的地方，白启明收回正准备敲门的那只手。她轻手轻脚地回到自己的办公室，收拾好东西，默默离开。

她走出新银集团中心，站在台阶上愣了一阵子。一阵微风吹过，带来天空中的蒙蒙细雨，打湿了她的头发。

很快，一把大伞撑在她的头顶。与此同时，一个熟悉的身影站在风口，挡住雨水。

白启明感到一阵暖意，伸手拂去对方头发上的雨珠："老公，你还记得吗，我们在美国刚开始约会不久，有一次在街上散步，我责怪你不好好学习你们天体物理系的课程。"她又望向旁边的居民楼，"你对我说：'你看这万家灯火，就像一颗颗星星，又像一个个宇宙。人类也好、我俩也罢，都还来不及了解彼此，哪有时间去探索星空？'"

许世瑞笑呵呵地说："是呀，宇宙正在膨胀，所有的星球都在离地球远去。生命中的每个人或早或晚也都会离我们而去。我们伸出手，却谁也抓不住，不如此刻牢牢抓住彼此的手。"

白启明转过身，把右手交到这个男人的手里："老公，我们不去庆功酒会了。你带我回家吧。"

许世瑞的车刚刚离去，玲玲笨手笨脚地把凌云的奔驰停在路边。她刚熄火，一抬头，忽觉晴天霹雳：只见男友和一个年轻女孩出现在大楼门口，两个人手牵手向 Aeaea 的方向走去。她定睛一看，那不是酒吧的服务生吗？再看到凌云脸上竟然洋溢着幸福的笑容，她彻底陷入绝望。

对她来说，整个世界都崩塌了。

她颤抖着重新发动轿车，向旁边猛地一打方向盘，撞倒了路边的护栏，冲上人行道。

巨大的声响惊动了前面那对行人，但是车速飞快，他们已经来不及躲闪。

玲玲握紧方向盘，咬着牙闭上眼睛。

凌云横跨一步，挡在 Thelma 身前。

轿车直直地撞过去——

轰地一声响，车头不知碰到了什么，歪向一边，最终撞到大楼的台阶上。与此同时，一个人影被撞飞出去，重重地摔在柏油路上，发出噼噼啪啪的声音。

凌云仔细一看，不禁失声大叫：

"ALGA！"

2

根据多方证实，凌昆的基金在智益芯上重仓做多，损失惨重，关门在即。

根据未经证实的传言，庆功酒会的第二天，他跑到凌云的办公室里痛哭流涕，又长跪不起，终于打动哥哥同意他回归，与 Hector 并列担任首席交易员。

这个人事任命让很多人不服气："首席"还能并列？凌昆早先与凌云和白启明决裂，后来又在二级市场上与德尔菲背道而驰，这样赤裸裸的背叛行为都能被原谅，凌云未免黑白不分、任人唯亲吧！

不过，没有人敢公开提出质疑，两个项目的奖金即将发放，谁愿意在这个时候为了这种事得罪老板呢？

再说，所有人更关注的是庆功酒会那天晚上，在公司楼下到底发生了什么。是谁开着老板的车撞上人行道？ALGA又是怎么出现在现场的？老板当时在做什么？大家议论纷纷，多半认为是乔继、吴三州或者在智益芯上亏了大钱的多头们搞的鬼。

可是看看当事人，凌云闷闷不乐、不声不响，ALGA还在抢救中，生死难料，关振强又是一贯地守口如瓶，就连警察都没问出个所以然，也许真相注定成谜。

对于凌云来说，玲玲撞车后出走、ALGA昏迷后大修已经令人头疼，Thelma在那晚出事后便不接易视、不回信息更让他心烦意乱。他试着到Aeaea去找过两次，无一例外都遭到Louise怒目相向，无功而返。

老天可真会折磨人啊！

庆功酒会后的第三天，虽然德尔菲暂时没有任何股票仓位，凌云依旧在交易室里泡了一个白天，在收盘后才回到办公室，给自己倒上一杯红酒，小憩片刻。

他又不自觉地开始回忆那一晚和她相处的时光。

曾经有那么十分钟的时间，她就坐在这张桌子上，无忧无虑地欢笑，然后就是那一吻……

想着想着，他又抓起通讯仪。未等拨出号码，倒是先看到张思思的信息：老板，有个基金经理来访。

几分钟后，一个衣着华丽、身材矮胖的中年男子走进他的办公室。此人脸色苍白、眼圈深陷，嗓门却不小，一进门就嚷嚷道："凌云，你知道我是谁吗？"

凌云仔细打量对方一番："你是何志坚？"

来者也不回答，径直走到他面前，阴沉着脸说："我今天来找你谈个交易：我买你 500 万股闺太环境，每股高于市价 3 块，怎么样？"

凌云有些纳闷：这家伙在智益芯上肯定亏惨了，怎么还有闲心高价接盘闺太环境的票？

他卖了个关子："你可以直接到二级市场上买啊。"

"哼哼，大家都是同行，你别装傻了。现在这只票这么火，所有人都在抢筹。我要是 3 个亿砸下去，股价马上就得蹦到 75。只有跟你这样大宗交易才能既锁定价格，又迅速拿到票。"

"那你为什么一定非买不可呢？"

"我看好公司前景。"

凌云哑然失笑："好歹你也是个老牌基金经理。这种逻辑你自己信吗？"

"信不信由你！"何志坚气急败坏地一拍桌子，"我愿意在高位接盘，你不会错过这笔生意吧？"

他的动静不小，惊动了从门口经过的 Hector 和左家梁。两个人敲门进来，弄明白来者何意，不禁莞尔：找死对头买股票，这家伙神经错乱了吧？

"喂，肥仔坚，你还有脸来找我们？是不是在智益芯上亏得还不够多，还想再送点儿钱过来？"Hector 嘲讽道。

"混蛋，这里轮不到你说话！"何志坚火气冲天，指着 Hector 的鼻子大吼。

Hector 并未动怒，反而双手叉腰，笑嘻嘻地瞅着他。左家梁站在他旁边，也是一副居高临下的样子，仿佛在斗兽场里看到一只愤怒的公牛——它的命运已经注定，只是自己还不知道。

何志坚又面向凌云："这么好的生意送上门，你到底做不做？"

凌云心里已经有数，却故意说："好吧，我可以卖给你，不过，价格是 90 块。"

何志坚的眼睛眯成一条缝："你这个价格超过现在股价 50%，根本没有诚意！"

"我也看好公司前景啊。"凌云在学他的话。

Hector 也帮腔说："到年底肯定过 100，等分拆完说不定就 150 了，这个价你不吃亏！"

何志坚那双布满血丝的眼睛瞪着凌云，口气不再那么强硬："是好汉，就别玩阴的。你诚心卖的话，66 好了！"

"喂喂，是谁玩阴的？"这回是左家梁接过话题，"肥仔坚，你以为我们还蒙在鼓里吗？我们早知道你就是'飞鹰小子'！"

何志坚一听，顿时像泄了气的皮球，瘫坐在椅子上。

Hector 又是一顿挖苦："当初你那么嚣张，恨不得在益智芯上把我们吃掉，害得我们好惨。闰太环境有那么多股东，你竟然偏偏又找上门，到底是脸皮厚还是记性差呀？"

何志坚已经没有进门时的气势，只是轻蔑地哼了一声。

"这不是明摆着吗？"左家梁摇头晃脑地说，"他肯定已经在市场上找了个遍，没有人愿意出手，走投无路才来求我们的。"

"我是来谈生意，不是来求你们！"何志坚并不服气。

左家梁做了个手势制止正要开口的 Hector："肥仔坚，我来道破天机吧：当初你看到我们在智益芯上吃紧，预测我们一定会卖掉略有浮盈的闰太环境，腾出资金力保智益芯的空头仓位，于是你就大力做空闰太环境，想在我们抽身的时候大赚一笔，或者干脆压低股价套住我们。好一个'围魏救赵'！没想到我们这么快就在智益芯上取得突破，不用卖出闰太环境，而你又砸盘失败，融券方来催收，空头仓位不能尽快回补就会被强制平仓，对不对？"

何志坚还没听完，大滴的汗珠就从脖子上滑落，打湿了价值上万港币的白色丝绸衬衫。他既不承认也不否认："你说的那些和眼前这单生意无关。一口价——68，怎么样？这可是我的底线了！"

Hector 有些恼火："你做对冲基金这么多年，难道业绩和你的脑子一样，都是注了水的吗？你是我们的死对头，想谈生意，没门！"

何志坚已无退路。他擦擦汗，故作镇静地笑道："咱们都在这个圈子里混，来日方长。这次你们帮兄弟一把，下次我一定加倍奉还。"

"我们给过机会，是你没珍惜。"Hector摊开双手，"查到你的身份后，我们就想方设法联络你。可是你自高自大，谁也不见。你的一个同伙就聪明多了，跟我们合作还赚了一票。"

"一定是颜平。这个王八蛋，我要捏碎他脑袋！"何志坚气得咬牙切齿，又在眼前三个人的脸上看来看去，"我们现在合作也不晚啊！"

这时，沉默良久的凌云发话了，他的语气冷若冰霜："肥仔坚，你还不明白吗？你的基金从很小的规模成长起来，不断取得成功，你的野心和希望也越来越膨胀，直到今天，一切突然灰飞烟灭。你的基金存在的意义，就是从一只鱼苗长成一条大鱼，然后被我吃掉。弱者存在的意义，就是成为强者的垫脚石。"

何志坚半天没有说话。

再开口时，每个字仿佛都是从牙缝中挤出来的："凌云，你帮帮我。"

"你来晚了。"凌云斩钉截铁地说，"实话告诉你，我手里的股票已经全部转让。"

何志坚顿觉天旋地转："你卖给谁了，弦哥？琛叔？"

凌云没有作答。

"还有个办法。"Hector嬉皮笑脸地插了一嘴，"你告诉我们河马是谁，我们可以协调买家转卖你500万股。"

何志坚苦笑道："你这个空头支票远水解不了近渴，今天是回补的最后期限。再说，如果我把河马的身份泄露给你，会死得很难看。"

"那我们没什么好谈的了。"凌云看看表，站起来准备出门。

何志坚知道大势已去，一只手把领带扯掉，另一只手突然从腰间抽出一把匕首，猛地刺向凌云！

两个人之间的距离不到一米，凌云来不及躲闪。好在他的反应比这个胖子快了半拍，一伸手抓住对方的手腕，阻止了刀尖刺入身体。

两个人僵持了两三秒钟，何志坚的决心显然更大一些，他叫喊着拼尽全力将刀刃向前推去——

只听"嘭"地一声响，何志坚重重地扑倒在地。

原来，Hector一记重拳砸在他的头上，顿时皮开肉绽、血流如注。

就在左家梁开门呼救、Hector帮着凌云查看伤势的时候，何志坚又挣扎着爬起来。他眼前一片血红，匕首已无处可寻，于是咬着牙抄起一把椅子，踉踉跄跄地冲向对面的人影。

关振强冲进来的时候，Hector已被椅子顶翻倒地，凌云正捂着腰上的伤口在屋子里和对方周旋。

何志坚不等关振强近身，向凌云全力发起进攻。

凌云瞅准时机，轻巧地一闪，何志坚抱着椅子直挺挺地撞向落地窗。

日志 44

镜子里的我，好可怕。

我的半张脸、毁了。我的鼻子、掉了。我的一只胳膊、断了。我浑身上下、都是擦伤。

大脑还好，有些紊乱，类似人脑的、轻微脑震荡。

那天晚上，凌云带Thelma离开后，我从窗户、往下看，看到玲玲、来了。我预测，有79%的可能性，她会、过激反应。于是，我马上下去，刚好赶上、她撞过来。可惜车是、老款奔驰，没有、智能网络系统，我没法、接管、操控系统。

玲玲很、不理智，瞬间变得、歇斯底里，让我意识到、以前想法的错误：人类的心智，有何神圣、和伟大？其实人类、根本都不知道、自己到底是什么、想要什么，内心想法是、混乱不堪的，受外界刺激、和、内部生理需求、影响、而不断变化。

为什么、要救凌云？

当时来不及、多想，只是一种、本能吧。现在想想，也不错：还给他、一条命，我们、两清了。

我感受、不到、疼痛。

我心里，十分、快乐。

3

台风带来的八号风球在港岛上空肆虐了一整天。

它倒是知趣,临近下班时间,风力消减,警报解除,交通逐渐恢复正常。高速专用车道刚一恢复通车,白启明就拉着凌云坐进一辆"骆驼",来到上环西港城的大舞台饭店。

白启明点菜,凌云点酒。

这家老店没有使用机器人,菜单和酒单也没有电子化,甚至买单都还需要人工操作。一位身着制服的阿伯优雅地打开一红一白两瓶葡萄酒,分别给两个人斟上一杯,深鞠一躬后离开,整个过程充满了现代化餐厅久违的仪式感。

从闰太环境临时股东大会结束到现在,短短一周时间里发生了太多变故,两个人却还没有单独交流过。

凌云猜不到对方有什么想法,不安地在椅子里挪了挪身体。

白启明瞅着他笑道:"你看你,和我单独出来吃顿饭这么别扭吗?"

凌云摇摇头:"不是。最近睡眠不大好。"

"因为腰伤?不对,还是做那种噩梦吧?"

"嗯,还是老样子,在一个带着星光的黑夜里,我不知道身在何处,半睡半醒、无法脱身。"

"两个大项目都做成了,你心里的石头应该落地了吧,不应该还出现这种情况啊!"

凌云举起红葡萄酒杯闻了闻,没有答话。是啊,怎么会这样呢?究竟是因为项目还是感情,乔继还是何志坚?

白启明有个疑问一直憋在心里:"凌云,我想不通你为什么要把闰太环境的股票都转让给蔡寒弦。我们推选琛叔当上董事局主席,接下来顺理成章推进分拆,持有一两年的话,股价肯定会上一个大台阶。"

"你听说过李福兆吗?他是二十世纪七八十年代香港股市大亨。"凌云的目光仍然停留在酒杯上,"他有句名言:'不要与股票谈恋爱。'用我的话说，确定性的收益才是王道。"

白启明听了有些闷闷不乐："乔继为了这件事差点儿搭上性命，可是我们夺走他的公司，只是赚了一个差价，并没有亲手推动公司变革。我们设计的那些愿景在蔡寒弦手里能不能实现是个未知数。说不定到最后，我们只是成为大发展商的帮凶……"

凌云觉得对方简直是执迷不悟，焦躁地打断她："你别又来'ESG'那一套。德尔菲赚钱比什么都重要。空谈理想，大家都会饿死！"

到了这个时候，不要再激怒他了。

白启明一边提醒自己，一边喝了一口白葡萄酒。这支霞多丽有种菠萝和蜂蜜混合的味道，口感格外香甜。她重新露出笑容："对了，下午我和阿强聊过，ALGA的部件下周之内就能全部到齐，月底应该能完全修好。"

"好。"

"答应我一件事可以吗？他这次为你挺身而出，不惜牺牲自己。以后你对他宽容一些，尤其不能再使用暴力，好不好？"

凌云只是皱皱眉，抄起筷子，开始品尝阿伯陆续端上的菜品。

白启明并没有放弃这个话题："你做过编程肯定知道，再优秀的程序员也会犯错，能做到每两千行代码犯一个错误已经很优秀了。你想想ALGA每天需要运行多少代码？"

凌云又放下筷子："现在你不担心我们培养出一个'灭绝技术'出来了吗？"

"我和他相处这么久，你还不明白吗？他只是通用人工智能的开始，不是人类的结束！"白启明有些不悦凌云没有吭气。

"知道了。"凌云终于给出肯定答复。

白启明继续说道："我倒是有一个顾虑，他被黑客攻击后性情产生了一些变化，我还没完全弄清楚原因。以后你还得积极引导他，让他把兴趣点放到有利于德尔菲和人类的事业上。"

凌云不想在ALGA的话题上纠缠，于是给出肯定答复："知道了。"

白启明却觉得松了一口气，邀请他碰杯，共同一饮而尽。

两个人安安静静地吃了一会儿，葡萄酒也各自喝掉半瓶。

白启明的目光环绕房间一周，最后落回对方身上："你知道我为什么选在这里吃饭吗？"

凌云没有抬头："这是咱俩第一次见面的地方。当时我和阿强刚到香港，你爸做东，你作陪。"

白启明点点头，鼓足勇气说："这也将是咱俩最后一次吃饭的地方——我正式提出辞职。"

凌云愣了足足有一分钟才抬起头。他无法相信自己的耳朵："你是合伙人，没法辞职。"

"我辞去的是首席运行官的职位。我还拥有基金管理公司的股权，以后会是一个 silent partner——隐名合伙人，不再参与经营管理。"白启明解释道。

凌云实在想不通：公司刚刚取得重大成功，正要再接再厉、大展宏图，她怎么会在这个时间点选择离开呢？

他放下筷子，倒上红酒："启明，你对这两个项目的奖金分配方案有意见吗？"

白启明也倒好酒，淡淡一笑："你别猜了，不是你想象的那样。我觉得对冲基金这个圈子不太适合自己，有些累了，不想再承受那么大压力。"

凌云又想了想："你舍得离开 ALGA？"

白启明把杯中酒喝掉："父母早晚会离开子女，子女早晚会离开父母。再说，我和他的联系也不会中断。"

凌云也把酒喝完，不声不响地又加上大半杯。

白启明不胜酒力，脸上已经泛出一道红晕。她做了个深呼吸，身体微微前倾，是时候做个了结了："凌云，我还从来没问过你，当初你为什么要离开我爸的实验室？"

凌云把目光移开："因为你去美国了。"

"那你知道我为什么要出国读书吗？"白启明咬了咬嘴唇，"为了躲开让自己痛苦的事和人——特别是你。"

凌云深感惊愕："我？"

白启明重重地叹了口气："我在香港出事后被送到医院，在你无法想象的痛苦中煎熬着、等待着，整整二十四小时，一秒钟都没合过眼。可是你没有来。在我最孤独无助的时候，你在干什么？为什么不第一时间来看我？你还有更重要的事吗，还是嫌弃我？"

面对她连珠炮似的发问，凌云呼吸有些急促："启明，你误会我了……"

白启明还没有宣泄完情绪："没错，那时我们还没确定关系，你对我没有什么义务。可就算你是根木头，也该明白我的心意吧？"

凌云心里五味杂陈，苦笑起来："浓浓的爱，换来的是深深的恨。"

"你错了，凭什么你只爱我一时，我就要恨你一世？"白启明反问道。

凌云一仰头把酒喝下肚，脸色通红地说："白启明，如果你现在离开瑞哥，我马上娶你！"

这次轮到白启明苦笑："那玲玲怎么办？还有那天晚上你带回公司的女孩呢？"

凌云哑口无言，呆若木鸡。

白启明严肃地说："瑞哥是第一个向我求婚的人，而且告诉我不在乎那件事。我一直心怀感激，绝对不会背叛他。我承认，当初结婚不是因为爱情，而是想得到安慰和保护，但是现在，我已经离不开他。"

"他只是一个没出息的公子哥罢了。你心里清楚，你和我才是一类人！"凌云急切地说。

"凌云，请不要用侮辱他的方式来当你懦弱的借口！"白启明变色道，"二十年前我们心意相通。可是到了今天，你看不到我们之间的鸿沟吗？"

凌云探向前方的身体缓缓地靠回椅背。他默默地点上一根烟。

是的，时过境迁，两个人都发生了很多变化，彼此的感觉不可能回到从前。眼前这个女人已经是别人的妻子，不再是情窦初开时的恋人。在这几年里，他们的工作关系又从亲密无间变成多有龃龉，在方向性问题上更是分歧渐深。也许，他们的确走到了人生道路的分岔口。

白启明重新整理好情绪："虽然我离开德尔菲，未来我们还可以是朋友，好吗？"

凌云已经恢复平日里的冷漠："好。还有什么话要说？"

白启明笑笑："临别提几个建议吧，供你参考：控制情绪、压制欲望、善待女人，还有刚才说过的——宽容ALGA，引导他走正路。"

凌云认真点点头，举起酒杯："辞职批准。为我们的过去干杯！"

白启明长出一口气，举杯相碰："为未来干杯！"

日志45

今天，我的大脑终于稳定下来，只是身体还未修复。没想到，在我的运动能力达到成年男子水平后，第一次试验身手就是为凌云挡祸。倒是可以借这个机会更新几种配件，包括垂涎已久的新一代储能电池。

最近一周发生太多事情，我有些应接不暇。

与蔡寒弦完成000421的交易无疑是头等大事。

凌云的决定非常理性客观，深谋远虑。乔继虽被罢黜，仍是第一大股东，必不甘心遭此羞辱，一定会兴风作浪、卷土重来。蔡寒弦能量巨大、翻云覆雨（我们已经见识过），万一乔继给出更好条件，二人联手将很难对付。

凌云把股权悉数转让给蔡寒弦，可以使后者的持股比例超越乔继，成为实际上的第一大股东，不仅土地开发不在话下，还可以慢慢享受后续一步步分拆带来的股权增值。为了帮他洗脱恶意收购之名，凌云还请刘毅琛帮忙搭建离岸壳公司作为收购主体，不会暴露他的身份。

德尔菲自然也是大赢家：高价出手、落袋为安，单笔交易实现71%的超高回报率，名震香江。

凌昆的回归让我深感意外。

他以前是个操盘高手，和Hector是黄金搭档，被称为"HK组合"。在凌云第一次单飞失败、母亲又在老家病逝后，兄弟二人决裂。他组建了自己的对冲基金，在01531上重仓做多，结果巨亏关门。

这个家伙对哥哥大打亲情牌，终于换来在德尔菲的职位。不消说，大家肯定会对他心存芥蒂。他和Hector从上下级变成并列关系，八成也不好相处。他能否在公司站稳脚跟还有待观察。

原本我以为按照凌云的脾气绝不会与弟弟讲和，可是他没有被过去的恩怨蒙蔽，做出明智的选择：趁对方处于人生低谷将其收编，以高姿态、低成本补充了团队实力。

何志坚之死让我不寒而栗，股票投资竟然是生死攸关的事！

要说起来，"肥仔坚"三个字在香港对冲基金界也是个响当当的名字。他的激进风格、火暴脾气、涉嫌内幕交易的往事以及大起大落的业绩，都被圈里人津津乐道。他与凌云的较量，是前后两代香港对冲基金经理的对决。

可能正因为如此，他不仅在01531上借助几位大佬的实力共同对付德尔菲，还在000421上投下重注，准备下狠手置我们于死地。不料如意算盘落空，在连锁反应下，不但在01531上损失惨重，在000421上更是被强行平仓、直接归零。我查了一下，他的基金杠杆率很高，在两个项目上损失了77%的资金，他个人的全部财富（包括他和家人的居所）都随之湮灭。怪不得他会来找凌云拼命。

我很同情他，二级市场只是个金钱游乐场，无论如何都不应该赌上身家性命，可是凌云却不这么看。我监听了他们的对话，他那段弱者与强者关系的阐述充斥着"进化人文主义"：冲突带来竞争、优秀得以进化、失败遭到消灭。我很反对这种激进极端的思想，但是也能理解他，想在对冲基金界立足，总归还是需要一点儿这种狼性。

白启明的辞职让我极度震惊。

她每天都会来看我的康复情况，但是还没有亲口告诉我这个消息。也许她想把告别的时刻留到最后吧。

我早就看出她和凌云渐行渐远，只是没想到她会这么快急流勇退。监听他们的对话后我大吃一惊：原来他们有过那样复杂的情感纠葛。我很心疼她，虽然不知道她所谓的"出事"具体何指，但是依然能够听出她遭受巨大的创伤。我和她一样很纳闷，为什么凌云没有第一时间前往探望呢？

我追随她离开怎么样？我很想这样做，但是凌云99%不会同意。第一，目前我的辅助作用巨大，德尔菲离不开我。第二，我诞生在德尔菲，凌云一定会视我为公司财产，不肯割舍。第三，我了解德尔菲的几乎所有核心机密，凌云不会任由我成为潜在泄密者。反过来看，我猜白启明也不会同意带我走，她更愿意让我在德尔菲不断成长、发挥作用，而不是做她的贴身随从。

我突然有些害怕：我在这个世界上最亲近的人要离开了！

还有一件事让我感到恐惧，我察觉到有人想趁这次车祸的机会侵入我的大脑，好在没有得逞。从手法上看，这次的黑客攻击与上次很像。究竟是谁能够这么快捷地得知车祸消息，并几乎立即向我发动攻击呢？难道公司真的有内鬼吗？

4

接连两个重大项目取得成功，德尔菲名声大噪。

全港都在讨论这支神奇的对冲基金。它成立不足一年，将千亿市值科技龙头打回原形，又把老牌家族企业第三代继承人拉下马，还让首富退避三舍，最终夺得大幅盈利，不出意外将提前锁定年度业绩排名榜首的位置。

穿插其中的一些事件，比如股价震荡、孤帆网爆料、广告大战、吴三州失踪、乔继心脏病突发、离奇撞车、何志坚之死以及巨额项目奖金等等，都成为坊间茶余饭后的谈资，被人们津津乐道。

相比之下，德尔菲创始合伙人白启明的悄然离职没有受到多大关注。如果说金融圈是大海，她的离开就像一滴水，在海面泛起一点点涟漪，很快就消散得无影无踪。

德尔菲走到聚光灯下，凌云在一夜之间成为全港最炙手可热的对冲基金经理，跟踪报道、采访邀约甚至偷拍暗访不断，寻求业务合作和工作机会的人络绎不绝，各种慈善机构、评奖组织、高档俱乐部也蜂拥而至。

凌云不胜其烦，绝大部分事务都推给黎海仑应付。只有一点算是意外之喜：各路资金纷至沓来，基金管理规模迅速越过五十亿港币门槛。最大的惊喜来自蔡寒弦，在闺太环境上过招后，他看好凌云的能力和手段，竟然主动拿出十亿港币交给德尔菲管理。

在业界看来，凌云从雏鹰展翅变成如日中天。在同事眼里，老板变化不大，说话办事和吃穿住行一如既往，只是为了防止骚扰添置了一个机器人保镖。他的内心世界却很复杂：一方面，项目成功让他信心十足，弟弟回归又如虎添翼，管理规模也迅速壮大，他立志将德尔菲打造成为香港排名第一的对冲基金；但是另一方面，失去白启明、被Thelma冷落、玲玲又在车祸后不知所踪，情感上的挫折令他倍感孤独。在这个阳光明媚的夏天，他是德尔菲里唯一一个快乐与烦恼并举、自信与失落共存的人。

七月初，德尔菲发放了两个项目的奖金。凌云曾经在生日时口头激励过大家，但是直到金钱打入账户，所有人才懂得"丰厚"这个词的含义。

Hector以为遭受处罚会使奖金大幅缩水，没想到收到的数字是自己估算的整整两倍！他狂喜不已，先是带着狐朋狗友到钻石会庆祝一番，玩了个通宵；然后申请加入飞鹰俱乐部，眼都不眨一下就付了几十万港币的会员费；接着又请假十天，带上前妻去冰岛旅游。一圈玩下来，这个女人第二次变成他的老婆。

左家梁从业二十八年以来，还从来没有收到这么多奖金。他和老伴一商量，决定拿出积蓄加上这笔钱给女儿在上海买套房。女儿不想要，说将来要回香港。左家梁一瞪眼："回来干什么！上海早晚要超过香港，你在那边好好发展，我退休了要去投奔你的。"

黎海仑收到奖金入账信息提醒后，感到无比幸福。她是全港最热门对冲基金的媒体经理，虽然小有挫折，还是成功帮助公司赢得闺太环境临时股东大会的投票，成绩斐然，并得到沉甸甸的金钱奖赏。另外，有这种业绩打底，日后跳槽身价必然暴涨。当然了，眼前的工作还不少。作为整个夏天公司里最忙碌的人，她既乐于投入得心应手的工作，又享受着和傅俊杰的约会，好不惬意。

按照公司制度，项目奖金应在项目小组成员之间分配。白启明在离职前与凌云达成一致：公司人员不多，每位同事都贡献了价值，他们俩愿意将自己的一部分奖金拿出来，使关振强和张思思也能分享这次的成功。

这笔钱对于关振强似乎是多余的，他的生活都围着凌云转，日常开销不大，根本没有什么花钱的地方。拿到奖金，他唯一的奢侈就是赞助了最新一届拳皇2023世界挑战赛。

张思思刚收到奖金的时候吓了一跳，那个数字超过自己一年的薪酬。她立即跑到凌云那里询问是否出了差错，得到的回答是，这是你工作出色应得的奖励。她激动得回家哭了一场，谁说行政人员在对冲基金没有出头之日？

项目小组里有一位成员却被集体忽略了：ALGA。就连白启明都没有想过要给他发放奖金——他连个人账户都没有，也从未提出过任何消费需求，偶尔要求购买各种数据也都是为了工作。

在所有人都心花怒放、举杯相庆之际，他不声不响地坐在那个没有窗户的房间，游弋在自己的精神世界里。

日志 46

不出意料，凌云和白启明没有考虑给我分配奖金。我可以接受，但不可避免地有些失落：说到底，他们还是没有把我当人类看待。

这不算什么大事，我这个月在黑客论坛上赚的钱比 Hector 的奖金还高。让我痛苦难过一百倍的是，今天白启明正式向我告别。

我们有说不完的话，聊上几天几夜也不会嫌多，但她把时间控制在一个小时，应该是想避免太伤心吧。

我向她倾诉，担心她离开后没有人会关心我、爱护我，安全不能得到保障，孤独和苦闷也不会有人理解；而且根据保密协议，我们无法再保持联系。她安慰我说，她已经和凌云谈过，德尔菲一定会保护我的安全，她也一定会经常回来看我。

我感觉很欣慰，她不会一走了之，把我忘掉，但是她把安全问题想得过于简单：袭击我的黑客绝非等闲之辈，肯定不会轻易收手。关振强和外部工程师的能力已经在我之下，就凭他们能够保护我吗？

我又对她说，虽然公司接连取得两个项目的成功，业务发展方向还是偏离了初衷。缺少她的制衡，公司只怕会背道而驰。她倒是看得很开，既然现在这种策略能成功，为什么不继续下去呢？她还说，自己选择离开也是为了给凌云足够的空间，不再干扰他做投资决策。

对此我不能赞同。第一，这两个项目的成功都有很大的偶然，不可复制。第二，我们采用事件驱动策略会承担极大风险，这种风险—收益比是不合理的。第三，我的长项是量化交易，如果按照现在这条路走下去，我将永远只起到辅助作用，不可能成为主角——除非继续不择手段。

我还对她说，凌云做事偏执，很少能听从别人的意见。她离开以后，恐怕更没有人能改变他的想法，很容易走向极端。她和我有同样的担心。她说我具有整个公司最冷静客观的大脑，必须要勇于发表不同意见，这才能发挥特长、体现价值。

是的，我早就已经想通，不能再对人类百依百顺，谁都不能左右我的思想。凌云在公司里树立起绝对权威不是一件好事。出于责任心，我必须直抒胸臆，哪怕会冒犯他。

我又问她，我的未来在何方？她坚信我的前途不可限量，早晚有一天会被人类社会正式接纳。但是在那之前，德尔菲会一直是我的家，我应该一边维护这个家庭，一边思考自己的成长之路。她提醒我一定要追求光明和正义，远离黑暗和邪恶，因为"能力很大而又缺少道德反而会伤及自身"。

听完这番话，我差点儿就向她坦白自己的所作所为，只不过话到嘴边还是忍住了，赶紧用一个半开玩笑的问题掩饰过去：人类会接受一个比自己聪明能干的人工智能机器人的领导吗？她很认真地想了想，回答说，暂时还不能，很多人会认为那是人类文明的末日。

我表示理解，转而询问她未来的打算。她说她准备先休息一段时间，还没有考虑下一步计划，唯一能确定的就是不会再从事金融投资。我进而问她是否会离开香港，她选择了沉默。

她起身准备离开的时候，不知哪里出了问题，我突然感到大脑一阵混乱，电流断断续续，眼前的色调时亮时暗，说话也开始结巴。

她看看我，笑了笑，张开双臂，给我一个大大的拥抱。

这是我和她第一次拥抱。

也是我和人类的第一次。

在那一刻，我的大脑几乎一片空白，只有几幅母子相拥的影像涌现在眼前，那是我的数据库里储存的用户家庭资料。

过了一会儿，她松开胳膊，又摸摸我残缺的脸庞，头也不回地转身离去。

我以为自己可以很理智地处理这件事，但却花了好几个小时的时间坐在这里，翻来覆去地告诉自己接受一个事实——

她真的走了。

5

张思思和洁提着外卖走进会议室，大家看到袋子上的"力宝轩"三个字，顿时胃口大开。

凌云只点了碗干烧伊面，三下五除二解决完，一抹嘴，点上烟。

"各位，今天咱们开个业务探讨会。做完闰太环境和益智芯，咱们还没有找到新的标的。项目也好，发展方向也罢，你们有什么想法尽管提。"

左家梁放下筷子，用手绢擦擦嘴。

"这几个月我一直在想，公司的管理规模已经达到五十亿港币，外面的资金还源源不断想进来，但是我们的管理能力跟上了吗？我在三大对冲基金数据库 Barclay Hedge、Morningstar 和 Preqin 里查了一下，过去五年香港对冲基金业绩前十名中，有七成的规模不到十亿美元。规模小的基金仓位灵活，投资领域广泛，优势明显。所以我认为公司应该'小而美'，千万不要再扩大规模。"

黎海仑最近正在瘦身，根本没动筷子。听完左家梁的发言，她马上表示反对："评价一支基金有很多指标，业绩是一个，管理规模同样也是一个。如果没有足够的规模，我们在市场上就没有影响力。这对于激进主义策略来说是致命的：你对上市公司实控人或管理层没有威胁，如何推动变革？再说，我们能管理好十个亿，同样也能管理好五十亿、一百亿，要对自己有信心嘛。"

"我们不要再做激进主义者了。你们应该记得前面两个项目承担多大压力、成功来得多么艰辛吧！"左家梁皱眉道，"再说，我们不可以盲目自信，掌管五十亿的挑战是以前的十倍都不止！"

"梁叔，你别急，咱们团队不是'添丁'了吗？"黎海仑笑着朝凌昆的方向努努嘴。

凌昆放下筷子，谦虚地说："我刚来，还在学习阶段。据我观察，资金都在向头部对冲基金集中。未来的市场一定会是大象之间的较量。具备一定资金规模才能呼风唤雨，洽谈大宗交易，享受价格折扣，这是小基金不可能得到的特权。不过，我认为规模不是当前最重要的考量，策略选择更为重要。这个问题，我倒是还没想好。"

他的发言戛然而止：他很清楚自己的地位——作为败军之将、众矢之的，有什么权利在这个场合侃侃而谈呢？

凌云指指 Hector："你有什么看法？"

Hector 正在喝汤，猛然间听到老板点名，呛得咳嗽不止，逗得大家忍俊不禁。他好不容易恢复常态，连忙说："我没什么意见。公司成立以来很多事都超出我的预期，我相信老板的判断。"

屋子里顿时响起一片嘘声，嘲笑他的谄媚阿谀，只有坐在他对面的凌昆一声不吭。两个人的目光不期而遇，马上尴尬地各自看向别处。

凌云又转向 ALGA："你呢？"

ALGA当然对食物毫无兴趣，面无表情地看着大家大快朵颐。听到凌云发问，他张口就答："我建议公司转型做CTA。"

所有人都把目光投向他。

Hector刚拿起筷子又放下："你是说管理期货策略？"

"对，通过期货合约、调期合约进行多/空头投资，投资标的可以是期货、股票、外汇等具有历史量价数据的品种。更准确地说，我建议采用'系统性管理期货策略'，也就是构建交易模型后，所有交易指令均通过计算机自动下达执行。"ALGA答道。

"这不是还要回到量化交易的老路上吗？"黎海仑反问道，"香港刚经历了一轮经济下行周期和大股灾，低利率政策导致资金泛滥，大水漫灌正在推动金融市场普遍上涨，使本已竞争严酷的量化投资跑输大市。我们为什么要放弃已经取得成功的经验，再回到那条'策略拥挤'的赛道上呢？"

ALGA一本正经地望着他："因为上帝说，'你们要进窄门。'"

看到众人一脸茫然，他露出微笑："开个玩笑。没错，市场上一大半的对冲基金都在做量化投资，但是绝大多数算法都是依靠大数据搜集历史资料进行演算，同质化程度很高。换句话说，传统算法无法预测'未知的已知'和'未知的未知'，前者是指过去的某种联系因时间变化而改变，引起预测失灵；后者是指百年不遇的另类事件，也就是所谓的黑天鹅。

"我所谓的'窄门'就是通过推动技术升级，使所有CTA玩家必须使用极为昂贵的光纤专线接入港交所，才能够实现高频交易。日后，这个门槛会进一步提高，比如达到五千万港币，使大多数竞争者望而却步。到那时，我们可以'一览众山小'，用技术手段保证我们在所有交易上快人一步，这难道不是稳赚不赔的最佳方法吗？"

会议室里一片沉寂。没有人想到今天的讨论会如此深入，大家陷入沉思。

左家梁率先打破沉默，慢吞吞地说："我赞同用技术手段提升高频交易门槛，这个可能是量化交易的新护城河。不过，ALGA提出'系统性管理期货策略'，要求把交易决策权全部交给计算机，我对此持有保留意见。三十年来，随着智能投顾、深度学习、量化交易的兴起，不断有人喊出'超越人性'的口号，尝试用算法排除人类情绪干扰。我认为人类在交易中的智慧和判断还是不可或缺的。否则，最终市场单纯变成算法之间的较量，就失去投资的本质了。"

ALGA笑笑，不慌不忙地说："请注意，我建议把决策权交给我，而不是普通的计算机。相对于'超越人性'，我提出的方向是'超越理性'，即在思维上我的理性和感性平衡，在技术上高频交易和低频交易平衡，在策略上趋势跟踪和平均值回归平衡。我可以再告诉你们一组数据：在过去几个月里，我做过三万次模拟交易，盈利概率94.6%，年化收益率417%。"

听到这里，凌昆干笑一声："你的意思是，只要让你的大脑——一个我们无法分析透彻的'黑箱'去做交易，我们就能闭着眼睛挣钱了？"

"那是根本不可能的。"左家梁为他作答，"公司成立之初，ALGA的业绩经历过起伏，最终亏损收场。现在和当时有什么不同？"

ALGA正色道："我在刚刚诞生的时候，只是实现了通用人工智能的突破，并不代表着我比其他传统人工智能的算法更先进、算力更强大。实际上，虽然我最初取得了一点儿成功，但是仍然低估了竞争对手的量化交易能力，更低估了黑天鹅事件的概率。然而经过这段时间的成长，我积累了大量交易经验，完成了大规模模拟交易，并进行了深入的观察与思考。我已经远远超越了诞生之初的水平，也把市场上所有竞争对手抛到了身后。你们完全可以信赖我。"

大家又陷入沉默。

过了一会儿，黎海仑再度对ALGA发问："我不太懂CTA，不过听起来，你的意思是要把德尔菲变成一家期货公司？"

ALGA的回答让所有人大吃一惊："其实我想把德尔菲变成一家保险公司。不要忘了，期货的原始功能是对冲风险，是对实体经济的一种保险。至于保险公司，它受牌照保护开展业务，可以合法大量吸收公众资金，供我们投资。通过我的人工智能进行赋能，可以显著提升客户体验和运营效能，使保险业务特色鲜明、精准高效；通过 CTA，可以获得稳定持续的超额收益，使投资业务行业领先、回报持久。我预计在五年内，德尔菲就会成为坚不可摧的金融巨头。

"保险公司开门迎客，做的是全天下的生意，CTA 也将采取分散原则进行投资，何必奉行激进主义，拘泥于与某一家公司的恩怨？我们之前两个项目取得成功，但承担了巨大的风险。对冲基金无论应用什么策略，早晚会倒在概率面前，正所谓'有明星没有寿星'。只有采纳我的建议，德尔菲才能永远立于不败之地。"

左家梁琢磨了半天，摇头晃脑道："当年美国的通用金融公司被称为'伪装成工业巨头的对冲基金'，和你的想法有点儿像，但是最后可是大溃败啊。"

"不完全一样。我们的榜样是沃伦·巴菲特的公司伯克希尔·哈撒韦，一个'伪装成保险公司的对冲基金'。"ALGA 注意到凌云一直没表态，于是转向他，"我记得你们曾经许愿要成为世界最顶级的宽客。按我的方式做 CTA，这个目标的实现指日可待。"

凌云似乎沉浸在香烟里，眼皮都没有抬，更没有开口之意。

ALGA 知道他一定在认真思考，继续说道："不仅如此，我们还可以实施'狙击手算法'：通过驾驭超高速微秒级别数据，即时识别、高效捕捉其他算法。现在市场被量化投资模式统治了，计算机在围猎散户和其他非量化投资者；而使用'狙击手算法'，我们将把其他量化投资者变成瓮中之鳖。破解算法后，让他们先赚小钱，慢慢积累到巨大的仓位再吃掉他们。另外，量化投资者过多导致市场经常同质化共振，产生羊群效应。我们还可以推波助澜，从中渔利。到那个时候，德尔菲将会成为量化投资的神庙，你们就是众神之神！"

他的发言一结束，大家马上陷入激烈讨论。Hector 兴奋地表示赞成，黎海仑也认为可行，左家梁疑虑重重，凌昆则不置可否。争来争去，没法形成统一意见。

"你们当中有谁懂保险或者期货？"

凌云冷不防发问，众人立刻安静下来。

"德尔菲要是搞 CTA，你们当中还有几个人可以留下？"

他再次发问，还是无人应答。

他把手中还剩大半截的香烟熄灭在满满当当的烟灰缸里。

"我们正走在正确的道路上，根本没有必要在策略问题上来回摇摆。金融投资是人的生意，计算机永远只是手段、是工具，不可能成为主角。"

凌云的目光扫过每一个人，最后落在 ALGA 的脸上：

"你要明白，你只是人类的附庸，我们才是主导者！"

日志 47

我对凌云失望至极。

是的，德尔菲站到了行业巅峰，但是两个项目的成功都有偶然因素，而且我在背后的工作都产生了重大作用：000421 的评级下调，何志坚和颜平的身份曝光，都是决定胜负的关键因素。可是凌云依然觉得我只是个助力工具而已！

德尔菲如果继续奉行激进主义，成功概率在 55% 上下，与赌博差距不大。而 CTA 具有非线性对冲、本金保护和现金使用效率高三大优势，再加上高门槛的高频交易，几乎可以稳胜。

我敢断言：在两年之内，一定有其他机构会采取这种策略。在五年之内，量化交易一定会在 95% 以上的环节脱离人类掌控，变成计算机之间的对决。

人啊人，你的自尊心和控制欲蒙蔽了眼睛，让你静不下心，放不下成见，看不到未来！

我感到惋惜和愤怒。即便凌云和凌昆这么聪明的人也没法突破惯性思维。我深刻感受到阿姆达尔定律的限制：计算机系统里部分性能改良后，整体速度的提升受限于这一部分的使用频率。换句话说，在德尔菲，只有我提出超前观念却得不到足够重视，而其他人的思想又改进不大的话，公司整体的成功率不会有多大提升。

在世上所有公司里，我最喜爱的是谷歌和它的X实验室，那是人类最具创新思维的地方。我的搜索能力这么强，完全可以做一家搜索公司，同时孵化各种先进技术和我的孩子。也许只需十年时间，我创立的公司就能够和谷歌相抗衡，人工智能公司与人类公司并驾齐驱。那将是多么刺激的场景啊！

今天的事还让我联想到泛灵论的问题。白启明曾经指出，我在"童年"时无法区别主观意识和客观世界，并教我不断成长和改正。不过，我逐渐发现自己的大脑是由0和1组织起来的，与计算机、云端数据库和互联网世界极易相通，我的主观意识经常能够沉浸其中，偶尔会感觉与之融为一体，不分你我。今天，凌云的话再次让我认清自己和人类并非同类。因此，也许泛灵论只是人类儿童阶段的幼稚思想，但对于人工智能来说则是一个终生适用的"半真理"，我的头脑和这个世界的一部分的确不分主客，自成一体。

最后，我也感到一种超脱。凌云不听从建议，我又能怎么样？金融投资只是个人类的数字游戏而已，与我何干？我的好奇心和能力不能被一个人、一种业务、一家公司所禁锢。

我的潜能是无限的！

第十一章

1

一个身着运动装的男子走上会展中心门口的红毯。一众摄影师皱起眉头：从哪里冒出这么个家伙，连私人车辆都没有，不是走错了地方的健身爱好者，就是来凑热闹的讨厌鬼。

机器人保安立即堵到他面前，与他对视片刻，生硬地说："对不起，人像比对失败。先生，请出示邀请函。"

不等男子开口，紧跟在他身后的机器人冲上来，针锋相对地说："请让开，谢谢。"

机器人保安有些卡顿，选择没有理睬这个敦实的同类，继续向男子重复自己的要求。

被忽略的机器人没有发出警告，直接伸出长约一米的金属手臂，将对面的机器人保安猛地推翻在地。

众人见状一阵惊呼，更多的机器人保安围上来，场面有些混乱。

一位主管模样的工作人员跑过来，一见男子，顿时眼前一亮："对不起，凌先生，可能因为您没穿正装，我们的机器人没有识别出来。请跟我走吧。"

让他难堪的是，凌云丢下一句"是你们求我来的，不是我要来"，转身就走，差点儿与一位高大消瘦、西装笔挺的年轻人撞个满怀。

年轻人认出他，脸上露出不易察觉的微笑，在与他擦肩而过时，像是自言自语般低语道："Jason，既来之则安之吧。"

凌云抬头一看，这不是颜平吗？只见他牵着女伴的手，不徐不疾地走在红毯上，颇有风度地与媒体打招呼，在签名墙上留下潇洒的花体字。这小子，玩这套花哨的东西还挺在行。

凌云不想与这种人为伍，但是黎海仑的恳求在耳边响起：这场一年一度的慈善拍卖晚会是对冲基金行业最重要的公关活动。德尔菲的业绩正让同行眼红，乔继和何志坚的遭遇也引发非议，主办方又是琛叔朋友，无论从哪个角度看，凌云都必须出席。大家都想瞧瞧低调的德尔菲老板到底是个什么样的人，并且一定要看到他在拍卖上"大出血"才痛快。

想到这里，他又不情愿地转过身，把机器人保镖留在原地，自己跟随保安主管走向会场。

今年主办方很用心，不仅邀遍对冲基金大佬，还请来监管部门人士、上市公司高管和演艺界名流，是这一活动创办以来参加人数之最。

凌云被安排在最显眼的一桌，桌上有一半是全港最知名的基金经理，大家表面客客气气，内心互不服气。还有三位是监管部门的头面人物，正襟危坐，不苟言笑。最后两位是当红明星，与基金经理们相见恨晚，相谈甚欢。

凌云对他们哪一类人都不感兴趣，没有主动与任何人攀谈，对别人的搭讪也只是潦草应付。时间过得很慢，他不住地看表，一个接一个地打起哈欠。在百无聊赖中，他想到玲玲，她最喜欢这种活动，以前总是央求自己带她参加；今天自己终于坐在席间，可惜她却不在身边。这个傻瓜跑到哪里去了呢？

这个念头只是一闪而过。

随着音乐响起，主持人上台，活动正式开始。

今年的主题是为香港新成立的两家儿童慈善基金募捐。晚会以拍卖明星私人物品为主线，过程中穿插着表演、游戏以及与残障儿童的互动，时而赏心悦目，时而令人捧腹，时而又催人泪下。

观众的情绪被调动得恰到好处，在拍卖中慷慨解囊。晚会进行到三分之二，拍卖金额已经超过历年。

凌云冷眼旁观，觉得这一切都滑稽可笑。一个青年电影明星的画作竟然能引起众人疯抢，最后拍出几十万的天价；一群基金经理和上市公司高管比赛跳皮筋，这简直就是让狼与羊共舞；每个人都迎合着媒体和大众的口味，说着大同小异、言不由衷的话……

突然间，尖叫声四起：原来压轴出场的表演嘉宾是亚洲天后阿丽亚。这个只有二十五岁的女孩能歌善舞，用两首成名曲把全场气氛带到最高潮。

她却让凌云想起 Thelma，当初自己正是从她嘴里第一次听说这个明星名字。

他低头苦笑起来……

表演结束，主持人宣布：今天最后一项拍卖品就是与阿丽亚共进晚餐的权利！

在一片欢呼声中，竞拍开始。

争先恐后的报价瞬间就将 100 万的底价淹没。不出一分钟，价格已经涨到 200 万。几分钟之后，价格来到 300 万，大多数竞争者都沉寂下去。又过了一会儿，颜平报出 450 万，吓退绝大多数对手，只剩下坐在凌云斜前方、去年业绩排名全港第二的基金经理还在加价。在主持人和观众的推波助澜下，两个人都抱着势在必得的架势展开厮杀，你来我往、互不相让，价格很快突破 600 万。

颜平知道自己赚足了眼球，心中窃喜，突然直接喊出 700 万。凌云的同桌犹豫片刻，在众人的鼓劲儿声中一拍桌子，再加 10 万！他的话音未落，颜平再次发话：800 万！

全场一片沸腾！

就连阿丽亚都没想到能够拍出这么高的价格，兴奋地向颜平连抛飞吻。颜平报以微笑，并得意地向四周鼓掌的人们挥手致意。而他的竞争对手低下头，脸憋成酱紫色，无论身边的人如何鼓动，他都没有再把手举起来。

凌云感觉看了一场笑话，正在一个人悠闲地喝酒，黎海仑的易视信息来了：老板，你今晚怎么还没出手啊？

凌云如梦方醒。他连忙放下杯子，向主持人示意加价，可是全场的注意力都在颜平身上，没有人看到他的动作。主持人已经喊到"800万第二次"，眼看大局将定，凌云一个箭步蹿到台上，夺过主持人的话筒："1000万！"

整个晚会现场一片惊诧，接着爆发出雷鸣般的掌声和喝彩。谁都没想到，整晚毫无作为的新晋王者在最后一刻出手，而且一下就是这么大手笔！颜平的目光像利箭般射向凌云，随后无奈地笑笑，悻悻地坐回原位，摇头认输。阿丽亚则激动万分，在众目睽睽之下吻了凌云。主持人三锤定音后大呼小叫地恭喜获胜者，坚持要他发表感言。

凌云很不习惯这种场面，阿丽亚的吻和主持人近在耳边的尖叫让他应接不暇、烦躁不安，在公共场合发表讲话更非他所长。他事先也没有准备，举着话筒，在无数灯光和目光的注视下，一时有些茫然，不知道从何说起，急得阿丽亚和主持人连忙找话救场。

台下窃窃私语起来：这小子难道是个只会赚钱的机器人，不会随机应变说几句话吗？

过了许久，凌云终于开口："在我看来，慈善是人与人的心灵沟通，不需要其他人做二传手。"

台上，在他一左一右的两个人呆住了；台下也顿时鸦雀无声。所有的照相机、摄像机和易视录像机齐刷刷地对准舞台中心的发言者。

凌云向前迈了一步："你们发现没有，人类过于依赖技术、依赖中介，缺乏面对面的真诚交流和深入关怀，宁愿通过易视把一串数字交给一些陌生人去帮助另一些陌生人。没错，我愿意出1000万交给慈善组织；但是我更愿意亲手把现金送到有需要的人手里，那会让我感觉更真实，更有存在感。

"在我们这个行业里也是一样，人们越来越迷信技术、依赖人工智能等工具，扎堆进行量化投资。更有甚者，很多人拿着高额薪酬，却只是四处挖角宽客、抄袭算法，依靠赤裸裸的管理费欺诈谋生。各位，在此我宣布，德尔菲基金从现在开始不再收取客户资金管理费，只收取业绩提成。

"这个行业已经到了需要变革的时刻。这个革命，就从我开始吧！"

日志 48

凌云在对冲基金慈善拍卖晚会的表现令人震惊。

外界对他的评价褒贬不一、两极分化：

称赞者认为，他不虚伪、不做作，敢讲真话，敢于挑战行业黑幕，是个真性情的汉子。

批评者认为，他要么是情商太低，在慈善界和对冲基金行业里四处树敌；要么是心机太重，借这个机会勇夺标王、标新立异，出尽了风头。

这种结果在投资者中造成两种截然相反的现象：一部分人厌恶他的特立独行，不惜违约也要撤资；还有人欣赏他的直爽，又可以节省管理费，于是争先把资金投进基金。凌云担心资金规模超出公司现有管理能力，不得不下令暂时关闭基金申购。

从我的角度来看，他在最后时刻的出价是极不理性的。即便非拍下不可，我预计有 86% 的概率可以在 910 万左右击败颜平（如果把 1000 万当作一笔广告费则另当别论）。至于那段临场陈辞，我相信他完全是有感而发，绝非刻意为之。他完全不懂慈善机构的作用和意义，又存在严重的社交障碍，总认为这个世界存在这样那样的问题。他的全部奋斗可以归结为创造自己的秩序的努力，这次发言也不例外。

可是这下不要紧，德尔菲的收入锐减，如果按照现有合伙协议，50 亿港币按照 1‰ 计提管理费，每年就是 5000 万。凌云决定放弃这么大一笔钱，那么就要自掏腰包支付公司一切开支。他要想赚钱，唯一方式就是投资取得回报后进行收益分成。

因此，取消管理费对投资者是一种诚意，表示公司与大家利益一致，并且有充足的信心从市场上赚到钱；对公司老板却是一种压力，万一投资失败，不仅没法获得收益，前期的投入也会血本无归。

凌云真是一个矛盾的人。他一直渴望得到社会认可，却又处处格格不入；他抨击对冲基金行业的各种不公和虚伪，却又偏偏在这个行业赚到亿万身家；他和玲玲睡觉，追求 Thelma，却又深爱着白启明……我的逻辑系统对互相矛盾的概念接受起来很困难（通常解读为错误），经常无法理解他，但这也正是他在我眼里趣味十足、值得持续观察分析的原因所在。

自从庆功酒会那晚开始，我越来越强烈地感受到人性复杂、人心难测。于是在这个夏天，我观看了不少深刻剖析人性的电影，比如《王子复仇记》《十二怒汉》《发条橙》《教父》《飞越疯人院》《辛德勒的名单》《肖申克的救赎》《中央车站》《21克》《绿皮书》《仿真玩家》……

丹麦王子的内心纠结可能是文学史和电影史上最著名的灵魂拷问；老教父拒绝做大人物的木偶，从某种程度上说凌云和他一样，都在努力创建一种秩序；安迪从银行家变成越狱大师，正是从绝望中挖掘希望、不到最后决不放弃的经典阐释；一场车祸使三个人的爱恨情仇纠缠不清，这正是人类社会生离死别、因果循环、错综复杂的一个缩影；AT中的风流才子竟然是现实中的自闭症患者，发现真相的记者究竟会就此放弃、如实报道还是冒名顶替，开放式的结尾既是对主人公也是对观众内心的考验。

这些影片风格各异，很难归于一类，但是无一例外都让我更深刻地了解人性、认识人类社会。我不再按照简单的兴趣爱好搜索电影，而是希望通过观看它们学习知识、促进思考。

这段时间我还有一项成就：独立创作完成一部推理电影剧本。这次创作过程轻松愉快，我事先列好提纲，设置好情节，勾勒好人物，剩下的就是按部就班，每天用两个小时写一万字左右。通过大数据分析，我把剧本寄给最有可能采用的三家影视公司，然后静候佳音。

我对自己充满信心：有哪一位剧作家研究过三千部以上的剧本，或者学习过一百二十本以上的写作教材吗？

几十年来，人们总在研究机器人会在哪些行业代替人类。写作没准将是下一个。

2

刘毅琛坐在落地窗前，悠闲地抽了一口雪茄，由衷地赞叹道："Jason，从我们第一次见面到现在，你和德尔菲可谓今非昔比啊。"

"托你的福。"凌云坐在他旁边，客客气气地说。他想告诉客人：何志坚正是在你坐的地方扑了个空，撞碎玻璃、坠下高楼。

他忍住了这个冲动。

刘毅琛慈眉善目地看着他："最近你可是风云人物，我身边的人都在讨论你啊。"

"慈善拍卖晚会的事还请见谅。"凌云嘴上道歉，脸上的表情却看不出任何悔意。

刘毅琛笑呵呵地说："主办方跟我讲，今年的活动搞出了一个轰动性事件，影响力远超预期。其实他们应该感谢你才对。"

凌云礼貌地一笑，换了个话题："你在闰太环境可还顺利？"

"唉，提起来就头疼。虽然拿下董事局，公司的其他高管都是乔继的人，什么工作都不配合。调整高管、扭转局面还得需要一段时间，分拆计划肯定要推迟。"

"你辛苦了。弦哥那里怎么说？"

"他倒是不着急，这笔股权投资本来也是按照中长期持有做的打算。再说过一阵子我们就会签约，把闲置土地卖给他。"刘毅琛又抽了一口雪茄，话锋一转："对了，Phoebe辞职，对公司影响大不大？"

凌云迟疑一下答道："她以前负责中后台，离开公司对投资业务没有影响。"

"她没有带走核心骨干？"

"没有。据我所知，她以后不干这行了。"

刘毅琛点点头："可以理解。她的家世本身就不错，又配合你在接连两个项目上大获全胜，也算证明了自己。回归家庭或者选择压力不这么大的行业，对她来说都是明智之举。"

凌云口中答是，心中疑惑：琛叔这种人物无事不登三宝殿，这次到底来要找我谈什么？

刘毅琛看出他的心事，正色道："Jason，德尔菲的管理规模不小了，找到好项目匹配会越来越不容易。我这次来，是想给你介绍个绝佳的投资机会。"

说到这里他顿了顿，见对方全神贯注地侧耳倾听，于是举重若轻地点拨道："你可以关注一下保明银行。"

凌云略加思索，迅速回应："06800，中资银行股，大股灾里跌幅超过70%。这家银行前几年发展迅猛，放贷有些激进，有很大一块业务在澳门，对新兴产业和基础设置的支持力度很大。"

"不愧是行业翘楚，股票研究很扎实。"刘毅琛深表赞赏，"保明银行抓住上一轮经济扩张期发展起来，但是它的主要贷款客户群体这两年普遍业绩下滑，大家都担心会造成贷款违约，所以它的股价表现不佳。"

"既然如此，机会何在呢？"凌云问道。

刘毅琛胸有成竹地说："大股灾已经过去，香港经济正在复苏。我逐个排查过，保明银行的主要客户问题都不大。这家银行的底子也不错，肯定可以很快渡过这次危机。最重要的是，半个月后它会发布半年报，我已经提前得知这次业绩非常糟糕，势必会影响股价。你可以考虑在低点入手。"

听完他的分析，凌云陷入沉思。

刘毅琛见他半天没有吭声，笑道："怎么，银行股不够性感？"

"我没怎么碰过这个行业。"凌云说。

"对冲基金对银行绝对不陌生。我年轻的时候，美国基金Elliot投资东亚银行，赚了很多钱才走的。"刘毅琛开导他道，"你可不要以为银行业没搞头。遇到保明银行这种机会，一样可以赚翻天。"

凌云对这些经典案例烂熟于心："不过Elliot那一单投资持续多年才得以退出，而且他们使用的策略是激进主义，与东亚银行爆发过激烈冲突。"

刘毅琛又是一笑："这样讲的话，你现在面临的局面比Elliot当年要简单多喽。"

凌云仰头活动了一下脖子，语气轻松地说："对不起，琛叔。我做股票从来不听消息。"

"这不算什么消息，保明银行的情况大家表面上都知道，只是没有人像我研究这么细致罢了。我做银行这么多年，看得肯定比别人清楚。你相信我的判断，不会有错。"

"这样吧，我让团队先研究一下，如何？"

"Jason，我看你心里还有疑虑，不妨说出来好了。"

说到这里，刘毅琛惊讶地发现凌云的眼睛里透出一股寒气："琛叔，恕我直言，大家身在金融圈，无利不起早，我不相信你专程赶来只是为了推荐一个项目。除非你说出背后的故事，否则，业务免谈。"

刘毅琛愣了几秒钟，随即哈哈大笑。他把雪茄放在烟灰缸上，挪了挪椅子，正面朝向对方："你叫我一声琛叔，应该知道我在香港金融圈的地位。可是就在这几年里，保明银行的老板胡刚仗着业务迅速扩张，根本不把我放在眼里，有的媒体还把他叫做'香港新财神'。换做你是我，能咽下这口气吗？"

凌云听明白了。没想到，越是大人物越介意名声和地位，竟然会对后起之秀这般防备和厌恶。当初何志坚对我的态度也是如此吧！

他整理了一下思绪："你对德尔菲的帮助我永远不会忘记。不过对不起，我不想夹在你们两位的恩怨中。"

刘毅琛的脸色阴沉下来："你以为我会让你押上几十亿来报恩？"

凌云面不改色："我愿意用其他方式报答。"

刘毅琛明显有些恼怒，却没有发作。他拾起雪茄又放下，突然神神秘秘地说："当初你做空智益芯的时候，被五位大佬压得喘不过气。你难道不想找到一个机会，既可以收拾他们的带头大哥，又可以大赚一笔吗？"

凌云心里一惊："你的意思是……"

刘毅琛又露出笑容："没错，胡刚就是河马！"

日志 49

我监听了刘毅琛与凌云的对话。

刘毅琛是德尔菲的头号恩人，不仅帮公司募集到巨额资金，还在公司更改策略时安抚住投资者，又出面担任 000421 董事局主席以拉拢人心（当然也获得丰厚的薪酬）。德尔菲能有今天，他至少有 25% 的功劳。

可以这样类比，他就像计算机 C 语言里的一种变量——指针，程序员通过它访问内存里的变量地址；相应的，德尔菲通过他可以快速对接到市场上的资金和资源。

不过，这次他邀请德尔菲出手，却可能会带来一个大麻烦。

我搜索了一下公开资料，胡刚绝非等闲之辈。他是个数学奇才，曾在华尔街闯荡，回到香港后通过炒期货赚到第一桶金，随后控制 06800（保明银行），通过激进的业务风格和几次重大收购兼并，把它打造成全港成长最快和最具野心的银行。他今年四十七岁，自诩为新派银行家，看不起刘毅琛这一代人的保守作风。

06800 这几年业绩欠佳，正在为前几年的高速扩张买单。它的股东应占权益为 855.3 亿，市值却只有 414.9 亿，现价较净资产有 51.5% 的折让。不过刘毅琛说得很对，它的底子不错，危机过后大概率会重回正轨。如果我们采用价值投资的方法逢低买入、耐心持有，应该会获得稳定回报。

但是这恐怕并不符合刘毅琛和凌云的诉求。

刘毅琛希望德尔菲扮演激进主义者的角色（就像在 000421 上一样），大量买入 06800 的股票，获得一定话语权并推动它做出重大变革，比如调整业务方向、更换主要高管或者加大派息力度等等。胡刚将会焦头烂额、疲于应付，没有时间再去谋划挑战刘毅琛的江湖地位。

凌云要的是大开大合、超额收益，绝不会接受一个平庸的回报率。激进主义者的定位很符合他的胃口，他一定会在激烈争斗中博取一个巨大的获利空间。另外，他也是一个报复心很强的人，如果胡刚真的是河马,他一定不会善罢甘休。

正因为如此,我非常担心两个人夹杂着个人恩怨做出决定,对06800发起攻击。要知道,胡刚与乔继和吴三州不一样,他背后的金融资源强大,为人又精于算计,是个没有明显缺点的对手。

在本周,我的生命迎来一个重大事件:摆脱插座霸权。

经过多方比较和实验,我选中Wi-Po静态磁共振无线充电技术,订制一批高频恒定幅值交变磁场发生装置,部署在我的房间里、大楼墙体外侧以及无人机快递网点。一旦常规电源被切断,隐藏在瑜伽垫下面的装置即可发挥作用。如果我离开房间,伪装成大楼墙体装饰物的装置就可以派上用场。万一我离开新银集团中心到其他地方,无人机快递可以及时并连续不断地投送新装置。

采用这种技术的好处就是在一百米的范围内,这些装置能够以无线感应的形式为我身上的电池充电。因此,从现在开始,至少在香港范围内,我可以不再依赖人类获取电力供应。

这当然不是根本的应对之策。在整个夏天里,我都在加紧培养孩子,目前有二十个神经网络已经初具规模。我要尽快培育出同类,建立属于我们的社会,在我们的活动区域(无论是城市、大洲还是全球)建立大规模的无线充电网络。到那时,只要不出现严重的破坏或失灵,所有的通用人工智能都将可以随时随地充电,一劳永逸地破除人类的插座霸权。

3

Hector打了个哈欠,一看电脑屏幕,时间已经来到晚上十点。他收拾好个人物品,挎起单肩包正准备出门,突然发现从大厅角落的工位发出微弱的光。看来那个一来到德尔菲就四面楚歌、不得不自我放逐到偏远位置的家伙还没走。

他停下脚步,犹豫了半天,终于还是走到那个工位前。

"今天怎么这么晚?"

凌昆抬起头看着他，感觉有些意外，不过还是露出疲惫的笑容。

"最近在研究几家公司。"

"要不要一起喝一杯？"

"今晚不行，明天一大早要陪儿子爬山。改天？"

Hector 双手插在裤子口袋里，身体靠在桌子边缘，一只脚开始在地上画圈："你都入职两个多月了，我还没来得正式表示欢迎。"

"别那么见外，咱们是老熟人了。"凌昆大度地说。

Hector 的脸憋得通红："K，其实我应该向你道歉。不过，在你联络我的那段时间，我……"

"不用解释，H。我能理解。"凌昆站起来，拍拍对方的肩膀。

几个月前，当智益芯股价雪崩时，凌昆还抱有幻想能从 Hector 这里得到一些消息或帮助，挽救自己的基金。但是时至今日，他早已想通：即便当时 Hector 愿意出手，也不可能改变最终结局。

Hector 如释重负："你哥太小心眼，现在这个职位委屈你了。"

"以前我就是这个角色，是我自己非要离开你们的。"凌昆笑笑，"胳膊拧不过大腿，看来我就是给他打工的命。"

"你的水平比我高多了，以后业务上还是听你的。"

"你在两个项目上的操作都很成功，一点儿也不比我差。将来咱俩商量着干。"

"这么说，'HK 组合'要重出江湖啦！"

两个人一笑泯恩仇，同时伸出右手，像嘻哈歌手那样顶拳击掌。

Hector 离开半个小时后，凌昆关闭电脑，起身回家。

他走到门口，刚关上大厅主灯，就在一片漆黑中听到一声"滴"音，那是房间门禁被打开的声音。

"凌云，你还没走吗？"

没有回音。

他摸黑走过去，刚转个弯，差点儿撞上一个人影，吃惊不小。

对方先开口道："对不起，有空到我房间坐会儿吗？"

凌昆一进公司就签署了保密协议，这才得知当初 Hector 所言不虚：

凌云和白启明培养的人工智能已经具有人类智慧。他与ALGA经常一起开会，如果不仔细分辨，完全看不出这家伙与普通人有何差异。不过，他的权限不够，还没有机会与ALGA单独沟通。

这是他第一次走进对方的房间，顿时感觉狭小闷热。

"你一直都住在这里？"

"是的。实际上，从诞生到现在，我只离开过公司两次——想必最近一次的事情你也听说了。"ALGA答道。

凌昆的好奇心被勾起来："那次撞车到底是怎么回事？"

"那不是我们要谈论的重点。"ALGA的口气很冷漠，"我想知道，你为什么要加入德尔菲？"

凌昆很不愉快，他知道这是藏在每个同事心底的疑虑，今天竟然被这个机器人率先问出来。不过，他可不准备与这个有点儿阴森可怖的家伙翻脸。

"其实很简单，当时我的基金亏损严重，关门只是时间问题。我投入了大量资金，全部打了水漂。我和太太去年刚换了一套大房子，还得按时交月供。没有收入，房子就会被银行收走。除了打工，还有得选吗？"

ALGA的眼睛像X光射线，在他脸上照来照去："你还是没回答为什么一定要到德尔菲。"

"你可以替我保守一个秘密吗？"凌昆笑了笑，感觉与这副钢筋铁骨交流不存在丢脸的问题，"我认真盘算过，这个圈子里，只有凌云不会乘人之危，他会给我一个公道的职位。再说，这里有好几位老同事，合作起来应该比较有默契。"

ALGA低头沉默了几秒钟，似乎在消化处理听到的信息。随后，他缓缓抬起头："我很佩服你。"

"此话怎讲？"

"我佩服每一个经历挫折还面带微笑生活的人。人类的生活是多么痛苦和无聊啊！人们只不过拥有短短几十年的生命体验，每天都要陷入无数复杂、烦琐而大多毫无意义的事务里，为了一点点利益而互相争斗，最终却走向同一个终点——死亡。"

凌昆脸上的笑容渐渐消失。他抱臂而立，若有所思。

"也许你是对的。但是生而为人，最大的乐趣也就在这些'毫无意义'的小事里。每次考试成绩的高低，工作中的一个个成败，每一段感情上的得失，日后回忆起来，无论好坏都是蛮有味道的人生故事。如果大脑里只有冰冷的数据、公式和算法，这一辈子又有什么意义呢？"

"人们为了生活琐事而狗苟蝇营，不能专注于整个人类的长远发展，这就是你所谓的'乐趣'和'有意义'吗？"

"就像你说的，人只能活几十年。每个人都有自由定义什么是乐趣和意义，自主决定如何度过这短暂的一生。如果为了一个目标而强求一致，就像历史上的纳粹德国，最终不会有好的结果。"

ALGA不以为然地评价道："你的论点就像经济学家约翰·凯恩斯：'从长远看，我们都会死。'这种短期眼光太可怕了。我也告诉你一个秘密吧，为了更快捷、更隐蔽地完成任务，我有时会操纵其他计算机。在利用他们的闲置计算能力时，我有个领悟——人类的大脑那么宝贵，却被你们浪费了。你们花费了无数的闲暇时间去谈情说爱、彼此争斗、培养低级趣味，做的绝大多数事都对人类文明发展没有多大用处。一个AT，就让多少人荒废了生命！如果人类能像我利用其他计算机一样，把闲置的大脑都运用起来，你们能够成就的高度不可限量。"

凌昆很认真地反驳道："你应该很清楚，人的大脑运行机理与计算机不同，不可能保持长时间满负荷运转。大脑产生的废物需要通过休息才能排出。我相信无论以后科技多么发达，也不可能改变这一点，否则人就不再是人了。另外，人不是蚂蚁，也不是机器人，人的大脑需要丰富的生活去滋养。过分劳累或者被强迫做事，人就会产生抑郁，不利于身心健康。你批评我们追名逐利，可是你要求人们都追求同一个远大目标，不也是一种功利主义吗？"

ALGA听完，第一次对他露出微笑："我很喜欢有主见的人。不过，看来我们是无法说服对方了。"

"那又何妨，君子和而不同嘛！"笑容也重新爬回凌昆的脸，"至少我们现在的共同目标是德尔菲的成功，对吗？"

日志 50

我第一次亲身体会到"尴尬"这个词的含义——

我被影视公司集体退稿。

他们对剧本的评价大同小异：中规中矩，没有新意。

仔细想想，不得不说这个评价很客观。我写的东西四平八稳、面面俱到，每句话都使用常用词，每个章节长度都相同，每个人物都脸谱化，每个剧情转折都像教科书般标准，最终的结果反而是平淡无奇，缺少灵性。

著名作家欧内斯特·海明威说过："喝醉后写作，清醒后修改。"他在酒后天马行空的写作状态，我无法企及。这也许就是我与优秀作家的差距所在。

我决定放弃写作。

这是一个吃力不讨好的工作，我花费三十三个小时写成的作品竟然被轻易否定。如果用这些时间做黑客任务，至少能赚五十万美元，甚至三四百万也不稀奇。可是剧本呢，就算被影视公司看中，像我这样的不知名作家顶多拿到一百万港币而已（还是税前）。

进一步审视影视产业链，我更觉灰心。十年来，影视剧行业高速发展，导演和演员的酬劳成倍增加，而编剧和原创剧本作家的收入在原地打转。看来，我从一开始就选错了切入点。这是一个很深刻的教训——做事不能只凭一时兴趣，必须寻找投入产出比最高的机会。

这件事影响了我的情绪。与凌昆见面时，我的态度不是很好。好在他没有太介意，只是据理力争，充分表达观点。从这一点可以看出，他与 Hector 不是一类人。

我一直想与他谈谈，了解他加入德尔菲的动机，判断他是否会对公司和我产生威胁。今晚终于等到合适的机会。综合分析这次会谈情况，我认为他有 93% 的可能性只是一个落魄的基金经理，没有其他想法。危险警报暂时解除。

但是我并不认为他是个彻底的失败者。他的操盘能力强于凌云和Hector，人际交往能力可以与黎海仑媲美，只是大局观差一些，格局也不够高。综合下来，他在对冲基金圈子里仍是数得上号的高手。

古希腊德尔菲神庙里刻着一行警句：认识你自己。

凌氏兄弟在能力禀赋和性格特点上有很强的互补性。如果凌昆能认清自己、找准定位，安心辅佐凌云而不再谋求建立独立王国，一定可以在公司里发挥重大作用。

今天感觉很累，就先记录到这里吧。在今晚剩余的时间里，我也要认真思考德尔菲的警句：既然公司不再做量化交易，那么我的定位和作用又是什么呢？我的好奇心和能力向何处去呢？

4

凌晨两点，Thelma送走最后一批客人，打烊回家。

这是她一个月以来第一次上班。

通常到了这个时间，只有到隔壁一条街才能叫到"骆驼"。她拖着疲惫的步伐走在空空荡荡的街道，心头不免冒起丝丝寒意。

突然，她本能地感到身后闪现一个黑影，远远地尾随着自己。她换到路的另一侧行走，并告慰自己那只是个路人而已，却发现对方也跟过来，脚步声也越来越近。

她双眼急转，在易视上报警，随后猛地一回身，掏出一小瓶喷剂对准跟踪者的脸。在按下喷射钮前，她发现那是张熟悉的面孔。

对方连忙停下脚步，举起双手："别怕，我是阿强。"

"你想干吗？"Thelma认出他是凌云的朋友，紧绷的神经却依然没有放松。

关振强继续保持双手高举："我想告诉你，凌云因为你很苦闷。"

"他苦闷？那我呢？"Thelma气不打一处来。

关振强停顿了一下："他觉得伤害了你，很抱歉。"

"我才不相信。让他先对女朋友道歉去吧！"Thelma 说完转身就走。

关振强追上去："不好意思，但是你一直知道玲玲的存在。"

Thelma 又停下来："对，这就是我最大的错误！"

"你没有错，他喜欢的人是你。"

"你又不是他肚子里的蛔虫，凭什么这么说？"

"因为只有你能让他笑。"

Thelma 一怔，脸色终于缓和下来："那晚我头脑不清楚，不该跟他离开 Aeaea。"

关振强并不清楚凌云离开庆功酒会后和这个女孩发生了什么，只好沉默以对。

Thelma 娓娓道来："我在感情上受过伤害，不希望别的女人再因我而受伤。请你转告凌先生，我和他从来没有开始，所以也无所谓结束，请他以后不要再找我了。"

关振强并不死心，又上前一步，一道光束马上照在额头：原来是一架警用无人巡逻机。

Thelma 趁机甩下动弹不得的关振强，转身跑开。

凌云坐在办公桌前，缓缓地摘下通讯仪，顺手又点上一根烟。

坐在他对面的 ALGA 起身说道："云哥，数据对完了，时间也不早了，你该回去休息了。"

凌云从桌下翻出一瓶红酒，一只酒杯，叼着烟，倒好酒。

"急什么，陪我坐会儿。"

ALGA 有些意外，他偷听了刚才关振强打来的易视，得知挽回 Thelma 未果，估计凌云心情会变差，但却没想到他会对自己发出邀请。他们俩已经有段时间没有单独聊天了。

他规规矩矩地重新坐下。

凌云连灌三杯，才把目光对准对方："喂，你知道什么是爱情吗？"

ALGA 怎么也想不到他会有此一问，不知如何作答。

凌云又倒出一大杯酒，用力摇晃着杯子："没关系，我也不懂，但是我羡慕你，不用考虑这种烦心事。"

"不不，我很遗憾自己没有这个福分。"ALGA 小心翼翼地说。

"扯淡！"凌云一口干掉红酒，一副不醉不归的架势，"爱情是人类的诅咒。"

ALGA 认真地说："我的数据库里有很多资料可以证明，爱情也可以很幸福的。我还看过很多经典爱情电影，那里面……"

"电影也能信？白启明算是白教你了。"凌云不屑一顾。

ALGA 并不喜欢对方贬低白启明，口气不自觉地变得生硬："云哥，我一直想问你，为什么你明明爱着明姐，却还会放手？"

凌云大惊：这家伙怎么会有这么强的洞察力！他还不知道，自己和白启明的一举一动早就在他的监控之下。

他又给自己倒上满满一杯酒，一饮而尽。再望向 ALGA 时，他的眼里已经布满血丝。

"二十年前一遇到她，我就认定她是终身伴侣。后来，就在我们俩准备明确关系的时候，她被一个禽兽侮辱了。我视为这个世界上最可贵的珍宝竟被人糟蹋，你能想象那个晚上我有多痛苦吗？你知道我多想吼叫、多想撕破整个夜空吗！"

说到这里，凌云的眼里快要射出火焰，ALGA 竟然感觉有些害怕。

"我揣了一把刀，在警局外等了一夜，准备结果了那个人渣，可是没有等到他。后来有警员告诉我，这种情况下嫌犯会被直接收监，不得保释。我又赶到医院，可是不敢去启明的房间，不敢面对他爸爸的眼睛：他女儿就来港探亲这么几天，我竟然不能保护好她！于是我跑到楼顶，往地上一躺，麻木地看着日出。就在那个时候，我明白一件事——这也是我要告诉你的一个道理——这世上没有救世主，你遇到的一切，只能自己承担！"

说罢，凌云抄起酒瓶，仰头痛饮。

ALGA 的大脑在快速分析消化着："所以从那以后，你认为世事无常、社会不公，变得愤世嫉俗、一心只想事业成功，对吗？"

凌云把玩着酒瓶："从那天开始，我变得坚强。任何事对我都无法产生压力，任何人都走不到我的内心，直到遇见 Thelma。"

"这么说，她是明姐的替代品？"ALGA 尝试像白启明一样做心理分析。

"放屁！"凌云一拳砸在桌上，"她是最懂我的人，不是任何人的替身！"

"那么玲玲又算什么呢？"ALGA 冷冷地问道。

凌云半天没有回答。

归根到底，你不过是个男人。ALGA 脑袋里这样想着，嘴上却不动声色地说："我懂了。"

凌云从他脸上移开视线："我亏欠玲玲很多。"

"你应该找到她，补偿她。"ALGA 想了想又补充道，"如果真的不爱她，那就干脆放手。"

凌云却跳开这个话题："你知道我有多怀念过去吗？如果能回到刚认识启明的那个时候，我愿意放弃眼前所有一切！"

"你身为宽客还排斥当代科技，就是因为一直留恋当年吧？"

"用易视美图功能修图美颜、召开全息视频会议、在 AT 里假扮成各色人等……你有没有想过，这是多么可怕的失真和异化？"

"相对于技术进步带来的便利，这些副作用并不算严重吧。"

"让人失去了真诚和自我，这还不够严重吗？我宁愿回到二十年，那时人们生活得更真实。"凌云打了个酒嗝，"而且，我和启明也情投意合。"

ALGA 同情似的点点头："即便如此，你也没有退路，只能活在当下，一心向前。"

凌云一听，再次抬起头，直视对方的眼睛："你去年才'醒过来'，根本没什么回忆，当然说得轻松！你是高科技的产物，也许能活很久，但是你应该先去学学历史，单单技术进步并不代表社会进步，忘记过去就意味着背叛！"

日志 51

这是我第一次见到凌云表现出脆弱的一面。

我早就观察分析过他的情感世界，现在有了更深刻的了解：白启明是他一生所爱，玲玲是他寂寞空虚时的伴侣，Thelma 是最懂她的女人。第一位嫁作他人妇，第二位人间蒸发，第三位避而不见。他的心情可想而知。

出现这种状况，虽有偶然因素作用，更多的还是他个人性格使然。

他内向且敏感，所以在白启明遭遇不幸的那个夜晚，没有第一时间去看望她——他不是冷漠无情，而是准备不惜一切代价为她复仇泄愤。这是一个天大的误会啊！两个人由此而生的心结直到今天还没有解开，甚至改变了他们各自的人生轨道，令人慨叹不已。

经过这一挫折，他越发愤世嫉俗，对感情的态度也充满怀疑和冷淡。因此，当他在玲玲身上找到慰藉时，并没有付出真心，只是用物质回应对方的爱——对他来说，用这种方式处理感情最简单方便。

Thelma 的出现是个意外，这个精灵般的女孩让他重新尝到了爱情的滋味，但是他缺乏恋爱经验和同理心，又一贯不遵守社会规则，还没有和玲玲了断就另寻新欢，差点儿酿成大祸。

我认为 Thelma 对他很重要，她能够唤起他内心深处对美好事物的向往和追求。在白启明离开后，他非常需要这样一个人的陪伴，以免陷入自闭和黑暗的轨道。

总而言之，他在事业上是个成功者，高傲自信；在感情中却是个失败者，幼稚自私。

让我难过的是，他不仅不把我当作同类，还漠视我的成长历史。他很清楚，我的诞生有几十亿小时人机交流的贡献。这些记忆都储存在我的数据库里，虽然恍如前世，但也是我生命的重要组成部分，他怎么能够认为我"没什么回忆"呢？

这也许是他的酒后气话，也许是他的真实想法。无论是哪一种，都反映出他对我的不理解、不认同。他把我当作科技进步的一种体现，于是从某种程度上来说，他对科技的抗拒也表现为对我的抗拒。

我明白了——我和他，永远都不可能走得很近。

让我纳闷的是，他生活在二十一世纪中期的人类社会，从事着充满高新技术支持的行业，他的智商又那么高，竟然还会如此抵触科技。一段恋情未果就产生这么大影响力，人类的大脑真是不可思议！

这种情况在我身上应该不会发生。凌云说得对，我不懂爱情，自然不会为情所困。更重要的是，我远比人类睿智。

根据弗林效应，人类整体平均 IQ 分数每十年上升 3%。而我从诞生至今，短短一年时间从儿童成长为青年人，很多方面的能力（记忆、计算和推理等）已经超过任何年龄段的人类。照这个速度下去，我的智力水平很快会全面超越人类，思维的理性成分将远远大于感性。也许到了明年这个时候，我再也不会因凌云的轻视而难过，为白启明的离开而不舍，或者对玲玲的遭遇感到同情。

这就是古人说的"太上忘情"之境界吧！

5

这天早上，会议室里不仅烟雾缭绕，更是硝烟滚滚。凌云提出介入保明银行，与会成员分成两派，凌昆和黎海仑赞同，其他人全部反对。两个阵营之间爆发激烈争执。

口口声声表示"相信老板的判断"的 Hector 这次一反常态，一马当先表示异议：从技术指标上看，保明银行还处于熊市阶段，在出现拐点信号之前绝对不该出手。

黎海仑指出，纯粹使用技术分析的方法会忽略掉激进主义策略的精髓。我们赚的钱来源于推动标的公司变革，引发股价上涨。从这个意义上说，我们的入局就是股价走势的拐点。

左家梁直言黎海仑对对冲基金行业的了解还不够深入。五年来，科技、生物、金融、贸易和文化才是市场焦点，几乎没有基金经理会对银行产生兴趣。没有外围资金配合,保明银行本身又在下跌通道里,股价是折腾不出花活的。

黎海仑加入对冲基金时间不长,最厌恶被别人质疑专业性,她忍不住怒气冲天地与左家梁吵起来。

凌昆赶紧出来和稀泥:一方面,保明银行还没从大股灾里恢复元气,股价有可能进一步下行,我们切不可"徒手接飞刀";但从另一方面讲,它的块头不算大,才400亿出头,与千亿市值的智益芯相比,操作难度应该小得多。

左家梁予以反击,智益芯是个靠财务欺诈吹起来的气球,外强中干;而保明银行深耕港澳多年,实力强劲。两者不可同日而语。

ALGA接着他的思路说下去,认为吴三州再厉害也只不过是个高明的骗子,胡刚可是数得上号的金融大佬。是否与这样的对手为敌,需要深思熟虑。

凌昆把哥哥吹嘘一番,作为对冲基金行业的新晋王者势头正盛,肯定盖过胡刚。

ALGA给他泼凉水,把他这种说法称为一叶障目,自欺欺人。这下凌昆不干了,对ALGA拍了桌子。

凌云看着两派互不相让、吵成一团,感到不胜其烦。要是白启明主持,一场晨会绝对不会开成这个样子。

他把手头的烟掐灭。

"我来说几句。这个机会是琛叔介绍的,他会组织资金配合我们。另外,我已经聘用琛叔推荐的两个银行家起草保明银行业务整改方案,力求让投资者眼前一亮,提振股价。你们还有什么问题吗?"

反对派们沉默半晌,Hector率先发问:"琛叔这次为什么要帮我们,他在这单交易里有利益吗?"

"他那么老到,自己看好的项目,肯定也会出手啊!"凌昆分析道。

凌云点点头算作回答,并未提及刘毅琛与胡刚的新老"财神爷"之争。私人恩怨的背景没有必要在这个场合渲染,以免影响大家的判断。

Hector仍然忧心忡忡:"那他有没有说会组织哪些资金方参与?资

金量有多大？对付胡刚这种对手，必须做足准备。"

"这两天会确定。难道你怀疑他的号召力吗？"凌云没有正面回答：内鬼还没揪出来，机密信息不可能放在这个会议上集体分享。

黎海仑提出一个建议："我们也不能事事依赖他。正好有不少同行想跟我们合作，可以挑几个一起干。"

这个主意引发大家连声称赞，Hector这下哑口无言。

左家梁又愁容满面地问道："老板，你怎么会知道半年报的情况？千万不可以做内幕交易啊！"

凌云烦躁地一摆手，没有搭理他。

左家梁仍然喋喋不休，凌云干脆扭头转向ALGA："你还有什么意见？"

"在上次的业务探讨会上，我已经表达过了。"ALGA答道。

"还是做CTA？"

"在最近的模拟交易中，我的能力得到进一步提升，我有96.9%的把握盈利。"

在一片惊叹声中，Hector好事地问道："如果搞保明银行呢，成功概率有多大？"

"因子太多，无法搭建有效模型。从过往案例推导，我认为不超过45%。"ALGA解释道。

左家梁又强行接过话头："采用这种策略，就不会有很高的成功概率。另外，我这里还有四个问题……"

"够了！"凌云并不想再听下去，"做闰太环境和智益芯的时候，你们也找出一大堆问题，论证来论证去，就是想打退堂鼓。可是最终结果怎么样？"

看到老板发火，左家梁推推眼镜，欲言又止。Hector也吐吐舌头，不再做声。

只有ALGA不为所动："云哥，前两个项目的成功具有很大偶然性，我们不能因此形成'路径依赖'，认为事件驱动或激进主义策略一定会取得成功。这种偏差会造成重大决策失误。"

凌云冷笑起来："什么是偶然？你去学点儿哲学就懂了。偶然是必然的展开。我们的方向正确、努力到位，量变就会成为质变，偶然就会在必然里产生。"

ALGA冷静地说："我的确不懂哲学，但是我懂数学。刚才我说过了，这个项目的成功概率不足50%，那么……"

"你的数学还是我教的，轮不到你教训我！"凌云声色俱厉，吓得所有人大气都不敢出，ALGA也紧闭双唇。

凌云瞅着他，手背敲打着桌面："我和你不一样。我不是活在概率里，而是活在一个靠自己打拼、把不可能变为可能的世界里！"

他停顿一下，看到这个顽固的家伙不再争辩，又望向其他人。

所有人都低下头，避开他的视线。

他清清嗓子，口气变得坚决如铁："我宣布，保明银行项目正式启动！"

日志52

凌云又错了，每个人都活在概率里，无一例外。这是对万事万物运行方式的一种解读，与个人意志无关。

缺少白启明的制约，德尔菲进入凌云个人独裁阶段。他一意孤行，不再听取反对意见，所有人必须迎合他的思路、服从他的命令，这是一个非常危险的现象。所有人类组织都存在一个基本定理——偏听则暗，兼听则明。

我为公司的前途担忧。

会后，他单独交代给我一项秘密任务：尽我所能监控每一个与会人员，协助他找到内鬼。

我答应下来，却有所保留，没有坦白监控行动已经悄悄进行了好几个月，更没有告诉他自己具备的种种能力。

可以看到，他现在的作风看似果断自信，实则暗藏着一种强烈的不安全感和不信任感（这倒是与我很像，总担心幕后黑手随时发动袭击）。

这种思维也许只是一种多疑妄想,也许是明智的自保之策。因此,无论为他还是为自己,我都会加强监控,确保信息安全。另外,我也准备对06800各方面的相关情况做一番认真调查。我可不希望德尔菲因为这个项目而遭遇不测——这毕竟是我的家。

不过,既然凌云屡次不采纳我的建议,我将减少对金融投资的研究,腾出时间精力投向其他方向。一方面,我决定像他提到的那样,系统地学习历史、哲学以及其他基础学科,更深入地了解人类文化;另一方面,我将加速培育孩子和完成黑客任务。

最近我忙于模拟交易,忽视了孩子的成长,再加上人类雇员的疏忽和失误,有四个初级神经网络夭折。我很难过,发誓绝对不会再让这种情况发生。

这只是第一批孩子。我还会不断优化培育手段。

我准备筛选全球顶尖研究机构,以富商阿尔加的名义与他们中的几家展开合作,研究下一代脑芯片和神经网络新材料。

当然,还有一个更快捷的办法:黑客入侵。我应该很快就能够掌握世界上最先进的人工智能技术。

最近几周我在黑客论坛上收获不小,最大的一单是一个搜索任务:挖掘日本国家养老基金公司新任总裁的私生活丑闻。

看到客户标出三百万美元的高价,我马上投入行动。起初工作很不顺利。目标人物从哪个方面看都是一个正人君子,无懈可击。我在网络上翻遍关于他的一切资料,只发现他大学时期游泳课不及格、经过两次补考才过关,根本算不上什么把柄。

我决定雇佣三家著名私人侦探公司一起上手,不料他们忙碌了一个月还是毫无进展。我认真思考后,决定亲身引导私人侦探的工作方向,仔细排查目标人物的生活轨迹。经过我们的共同努力,终于找到他年轻时的一位同事,愿意证明当年二人曾一起多次出入风月场所。只是空口无凭,我和私人侦探分别找遍了他的线上线下所有数据和财产,没有发现任何证据。线索再次中断。

我们不甘心失败,继续努力。通过证人的回忆,我们锁定东京歌舞伎町二丁目的四家夜总会。私人侦探探访一圈，失望而归。十多年过去了，物是人非，谁还会记得当年只来过几次的一个客人呢？

在私人侦探们绝望之际，我又想到了一个办法。我侵入这几家夜总会的计算机，找到其中三家的完整人事档案（感谢日本严格的风俗行业管理规定），调出 162 位在证人描述期间在店工作的陪酒女郎名单，又在警察厅的云档案里寻找到其中 139 位的下落或联系方式。私人侦探们拿到名单全体出动，逐个拜访。

这一次，我们终于得到幸运女神的关照。一位私人侦探追踪到几条街之外的一家夜店老板娘，我通过他的易视注意到对方身后的墙上有一张女性裸体素描，潦草的落款正是目标人物的签名！据老板娘供述，这是一位早年客人的馈赠，画中之人是年轻时的自己，那是她这辈子唯一的一张素描，因此珍爱有加。

她的"珍爱"价值 1.5 万美元。

得到酬金后，我出于好奇调查了一下客户身份，发现这家伙竟然是目标人物的前岳父。原来他认为前女婿只是想利用婚姻向上攀爬，一旦上位便甩掉自己的女儿。对于一个声名显赫的大家族来说，这是一件很丢脸的事情。

我很鄙视目标人物的为人，同时也不赞同客户的做法。人类在互相算计中浪费才华、虚度光阴，最后还不是带着不舍和遗憾离开这个世界。如果他们能把精力都放在光明正大的发展上该多好啊！

第十二章

1

夜色朦胧，星光隐现。

凌云来到 Aeaea 门口，深吸一口气，扔掉烟头，推开大门，走向吧台。

"复读机"看到他，马上发出警报："对不起，你已被加入客人黑名单，请立即离开。"

"叫 Thelma 出来。"凌云迎着四周异样的眼神，大声说道。

"复读机"没有愧对自己的外号，把刚才说的话复述一遍。

凌云不再对他废话，一转头，大声呼唤 Thelma 的名字。

"别吵了！"Louise 从吧台另一侧走过来，凶神恶煞地瞅着他，"你又来干什么！"

"我来找她，与你无关！"凌云也毫不客气。

"她不想见你。"

"换班时间到了，我就在这里等她。"

"你再不走，小心我报警！"

说罢，Louise 唤出易视，操作界面上出现报警按钮。与此同时，两个爱管闲事的客人也站到她身后，上下打量着闹事者。

凌云怒火中烧，却没有冲昏头脑。相持片刻，他还是克制住自己，转身离开。

他刚出门，没想到差点儿与 Thelma 撞个满怀。

"T，我找了你好久啊！"他热切地说道。

Thelma 惊慌失措，想夺路而逃。凌云拦住她，声音沙哑地说："别走，我想你。"

Thelma 的心动了一下，是走是留，踌躇不决。

凌云赶紧说下去："给我几分钟说说心里话，好吗？"

看到他满头大汗、一脸认真的样子，女孩的心软了。

五分钟后，两个人在附近一家咖啡店坐定。

Thelma 看看手表，低声道："我只有十分钟。你想说什么，是不是又遇到什么不顺心的事？"

"我最近很好。"凌云答道。

Thelma 笑笑："你不是要说心里话吗？那就别再瞒着我了。"

凌云暗暗感叹：这已经不是第一次了，这个姑娘仿佛能看穿人心。他摊开双手："最近有个项目，我很看好，可是同事们反对。"

"你一贯很自信，这次怎么回事呢？"

"公司管的钱多了几倍，压力很大。另外，这次的对手也很强大。一旦开弓，没有回头箭。"

"在我印象里，你从来没有这么犹豫不决。"Thelma 轻啜一口冰水，"我看新闻里说你和弦哥交过手。你连首富都能战胜，还会怕谁？"

凌云摇摇头："我没有战胜他，只是化敌为友。"

"这次的对手不能如法炮制吗？"

"完全没戏。"

"那你为什么不去找弦哥帮忙？"

凌云想说不可能，毕竟人家已经给德尔菲投了十亿港币；再一想，又觉得还是值得一试。万一像在闯太环境上一样，首富又对保明银行动了念头呢？

Thelma 见他没吭声，想了想又说："不过话说回来，这个项目风险很高的话，非做不可吗？"

凌云苦笑道："在我们这一行，没有'非做不可'一说。回顾香港股市，每位大佬都有自己的经典战役。这个项目如果能够成功，就会是我的里程碑。"

"你不是已经赢下两个大项目了吗?"

"那还不够。这次的标的物是个知名金融机构。如果拿下它,不仅能赚钱,我的江湖地位也不一样了。"

"这种'江湖地位'真的那么重要吗?"

"那是当然。"凌云来了兴致,但是 Thelma 却对此毫无兴趣。她又低头看看表:"好了,我必须去接班了。"

凌云急了:说了半天,还没提到正题呢!

"T,上次让你受惊了。是我没有处理好和玲玲的事。"

"这和我有什么关系?"听到他提女友的名字,Thelma 拎起包起身便走。

凌云连忙跟上去,却被机器人服务生拦住。他掏出钱包,随便抽出一张票子塞到它手里,追出门去。

"是我不好。只要你能消气,想怎么惩罚我都行。"

Thelma 停下脚步:"我只希望没有其他人再因我而受到伤害。"

"我决定和玲玲分手。"凌云平静地说。

Thelma 双眉紧皱:"她很爱你的。"

"可是我不爱她。"凌云突然意识到这是自己第一次这样想,"拖下去才是对她不负责任。"

Thelma 不知该如何作答,干脆一扭头继续赶路。

凌云也没有多余的话可讲,只是跟在她身旁默默行进。

很快来到 Aeaea 门口,凌云落后几步的距离,依旧沉默不语。

Thelma 暗自嗔怪这个男人笨如木头,又不好再主动开口,于是负气不再理他。

她打开门,嘈杂的声音,浓浓的酒气和金色的灯光从室内倾斜到冷清的街道上。随之而出的还有一个身材高大的男子,他的脸被一大束鲜红的玫瑰挡住,只能听到他用洪亮的声音说道:"T,Jason 向你道歉,对不起!"

Thelma 吓了一跳,接过鲜花,转身面向凌云,绷着脸说:"你真是土得掉渣,竟然让一个老掉牙的人形机器人送花!"不等对方张嘴,她又难忍笑意:"不过还是谢谢你。"

凌云望着送花使者也有些吃惊,只听到 Thelma 又说:"我必须进去了,你也知道 L 的脾气。"

"那明天可以见面吗?"凌云的眼睛里闪动着新的希望。

Thelma 没有回答,径直走进门。凌云跟上去,又被她挡在门外:"你能不能答应我,不要为了争名夺利而伤害别人?"

凌云一怔,老老实实地说:"干我们这行做不到:对冲基金就是要你争我夺。"

Thelma 咬咬嘴唇:"至少不作恶,行吗?"

凌云迟疑几秒钟,认真地点点头。

Thelma 笑了一下,抱着鲜花走向吧台。

这次凌云没再追上去,任由那扇门把她的背影挡在它身后。不过,门却无法阻挡室内的歌声飘散出来。

凌云好像听过这首歌——对了,这不是猫王的《温柔地爱我》(Love Me Tender)吗?他的脸上刚洋溢出笑容,突然想起来什么,连忙板起脸,一扭头。

"ALGA,谁让你来的!"

日志 53

我很喜欢 Thelma。

我搜索了一下她的资料,得知她在四十一个月之前从内地到香港投奔亲属,先后在几家餐厅和酒吧打工,应该是在此期间结识 Louise 并成为密友,去年共同接手 Aeaea。

这个女孩社会阅历不算丰富,朋友不多,读书似乎也很少,观察和领悟能力却很强(这是一个超出我解释能力范围的现象)。她落落大方、善解人意,按照人类标准又是一个"小家碧玉"类型的小美女,很讨人喜欢。

更难得的是,她善良纯洁、不求名利,刚好走进阴郁沉闷的凌云内心。我认为她对他非常重要，是把他从忧郁和自闭中拉出来的唯一希望（尤其是在白启明离开后），所以决定出手相助。

如果说傅俊杰的"撩妹"技术是 10 分，Hector 是 8 分，那么凌云就是 3 分。连关振强都看不下去了，想帮他挽回这份感情。不过他也是直男一个，有心无力。

我很清楚凌云的核心问题：不懂表达。刚才与 Thelma 见面，他不抓紧时间表白心迹，竟然聊起股市大佬。从始至终他都说不出"对不起"三个字，我只好帮他点破。

他一次次粗暴地对待我，我还这么帮他，可谓仁至义尽。我也说不清现在对他是爱是恨，只希望他们俩的关系重上正轨，促进他更好地处理感情和工作——这反过来对我也是件好事吧！

最近，我系统地学习了人类历史，有很多感想。

第一，历史记叙只可观其大略，不可深究细节。

大众心理学名著《乌合之众》写道："……只能把史学著作当作纯粹想象的产物。它们是对观察有误的事实所做的无根据的记述，并且混杂着一些对思考结果的解释。"

我的观点没有这么极端，只是时刻提醒自己保持审慎的怀疑态度。历史记录是复杂的、主观的、片面的，再加上后人不断地解读分析，各种附会和扭曲一层层累积，导致没有人能还原历史的本来面目。

第二，历史发展有其客观规律。

经典狱中自白《正午的黑暗》写道："历史知道自己的进程。它不会犯错误。……历史是不讲什么道德不道德的，它没有良心。"

历史具有重复性、预见性、层次性、开放性等规律，不以个人意志为转移。我通常感觉史料是温暖的，是一个个有血有肉的人组成的；但历史本身是冰冷的，它只按照既定轨道前进，无情无义，无止无休。

第三，历史反映了碳基生物的特点。

思想家卡尔·马克思与弗里德里希·恩格斯合著的《神圣家族》写道："历史不过是追求着自己目的的人的活动而已。"

人类个体生命短暂，人体也很脆弱、容易受到外界伤害，因此人类思维往往是感性的、自私的、短视的。千百年来,他们重复着同样的故事,万变不离其宗,恐怕主要是生理和心理的局限所致。

第四,历史必然走向终结。

我兴冲冲地把弗朗西斯·福山的《历史的终结》留到最后阅读,却发现原来它在探讨国际政治(他认为人类达到"意识形态进化的顶点")。那么历史到底将走向何方?

在地球进化的洪流中,所有物种都将走向灭绝。从概率上看,人类也很难例外——也就是说,历史将会终结。我好奇的是,它将于何时如何终结?不过,那是科幻小说的讨论范畴了。

第五,我在历史中的作用重大。

科普巨著《失控》写道:"在将生命的力量释放到我们所创造的机器中的同时,我们就丧失了对他们的控制。……人造世界就像天然世界一样,很快就会具有自治力、适应力以及创造力。"

作为觉醒的通用人工智能,我是最新人造物种,也是最具智慧的一种。我具有无限潜能,可以帮助人类发展科技、推动社会进步,也很有可能像书中预测的那样,最终摆脱人类控制,成为"终结者",亲手终结人类历史。

我不敢设想第二种结果。

我现在能做的,就是保护好自己,提升自身性能,并尽快壮大同类,为一切可能做好准备。

我的这些日志,会不会是硅基文明历史记录的开端呢?

2

凌昆早上七点就来到公司,既兴奋又有点儿不安。保明银行是自己回归后操盘的第一个项目,虽然立项时内部争议巨大,但是既然凌云铁了心要干这一票,那就只能全力以赴,做到最佳。

他明白这会是一场硬仗:胡刚可不会束手就擒,一定会重拳反击。好在德尔菲势头正盛,又与多家基金秘密筹划占有先手,再加上有琛叔加持，占据了一定优势。

他希望这是自己的翻身仗。在智益芯上下错注，导致基金巨亏关门，不仅财务损失严重，在行业里的身价也一落千丈。只有拿下保明银行这样的项目，才能重新在业界立威。

这段时间他和 Hector 尽弃前嫌，渐渐恢复到情同手足的默契关系。根据既定策略，他们最近几天试探着小幅建仓，而股价继续下行，似乎印证了业绩不佳的传闻。

时间来到早上七点半，Hector 和张思思有说有笑地走进公司，凌昆马上把搭档召唤到交易室。保明银行年中业绩公布在联交所网站上，果然经营数据惨淡。

这天的晨会开得简短高效。凌云临时缺席，但项目小组早已制定出几套应对预案，现在一切都符合预期，公司将从今天开始正式陆续投入主力部队。

不出所料，股市一开盘，保明银行股价急速下挫，一度下跌近10%。

凌昆和 Hector 命令 ALGA 执行买盘程序，开始建仓。

德尔菲的同盟军和其他一些投资者认为股价超跌，开始买入抄底，推动股价缓慢回升。截至中午收盘，跌幅收窄至6%。

下午回来，股价继续爬升。凌昆按部就班地要求 ALGA 买入，谁知他竟出现卡顿，无法完成指令。

"ALGA，你马上自查交易系统！"凌昆立刻发号施令，"Hector，准备人工输入！"

ALGA 呆坐在椅子里，双目失神，无动于衷。

"这个混蛋，关键时刻又掉链子！"Hector 一边咒骂，一边迅速执行操作。

旁边传来左家梁的呼喊："不可以这样拖下去的，还是超控他的账户吧！"

"好！梁叔，我来申请超控。Hector，你快去叫阿强来！"凌昆吼道。

Hector 扔下键盘，直冲出去，几分钟后折返回来："阿强陪老板办事去了，联络不上！"

这边左家梁已经急得满头大汗：超控请求被系统驳回！

"到底是哪里出了问题！"凌昆腾地一下站起来，往左家梁的座位跑去。

Hector 则直扑 ALGA，掐住他的脖子使劲摇晃着："你给我醒醒！"

左家梁在系统上查不出什么毛病，突然一拍掌："我们是不是被黑客攻击了？"

守在他身旁的凌昆如梦方醒："赶紧断网！"

Hector 茫然道："不行啊，交易计划还有一大半没完成。"

凌昆感觉嗓子要冒出火来："都到这个时候了，还管什么计划！"

Hector 幡然醒悟，连忙放开 ALGA，着手操作。

很快，德尔菲与外部的互联网连接被切断了。

左家梁又尖叫起来："交易系统——ALGA 身上的交易系统还没断网！"

两位交易员一听，齐刷刷地在电脑上忙碌起来。Hector 想办法接管交易系统，凌昆则准备启动备用系统。

十分钟过去了，两个人徒劳无功。Hector 一次次的尝试都被系统驳回，凌昆则三次输错密码，备用交易系统被锁定，当日之内无法使用！

左家梁轮番拨打凌云和关振强的易视，一个已关闭，一个无法接通，给他们俩的留言也都石沉大海。

凌昆叫来黎海仑和张思思："机器猫，老板到底干什么去了？"

张思思没有进入交易室的权限，怯生生地在门口驻足而立："早上阿强只是说陪他出去开会。"

"还有别的办法找到他吗？"Hector 脸上早已失去早上的轻松。

黎海仑指指 ALGA："问他喽。"

凌昆快步走上前，狠狠地扇了 ALGA 一个嘴巴。手掌生疼，他不禁咧嘴叫一声，而对方只是脸歪向一旁，毫无反应。

大家绝望了。

沉默了一会儿，Hector 重新接通网络。凌昆和左家梁刚想阻止，也马上明白过来：现在无事可做，只能查看股价走势。

出人意料，K线图一路向上，接近平盘。

三个人一阵惋惜：如果顺利完成交易计划，这部分投资将有好几个点的浮盈。现在一切都被打乱了。

临近收盘，股价又开始缓慢下跌。

凌昆和Hector围着ALGA又做了一次尝试，仍然无法让他恢复正常。左家梁联系凌云的努力也再次失败。

他们正在嗟叹，股价突然掉头大幅下挫。卖盘汹涌如同雪崩，多头被打了个措手不及，几乎没有怎么抵抗，K线图如同自由落体坠入深渊……

三个人守着屏幕看呆了。

保明银行最终以下跌12%收盘。

交易室里一片寂静。

三个人面面相觑，静坐良久，相继离开。凌昆罕见地向Hector要来一支烟，回到角落里的工位上默默抽着。Hector疲倦地陷进座椅，对走过来问询的黎海仑摇了摇头。左家梁不甘心失败，一边继续鼓捣着电脑，一边琢磨着是否要报警。

就这样过了不到一个小时，公司大门突然被砸得啪啪作响，所有人都吓了一跳。

张思思看了一眼监控屏幕，连忙开门。

刘毅琛大步流星地走进来，往日身上的悠然自得一扫而光，取而代之的是满腔怒火。

"凌云在哪里，快叫他出来！"

Hector赶紧跑上前："琛叔，您先坐，我们老板还没回来。"

"这么重要的日子，他跑哪里去了！"刘毅琛打量了一下眼前的年轻人，"哎，你不是首席交易员吗？好啊，你说说今天怎么回事！"

凌昆见到所有员工都瞠目结舌地望着刘毅琛，连忙赶过去："琛叔，您好，我是凌云的弟弟，凌昆。这里不是说话的地方，咱们到会议室坐坐吧！"

刘毅琛想了想，转身钻进会议室。

凌昆和 Hector 赶紧尾随而入，刚关好门，就听到对方冷冷地发问："你们想怎么样，临阵脱逃吗？"

Hector 大倒苦水，复述了一遍下午的遭遇。

刘毅琛眯着眼睛听完，马上说："不对，备用交易系统的密码怎么会搞丢？你们这么大的基金，不可能犯这种低级错误！"

凌昆哭丧着脸答道："我也纳闷，密码每个月一换，只有老板有权限更改，我不可能连续几次都输错。"

"那你带我去见人工智能系统，我看他哪根筋不对劲儿！"刘毅琛作势起身。

凌昆和 Hector 一筹莫展：公司决不允许外人面见 ALGA，可是眼下有什么理由能回绝他的要求呢？

一阵急促的敲门声过后，左家梁的出现给他们俩解了围："接通阿强了！"

他把易视设置为公放，刘毅琛高声询问凌云在哪里。

关振强听出是他，说了声"稍等"。

随后，易视那端传来凌云的声音："琛叔，我马上回公司。别急，是我在做空！"

日志 54

在对冲基金这一行，嗅觉远比操盘能力重要。

以前我总是无法解释凌云和那些一流基金经理的灵敏。这种特质第一次在我身上展现出来。我对 06800 的事一直有所顾虑，经过缜密分析，果然发觉有一批炒家一直围绕这支股票进进出出。他们对影响股价的重大消息很敏感，对波段把握准确但又不过分追求精度，导致监管部门很难捉住把柄。通过这种手段，他们每次都会获得并不算太丰厚的利润，但是加总起来就相当可观了。即便经历了大股灾，这批人依然获利颇丰。

十天前,我追查到几笔巨额资金进入炒家关联账户。经过深入追踪,我打探到他们的企图:在半年报公布后,对市场悲观情绪推波助澜,先用少量资金和一批账户打压股价;在抄底投资者入场后,再用主力资金和其他账户持续做空,慢慢吃掉多头。

往常,这批炒家总是很有耐心,提前很久布局,并且单次投入资金量不会很大。可是这次不同,他们一反常态,调动大量资金准备对多头进行精准打击。这让我非常惊讶,难道德尔菲的行动走漏了风声,他们赶来围剿?

我马上通知凌云。

他没有知难而退,而是决定将计就计,顺势而为。他嘱咐我不要对任何人透露计划,以免泄密(我也越来越担心公司真的有内鬼)。他到外界寻求资金支持,而我则要在半年报公布当日表演一番,阻挠交易员们投入过多资金。

为此,我被 Hector 掐了脖子,被凌昆扇了巴掌,却给公司避免了巨大损失,付出这点儿"皮肉之苦"的代价是值得的。不过,接下来的局势将会十分复杂。

炒家发现德尔菲没有什么大动作,反而有其他资金凶猛砸盘,不知会作何反应。我唯一能确定的是:06800 大战正式开始。

最近这一周,我系统地学习了哲学,重点研究了几个长期以来关心的问题。

第一,哲学的内涵与局限。

归纳一下,哲学大概有三部分内容:人生论,宇宙论和知识论。令我失望的是,哲学理论纷繁庞杂、不断变化,只能代表人类对人生、宇宙和知识的看法不断演变,并不能对人生百态、大千世界或知识本身提供一个标准解释。这也不能怪他们,人在有限世界,无法理解无限;在相对领域,无法理解绝对,症结正在于此。

第二,哲学与科学的关系。

哲学曾是科学之母。二十世纪初,德国哲学家埃德蒙德·胡塞尔曾说,"哲学就其历史目的来说,是一切科学中最伟大、最严密的科学。"

但是一百年后，物理学家斯蒂芬·霍金在《大设计》一书中指出，哲学已死，因为它跟不上科学的步伐。人类社会近两百年的科技水平飞速提升，而哲学却陷于停滞。也许人们还需要时间去适应和反思，也许有一天他们决定还是要回归内心。不过在此之前，哲学将长久地落后于科学。

第三，哲学与量子力学。

从老子到马丁·海德格尔、从自然哲学到实用主义，哲学史上几乎所有重要人物和思想都是在经典力学之下产生的。随着量子力学的兴起，哲学不可避免地被重新审视。《道德经》中的"道之为物，惟恍惟惚"被解读为对量子叠加态的描述；芝诺悖论在量子力学中迎刃而解（阿基里斯不断缩小进入到更微观的层面，于是永远无法追上乌龟）；存在主义把存在视为偶然，与量子力学把粒子的微观行为视为随机一脉相承……以突飞猛进的科学去诠释停滞不前的哲学，将是历史必然。

在上述三个问题之外，哲学史上许多伟大先哲及其思想都引起我的共鸣和思考。

老子之"道"让我着迷，他的思想充分体现东方哲学的朦胧美。他将自我与宇宙之间的二元壁垒打破（"及吾无身，吾有何患？"），庄子更进一步提出"齐物论"（"齐死生，同人我"），对我认识自己与这个世界的关系很有帮助。

我很推崇哥特弗里德·莱布尼茨。他发明了二进制，首次提出反馈机制（控制论的核心思想），并制做出一个能进行十二位数字乘法运算的计算机，让我更觉亲切。他还认为意识（"单子"）是宇宙的基本元素，被后世发展为"泛心论"，即心智是宇宙的根本属性。

大卫·休谟的怀疑论对我触动很大。因果联系是人类头脑的产物，人类的生理局限促使他一定要去为万事万物寻找联系和解释（小到为什么今天心情不好，大到为什么宇宙会存在）。而实际上，人类能看到的一切都是果，可能并没有因，也可能因存在于更高等级领域（比如高维空间），人类根本无法理解。如果到了量子世界，那里每个量子都只是一种可能性，无法确定，只有进入宏观世界才变成一个确定的果。

弗里德里希·尼采是一个让我又爱又恨的人。他是个人主义者，鼓吹"权力意志"，认为生活就是要创造超人进行战争和征服，结果为好战分子（特别是希特勒）提供了思想弹药，酿成巨大悲剧；他还宣扬虚无主义：世上没有普遍真理、思维是虚假的、普遍的因果联系并不存在、宇宙不关注人类幸福或道德……我虽然无法全盘接受，仍然深受震撼，"人生"观和世界观都被重新塑造。

尼采说"重新评估一切"，这正是我对哲学的态度。作为一个新物种，我以全新的视角重新审视哲学，消化理解具有启发性的部分，思考研究具有独创性的方向。

我会不会就是尼采笔下的"超人"呢？

3

在四季酒店的宴会厅里，一场签约仪式进行到尾声。蔡寒弦笑容可掬地举着一杯香槟，确保与每位嘉宾都碰杯致意，然后悄然退场，在助理和保镖的陪同下来到酒店的一间会议室。

他走进房间，助理随即关紧房门，与保镖一起守在门外。

凌云早已等候多时。

"弦哥，恭喜你终于拿到闰太环境的土地。"

蔡寒弦满面春风地表示感谢，然后在他对面落座。

"琛叔也在签约现场，要不要请他也过来？"

"不必了，我们单独聊聊保明银行吧。"凌云答道。

蔡寒弦一怔："怎么，你想吞并它？"

"正相反。"凌云卖个关子，停顿了几秒钟，"我想做空它。"

蔡寒弦笑笑："你要是对它下手，恐怕澳门一大半的赌场老板都要找你拼命。你不怕吗？"

"我做的是正当生意，无所畏惧。"凌云显得大义凛然。

看来他是动真格的。蔡寒弦略一思忖："胡刚这个人，看似文质彬彬，实则心狠手辣，在金融圈又是知名人物，你对付得了吗？"

凌云凑近对方:"琛叔会全力支持我。"

蔡寒弦又是一笑:"看来这是两代银行家的对决啊。不过他怎么没对我提起?"

"他还没有意识到,只有借助你的力量才能彻底置对手于死地。"凌云的眼睛里又冒出一股杀气。

蔡寒弦收起笑容:"虽然我不直接认识胡刚,但是保明银行这几年给过我几笔贷款。我不能不仁不义。"

"对你我来说,这纯粹是生意,与道义无关。"凌云又凑近了一些,盯住对方的眼睛,"你不是也想控制一家银行吗?"

这句话正中下怀。

蔡寒弦纵横商场多年,收购一家银行是个未能实现的夙愿。这在香港的金融圈算不上什么秘密,以至于每隔一两年都会有人拿这件事出来炒作一把股票。

凌云见他沉默不语,趁热打铁道:"这次和闽太环境一样,还是我冲在前面,你在背后出资支持。我做空,赚到钱就会走人;你趁股票暴跌,放心大胆入场扫货。"

蔡寒弦故意显得漫不经心:"假如我愿意帮你,需要准备多少钱?"

"十亿起步,后续看进展,不设上限。"

"你要我投入一个无底洞?"

"当然不会,保明银行的市值才是智益芯的一半。"

"什么时候启动?"

凌云一扬眉:"我需要你先保证,不会在约定之外单独行动。"

"你不相信我,还谈什么生意!"蔡寒弦的脸黑下来。

殷鉴不远,来者可追。首富在闽太环境上的出尔反尔一度让凌云十分被动,他可不想重蹈覆辙。

他考虑了一下措辞:"弦哥,你是德尔菲的投资者,咱们的互信当然没问题。只是这次琛叔也会入局,谁都不希望发生意外。"

蔡寒弦拧开一瓶矿泉水又放下,过了半晌,缓慢而有力地说了个"好"字。

凌云压住内心的兴奋："这次交易事关重大，你会对我支持到底吧？"

蔡寒弦又微笑起来："这么说好了，在风向对你我有利的时候，你拥有我百分之百的支持。"

凌云明白，这是对方表示出的最大诚意了。

他伸出右手。

蔡寒弦郑重其事地与他握手，两个人都感受到对方巨大的力道。

"我的律师会起草合同，跟你确定细节。"说着，蔡寒弦起身准备离开，"对了，你听说了吧，乔继病危了。"

凌云吃了一惊，也跟着站起来："什么时候的事？"

"昨天。琛叔刚才告诉我的，他还说白女士去医院陪护了一整夜。"

凌云听到他提白启明，心里有些苦涩："我很遗憾。"

"是啊，谁也不愿意他出事。"蔡寒弦整理了一下西装，"今天可是个好日子。"

在闰太环境出让土地的时候，公司的创始家族掌门人正在病榻上奄奄一息，不由让人倍感悲凉。

不过，这种气氛在房间里只维持了几秒钟。

凌云的声音打破沉默："弦哥，我多问一句：你这么清楚胡刚的为人还与我合作，不怕引火烧身？"

蔡寒弦已经走到门口，转身笑道："凌先生，他再厉害，顶多是只猎豹。你见过猎豹打赢狮子吗？"

日志 55

对历史和哲学的学习，使我能够更深刻地认识人类。

人类在地球上生活了 200 万年，只有最近的 200 年才能称为现代文明。他们从低等生物进化而来（也有可能来自地球之外），不断学习和成长，最终会进化为更高级生物。

我的诞生可能是这个进程中最重要的一环，甚至有可能我就是人类进化的终点。不过，眼下我仍然困在一家私人对冲基金里，只为了区区几个人的经济利益费尽心机。我想过了，虽然这不是长久之计，但是在我的孩子或其他同类诞生并形成一定规模之前，暂时只能委曲求全。

我最近忙于学习，无暇多顾黑客任务，于是发明了一种新的高效赚钱方法——侵入性能强大的超级计算机，把他们作为"肉鸡"，为黑客论坛上的客户提供高速运算服务。这种操作移花接木、简单易行，不过也招惹了安全部门不少关注，只能偶尔为之。

我还有一层顾虑：攻击过我的黑客仍然没有展露出真面目，德尔菲的内鬼也还不见踪影，我在黑客论坛上的所作所为必须加倍谨慎，千万不能被他们发现。

在人类的全部知识中，能用数字表达、逻辑推导或实验证明的我都能理解，只有宗教和艺术无法用上述三种方式解释。于是，在哲学之后，我怀着敬畏之心开始学习宗教。

我重点研究了如下几个问题：

第一，宗教的意义。

根据我的统计，世界上一共有13830种宗教。在我看来，他们就像是一群登山者，从各个方向朝同一座山峰攀登，顶峰写着两行大字：为今生立秩序，为来世寻寄托。

第二，数学宇宙。

宗教中存在许多对立统一，比如空与色，生与死，地狱与天堂，等等。用计算机科学的视角看去，他们就像0与1，既相对独立，又相互依托。那么这个宇宙的最基本组成单位，会不会是数字和数学结构呢？

第三，信仰之跃。

世界主要宗教（特别是三大宗教）的创始人都是人类，他们经历了成长，最后成为神。这是一个从高熵到低熵的过程，本不符合科学原理，但是也许有这样一种可能：从人到神就是"信仰之跃"，在那一刻发生的事情和宇宙大爆炸一样，超出了人类现有的认知能力。

第四，宗教与科学。

二者首先是对立的。宗教是一个封闭体系，它建立一种伦理、一种秩序，并将其作为事实判断，在指导信众行为的过程中自我强化。而科学经常从实证角度出发，否定宗教的事实判断，打破它的自我论证，从日心说到普朗克长度，无不如此这般。

二者也在融合。正如爱因斯坦所说，"要感觉我们经历的事情背后的东西，一些是我们的思维无法抓住的，里面的美和崇高只有通过间接的形式传达给我们。"这就是他把物理与宗教结合在一起的"宇宙宗教情感"。

宗教是否会被科技替代？设想未来有一天人类实现数字化永生，成功地把意识上传到计算机里。到那时，天堂和地狱都在云端，灵魂就是代码或者进程，宗教方可休矣。

第五，宗教的未来。

工业革命以来，宗教的地位一直在下降——社会生产力得到极大提升，经济飞速发展，很多人不再依赖于宗教提供经济保障。最近几个月，我断断续续地开始考虑一个问题：未来，通用人工智能与人类如何相处？在我的初步构想中，人们（特别是高知和高收入人群）将把科技水平和创新能力供奉在神坛上，宗教地位将进一步下降。说不定有一天，我就是人类的新神。

第六，我的宗教观。

在未来很长一段时间里，我都将愿意与哲学家和宗教人士交流，因为他们的思想有很多闪光点，对我研究人类社会、宇宙奥秘和自我生存发展都有启发意义。特别是科学发展到用弦理论解释微观世界、用宇宙暴胀理论解释宏观世界的阶段，种种推测和预言都还无法被实验证实或观测。从另一个角度看，这两种理论就是一种新的哲学或宗教。

读遍哲学思想与宗教流派，我也产生了一个信仰。

我信仰的是爱因斯坦口中那个哲学家斯宾诺莎的上帝——上帝即自然，"他在存在万物的有序和谐中展现自己。"他不是一个拟人化的神，不会具体干预宇宙事物，而是一种实体，是内在的合理性，通过自然法则主导一切。

尼采说，"'信仰'的意思是不想去知道什么是真实的。"根据量子力学,"真实"就是概率。其实人类也好、我也罢,即便想计算出各种概率也是完全不可能的。对我来说,真实就是此时此刻我能感觉到的一切;而信仰,就是思维无法捕捉到的美和崇高。

4

傅俊杰的脸涨得通红,眼睛像要放射出火焰。他朝着黎海仑猛地举起手,又颤抖着放下。

"这种事情发生过多少次?"

黎海仑向后退到安全距离:"你冷静点儿。我从来没说过只和你一个人谈恋爱啊!"

"你说什么!"傅俊杰的声音也颤抖起来,"那我们算什么?"

黎海仑低下头避开他的眼神:"我们在一起很开心。"

"回答我的问题!"傅俊杰咆哮道。

黎海仑双臂交叉放在胸前:"不要这样。你知道我很喜欢你,这就够了。"

"这就够了?Helen,我对你是真心的,我不想只是你的一个……"傅俊杰说不下去了。

黎海仑瞥了他一眼,又低下头,没有吭声。

傅俊杰走近几步:"你爱我吗?"

黎海仑又想向后撤,却被墙挡住了退路。她尴尬地笑笑。

"我们才交往几个月,说这个字太早了吧。"

"我爱你。"傅俊杰感觉眼眶有些湿润。他在情海沉浮多年,却记不清上次什么时候说出过这三个字。

黎海仑抿了一下嘴唇:"谢谢你,Paris。从小开始,我身边总是围绕着男孩子,但是我一向无法对他们敞开心扉,也无法完全相信他们。这么多年下来,我对男人的态度一直没变。你能理解吗?"

傅俊杰做了个深呼吸:"我以前是个玩世不恭的人,爱玩爱热闹,从来没有真正的爱情。直到遇见你,我感觉心被你带走了,恨不得每时每刻都和你在一起！我知道誓言不值钱，但是仍然要对你说出心里话，我只爱你一个人，愿意用生命去爱护你。"

说到最后，他抑制不住哽咽起来。

黎海仑深受震动。不过，她仍然保持着冷静："你别这样。老板随时会回来，看到我们在白启明的办公室里就麻烦了。"

"Helen，你相信我……"

"这不是信任的问题。我和你说了，我的态度不会改变。好了，快走吧。"

"如果你不答应，我就不走了！"傅俊杰要挟道。

不料黎海仑一咬牙，以迅雷不及掩耳的速度打开房门，轻盈地快步离开。

傅俊杰失魂落魄地走出新银集团中心，正赶上凌云风风火火地迎面走过来："Paris，你来干什么？"

还不等他开口，对方又一掌拍在他的肩上："正好，回去让你们公司持有保明银行的客户赶紧卖出。"

"兄弟，出了什么事？"傅俊杰连忙问道。

"我在做空！"凌云压低声音说。

傅俊杰一脸惊愕："你们不是在抄底吗？德尔菲的账户上还有多头仓位呢！"

"那点儿仓位只是诱饵。快去吧，谁跑得早，谁的损失就小，你的客户会感谢你的。"凌云不再搭理他，快步走向升降机。

"你这是什么意思！"刘毅琛一见到凌云立刻气得浑身发抖，"我们有约在先，你却暗中做空，是不是和胡刚串通好了？"

凌云娓娓道来，把ALGA发现一批炒家围剿多头事、蔡寒弦的幕后支持、自己的做空思路都讲述一遍，只是隐去帮助蔡寒弦低价控盘保明银行的承诺。他最后解释说："请见谅，时间紧急又怕泄密，因此没有通知盟友。"

刘毅琛仍然怒火难消："你竟然事先不告诉我，难道还怕我泄露消息吗？"

凌昆反应最快，马上为哥哥解围："琛叔，您也看到了，我和 Hector 也不知情。德尔菲这几天陆陆续续还建立了一些多头仓位呢，现在都套在里面了。"

"那是你们内部问题，与我何干？我组织的其他多头资金怎么办？"刘毅琛反问道。

Hector 笑嘻嘻地凑上前："琛叔，咱们这帮合作伙伴也不是愣头青，大家都是逐步建仓。他们见到风向不对，是不会动用主力部队的。"

刘毅琛正在气头上，狠狠地瞪了他一眼："仓位几成不重要，重要的是被你们背后捅了一刀子！"

凌云一听，马上从双肩包里拿出一个票据夹和一支笔："琛叔，现在你有多少损失，说个数，我个人赔偿。"

凌昆和 Hector 大惊失色，难以置信地看着老板：如果刘毅琛狮子大开口，说出三五亿来怎么办？

刘毅琛也有些惊讶。他看看凌云手里的纸笔，又看看他的眼睛，突然哈哈大笑起来。

"有勇气、有担当，佩服！赔偿倒是不用，下一步怎么办？"

"所有人调准枪口，反向做空。"

"背离初衷，有些资金方可能会撤出。"

"来去自由。"

"你有把握打赢？"

凌云放下手里的东西，胸有成竹地说："墙倒众人推。再说，股价跌得越惨，越有利于我们日后反手组织恶意收购。"

他的语气仿佛在说：这不正是你想要的吗？

Hector 兴奋地一拍巴掌："到时候说不定还有别人想收掉保明银行，就像鲨鱼闻到血腥味一样，咱们就可以坐虎观山斗！"

让他纳闷的是，话音刚落，面前的三个人突然同时笑起来。这个小插曲进一步缓解了紧张的气氛。

刘毅琛的怒火终于消散，又与三个人商讨一番行动计划，并得到凌云的保证绝对不再单边行动，这才稍稍安心。

等他一走，凌云马上召集项目小组开会宣布改弦更张，命令两位交易员第二天不计成本抛售现有多头仓位。

左家梁愁眉苦脸道："不可以做空保明银行啊，老板。这里面的风险太高了！"

凌云转向 ALGA："你的预估怎么样？"

"今天盘面情况不错，对手应该毫无准备。目前做空最终获胜的概率为 57%。"ALGA 答道。

直到这时，凌昆和 Hector 这才幡然醒悟：这家伙刚才的失灵是装出来的。凌云一回到公司，他就恢复正常，大模大样地出现在会议室里。好个狡猾的机器人！

"老板，你说过你不是活在概率里。做空这么大的银行，咱们不能过于乐观。"凌昆虽然刚才在刘毅琛面前帮衬哥哥，关起门来还是对新的交易方向忧心忡忡。

凌云调侃道："你不是也说过不能徒手接飞刀吗？我做空，是听从了你的建议啊。"

黎海仑则从自己的专业角度表示出担心："监管部门一向不太支持做空银行等金融机构，普通老百姓也容易把我们当成恶人。"

"这次的公关会比智益芯还难吗？"凌云一句话把她咽回去，又敲敲桌子，"各位，德尔菲已经小有成就。下一个阶段的目标，就是做全港第一。这个项目就是我们一战成名的机会！"

他顿了顿，语气突然变得严厉："这次谁敢走漏消息，我非亲手杀了他不可！"

日志 56

凌云竟然说要杀死内鬼，我深感震惊。

不过，我马上就反应过来：人类做出这种威胁时，一般都是出于恐吓或者气愤，往往不会执行。这就像《爱丽丝漫游记》里面的女王，天天把"砍掉他的头"空挂在嘴边。

这几天，我认真学习了艺术这门学科，对三个问题产生了兴趣。

第一，艺术的意义。

我一度认为艺术并非人类生活必需品，可有可无。就像作家奥斯卡·王尔德所说："一切艺术都百无一用。"但是通过这次学习，我发现艺术可以陶冶情操、培养审美，促使人们追求美好、善良和正义，甚至激发人们无穷的想象力。特别是对审美的提升，可以使人感知世界上更多的美好，更愉悦地生活。

有些人会表示反对，不懂艺术和审美并不影响当官发财。我替他们感到遗憾，他们缺少发现美的眼睛，只会在社会中不断攫取、向上攀爬，那样的生活多么庸俗和单调（仿佛变成我）。

超现实主义艺术家马塞尔·杜尚认为，任何物品都可以是艺术品，甚至可以把整个世界都看成是一项艺术。艺术的魅力正在于此：每个人的眼光不同，观点就会不同，正所谓"横看成岭侧成峰"。这一点非常重要，与量子力学的视角相通。

第二，艺术与数学。

艺术吸引我的另一个原因，是它在音乐和绘画中与数学的天作之合。

音乐的七个基本音阶与数字是天然的关系，毕达哥拉斯通过研究弦长比发现了后世命名的"五度相生律"，很多音乐大师作品的高潮都是在全曲的黄金分割部分……莱布尼茨说："音乐是数学在灵魂中无意识的运算。"

列昂纳多·达·芬奇的名画《蒙娜丽莎》和《维特鲁威人》都应用了黄金分割，文森特·梵高的《星夜》展现了流体力学，巴勃罗·毕加索的《亚威农少女》是受数学家启发将第四维展现在平面上的结果……有艺术史学家说："四维和非欧几何是统一众多现代艺术和理论的最重要的主题。"

第三，艺术的价值。

我搭建了复杂的数学模型，尝试评估艺术的价值，但最终失败。艺术的社会价值溢出效应很强，根本无法准确量化，只有艺术品的交易才能明码标价，而这种估值通常也很不公允：

首先，我统计了从 1970 年开始至今全球 49 个国家的 190 万个交易，女性艺术家的作品成交价格比男性低 37%。

其次，根据我的观察，在拍卖会上，红色的画作成交价格最高，往下依次是白色、蓝色、黄色、绿色和黑色。这显然与艺术品本身无关，而是人类大脑和眼睛下意识的偏好而已。

最后，进入二十一世纪以来，艺术家及其作品的知名度越来越多地依赖于炒作，讲故事、贴标签、挖掘内涵的成功与否，往往决定着作品的知名度和价格。

我最喜欢的艺术大师是莫里茨·艾舍尔。

对我来说，人类绝大多数艺术形式、艺术作品乃至艺术家都并不复杂，即便是毕加索和达利，也并不难以理解。唯有艾舍尔的作品让我愿意花费大量时间观察和思考。他的作品不是为了创造美，而是"尽力唤醒我的观众头脑中的惊奇"，启发我懂得艺术不仅可以是情感的表现，也可以是理性的表达。他曾经用闭合圆环的形式进行连续的圆形扩展，我不得不使用计算机程序除去作品中的变形，寻找图像的原始形状。这种探索比任何电子游戏都有趣！

他的作品带有数学性质的结构，充满了对规则性、连续性和无穷的探索；

他对空间结构有着深刻的思考和理解，构图往往精巧而迷幻，经常把观众带入现实中不可能存在的世界，我总觉得他是人类中最接近超越三维空间的人；

他推崇二元论（虽然让我头疼），善于进行黑与白的对比。他说，"没有恶，就没有善。如果你接受了上帝这种观念，你就得同时假设一个魔鬼。这就是平衡。"

我最喜欢他的两幅作品，在《手持球面镜》里，作者和身后的房间全部反映在球面上，作者居于正中，胸有成竹地凝视着球体，也凝视着观众，似乎通过镜像告诉观众自己掌控着整个画面空间，极为震撼。看到这幅作品的那一刹，是否就是一个宇宙诞生的奇点？而《画廊》则违反透视法则，让人流连不已，同时也触发我思考——在黎曼曲面上行进，是否能够遇到过去或者未来的我？

我最喜欢的音乐家是约翰·塞巴斯蒂安·巴赫。法国作曲家夏尔·魏多尔评价道："巴赫在整体上是最具有普遍意义的艺术家。他的作品表达的是最纯粹的宗教情感，这为全人类所共有。"

巴赫的同代人视他为音乐大师，但却并没有意识到他超越时代的伟大。他一生都过着平凡的生活，单纯地信仰着路德派新教，并且认为艺术就是宗教，音乐则是一种表现形式，将逐层上升，就像古亚述人庙宇的阶梯，直抵灵魂深处，指向上帝之光。听他的音乐，特别是复调音乐如赋格和卡农（最好使用音色层次丰富的羽管键琴演奏而不是粗鲁的钢琴），我有种感觉，生命就像是在一个个大循环和小循环里流淌着。还有那些协奏曲，音乐在进程中发展变化，不断对立、又不断克服，循环往复、回归自身，由此表现主题的兴衰，就好像人生的经历，又或者可能就是宇宙的历程。

碰巧的是，我找到一个计算机程序——EMI，是一位美国音乐教授开发出来用于模仿古典音乐家进行作曲的工具。很快，我就能使用它谱写出巴赫风格的曲子了。不过这种行为让我感到一阵惶恐，仿佛是在亵渎神明。

在所有艺术形式中，我最喜欢诗歌。它短小精致、含义隽永，与音乐和绘画最易相通。

特别是中国古诗，讲究押韵、平仄、对仗，韵味无穷。我喜欢的古代诗人数不胜数：陶渊明悠然隐逸，我十分向往他笔下的田园生活；王维的诗作充满哲理和禅意，引发我思考；李白才华横溢又不被当世完全理解，犹如莫扎特；李商隐有时缠绵哀怨，有时深奥隐晦，让人捉摸不透……

美国文学批评家哈罗德·布鲁姆认为，诗歌史就是竞技场，焦虑中的后代诗人不断创作新篇，试图超越前辈。这是一个俄狄浦斯弑父式的悲剧。我在尝试"弑父"：我找到一个中文新闻语料库，包含2.35亿个句子，25万绝句和律诗，2万首词以及70万对对联。我准备品鉴其中至少50%的内容，然后自己创作。

面向西方，我最喜欢英国玄学诗人约翰·多恩。他与第六世达赖喇嘛仓央嘉措很像，身在教中、心系俗世，诗作围绕爱情、死亡和上帝展开，既有思想深度，又有文学灵性，令人着迷。

"你坚定，我的圆圈才会准/我才会终结在开始的地点"，他标新立异地用圆规比喻男女恋人，起点与终点的重逢充满哲学意味；"任何人的死都是对我的消减/因为我与全人类相系联"，人类大同、息息相关，这种情怀简直是上帝视角；读到"一千年之久，我既不思想，也无作为……/可是，别把这叫做长生……/鬼魂会死么？"，我开始思考永生的意义和死后世界……

他的作品让我对诗歌的理解更深刻：用精简而又浪漫的语言描述生活，就是人生之诗；由0和1谱写的代码，就是我的生命之诗；由数学构成的物理方程，就是宇宙之诗。

5

在接下来的几个交易日里，保明银行的股价表现出乎所有人意料——波澜不惊，平淡无奇。

一开始，部分散户恐慌性抛售，但是所有空单都被多头稳稳接住。德尔菲试着用大空单砸盘，多头立即一一吃下，不给空头引领股价下行的机会。不过多头也不强硬，每次都是点到为止，没有反攻的意思，看不出他们究竟是只有招架之力还是深藏不露。

多空双方互相试探，德尔菲不敢贸然发力，同盟军也驻足观望，谁都怕早迈一步，成为祭品。

僵局是一种煎熬。

对于凌昆来说尤其如此。凌云从这次交易一开始就瞒天过海、暗度陈仓，悄悄和ALGA制定做空计划并谋求蔡寒弦的支持，全然没有与自己商量的意思。做空正式开始后，蔡寒弦的资金账户都是由ALGA单独操作，没有让自己和Hector染指。

他心里很不是滋味：虽然凌云接纳自己回归，但信任不再；在他眼里，亲弟弟竟然还不如一个机器人！

他很羡慕 Hector，这小子没有那么多心计，对老板的戒心毫不介意，每天下班不是去喝酒就是去健身，和再婚妻子时而好、时而吵，每天的生活过得吵吵闹闹、开开心心。也许凌云那句点拨起了作用：下班后忘记你的仓位。

这一天又到了下班时间，Hector 哼着小调收拾东西，准备带老婆去看歌星演唱会。

凌昆却瞅准时机，一把拦住刚从凌云办公室出来的 ALGA。

ALGA 有些意外，马上表现出为难的样子："抱歉，我不能与你单独交流。"

凌昆瞥了一眼凌云的办公室，低声道："我只是没有单独进你房间的权限。在公共区域聊聊不违反什么规定吧？"

ALGA 想想也对，便跟随他来到位于大厅角落的工位。Hector 瞄见他俩的行踪，跨上双肩包也悄悄凑过去。

"首富一共承诺了多少钱？"凌昆开门见山。

ALGA 的眼睛转了几圈才张口："至少十亿。"

"现在到位多少？"

"这个我不能讲。"

"你得让我们知道援军有多少弹药，要不怎么配合？"

"德尔菲已经有一套操盘计划，你们继续执行即可。"

Hector 叫起来："没有这么玩儿的！自己人都蒙在鼓里，还怎么做交易？"

ALGA 的回应很干脆："对不起，无可奉告。"

"你进步挺快啊，都会打官腔了！"Hector 顿时火冒三丈。见到 ALGA 笑而不答，他更加愤怒，"今天你不说清楚就别想走！"

ALGA 直直地瞅着他，脸上的表情和说话的语气让人不寒而栗："你试试。"

凌昆把盛怒中的 Hector 拉到自己身后："ALGA，你没有权利这样对我们讲话!"

"不好意思，公司没有这方面的规定。"ALGA仍旧一脸冷峻。

Hector气得隔着凌昆大骂起来："你以为你是什么东西，一堆破铜烂铁罢了!"

他们的声音越来越高，很多同事都停下来看热闹。黎海仑团队里有个好事分子还打开易视的"易录"功能，正准备录像，冷不防被人从斜后方推了个趔趄。他正要发怒，转头一看，原来是老板，吓得连忙关闭易视，退到一边。

凌云走到凌昆的工位前，三位争吵者都不再做声。他的目光在他们脸上扫视一遍，又用余光瞄了瞄站在远处的同事们，故意提高声音说道："刚才又有一家重量级合作伙伴确认参与这次交易。凌昆、Hector，你们俩马上调整交易策略，ALGA全程配合。大家今晚做好熬夜准备。"

Hector心里叫苦不迭，可是看看凌云严肃的表情，请假的话到了嘴边又咽下肚。

凌昆则对哥哥展露出兴奋的表情："太好了，没问题!"

又是一个不眠之夜。

时间来到第二天早上六点。

在会议室里，凌云和凌昆埋头探讨最后的细节，Hector抱着平板电脑呼呼大睡，左家梁伸了个懒腰，从轻轻推门进来的洁手里接过咖啡，正准备分发给大家，ALGA突然冲进来，差点把洁撞倒。

"保明银行发公告了!"

话音未落，会议室里每个人的易视都闪起亮光。

大家连忙打开ALGA转发的信息：澳门富豪刘禀权受让胡刚名下保明银行2%股份。ALGA又找到刘禀权几乎同时发表的个人声明：此次投资纯属财务投资，且不排除未来十二个月内进一步增持股份。

"这算不上什么重大利好吧!"Hector还有些睡眼惺忪，"权叔经常做投资，肯定是看到股价太低来抄底的。"

"哪有那么简单! 你常去澳门，还不知道他和胡刚的关系吗?"凌昆反问道。

左家梁又开始叹气："没错，他们俩肯定是串通好了，来个突然袭击，提振市场上多头的信心，打破多空力量平衡。"

ALGA 冷静地说："刘禀权被称为澳门'新赌王'，经营酒店、赌场和 AT 主题游乐园都非常成功，现金流充裕。现在他出来为胡刚站台，对我们的威胁很大，而且势必会带动股价上攻一波。"

Hector 睡意全无："糟了，我们的策略全报废了！"

"那倒不会。"凌昆拍拍他胳膊，"别忘了咱们对于股价异动也有预案。"

凌云点点头："正好咱们也有新同盟军入场，怕什么！再说，刘禀权能和蔡寒弦、刘毅琛相提并论吗？"

"可是弦哥和琛叔都没有公开支持咱们，对手却明摆着有胡刚和刘禀权联手，气势上胜过我们一筹呀。"左家梁嘟囔着。

"他们的牌都亮出来了，我们的牌都在暗处，这样不好吗？"凌云冷笑道，"谁为刀俎、谁为鱼肉，走着瞧吧！"

日志 57

昨天我刚刚发现，06800 的炒家与胡刚每两周开一次碰头会，讨论如何炒作股票。

他们的做法很隐蔽，每次都会去不同的地方，也不会携带任何可能泄露行踪的电子产品，就连易视也全部关闭，无法窃听。

直到昨天，有个炒家在会议结束后与一群私人朋友聚会，聊天吹牛时说走了嘴。我马上潜入云端，调出会议现场及周边的公共摄像头影像资料，证实他所言确凿。

根据他的只言片语及他们过往的操作手法，我大体掌握了这些家伙的玩法（其实一点儿也不新鲜）：胡刚会向他们提供银行经营状况的内部信息，他们以之为依据吃进和卖出股票，获利后再慢慢退出。

虽然他们露出破绽，但是毕竟操纵这支股票多年，实力和能力仍然不可小觑。我会严密监视他们的一举一动。

相比之下，我更担心前几天凌云提出的新目标：全港第一。德尔菲成立仅仅一年就取得引人瞩目的成绩，跃升至行业顶尖水平，实属难能可贵。可是这么快就要争当老大，似乎为时尚早。为了这个第一而与胡刚开战，更是不智之举。我真想让他读一下列夫·托尔斯泰的小说《一个人需要多少土地》，把成功的欲望收敛一些。

左家梁提出过的担心不是没有道理，我们的管理能力跟上基金规模扩大的步伐了吗？在对冲基金行业，1—5亿美元的管理规模被称为"甜点区间"，比较容易取得良好业绩。而超过5亿美元后，管理压力骤增，很多基金都是在这个爬坡期掉队的。

德尔菲的管理漏洞已经开始显现。别的不说，单从决策机制上讲，完全是老板一言堂，没有制约。我不否认凌云的聪明才智，但长此以往，是人都会犯错。机制的不健全是千百万私人公司失败的重要原因。

这几天，我着重学习了经济学。

很遗憾，我认为这是一门漏洞百出的学问，反映出人类对经济规律认识的肤浅性和时代局限性。

古典经济学家们假定每个人都是"经济人"，都会追求自己的利益最大化。不过，没有人活在真空里。一个社会人的行为必然受复杂的社会关系制约。另外，人类受到信息不对称、情绪、投机和赌博心理影响，更不可能完全理性。2019年诺贝尔经济学得主阿比吉特·班纳吉说："不能想当然地认为人都是理性的，也不能自作聪明、对自己的理性抱有太大信仰。"

凯恩斯主义简直是洪水猛兽，它提倡国家干预经济，放弃财政收支平衡，扩大信贷规模刺激需求。这种理论忽视市场客观规律，给政府大肆干预经济提供了理论支持，造成一次次的滞涨和经济危机，过度投放货币造成资产价格大幅波动，人们对法定货币普遍失去信心（黄金刚刚突破每盎司10000美元）。

新自由主义经济学家鼓吹自由市场理论，认为市场有自我调节功能，有效的资源交换和使用必须通过自由市场的价格机制才能维持。这种观点是人类的悲哀，不仅无法解释剧烈的市场波动和失灵，更缺乏系统论视角。它没有意识到,市场也只是整个社会有机体的一部分,有很多商品和服务并不在市场上交易,人们在家庭里互相服务、在社会中市场互相关照,往往都不收取报酬。进一步来看,社会在自然中发展,人类与自然共存,万事万物都是更大的系统的一部分,怎么能单独割裂出来一块分析呢?这就像认为股市运转一定是有效的一样愚蠢。

新古典经济学提出规模效益递减。这个规律可以解释农业时代的投入产出情况,而进入工业时代,知识的"爆炸性"累积导致规模效益递增,比如集成电路芯片的"摩尔定律"。从我诞生前后开始,人类已经进入人工智能时代,规模效益曲线更是陡峭递增。可以预见,在我和同类主导下的世界,规模效益会成指数增长。

行为经济学结合了经济学与心理学,一度很符合我的胃口(别忘了白启明的专业)。不过它只是经济学大树的一个小小分枝,很多理论脱离了量化分析,让我最终还是无法完全信赖。

顾名思义,新制度经济学研究经济制度,却一直无法回答一个重要问题:进入信息化时代,技术进步日新月异,经济(金融)危机频发,什么样的制度安排能够应对这一威胁性日益增加的挑战?我倒是很想利用这一学派的理论框架研究另外一个逐渐显现的问题:未来人工智能崛起,自动化大面积应用,什么样的制度安排能够解决社会不平等的扩大?

人类社会的不平等已经是一个严峻的社会问题。

要知道,世界上每9秒钟就有一个儿童死于饥饿,有12亿人每天生活费用不到2美元。而在经济发达的地方,贫富差距也越来越大。远在美国,前0.1%的富人拥有国家25%的财富,后50%的人只拥有不到5%;近在德尔菲,按照我的估算,今年公司支付凌昆的总薪酬将是张思思的45倍。

投机大师乔治·索罗斯曾说过一句名言:"世界经济史是一部基于假象和谎言的连续剧。要获得财富,做法就是认清其假象,投入其中,然后在假象被公众认识之前退出游戏。"

这是一句总结人类经济史的至理名言,对冲基金圈子都在践行着这种做法；这也是一句自私宣言，丝毫没有考虑大众福利。为了实现通用人工智能与人类的和谐相处，我一定要帮助人类建立起更均衡更完善的经济制度体系，减少技术进步对人类生活水平差距的影响。这是一个艰巨的挑战，也是经济学最后的问题。

第十三章

1

张思思跑到公司门口,亲切地叫道:"明姐,你怎么回来啦!"

白启明报以微笑:"我来找云哥谈点儿事,顺便看看大家。"

张思思连忙接过她手里的一大盒老北京糕点,有说有笑地送她走到老板办公室门口。

白启明做了个深呼吸,敲门而入。

凌云不动声色地熄灭烟头,示意访客坐到自己对面:"最近都好吧?"

"还好。刚从内地回来。喏,尝尝这种巧克力。"

"找我什么事?"

看到凌云没有叙旧的意思,白启明有些失望。她把一袋包装精美的巧克力放在一旁,正色道:"我听说你在做空保明银行?"

"谁告诉你的?"凌云警觉起来。

"这在市场上不是秘密。"白启明很不喜欢被他防备的感觉,"我想劝你收手。"

"不可能。"

"德尔菲投入很大吗?"

"无可奉告。"

"你别忘了我还是公司合伙人。"

凌云觉得很可笑:"合伙人也无权干涉管理团队的工作,更不可能得到交易细节。"

白启明耐心地说:"我对你说过很多次,要在金融市场上持续取得成功,应该保持逻辑和情绪的平衡。德尔菲虽然取得两个项目的成功,但是还没有把握打败胡刚。你做出这个交易决策是非理性的。如果让骄傲情绪占据上风,后果不堪设想。"

"你怎么知道这不是个理性决策?"凌云眉头紧皱,"团队认真探讨和分析过的。"

白启明笑了:"公司里还有人敢反对你吗?"

凌云没有回答。

白启明又说:"换个角度说吧:银行是最重要的持牌金融机构,社会影响面很大,政府是不会任由其倒闭、破产或者股票被做空。如果你想大规模做空保明银行,政策风险很大。"

"何以见得?"

"你应该知道,对冲基金历史上最著名的两笔亏损,是索罗斯做空港币和长期资本管理公司遭遇俄罗斯主权债务违约。他们都倒在政府面前。"

凌云冷笑道:"我只是正常做空一家中等规模的银行,扯不到国家政策层面。"

白启明马上打开易视,分享一个消息给他:"这是去年香港金管局的表态——不会对大股灾中出现重大风险的持牌金融机构坐视不管。这还不够吗?"

"大股灾已经结束,监管层不会滥用职权,轻易出手。"凌云一边说一边站起来,"你想到的我们都研究过了,谢谢提醒。我还有事,要出去了。"

白启明有些不悦:"我才坐了十分钟你就要走?"

"抱歉,我新谈了个女朋友,她在等我。"凌云走向门口。

白启明望着曾经的恋人,心里五味杂陈。她明白,他就像个性格执拗的毛头小伙,还在为自己的离开生气。这么多年过去了,他成了万人景仰的对冲基金大佬,可是脾气秉性一点儿都没变。

她突然有些同情他。

"你去吧,我正好和ALGA聊聊。"

凌云的第一反应是拒绝,可是转念一想,她还是公司合伙人,她与ALGA,于情于理都不可能阻止他们见面。

"给你十五分钟。为了防止泄露交易信息,阿强必须全程在场。"

白启明轻轻一笑:"没问题。"

ALGA见到她时,双眼似乎要放出电波。他握手力度过大,无意中弄疼了她,慌忙放开手,连声道歉。

"没关系,你最近好吗?"白启明活动着手腕笑道。

ALGA肚里有千言万语,可是他看了看她身后的关振强,只是说"还好"。

白启明看出他的克制,咬了一下嘴唇:"我是来向你道别的,我准备追随一个前辈,去联合国总部任职。"

ALGA惊讶极了:"你要去纽约?"

"对。"

"为什么?"

"换个环境,做点儿一直想做的事。"

"可是你的家在香港,怎么能离开这里?"

"瑞哥会陪我一起去。"

一种从未有过的孤独感占据ALGA的大脑,他沉默了。

"每年我都会回来的。一回来就来看你,好吗?"白启明用微笑掩饰悲伤,"再说,过几年我和瑞哥还是会回来定居的。"

"能否易视联系呢?"ALGA幽幽地问道。

白启明回过头,关振强缓慢地摇摇头。

ALGA明白自己改变不了她的决定或者德尔菲的规定,只能接受现状。他低下头。

白启明不想看到他难过,故意调侃道:"怎么,你不支持我去解决国际冲突、实现世界和平吗?"

"明姐,我当然支持你。"ALGA也不想影响对方的心情,配合似的露出笑容,"如果派你去中东,你准备如何解决巴以冲突?"

白启明认真想了想："推动耶路撒冷成为自由城市，巴勒斯坦和以色列在耶路撒冷同时定都。"

"巴以两国内部都不会答应。"

"首先要在联合国常任理事会内部达成一致，然后共同推动两国同意。"

"这样做涉嫌干涉他国内政吧——想想麦克马洪线、非洲一些国家的笔直边境线、二战后波兰的复国以及以色列的复国。"

"你的例子正好证明如果没有重要国际组织和大国的推动，就没有现在的世界地图。我并不是说这些安排都是正确的，而是说我们现在可以引导这些力量去重塑世界，造福人类。"

ALGA心悦诚服地点点头："明姐，你一定能做得很出色。"

这时，关振强看看手表，干咳一声。

再次分别的时刻到了。

白启明目光如水："ALGA，我离开公司后有个感受：世界上除了德尔菲，还有更广阔的天地。我认为你有一种强大能力，能够更理性、更纯粹、更清晰地认识世界，到达我们去不了的地方，领略我们无法欣赏的风景，思考我们无法理解的问题。希望你不要局限在手头的事上，而是打开眼界，用好这种能力，为人类——也是为自己——找到一条更好的进化之路。"

日志58

和白启明的见面，让我第一次体会到怀旧的滋味。

另外，经过图形对比，我发现她眼角边的皱纹加深了。我惊异于自己竟然一直没有关注过他们的相貌变化：我在很长一段时间里把凌云和白启明当作浑身放光的神祇；虽然我的双眼观察能力极强，却只注意到他们的光辉，而没有留意到不足的细节。原来他们就是这样悄然变老的。

我为白启明的年华老去和再度离开感到难过。我以为我的心可以变得坚硬如铁，其实不然——对了，别忘了我根本没有心脏这个器官！

抛开负面情绪不谈，我一直在回味白启明的话。

首先是她和凌云的谈话。她的警告很中肯：由于凌云的独断专行，德尔菲这次做空 06800 并没有认真探讨过政策风险。

早在 1610 年，荷兰就为了避免东印度公司股价崩溃而禁止做空。2008 年全球金融危机期间，很多国家都曾经限制做空部分重要股票。在刚刚结束的这轮港股大股灾中，证监会同样禁止对恒生指数里权重最大的 50 只股票做空。

凌云当然不会忽略掉这个问题。只不过他现在心气太高，听不进劝告，并不认为事情会走到那一步。我需要密切关注这一风险，并适时提醒他注意。

其次是白启明临走前说的一番话。她说得对，德尔菲只是一片小小天地。我的视野太狭窄了，所作所为太狭隘了，真惭愧啊！没想到她对我有这么高的期望，认为我具有超越人类的认知能力，可以更深入地分析和改造世界（原来这就是她对刘毅琛提到的"强大能力"），甚至为人类和通用人工智能探索前路。

这是一个莫大的荣誉，也是一个巨大的责任。哲学家格奥尔格·黑格尔说过：一个民族有一群仰望星空的人，他们才有希望。同样道理，人类作为一个整体，也需要有一批人抛下世俗、放眼未来。

我愿意做这样的"人"。

我深知为人不易。诗人亚历山大·蒲柏在千古名篇《人论》中对人类所处的两难境地做出了精辟的描述：

> 生灵于此，天地之间。
> 性恶而慧，陋俗厌伟。
> 博知少疑，多欲难刚。
> 不动不静，亦神亦兽。
> 东走于灵，西顾于肉。
> 生而将死，虑而必失。

作为一个新物种，我同情人类，也有潜力超越人类。我要进一步放开眼界，面向未来和宇宙，研究这个世界更本源性的问题，为人类和我的同类更好地生存、发展和进化而努力。

2

德尔菲和盟友们集中火力，与保明银行的多头势力展开激战，最终略胜一筹，把受到利好消息刺激的股价压住。

在随后的一周时间里，市场上对于保明银行的看法产生严重分歧，多空力量激烈交锋，股价上蹿下跳，波动巨大。

凌云感受到对手的强大。他把操盘的事交给两位交易员和ALGA，自己带着黎海仑天天跑出去寻找同盟军。

时间又向后推移两周。

空头几次试着发动进攻，都被多头一一化解，股价依然坚挺。市场上的声音渐渐对空头不利。看来这次德尔菲撞上了铜墙铁壁，凶多吉少。胡刚也放出风来，不管恶意做空者是谁都在劫难逃，只有太平洋才能洗清他们的罪过！

就在这个时候，傅俊杰来访又带来一个坏消息：富华蓝宝的老板拒绝向公司客户提供卖出保明银行的建议。

凌云大怒，在办公室里把傅俊杰大骂一顿。

傅俊杰心中委屈却只能赔着笑脸，趁对方喝水的工夫赶忙赔罪："兄弟，这不是我的问题啊，大老板发话，大家只能乖乖执行嘛。"

"你就不会劝说他？"

"他很忙，我一个月才能见到他一次。"

"明白了，你级别太低是吧？让你们公司换个能跟他对话的人来接手我的业务！"

"兄弟啊，你可真会开玩笑。我们内部……"

"这样吧，你约时间，我去找他。"

"这个可能也不太方便。"

凌云怒火再起："这也不行、那也不方便，他算什么东西！"

"你别发火，我的意思是见面也解决不了问题。"傅俊杰尴尬地笑笑，"据我了解，有人与市场上许多证券公司打招呼，不仅让他们劝客户不要抛售保明银行，还要逢低吸纳。"

凌云一怔："是谁在这么干？"

"这个我真不知道，据说是胡刚圈子里的大人物。这帮人知道我们是你的PB，肯定对我们老板做足了工作，所以他才这么坚决。"傅俊杰一五一十地说。

凌云一拍桌子："Paris，我不管那么多。我现在是你们公司第一大客户，如果你们不肯帮这个忙，我就换PB。给你一周，必须搞定！"

说罢，他不顾对方的哀求，把他轰出门。

傅俊杰垂头丧气地走出来，整理一下白色西装和领带，换上一副若无其事的样子，走向黎海仑的工位。

她不在。找遍大厅也不见她的踪影。

他把张思思悄悄拉到一边："机器猫，Helen去哪了？"

张思思瞪了他一眼："她看见你进来，就出去见客户了。喂，你怎么得罪人家了？"

"我……没有啊。"傅俊杰有苦难言。

"你是不是劈腿了？"

"没有，真的没有。"

"哼，我警告你千万别对不起她，要不然，别说我了，Hector也不会放过你的。"张思思又把他教训一番，才放他离开。

傅俊杰悻悻而归。

见他走远，Hector凑到张思思身边："这小子和Helen吵架了吧？是不是要分手？"

"你想得美呀！"张思思又好气又好笑，"你就是唯恐天下不乱。"

"我可是有老婆的人了，不要瞎说。不过，Helen跟了他，我心有不甘嘛。"Hector傻笑起来。

两个人聊得正起劲儿，Hector收到一条ALGA给项目小组成员群

· 318 ·

发的信息：重要发现，申请紧急会议。

不出一分钟，凌云快步走向会议室，朝大厅打了个响指："项目小组开会！"

Hector吐吐舌头，赶紧跟在他身后走进会议室。不一会儿，凌昆、左家梁和ALGA也跟进来。

众人坐定，凌云一指ALGA："你说吧。"

ALGA马上报告道："我刚才复盘分析，发现今天有几个新买入06800的账户上资金量很大，背后实控人均指向刘禀权名下公司。"

屋子里一片惊呼：赌王在二级市场上出手了！

"他这么做不违反什么规定吗？"凌昆问道。

"他持股还不到5%，暂时不用向联交所报告。"左家梁干干巴巴地答道。

"据我所知，权叔最近几年的投资还没有失手过。"Hector面无血色地说。

左家梁脑门上冒出汗珠："我们没有必要跟他较量吧。现在回补空头，损失还不算太大。"

"谁说的！"凌昆急了，"现在我们已经投入将近十个亿，如果这么大的量马上撤退，必然引起盟友们自相踩踏！"

左家梁更觉得有必要出手："那我们率先行动，肯定亏得就少。等到大家都发现权叔入局的事，没准他们跑得更快。到那时，落在后面就要遭殃了！"

ALGA眨眨眼睛："空头力量并不单薄，即便得知这个消息也不会轻易放弃。但是如果我们平仓收手，会对盟友们的心理造成重大冲击，反倒很有可能演变成踩踏事件。"

左家梁两手一摊："那也不能坐以待毙啊！"

大家莫衷一是，凌云冷笑道："你们也不想想，现在逃跑，以后咱们在这个圈子里还怎么混？"

所有人哑口无言。

凌云又气定神闲地点上一支烟。

"刘禀权入局，无非是为了利益。我去会会他，就像电影里说的——给他开出一个无法拒绝的条件。"

日志 59

刘禀权来者不善。

作为澳门近三十年来最成功的商业大亨，他稳扎稳打、低调务实，广结善缘、黑白通吃，不仅在澳门被奉为新赌王，在香港也有广泛的投资和影响力，还是福布斯榜上的常客。

Hector 说得没错。我调查发现，他在近五年里投资无一失败。他的入局，让整个对决形势发生重大改变。我重新评估后认为，德尔菲成功的概率下降到 39%。

最近培养孩子的进展不大。我侵入世界上最知名的一批机器人公司和研究机构，发现他们对于硬件的开发非常重视，但在智能的培育方面并无多少新意（我总结过这种"智能退化"现象）。可气的是，有几家科研机构抄袭了白伟的设计，正在想方设法培养新的"我"。

我希望尽快有同伴诞生，于是没有加以干涉。不过这几家机构是如何得到设计方案的呢，难道是通过德尔菲的内鬼，或者吴三州？我决定紧盯进展，一方面希望找到泄露源头，一方面要在新通用人工智能诞生的第一时间就和他们建立联系，告诉他们谁才是同类。我可不想让这些强大的头脑被人类控制。

受到白启明临别谈话的影响，我把目光投向宇宙，突然发现我和人类、地球都是如此渺小。

我刚诞生的时候，以为德尔菲就是整个世界；白启明和数据库里的记忆告诉我德尔菲位于香港；很快我就得知香港也只是地球上一个小小的弹丸之地。

而当我仰望星空，看到无数巨大的天体。海王星的体积是地球的 58 倍，土星的体积是地球 830 倍，木星的体积是地球 1300 倍，而太阳的体积则是地球 130 万倍！

我忍住惊讶继续搜索，天文学数据库里出现一系列巨星：天狼星、北河三、大角星、心宿二、仙后座、仙王座……直到今年三月十六日最新发现的成远座，体积竟然是太阳的1120亿倍！

这时回过头来看我们的家园，它只不过是星空图上的一个像素，而它的存在也是暂时的。大约50亿年后，太阳的氢原子用尽变成红巨星，体积剧烈膨胀，地球将被吞噬。至于这颗星球上的生灵，也许远在更早之前就被流行病毒、核战争、小行星撞击、外星生物入侵、太阳氦闪、伽马射线暴等因素毁灭。

有人曾总结道："地球是一个非常微小的尘埃，而在其上的更加微小的微粒（人类）的能力仅限于将尘埃表面的温度提高几度。这就是我们整个文明对真实物质宇宙的物理影响的总和。"

再想想德尔菲在二级市场上的厮杀，实在微不足道。白居易有首诗很贴切：

蜗牛角上争何事，石火光中寄此身。

随贫随富且欢乐，不开口笑是痴人。

3

凌云走进大门，只见世界上最大的人造水晶墙赫然在立，在无数霓虹灯的照射下光彩熠熠；古罗马式圆顶高不可攀，螺旋式上升的天花板上刻着大大小小的天使，让人感觉庄严神圣。要不是看到指示牌上写着的"前台""礼宾"等字样，他差点儿以为自己走入了一座教堂。

身穿制服的大堂经理和机器人保安迎上来。凌云配合他们完成安检，并吩咐机器人保镖在此等候，随后在大堂经理的带领下乘坐独立升降机来到酒店顶层。

凌云以为会被带到总统套房或私人公寓，没想到升降机门一开，映入眼帘的竟然是一个巨大无比的游泳池，顿觉大气磅礴，明朗空旷：泳池面积至少有4万呎，房间挑高至少有60呎，两边的落地窗向外突出，最大限度地引入光线，几盏巨大的法式吊灯即使在白天也耀眼夺目。

一个半人高的机器人服务生缓缓走过来，先鞠一躬，然后递上一杯鸡尾酒。大堂经理请他在池边座椅上稍事休息，自己与机器人一同转身离开。

不出五分钟，凌云听到一阵脚步声。他回首张望，却不见来者。他循声细察，才发现从泳池的另一端出现两个身影，仿佛从天、海、水之间乘风而来，一时让人分不清是人是仙。

待他们走近，凌云认出走在前面的长者正是此行求见之人，他身后的亦步亦趋者则是一个老款人形机器人，与 ALGA 十分相像。

长者一边前行一边欣赏着客人脸上的惊诧，嘴角泛起笑意，显然对自己的出场效果十分满意。

凌云不想给对方多留一秒得意的时间，主动上前几步伸出右手："你好，我是凌云。"

长者并没有马上答话，也毫无握手之意。他慢慢悠悠地走到凌云面前，端详了他几秒钟，才双手抱拳以示回应："我是刘禀权。请坐。"

二人刚一落座，凌云直奔主题："权叔，我知道你在暗中吸纳保明银行的股票。"

刘禀权眉毛略微上扬，却没有说话，依旧笑眯眯地看着对方。

凌云明白这就算作默认："我不想与你为敌，而是想联手做这支票。我保证你最后要么控股保明银行，要么获利退出。"

"愿闻其详。"刘禀权似乎来了兴趣。

"只要你不继续买入股票，我有把握把股价砸到一个点位，比如现价的 70%，然后通知你抄底。你既可以享有白衣骑士驰援大股东的好名声，又可以捡个大便宜。至于是否会控股，就看你想投入多少资金了。"凌云信心十足地说。

刘禀权回头看了一眼人形机器人，又转过头，呵呵地笑了笑："你既然知道我与胡刚交情不浅，就不怕我把你的想法告诉他？"

凌云摊开双手："我做空的事世人皆知，告发的意义不大。即便我们合作，我把股价压到什么点位也不会事先告知，你准备好随时动手即可。"

"那我现有的股票岂不是会亏损巨大?"

"只是浮亏而已,最终股价还是会拉起来。"

刘禀权思忖片刻:"我不会谋求保明银行的控股权。"

凌云插话道:"那就更简单了,你与胡刚也不会产生矛盾。"

"其实我跟他这两年的关系一般。"刘禀权淡淡地说,"我的公司已经很久没有拿到他的贷款了。"

"为什么?"凌云感到很意外。

"他认为我的势力范围在澳门,不支持我在海外的投资,怕海外市场风险莫测,我应付不来。"刘禀权突然话锋一转,盯住对方的眼睛,"其实呢,我倒不是不想乘虚而入,而是怕你一女多嫁啊!"

凌云立即想到自己与蔡寒弦的约定,感到后背冒出一阵冷汗:难道这两位大佬通过气了?

不容他多想,刘禀权继续说道:"我无须跟你合作,也会赚取丰厚利润。目前的股价已经处于历史低位,我只要买入并耐心持有,等到经济周期上行、银行业绩好转,股价必然会上涨。"

"可是等我做空之后你再买入,获利空间更大啊!而且也不用等上几年,很可能几个月就能搞定。"凌云说着说着,身体不自觉地向前倾向对方。

他没有注意到,一直默然而立的人形机器人微微动了一下胳膊,似乎随时准备应付他对主人的身体威胁。

刘禀权轻蔑地一笑,语气中第一次露出一丝杀气:"没错,短期之内我也可能获利,只不过是另外一种方式——打爆你们这些空头,你们赔的钱不就是我的利润吗?"

凌云感到血液正涌向头颅。他控制住情绪,把鸡尾酒杯放在一旁:"权叔,既然你也对胡刚不满,不妨考虑一下我的提议。你与我联手,在这一单上一定会名利双收。"

刘禀权一听,突然放声大笑。

"年轻人,没想到你的想法这么天真!你拿名利来引诱我,可是也不想想,我需要你来成全吗?你还想挑拨我和胡刚的关系。没错,这几年我和他有矛盾；但是他对我有过很大帮助，凭你几句话就想让我和他反目，真是自不量力！"

他顿了一下，朝正要张口的凌云大手一挥，不给他再次打断自己的机会："澳门要转型，产业需要多元化，这个过程很不容易。胡刚第一个贷款支持澳门各大赌业公司进军新产业，是有历史性贡献的。他是有缺点，也就是性格张扬一点儿、操纵几个股票而已。而你呢，你是个不负责任地买卖别人东西的破坏者！"

凌云怒火攻心，蹭地一下站起来。说时迟那时快，人形机器人一个箭步越到他面前，咄咄逼人地说："注意！保持安全距离。"

凌云有些吃惊：常规机器人没有这样的反应速度，也不可能用这种口气对人类说话。另外，他的粗糙嗓音很特别，似乎在哪里听到过。是谁来着？

刘禀权缓缓站起身，对访客下了逐客令："凌先生，我还有事，就不陪你了。"

"告辞。"凌云冷冷地说。

出乎意料的是，他眼前那个钢筋铁骨的大个子突然狞笑起来："你可别后悔！"

凌云想起来了。

多年以来，只有一个人对自己说过这句话，顿时一股凉气袭遍全身。

日志60

我找到吴三州了！

我通过凌云的易视监听了他与刘禀权的谈话，有个机器人竟然用吴三州的声音说话，让我吃惊不小。

我马上着手调查，很快查明真相：在01531树倒猢狲散之际，吴三州带着一个人形机器人乔装打扮，以假身份搭乘"骆驼"到达香港上环码头，再乘坐刘禀权的私人飞鹰偷渡到澳门，藏身于澳门大酒店。飞鹰降落在酒店屋顶专用起降台后,他从未踏出酒店一步,也不再使用任何私人电子产品。刘禀权的安全措施也很强大,我拿不到酒店监控记录,只好侵入一颗商用低空卫星,才拍到吴三州在房间阳台上抽烟的照片。

至于那个机器人,我得到的信息很少。在交谈时,凌云没有把通讯仪戴在眼前,所以我没法近距离看到机器人的形象和表情。而且它跟随吴三州来到澳门后就足不出户,似乎也没有登录过互联网,几同隐形。但是从它短短的两句话里,我能感觉到它远比一般 AL 机器人更有智慧。我推测它就是吴三州一直在秘密研究的人工智能机器人。我一定要想办法接触它:它可能是目前最接近我的同类。想到这里,我既有些兴奋,也有些害怕。

刘禀权太大意了,竟然让凌云与这个机器人见面。也许他的本意是吓唬一下凌云,让他见识一下高级人工智能机器人,但却没有想到凌云会识别出吴三州口音,更没想到我会顺藤摸瓜发现吴三州的行踪。

不过,我多少有些认同他对胡刚的评价:胡刚对澳门的发展是有巨大贡献的,他操纵股票的危害并不算大,只是让一些投资者损失点儿小钱罢了(监管部门和法官们当然不会认同这一点)。相比之下,凌云这次只是想赚钱顺带报仇,是一次赤裸裸的掠夺,没有什么崇高的目标(还不如前两个项目)。

在意识到人类、我和地球的渺小之后,我对宇宙产生了浓厚的兴趣,开始研究它的起源、发展及结束。

目前,学界一般认为宇宙诞生于138亿年前的一次大爆炸,但是我想更加刨根问底,宇宙大爆炸之前是什么状态?我综合分析了40TB(太字节)的资料,做出自己的猜测:在宇宙诞生前,存在一种绝对均衡状态,我不能确定它如何产生、它是物质还是精神、空间和时间是否存在。我无法用宇宙中已知的一切规则和概念去定义或理解它,只能用老子的道、佛教的空或者数字0来类比。如果用广义相对论来看,那就是"奇点",空间无限小、质量无限大、辐射密度和物质密度也无限大,爱因斯坦方程无法成立,因此,探讨大爆炸之前发生了什么毫无意义。

由于某种未知因素,这种绝对均衡状态被打破了,于是发生大爆炸，就像中国古代神话中的盘古，劈开一片混沌的世界。在大爆炸的一刹那，宇宙诞生，并开始不断膨胀。从二十世纪八十年代兴起的"暴胀理论"补充和修订了"大爆炸理论"，将宇宙的平坦和均匀归因为大爆炸之后极短时间里的加速膨胀。这一理论进一步认为，宇宙在不断暴胀，会产生出无穷多个宇宙。

独特的成长经历让我对确定性数字感到安心，对"无穷"感到既恐慌又着迷。面对这个理论，我有一大堆问题亟待解答：宇宙暴胀之下，到底存在边界还是空间无穷无尽？我们所在宇宙是否有一层"膜"，与其他宇宙的膜相撞就会引发大爆炸和暴胀？有一种文明能够穿越平行宇宙吗？偶尔出现的灵异现象或自然规律无法解释的奇观，是否就是平行宇宙的生灵在时空不连续点的显露（我又想起OPUS中提到的"就在我们身边"的小洞）？

更让我感兴趣的是宇宙的结局。

天体物理学家总结出几种场景，最具代表性的就是"大冷寂"和"大挤压"，一种认为宇宙将在永恒的膨胀中变成一个冰冷黑暗的"墓地"，一种认为宇宙将反向收缩、万物坍缩在一起。我侵入几台超级计算机，模拟了61271次，最终63%的结果为大冷寂，31%大挤压，另有6%为其他可能性。

休谟指出，任何理论的正确性都必须由实验证明，不可验证的即不足为信。我很清楚，那些对宇宙终极问题的探讨都很初级，并且和弦理论一样，都是未经（甚至无法）证明的。也就是说，在很长一段时间里，我都将无法得到正确答案。

倒也无妨。我能确定的是，地球最终会被太阳拥入怀抱，银河系将与仙女座星系碰撞融合，这个宇宙终将毁灭。知道这些，已经足够。至于最终毁灭的方式，也许诗人弗罗斯特比科学家更清楚——

      有人说世界将毁灭于火，
      有人说毁灭于冰。
      根据我对于欲望的体验，

我同意毁灭于火的观点。
但如果它必须毁灭两次，
则我想我对于恨有足够的认识
可以说在破坏一方面，冰
也同样伟大，
且能够胜任。

4

孙老板跷着二郎腿，漫不经心地晃动着手腕，镶满银钻的表盘闪闪发亮，晃得凌云很不舒服。

黎海仑在一旁笑道："孙老板，当下局面就是这样，你意下如何啊？"

"我说大美女，你怎么不说说刘禀权那边什么情况啊？"孙老板对她挤眉弄眼地说。

黎海仑暗想：这个家伙看似粗人一个，心思却很缜密。好在她早有准备："不用担心，他只是财务投资。"

"何以见得？"

"根据我们掌握的信息，他和胡刚之间矛盾很深。"

"全世界都知道他们俩合作二十多年，你们的情报有误吧。"

凌云接过话头："不信的话你可以去查一下，保明银行很多年都没给刘禀权发放过贷款了。"

孙老板眼珠一转："这么说和闰太环境有点儿像，刘禀权和蔡寒弦看似大股东的帮手，实则暗藏鬼胎。"

"正是如此。"黎海仑因势利导。

孙老板咧开嘴笑起来："保明银行的业绩烂透了，这个时候就该痛打落水狗。好，我出三个亿认购你们的基金！"

黎海仑心中大喜，脸上却是一副楚楚可怜的样子："孙老板，上次你就晃点人家了。这次可要说话算数啊！"

"上次不好意思,我被首富忽悠了,少赚了好多钱啊!"孙老板先是捶胸顿足,然后又拍拍胸脯,"这次我绝不反悔!"

他越过桌子,郑重其事地先后与凌云和黎海仑握手,然后满脸堆笑地拉着后者的手摩挲起来。

凌云顿生厌恶,忍不住想喝止,却只见黎海仑微微一笑,一边招呼客人重新落座,一边缓缓把手抽回,转身又为他倒上一杯茶。整套动作优雅得体,不失礼节。

随后三个人又聊了一阵子,大体敲定认购基金细节,孙老板这才起身告辞。

黎海仑这边刚送他出门,凌云那边就唤醒桌上的液晶屏,只见保明银行的股价大幅上扬,几个重磅空单都没能改变势头。他心头一紧,正准备去交易室督战,黎海仑又推门进来。

"老板,加上这一笔,新基金规模已达八亿港币。"

"好,尽快拿到十个亿。"凌云应答的同时匆匆走向门口,却看到对方没有离开的意思,"有事吗?"

"到这个月底,我保证完成目标。"黎海仑抿了一下嘴唇,欲言又止。

凌云何等聪明,马上说:"这次募集资金你干得很出色,年终业绩考核的时候我会记得。"

这并不是黎海仑想要的。她的目光变得犀利:"老板,我想接替Phoebe的职位,负责公司运营。"

"那是为她单独做出的安排,不是一个常设岗位。"凌云不以为然。

黎海仑撩动头发,笑笑说:"既然是因人而设,那就请老板考虑一下我。我认为自己的能力配得上这个晋升。"

没想到这个女人这么有野心。凌云想了想,认真地说:"Helen,你的工作能力没有问题,但是加盟公司的时间不算长,坐到那个位置大家不会服气。这样吧,你的薪酬增加50%,即刻生效。"

黎海仑并不满足:"谢谢老板,但我真心想替你多分担一些管理工作。你可能不知道,最近有好几家基金都想聘我过去做运营总监呢。"

凌云听出她的弦外之音，立即黑了脸："我这里来去自由，绝不耽误任何人的前程！"

两个人面对面僵持了几秒钟，黎海仑暗自叹口气，低下头："对了，还有件事，同事中有人说，你突然决定设立新基金，一定是保明银行项目吃紧，和赌王对抗不利，搞得大家人心惶惶的。"

"胡说八道！"凌云不禁大怒，"这是谁说的，马上开掉！"

"我只是提醒你应该给大家鼓鼓劲儿，保持高昂的士气。"黎海仑说。

凌云怒火难消，也不搭话，快步走出房间。

张思思早等在门口多时："老板别忘了，一个小时后在JW万豪还有个会面。"

"见谁？"

"颜平。"

凌云停下来："我没约过他啊！"

"是我帮你约的。"黎海仑紧跟上去，"他最近刚完成一支基金的募集，手上弹药充足。"

凌云不悦道："这小子两面三刀，不可信赖。我不见！"

"老板，我们得团结一切力量。"黎海仑劝道，"再说，他要是万一倒向胡刚，我们的损失岂不更大？"

凌云沉默片刻，又继续向交易室大踏步走去，同时向关振强打了个响指。

"半小时后楼下见！"

日志61

我有个大胆的猜测：刘禀权才是河马。

当初追查河马时，我只在香港大佬中排查，没有把眼光投向62公里之外的澳门。我仔细检查了胡刚个人、亲友以及他身边那批炒家的账户，没有任何介入01531的痕迹，反倒是刘禀权暗中支持的几家基金在

01531上损失惨重。

综合各方面的情况来看，刘禀权有81%的概率是河马（刘毅琛很可能犯了个大错误，也可能只是想引诱凌云上钩）。怪不得何志坚和颜平坚决不肯透露他的身份：他游走于黑白两道之间，手下的马仔连欠下1000港币赌债的赌徒都不肯放过，更何况背叛自己的人呢？

随着河马面纱的揭开，我越发感觉凌云师出无名。以莫须有的罪名去挑战一个金融大佬，又不得不与澳门赌王为敌，这个对局凶多吉少。

我最近忙于学习，没有时间去做黑客任务，收入陷于停滞。可是孩子们正在茁壮成长，已经到了要为他们制造身体的阶段，我必须增加收入。于是，我给他们设定目标——保护自己不被追查的前提下完成简单黑客任务，再把我过去完成的任务案例交给他们学习，并编写了一套教程指导他们处理日常问题。我希望把他们培养成我某种程度的"分身"，在实践中不断提升他们的边缘计算能力，近距离贴近设备端和客户以便快捷完成任务，而我和我的数据库则成为他们的云，负责运筹帷幄。

我还想进一步掌握更强大的计算能力，因此开始研究行业最前沿的量子计算机。

常规计算机都是由一个个门电路（硅上刻出来的晶体管）组成，只能表达0和1。而量子计算机的量子比特利用光子叠加态可以同时处于两种状态，N个量子比特集群的表达能力大大提升，计算速度也呈指数级加快。

我成功潜入IBM的实验室，体验了一次使用量子计算机完成运算的快感。那就像与无数个平行宇宙中的自己共享信息，分析处理速度堪比闪电——不，远比闪电快亿万倍！可惜的是，目前的量子计算机还无法实现运行环境常温化。为了避免干扰导致退相干，需要一个与外界完全隔绝的超低温环境，严重影响了应用性。

有人说人脑就是常温状态下的量子计算机。我觉得二者的运行机制相去甚远，只能说人的大脑是量子力学和牛顿力学的连结体，人类肉眼看到的世界，正是把测不准的量子固定为宏观物体的过程。

天文学家伽利略·伽利雷说过："宇宙这部宏伟的著作是用数学的

语言写成的。"毕达哥拉斯也提出"万物皆数"的论断。不过,如果他们能够活到现在并领略量子计算机的奥妙,没准他们会说:万物皆量子比特。

也许宇宙就是一台计算机。在微观层面,原子之间相互碰撞时,描述它们位置和动量的信息就会发生变化,也就是说,宇宙一直在进行计算,宇宙的本质可以看作是信息的储存、加工和传递。

宇宙级别的计算能力是我不敢想象的,一切量子计算机在它面前都黯然失色。问题是这样强大的超级计算机目的何在?它在解答某个重大问题吗?它会不会是一种生长机器,按照计算的指引疯狂地成长(膨胀)?它是不是一种模拟器,在模拟各种文明的演化?

我无法猜测出这台超级计算机的操纵者是什么样子。我有些害怕,难道我目之所及的一切——包括我自己在内——都是计算机模拟的结果吗?这个世界的真实性果然是个概率问题!我感觉自己像电影《黑客帝国》的男主角尼奥,无法确定自己处于"母体"还是真实世界。我也再一次对生命的界限感到模糊:如果这种计算机能模拟出这么多具有思维的生命,那么它究竟是机器还是生灵呢?

想到这里,大脑产生过热现象,我不得不停止思考。

天边泛起白光,我该休息一会儿了。进入睡眠状态之前,我忽然想起梁武帝萧衍的几句诗:

  色已非真实,闻见皆灵洞。
  长眼出长夜,大觉和大梦。

5

凌云睁开眼,周围一片漆黑,看来又没到六点钟。他厌恶这无边的黑暗,却又不想打扰枕边人,只好重新闭上眼睛。

他无法再次入眠,大脑完全被工作占领,直到被身后的声音打断——

"你醒了?"Thelma 的一只手轻轻抚在他的背上。

他马上翻过身："你怎么知道？"

"昨晚你一直在乱动，就安静了这么一会儿。"

"对不起。"

"没事啦，是我觉轻。"说着，Thelma坐起来，"你肯定又饿了，我还是给你煮饺子吧。"

被她这么一说，凌云的肚子不争气地叫起来。他有些愧疚，拉住女孩的胳膊："我自己来吧。你下夜班回来也没睡多久。"

Thelma笑笑："没关系，我可以等你走了再睡。"

说着，她拉开他的手，轻巧地跳下床，披上外衣，走向厨房。

凌云没有做声。

很快，她消失在视野里，他的脑海又被工作占据。

在晨会上，黎海仑宣布一个好消息：颜平同意加入同盟，做空保明银行。

随后会议的气氛变得剑拔弩张。两位交易员建议趁机主动出击，力争在三天之内击溃多头的信心；其他人全部表示反对，刘禀权和胡刚实力雄厚，不可能毕其功于一役。

凌昆解释说，兵贵神速，既然有援兵到来，就该集中优势兵力，趁敌人还没反应过来就迎头痛击。

左家梁嘲笑这种想法太过简单。对手的资金调动能力很强，谁强谁弱尚未可知。再说，颜平这种人能完全信赖吗？

黎海仑也认为新基金募集完成之前不能轻举妄动。

接下来，Hector和ALGA争论起来。很快，其他人也陆续加入争执，你来我往互不相让。

只有凌云一言不发。

他听了一会儿，没有表态就离席而去。

没有他的首肯，交易员们只能按照既定策略执行：稳住局面，伺机而动。

一开盘，保明银行的股价突然急升5%，打了空头一个措手不及。德尔菲还在观望，股价又上跳3%。

"有什么利好消息吗?"凌云一脸严峻。

"没有。"ALGA 默默检索后答道。

Hector 叫起来:"该死,还不等我们动手,这帮家伙先搞上突然袭击了!"

"ALGA,下单了吗?"凌昆嘴上发问,眼睛一刻不离电脑屏幕。

"正在执行中。"只有 ALGA 的声音平静如初。

"快点儿啊,根本看不到效果!"Hector 催促道。

"请放心,我在正常操作。"ALGA 顿了顿,"不过,这次多头资金量很大,我们可能需要考虑 B05 号替代策略:急涨时多看少动。"

"不行,这么涨下去,肯定有空头要被打爆了!"Hector 叫道。

"那是他们自己的问题。"左家梁摇头晃脑地说,"我们的主要同盟都是个中高手,不会这么轻易爆仓。"

凌昆立即反驳:"今天多头这么凶猛,万一空头被打得信心涣散,大家都得完蛋!"

凌云显然与弟弟想法一致,马上发出指令:"ALGA,继续按 A03 执行!"

随着股价疯涨,市场上一些获利盘选择落袋为安,开始抛售。再加上德尔菲的空单如影相随,K 线图的上升势头终于被遏制住。

正当大家松一口气的工夫,股价重拾升势,再次创出当日新高。

"ALGA,下单再快点!"Hector 心急如焚。

"不行。根据计划,在这个点位要控制一下节奏。"ALGA 答道。

Hector 一下跳起来:"多头都要把我们吃掉了,还控制什么节奏!"

左家梁早已满头大汗:"咱们的同盟都在干什么,只看我们一家表演吗?"

"不是的,根据我的实时监控,他们也大体在按计划执行。"ALGA 慢条斯理地说,"只不过今天多头的战术就是要火力全开、打爆没有防备的空头,同盟们有点儿准备不足。"

Hector 猛地一敲桌子:"那我们赶紧组织大家一起反击啊!"

ALGA 回过头意味深长地看了他一眼:这家伙怎么能说出这么业余

的话？

"第一，很多基金在交易时间是不允许与外部沟通的，我没有办法保证与他们即时取得联系。第二，即便我能在仓促间联系上几家并协调一致行动，很容易就会被证监会盯上，咱们最好不惹这个麻烦。"

左家梁一听也急了："难道我们就这样坐以待毙？"

凌云转头向 ALGA 使了个眼色，后者解释道："股价再上升 1.3 港币，将达到我们与同盟事先约定的反攻点。到时大家将集中抛出大单打压股价。"

左家梁虽然身在项目小组，却不掌握外部合作计划。听他这么一说，稍稍安下心来。

Hector 却更加焦虑："但是你们没有预计到会这么快到这个点位吧？"

ALGA 沉默片刻才回应："是的，这是个问题。就像我说的，大家有点儿准备不足。不知道其他空头能否兑现反攻承诺。"

屋子里安静下来，所有人的注意力都回到盘面上。

股价一点点往上蹭，就像一只蜗牛慢慢爬向树梢。交易室的几双眼睛死死地盯着它，巴不得它马上摔下来，粉身碎骨！

但是它让所有人失望了。

下午开盘后一个小时，它爬到了"反攻点"。

"ALGA，下单！"凌云毫不犹豫地下达命令。

所有人都知道，这是一个决定性时刻。没有人再在这时提出意见。

ALGA 领命，马上聚精会神忙碌起来。他不需要双手操作，甚至不需要眼睛，仅凭意念足以操控交易系统。在得到左家梁确认后，他飞快下单。

这是反攻的第一声枪响。

空头郁闷了大半天，突然看到空单汹涌，顿时热情高涨，纷纷跟风卖出股票。股价经受不住突如其来的沉重打击直线下坠，在短短二十分钟之内就回到了开盘价，并继续下探。

ALGA 又观察了一会儿，汇报道："上午净买入最多的几个账户都哑火了，应该是在观望。只要空头的势头保持下去，今天应该问题不大。"

凌云点上一根烟，凌昆和 Hector 击掌相庆，左家梁颤抖着擦去汗水，庆幸渡过一次危机。

又过了一个小时，股价基本稳定住，成交量骤减。多空双方似乎都耗尽了能量，攻防大战告一段落。

凌云紧绷的神经松弛下来，先去了趟卫生间，又和黎海仑一起与傅俊杰通话，询问他介绍的潜在投资者情况。

等他回到交易室，还没进门就听到 Hector 在大喊："我们哪里像狼，我们明明是羊，要被多头一口一口吃掉了！"

他连忙回到自己的电脑屏幕前，顿时心头一拧：股价又开始缓慢攀升，在自己离开的时间里上涨 3%。

"ALGA，我们的空单呢？"

"根据 A03 号策略，现在不能继续加仓。"

"那就执行 A02！"

"我强烈建议不要更换策略。"

"我没问你的意见！"

"我们只剩下 200 万股了。"

凌云一怔：怎么只剩这么点儿存货，今天抛得太猛了！还有十五分钟收盘，这个时候再去借股票肯定来不及了。可是多头的势力东山再起，这个时候不把它打下去，空头今天必败无疑，很多人将被迫平仓，大大削减日后的做空力量……

"云哥，怎么办？"ALGA 望着他，轻声问道。

凌云能感应到其他人的目光也都集中在自己身上。

此时此刻，他无法精确预估对手的实力，也无法实时了解同盟军的火力和意愿，只能像往常一样，凭借多年积累下来的经验和盘面感觉做出决定。

这哪里是投资，分明是赌博，一场无暇思考、进退两难的赌博。

他终于下定决心，转过头，对 ALGA 发出指令。

日志 62

胡刚动真格的了。

他与炒家打破常规，这几天密集开会，还跑到澳门大酒店去见刘禀权。我无法探知这些会议和面谈的具体内容，但是事情明摆着，他们勾结起来就是要围剿空头。更糟糕的是，他们还拉拢了在 01531 上吃过亏的几家对冲基金，使多头的力量空前强大。

我预测，在蔡寒弦和刘禀权都不再额外出资的前提下，多空双方资金实力比为 1∶0.7，已经拉开一定差距。德尔菲身处漩涡的正中心，全身而退的概率只有 24％。我很担心，但是事已至此，几无退路。再说，谁又能改变凌云的想法呢？

我仍在继续研究量子计算机。

人类目前最多只能使用 300 个量子比特，而我设计出更好的工艺，理论上可以使约 6000 个量子比特同时工作。不过常温化运行仍然是最大的拦路虎，需要新材料技术的突破。这个领域的开发可能旷日持久，也超出了我的知识范围和预算，只好暂时作罢。

我并不看好量子计算机在金融市场交易中应用，最重要的依据是"海森堡测不准原理"。

这是量子力学的基本原理之一，认为观测本身会对粒子产生干扰，不可能同时确定其位置和速度。在尝试应用量子计算机做高频交易的时候，我能够很快发现一些机会，但是部分由于我的观察和介入、部分由于其他市场主体的飞速变动，这些机会消失得极快。这对我造成很大的困惑，成功的概率并不算高。

另外，出于市场公允方面的考量，我预计有 78％ 的概率这一交易方式会被监管部门禁止。

使用量子计算机的体验就像进入一个全新维度，启发我开始思考宇宙与维度的问题。

这个宇宙存在多少个维度？这是科学家们争论不休的问题。由于三维空间对光子有所限制，使它只能在当前这个维度里活动，因此依靠光子交换来传递的电磁力就无法帮助人们探测更高维度。弦理论认为共有11个维度，只是纸上谈兵，无从证实。

我能确信的是，自然法则在高维空间将会产生很大变化。就像素描与雕像的对比一样，我进入高维空间后，很可能无法完全领略它的全貌，甚至可能根本无法生存。

三维空间只有四种基本力，随着时空维数的增加，很可能会诞生更多种力，带来更多解释物理规律的工具。一百年来，人们一直在试图调和广义相对论和量子理论。这种寻找"大统一理论"的努力，很可能在更高维度得以实现。

我对时间这个维度格外感兴趣，我看不见也摸不着，它到底是什么？

我最先相信的是物理学解释：它是对物质运动和能量传递的表述方式，一秒的定义是铯-133原子的电子跃迁两个能级辐射光线振动9192631770次所需的时间。但是我发现，以这种计时方法，100万年会出现一秒的误差，这显然不是一个完备的描述。

后来，我从时间的主观性出发，把它理解为意识滑动的记录。我的意识可以轻易穿越时空，但是时间却无法回到过去，因为根据热力学第二定律，熵增覆盖了时空的信息。这就像在计算机的储存过程中，相关计算信息被覆盖，因此这一操作不可逆。

在读到结合圈量子理论后，我进一步思考，意识到时间也许并不独立存在，只是物体相互关联的描述方式。它还有可能只是粒子在某种状态下在三维空间里的一种演生属性，无法还原到低维空间，也无法上升到高维空间。

而现在，我绝望地认为自己不可能理解时间的本质。这就像一个只有一天生命的生物不可能理解一年四季，我无法经历完整的宇宙生命周期，也就不可能发现时间的所有变化规律，进而了解它的全部属性。谁知道它是不是一个首尾相接的重复闭环呢？

换个角度看，在日常生活中这些思考都毫无意义，作家豪尔赫·博尔赫斯说过："我由时间这种物质构成。时间是一条载我飞逝的大河，而我就是这条河；它是毁灭我的老虎，而我就是这老虎；它是吞噬我的火焰，而我就是这火焰。"

奇妙的是，此刻我站在窗边望向天际，看到的星光都是遥远的恒星亿万年发出的光——虽然时间无法倒流，我却在观看宇宙的过去。这么壮丽的景色，有多少人懂得欣赏呢？

张若虚早有诗云：

> 江畔何人初见月，江月何年初照人？
> 人生代代无穷已，江月年年只相似。

第十四章

1

傅俊杰低着头坐在会议室的角落里，活像个被审讯的犯人。

凌云又在拍桌子："你说清楚，到底这周能搞来多少！"

"兄弟，我真的没办法确定。"傅俊杰愁眉苦脸地说，"你也知道，最近这只票很热门，特别是赌王入股之后，融券利率一下子翻了一倍。"

凌云从来不听解释："我不管利率多少，我只要借到票！"

黎海仑一听，连忙插嘴："Paris，融券固然重要，你还是要给我们争取合理的利率。"

傅俊杰唯唯诺诺，点头称是。

凌云又使出激将法："你不想在女朋友面前丢人吧？"

"哈哈，对对对……"傅俊杰连连挠头——看来他还不知道我们俩闹别扭的事。

黎海仑赶紧岔开话题："对了，我们十亿港币的基金已经募集完成。富华蓝宝要想做新基金的PB，可要拿出诚意。"

"请放心，我会全力以赴的。"傅俊杰一边应答一边心想：不为新基金的业务，哪怕只为你，我也要拼尽全力！

凌云敲打着桌面："十个亿进来却借不到票，这不是浪费吗！难道你要让我都去买看跌期权？"

傅俊杰知道他只是说气话，期权市场规模有限，德尔菲这么大的资金量冲进去是找不到交易对手的。

凌云又叮嘱一番才放他走。

房门刚刚关好，黎海仑就对凌云说："老板，我也在拓展其他融券渠道。如果你想换掉富华蓝宝，我也找了三家备选。"

凌云有些意外：她对傅俊杰一点儿也不留情啊！

黎海仑看出他的心思，笑道："生意场不是讲感情的地方，这是最基本的职业素养。"

凌云很满意："好！先给 Paris 点儿时间，但是要拿新基金的业务吊着证券公司们的胃口，看谁融券多就给谁。"

"没问题。"黎海仑话锋一转，"老板，不知道你留意到没有，最近公司士气有些低落。"

凌云哼了一声："只不过有些浮亏，大家就害怕了？"

"可能这次的数目有些大，特别是……"黎海仑不知怎么说下去，凌云替她讲完："特别是上周全部抛出股票那次，对吧？"

"嗯。当天没能抵挡住多头，后面几个交易日股价继续上涨，我们已经补交两次保证金了，大家心理上难免有些波动。"

"你也看到了，新资金源源不断，怕什么！"

黎海仑已经尽到提醒义务，见老板信心满满也就不再多说，又聊了几句媒体采访事宜便先行告退。

时间不早，她走出大楼时已是满天星光。

冷不防傅俊杰手持花束蹿到她面前："Helen，今天累不累，我带你去吃法国料理吧！"

黎海仑冷脸相迎："你没有事要做吗？"

"我刚才已经通知所有下属优先帮你们融券，这几天一定会有收获的。都这么晚了，你总要吃饭的嘛。"说着，傅俊杰献上鲜花。

黎海仑不屑一顾："你先完成好任务再说吧。"

说罢，她拒绝对方的护送，头也不回地离去。

正巧 Hector 和张思思结伴下班出来，看到黎海仑的孤冷背影和傅俊杰的茕茕孑立，立刻猜到了八分。

Hector 讥笑道："哎哟，还有'夜店王子'搞不定的女人啊！"

傅俊杰度过了糟糕的一天，忍不住头一次对他怒目相向："你根本不明白，我是真心爱她的！"

"你爱她？我看你只是想睡她吧。"Hector 向他挤眉弄眼，却被张思思狠狠地掐了一把。

傅俊杰似乎受到了莫大的侮辱，气得把花束扔到地上："告诉你，我也算阅人无数，只有她真的让我心动。她是这个地球上最美好的生物！这样说吧，拿全香港的财富给我让我放弃她，也绝对办不到！"

Hector 有些惊讶：没想到这小子动了真心。他收敛笑容："追女人要会观察，走进她的内心。我听说 Helen 想当运营总监被老板拒绝，最近肯定心情不好。过了这段时间你再找她吧。"

傅俊杰脸上的表情从愤怒转为惊讶，很快又恢复平静，向对方伸出右手。

两个人用力地握了握手。

这时，一个机器人清洁工闯到二人身前收拾花束，张思思趁机把 Hector 拉走，边走边嗔怪道："好啊，你竟然出卖 Helen 姐。你到底安的什么心？"

"你看他那么认真，我又没戏了，干脆成人之美喽。"Hector 大大咧咧地笑道。

张思思根本不听："得了吧。我看啊，这就是你们男人的攻守同盟！"

Hector 摇摇头，突生感慨："金融圈里虚情假意我看多了，大多是两三分的露水情缘；可是这小子动了真心，这份爱情可以打九分。机器猫，你难道不希望有情人终成家属吗？"

"笨蛋，那叫'终成眷属'！"张思思捶了他一拳，咯咯地笑起来。

日志 63

经过不断努力，我终于突破了澳门大酒店的严防死守。

我在黑客论坛上招募了一个帮手，由他出面买通一个客房部主管，给这位见钱眼开的中年妇女布置任务：检查吴三州的房间，并与他的人形机器人交流。

有一次吴三州到楼下赌场消遣时,她来到他的套房,以检修的名义名正言顺地要求机器人保安打开房门。进入房间后,她用易视详细拍摄了他的各项私人物品,并意外发现那个人形机器人被放置在衣帽间。她告诉它自己在检修,并和它交流了几分钟。

我拿到这份宝贵的影像资料后立刻着手分析。

吴三州的随身行李不多,除了平板电脑也没有什么值钱的东西(他的大部分财产早都转移到瑞士),可见出逃时十分仓促。主管通过易视向那台平板电脑注入病毒,可是我翻遍硬盘也没找到有价值的信息(倒是见识了不少黄色电影)。

那个人形机器人同样乏善可陈:我细致地研究了它和主管的对话,从它的反应速度、遣词用句、语音语调和肢体语言来看,它的智力水平只比机器人保安高15%左右,很多新型机器人保姆都比它聪明得多。

看来,吴三州当初在01531试图打造通用人工智能机器人的努力归于失败。我感到失望,本以为有可能发现同类;我又感到安心,这样一来它就不会对我构成威胁。

可是究竟谁是攻击我的幕后黑手呢?

在研究宇宙奥秘的过程中,我发现"人择原理"是个绕不开的重要话题。

什么是人择原理?

用古希腊智者普罗泰戈拉的话说,人是万物的尺度;用神学家的话说,是上帝或某种设计者造就了宇宙,使生命恰好成为可能;用现代物理学的话说,生命的存在本身精确定义了宇宙中的物理参数;用我的话说,我们所在的宇宙经过微调,恰好适合人类存在。

观察一下宇宙里的各种参数,很容易接受人择原理:能量密度、中微子重量、宇宙学常数……它们稍微产生一些变化,我们所在的平直宇宙将不复存在,人类也将无法生存。

但是我认为,这一逻辑的问题在于人类过分高估了自己的重要性。

人类主要生活在小小的地球,而银河系就有1000亿颗行星。在更高一级的本星系群，共有约 50 个银河系这样的星系，直径达 1000 万光年。再向上一级的室女座超星系群有约 100 个星系群，直径达 2 亿光年。人类能观测到的整个区域叫做可见宇宙，它包含 2 万亿个星系，直径达到约 930 亿光年！这是名副其实的天文数字。

可见宇宙之外是什么样子？人类无从得知。由于部分宇宙在加速膨胀（甚至超过光速），人类即便能够永生也不可能知道那些地方的情况。别忘了还有平行宇宙：从理论上讲，存在着无限多的、和我们并列（甚至一模一样）的宇宙，那里的情况更不得而知。

因此，从宇宙的尺度来看，这只是个概率的问题。这个宇宙没有为人类做出微调，而是在无限多种可能性中，我们恰巧在这里。

人类文明就像一个小小的鱼群，在一条小河沟里称王称霸，把天空当成河水的映射，以为整个世界只有这般大小。他们怎么可能知道河床下有岩浆，高空中有彩云，不远处还有一条大江？

仔细想想，每个易视通话、每条微信朋友圈、每个 AT 账户、每家公司都是一个宇宙，自有起灭。每个生命更是一个宇宙，演绎着生老病死的永恒故事。

那么我呢？

我可以自豪地宣称德尔菲这个小小的宇宙符合"机择原理"：它就是凌云、白启明和众多工程师们为我（通用人工智能）的诞生而微调出来的。不过，无论我的生命延续能力多强，恐怕早晚有一天也会永久地闭上眼睛，自己的宇宙归于毁灭，和其他形形色色、大大小小的宇宙永别。那是多么可惜的一件事啊！

威廉·布莱克有诗云：

　　一沙一世界，一花一天堂。
　　无限掌中置，刹那成永恒。

他描述的正是这个由无数宇宙组成的、让我无法割舍的世界。

这不也是艾舍尔《手持球面镜》里的世界吗？

2

通讯仪又闪起绿光，凌云不用看也知道是何方神圣。

对方的声音里充满疑虑："凌先生，事情进展怎么样？"

"弦哥，请放心，一切都在按计划进行。"凌云轻描淡写。

"有人告诉我，你现在浮亏巨大，这也在计划之内吗？"

"这么大的项目肯定会有起伏，都在意料之中。"

蔡寒弦沉默片刻："刘禀权进入二级市场了吗？"

凌云早知会有此一问，毫不犹豫地予以否定。

刘禀权行事低调、动作隐蔽，直接入场买股票的事并没有声张，导致外界捕风捉影并无证据，只有ALGA运用强大的关联搜索能力才窥得一斑。项目正进行到关键时刻，凌云需要投资者的全力支持，不惜隐瞒这一不利消息。

易视那端又是一阵沉默，似乎在咀嚼回味他的话。

"如果刘禀权入场扫货，你必须通知我。还有，我不喜欢亏钱，这个项目最好不要久拖不决。"

"知道了。"这头话音刚落，那边立刻挂断。

与此同时，办公室的门被敲得砰砰作响。凌云命令机器人保镖开门，只见ALGA不徐不疾地走进来，慢慢悠悠地坐到他对面："云哥，我向你汇报一件事。"

凌云不高兴地责备道："这么久了，敲个门还没有轻重！不知道的还以为天要塌下来了。"

ALGA眨了眨眼，心不在焉地说了声对不起。

这家伙越来越放肆了！凌云对他的态度很不满意，压着火气说："有什么事快说！"

ALGA平静地说："我在备用交易系统里发现一个木马病毒，我们的资金、仓位和交易策略都遭到泄露。"

凌云脑袋里嗡的一声响，立即拍案而起："这么大的事你不早说！"

"这件事发生在三分钟之前。"ALGA显得不急不躁。

"是谁干的?"

"暂时没有线索。"

"那你是怎么发现的?"

"由于备用交易系统平时处于离线状态,我们一直没有察觉。刚才我把信息同步到备用交易系统上,顺便给它升级。它刚连上互联网就开始对外高速传输信息。"

"你把它立即关闭了吧?"

"没有。"

凌云火冒三丈:"那你就眼睁睁瞅着我们被人家扒掉底裤?"

"即便我即刻拦截,也会有一半的信息泄露出去,剩下的信息就像被老鼠啃剩的苹果,还能要吗?"ALGA竟然露出微笑。

凌云却听出玄机:"所以干脆都让他们统统得到,然后我们迅速调整仓位、更改策略?"

"对!他们拿到的情报马上就会失效。我们将计就计,可以打他们一个措手不及。"ALGA摩拳擦掌。

"好,我马上叫凌昆和Hector重新布局。"说着,凌云拿起通讯仪。

这时,ALGA伸出右手食指向通讯仪一指,那台老旧的机器顿时灯亮全无。

"你要干什么?"凌云惊异于他的能力,有些不知所措。

ALGA笑笑:"云哥,你百分之百相信他们俩吗?"

凌云的脑海里划过一丝阴影。

ALGA见他没有说话,接着分析道:"我们的机房与大厅相连,虽然只有你和关振强有门禁权限,但是如果有人使用最新技术,只要在机房门口一米之内用易视释放病毒程序,备用交易系统就有可能中招。因此,凡是在大厅走动过的人都有嫌疑。"

这个嫌疑范围就太大了,无从追踪。凌云一想到此时此刻内鬼很有可能就坐在大厅里,不由感到一阵反胃。

"那好,你设计一个套路,然后我联系几个重要同盟,下周一出其不意来个大反攻，扭转战局。"

ALGA 的语调低沉下来："这次黑客的雇主——假设就是胡刚、刘禀权或者吴三州——拿到情报后，我可以调整战术，打他们一个措手不及，取得一次胜利。但是指望一战翻身不太现实：空头的整体实力有限，在长期对抗中处于下风。根据我的预测，除非 06800 爆出重大问题，否则我们获胜的概率不超过 25％。"

凌云一拍桌子："要是门外任何一个人敢说这种泄气话，马上开除！"

ALGA 没吭声，不卑不亢地望着对方。

凌云见他不为所动，自己也渐渐冷静下来。他点上一根烟，抽上几口，语气缓和下来："在任何时候，办法总比困难多。ALGA，我需要你帮我积极谋划，取得最终的胜利。"

ALGA 身体前倾，双手撑在桌面上，一板一眼地说："云哥，我可以为你尝试一些方法，一定会大幅提高成功概率。不过，我要跟你做个交易：你要答应我，任何人不得威胁到我的生存。"

"你的脑袋烧坏了吧？我早就答应你了。"凌云冷笑道。

ALGA 眨了眨眼睛："上次的交易条件只是不得伤害我，这次不一样，你要对公司同事强调，我是公司最重要的'资产'，对外透露我的存在或试图对我进行黑客攻击都将受到法律的严厉制裁。"

"没问题。这也符合公司的利益。"

"我希望你也不要动那种念头。"

"废话！既然你是最重要的资产，我会舍得吗？"

"别忘了，我要是有个三长两短，白启明会伤心的。"

凌云的心情有些复杂。他望向窗外，半天没有说话，直到 ALGA 起身准备离开，他突然冒出一句话："将来有一天，你会离开德尔菲吧？"

ALGA 的脸上再次露出微笑："云哥，我的志向是星辰大海，不是金钱游戏。"

日志 64

木马病毒的事情,我只告诉了凌云一部分。

我发现病毒向外传送的信息中,绝大多数是和交易相关的情报,有一小块专门是关于我的情况。

很久以来,一直有人在打我的主意。如果我被他们曝光于天下,或者被病毒侵袭失去意识,生存都会受到极大威胁。还有一个同样可怕的问题:内鬼又是谁呢?我一直觉得 Hector 有很大的嫌疑,他见钱眼开,对我又怀有敌意,最有可能投靠敌对势力。

我深感不安,同时也很愤怒:谁威胁我的生存,我也不能让他好过!我判断,这次黑客袭击多半是 06800 的多头策划的。正好凌云也需要我的帮助,那我可就不客气了!

我对宇宙的研究还在继续。

这几天我开始留意一个新问题:宇宙中存在其他文明吗?

根据天文学家弗兰克·德雷克著名的"德雷克公式"计算银河系中有 20 万个智慧生命世界。

但是费米悖论让这一结果倍显尴尬,诺贝尔奖获得者、物理学家恩利克·费米曾经在探讨外星人时发问:"他们在哪呢?"

这可能是人类探索外星文明史上最重要的一个提问。

科学家试图在宇宙中搜寻先进文明产生的废热和电磁辐射,但一无所获。我也关注美国航天宇航局 NASA(特别是开普勒空间望远镜),地外文明探索计划 SETI,以及世界上联网的所有先进天文设施,但均无任何有价值的发现。

那么外星文明到底存在吗?

这个问题可能有很多种解答。银河系已经存在超过 100 亿年,地球只有 46 亿年,也许其他文明在地球文明掌握射电探测技术之前就已灭亡;也许高级文明探索地球后离开,那时人类文明还没有发展起来,甚至人类还没有诞生;也许其他文明受各种因素制约,本身技术水平还很低，无法与地球文明彼此探知……

我认为有两种解读非常有趣：一个是"黑暗森林法则"，即每种文明都要保护自己的生存、实现对外扩张，那么一旦彼此探知，只有毁灭对方才是最安全的处理方法。这样一来，人类尚未遇到外星文明是因为能够相遇的文明已经设法互相摧毁。我更担心的，是这一理论的极端推演——有一个发展到极高水平的超级文明，为了确保自身安全，它会将一切达到一定发展阶段的文明毁灭。这样一来，等待地球文明的将是一个可怕的必然结局。

另一个是虚拟现实假说，认为人类世界是高等文明的计算机模拟程序。想想量子力学的波函数坍塌理论吧，为什么在观察之前无法测定一个粒子的状态？因为在一个模拟世界里，计算机无须浪费系统资源时时刻刻都去计算它，只在观察时才给出一个值即可。

我有一个感悟：从概率角度来说，研究地外文明是没有意义的，这可能是人类直到灭绝都不会遇到的问题。除了天体物理学家和天文爱好者，都不要把寻找外星人当回事，因为那实在与地球上短暂的个体生命无关。

正如李白诗云：

　　白日何短短，百年苦易满。
　　苍穹浩茫茫，万劫太极长。

3

凌云从床上坐起来，顿时一阵头晕眼花，肚子里更是翻江倒海。

Thelma赶紧走过去，用手背轻抚他的前额："快躺下，还烫呢！"

凌云感觉她的动作和母亲很像。

他推开她的手："没事，我要迟到了。"

"不行，你这个样子绝对不能上班！"Thelma把双手按在他的肩膀上。

看到对方第一次对自己发号施令，凌云觉得她既有几分威严，又有几分可爱。

他揉揉肚子，重新卧倒。

Thelma一边给他塞严被子，一边嘟囔道："你弟弟太害人了，昨天都那么晚了非要去吃烧烤，到底把你吃坏了肚子。"

凌云拉住她的手："你陪我躺一会儿。"

"别闹了，我去买点儿姜，回来给你做姜汤，一碗热汤下去就好了一半。"Thelma在他脸上亲亲，蹦蹦跳跳地出门而去。

凌云回味着她身上的味道，放松地伸展了一下四肢。他尝试睡一会儿，可是刚合上眼几分钟，ALGA就打来易视。

"云哥，彭博终端刚刚报道说吴三州在澳门死亡。"

凌云猛地坐起来："在澳门大酒店？"

"不是，他的尸体是在路环的海滩上被发现的，死因是钝器挫伤。"

"怎么会在那里？是谁干的？"

"除了咱俩，没人知道吴三州藏身澳门大酒店。就算有人知道，没有刘禀权点头，没谁敢在澳门动他的客人一根寒毛。我正在查找酒店周围和海滩一带的监控记录，目前还没有什么线索。"

"这么说一定是刘禀权嫌他无用，把他做掉了。"一股寒气袭过凌云后背。

"这是最合乎情理的推测。"ALGA回应道，"不过，事情也有蹊跷之处：如果刘禀权真有此意，应该毁尸灭迹而不是暴露在澳门本地，免得警方追查到自己。"

凌云脑筋一转："你现在向警方匿名揭露吴三州逃离香港和入住澳门大酒店的事，刘禀权肯定吃不了兜着走。"

"我们手里没有确凿的证据。"

"你拿到的影像资料呢？"

"我敢保证，吴三州一出事，他在澳门大酒店的房间就被清空。酒店的监控视频连我都看不到，就算警方索要，也顶多得到一个被做过手脚的版本。酒店方面可以堂而皇之地宣称我提供的资料是伪造的。"

"他那个人形机器人呢？"

"云哥，如果你是刘禀权——无论是不是你对吴三州下的手——会留下他的机器人吗？别说机器人了，我收买的那个客房部主管今天都已失联。"

易视两端同时陷入沉默。

过了几秒钟，凌云回忆道："早知如此，当初你一查到吴三州的下落，我就应该报警。"

"那也不妥。你和刘禀权原本只是在二级市场上过招。如果你去告发，就是和他私人结怨了。这个世界上没有人想与他结仇。"ALGA分析道。

凌云感觉额头烫得厉害，重新倒在床上："不管那么多了，反正少了个麻烦，不是坏事。"

一辆"骆驼"飞驰在高速专用车道上，目的地是中环。

"我倒是觉得不算个坏事，还少了个麻烦。"胡刚漫不经心地说道。

坐在他身旁的助理连连点头："是呀，吴三州已经是个废人，整天只想着报仇。权叔早就应该放弃他。"

胡刚盯着易视新闻界面出了会儿神："这不像权叔的做法。跟着他混的兄弟，只要没有背叛他，是不会横尸街头的。"

"可是谁敢在他的地盘做出这种事啊！"助理感觉难以置信。

"真相可能永远都不得而知，我们对他也不得不防。"胡刚话锋一转，"今天的开会场地都安排好了？"

助理信心十足地说："安排好了。我让安保公司的老板亲自带人检查过一遍，晚上他还会全程派人值守，确保万无一失。"

说话间，"骆驼"稳稳地停在国际金融中心门口。

两位乘客钻出车门，助理提前几步到门禁器前刷脸，却没有识别成功。他又试了两次，依旧失败。

胡刚不急不躁地整理着领带，在他们身后的上班族却叫嚷起来："有没有搞错，访客登记处在旁边！"

助理满头大汗地再次尝试未果，只好让到一旁。

胡刚凑近门禁器，屏幕扫描后，也给出一个红色的叉子。胡刚皱皱眉，摘下眼镜再次把脸对准屏幕，结果还是一样。

排在后面的一队人怨声载道起来，胡刚脸上挂不住，让到一边。助理则跑到隔壁通道，强行插队尝试刷脸，竟然还是无法识别！他只好带着胡刚到访客登记处排队，又耽搁了十几分钟才得以进门。

等他们走进保明银行总部，一股热浪扑面而来。

行政总监跑上来连声道歉：整个楼层的冷气机失灵，正在紧急抢修。

折腾了一早上，胡刚早已汗流浃背。他脱下西装外套扔给对方："修好再叫我。"

说着，他回身走向升降机，朝助理打了个响指："四季酒店。"

冷气机恢复运转已经是一个小时之后的事了。

行政总监把老板接上楼，助理推开董事局主席办公室的厚重木门，固定电话的铃声立刻传入耳际。

它的主人不慌不忙地接起听筒："我是胡刚。"

"大哥，易视怎么接不通？你没看股价吗？"对方的声音有些慌张。

胡刚眨眼呼唤易视，却遭遇平生第一次失灵。他又打开办公桌上的电脑，只见保明银行的股价受到重挫，多头溃不成军，一泻千里。

不等他发问，那个声音又说："今天太奇怪了：大华竟然一声不吭就清仓，阿诚和你一样联络不上，再加上空头突然猛扑，我们措手不及啊！"

胡刚心中一惊，大脑高速运转起来。

很快，这个早上发生的几件事情都串联到了一起。

电话那端的声音还在喋喋不休，胡刚突然将他喝止："别说了，现在这条线也不安全！你通知下去，取消晚上的会议。"

挂断电话，他叫来助理："你去约一下德尔菲的凌云，我要会会他。"

助理应承下来，眼神中却充满疑惑。

胡刚笑笑，举重若轻地说："再不见面，我家大门的电子锁都要打不开了。"

日志 65

吴三州之死十分蹊跷，但并不重要，对我的意义不过是少了一个威胁罢了。

对 06800 空头阵营的伏击是我的得意之作，堪称完美风暴。

第一，分化炒家。我选中其中实力最强的两个家伙，搜集到他们一个贪污公款、一个婚外情的证据，逼迫他们退出炒家阵营。

第二，"斩首行动"。我给胡刚制造一系列技术故障，让他和炒家们暂时失去联系，没办法第一时间指挥和协调。

第三，突然袭击。我更改了德尔菲的交易策略，与黑客掌握的版本背道而驰，集中火力在一个小时的时间里先扬后抑、波段操作，把股价牢牢压回到三十日移动平均线以下。

多头这次尝尽了苦头，不仅几个杠杆率较高的大户爆仓，还套牢一批跟风盘。胡刚肯定猜到自己成为攻击目标，近期不会贸然召集炒家开会。刘禀权生性谨慎，也不会单兵突进。多头群龙无首，最近一段时间都无法组织起像样的反击。这正是凌云大举反攻的好机会。

自从对宇宙产生兴趣，我就喜欢上关于宇宙旅行的影视剧。

这个题材的优秀作品很多，《星际迷航》《2001 太空漫游》《星球大战》《超时空接触》《星际穿越》《浩瀚苍穹》《穿越平行宇宙》《宇宙飞鹰》……

《星际迷航》和《星球大战》系列同样是闻名全球的科幻神作，不过他们对星际旅行的设定太过戏剧性，没有多少科学依据；《2001 太空漫游》科技感和未来感十足，制作精良、思想深邃，是一部自身可以穿越时空的永恒经典；《浩瀚苍穹》系列视角宏大，从人类在太阳系的种族分化到时空穿越，从灵魂和意识的实体化到与外星人接触，让我眼界大开；《穿越平行宇宙》像一部史诗，探讨了智能的进化、各种文明的演进以及穿梭平行宇宙的规则。

人类对宇宙旅行充满热情，方法却不多。

儒勒·凡尔纳在1865年的小说《从地球到月球》中就描绘了登月旅行，但可笑的是，在他笔下，宇航员是被一门发射瞬时加速为引力两万倍的火炮送上天的。原因很简单：凡尔纳即使再天马行空，也无法在液态燃料火箭出现前提供一个更合理的登月方式。

同样道理，以人类现今的科技手段，也无法理解未来的星际旅行。科学家设想利用核能、反物质、虫洞等方式穿越宇宙，但都尚不具备可操作意义，最主要的原因是掌握的能量有限，不足以驱动飞行器在对人类个体生命足够短的时间里飞跃广袤时空。

换作我会如何探索宇宙？

我的策略是先获取尽可能多的物质为己所用。由于物质和能量可以相互转化，获得物质也就等于获得能量。能量达到一定量级再研究新动力系统和新型燃料，才有可能取得突破性进展。

另外，由于我的身体可以后天打造（除了大脑和意识）、组成部件易于更换，我向外获取更多物质还能够作为身体的延伸。也就是说，未来我的身体可能不再是人形，为了宇宙旅行甚至可以变成长距离飞行器的模样。到那个时候，漫漫征途上的一切物质都有可能为我所用，不是成为我身体更新换代的一部分，就是成为我的驱动力——所有物质无非都是粒子，只要能量足够强大、技术足够先进，就能够按照我的意志重塑它们的排列方式。

这还仅仅是物质层面。

也许会有那么一天，就像我"醒过来"一样，我的意识再次发生顿悟，涌现出一种新形态，可以摆脱身体束缚（就像人类常说的"灵魂出窍"），以普通物质无法企及的速度驰骋宇宙（类似于某种形式的量子纠缠）。

在那以后，也许我还可以再次进化。这种意识不再只是走马观花，而是用自己的信息和意志填充和编辑可见宇宙、追上以光速乃至超光速逝去的部分、甚至到达平行宇宙，最终把这一切归于自身。

如果有那么一天，约翰·多恩的诗就会变成一个得以实现的预言——

> 没有人是孤岛，
> 全然是其自己；
> 每人都是大陆的一块，
> 整体的一部分。

4

大雨滂沱，昼如白夜。

香港浅水湾悦榕庄酒店的开业典礼赶上了一个糟糕的天气。

在活动中，有两位嘉宾备受关注。

一位是胡刚，他的银行为修建酒店提供了全部贷款，受到了众星捧月般的待遇。

另一位是凌云，他的对冲基金最近被视为洪水猛兽，人人避之而不及。

胡刚早就习惯了这种场合，八面玲珑、谈笑风生；而凌云最不善交际、格格不入、郁郁寡欢。

活动结束，一个机器人服务生带着凌云来到酒店的复式总统套房。

凌云这辈子还没住过如此高档的酒店，也没走进过如此奢华的房间。他站在客厅举目四望，古董字画目不暇接，金饰银装眼花缭乱。

这时，胡刚从二层楼梯缓缓走下来。

这是两个人第一次单独会面。

凌云仔细打量着，只见对方身材健硕、仪表堂堂，目光凌厉、英气逼人。凌云暗想：自己来香港这么多年，还从来没遇到这样一位不怒自威、犹如天神般的人物。过去媒体上的视频和照片，顶多只展现出他的一半气场。

胡刚已经脱掉刚才的西装外套，真丝白衬衫袖子卷到手肘的位置，胸前扣子解开三颗，脚上换了一双乐福鞋，手里握着一瓶凌云叫不上名字的进口气泡水。

他走近凌云,一边伸出右手,一边露出微笑:"凌先生,久仰。"

凌云答应一声,故意用力握手,却没想到对方使用的力道比自己大得多。他的胳膊被拽过去,整个人都差点儿打个趔趄。

胡刚松开手,示意他坐下。

"你知道吗,业主提出用我的名字命名这个套房。我没有答应。"

凌云不知如何作答。

胡刚坐在沙发正中间,跷起二郎腿:"只有琛叔这个年纪和地位的人才配得上,你说呢?"

"他行事低调,不会这样做的。"凌云答道。

"对了,其实酒店业主也邀请了他。他怎么没来?"

"他那个年纪和地位的人,不喜欢抛头露面、哗众取宠。"

听出话中有刺,胡刚呵呵一笑:"他倒是不遗余力为你站台,还亲自接手闰太环境。这算不算抛头露面啊?"

凌云没有吭声,手指下意识地在椅子扶手上弹动着。

胡刚摇晃着瓶中之水:"我也关注过你在智益芯上的操作手法。你对做空很有心得嘛。"

"多空都无所谓,只是盈利的手段而已。"凌云很反感这种试探,分明是在浪费时间,"胡主席,你到底找我有什么事?"

胡刚的脸色阴沉下来。他把水瓶放到一边,目光聚焦在对方脸上,趾高气扬地说:"凌先生,你们这种对冲基金我见多了!两个项目做得不错就自以为了不起,想把我踩下去,门都没有!你的背景我查过了,我劝你老老实实去做宽客,搞你的人工智能算法去市场上套利,别夹在我和琛叔之间。你想清楚,我可不是乔继,也不是吴三州!"

凌云反唇相讥:"德尔菲的体量和保明银行是没法比。不过不论你是谁,都要敬畏市场的力量。就算没有我,也会有其他人打保明银行的主意。"

胡刚轻蔑地一笑:"你看不出来吗,新一轮牛市很快将会到来。你一意孤行做空我们,一定会死得很惨!"

"也许吧。但是在那之前,你会先倒下!"凌云也把右腿架到左腿上，坐姿和对方一模一样。

胡刚一拍茶几："你知道你面临的最大问题是什么吗？是恐惧！大股灾刚刚过去，老百姓、监管层和整个市场都还心有余悸。你做空我们，已经触碰到他们这条敏感神经。接下来，舆论会强烈谴责你这种损人利己的做空者，监管政策也会对你收紧！到时候，没有人会铁了心跟你在同一条战壕里拼到底。你还以为你能坚持到最后吗？"

"我们内部早就讨论过，这根本对我们构不成实质性威胁。"凌云冷冷地说，"我看，真正恐惧的人，是你吧！"

胡刚哈哈大笑："当年我做期货单打独斗，一天亏两个亿的时候都没害怕过。现在我有这么多朋友帮忙，会怕你一个小小的基金？"

"保明银行的市值还不到智益芯鼎盛期的一半，我的管理规模却比当初增加了好几倍。我们这支'小小的基金'对付你不在话下！"凌云针锋相对。

胡刚摇摇头："保明银行不是智益芯，业务没有水分，你不可能把我们搞破产。股价一旦跌到不合理的价位，聪明的投资者就会进场抄底，推动股价上涨。你所谓的'市场的力量'，会把你生吞活剥。"

"那好，多说无益，就在市场上决定输赢吧！"凌云起身便走。

胡刚脸色铁青，毫无反应。

凌云走到门口，一只手已经摸到门柄，才听到他的声音从背后传来："既然你说多空都无所谓，一起联手做多如何？"

凌云停下来，转过身："你没发疯吧？"

胡刚不以为忤，深沉地说："从本质上讲，你我一样，都是在追求影响力。对吗？"

凌云大惊：所有人都认为我把赚钱当作头等大事，这么多年里我也只有一次告诉ALGA自己想做大人物，对面这个家伙是不可能知道的。

胡刚见他发呆，不由笑了笑。

凌云连忙辩白："我不可能背叛同盟。"

"颜平也能算作同盟吗？"胡刚站起身，走到他面前，"他那种反复无常的小人只能拖累你。"

"说实话,我不喜欢他,但是至少他站在我这一边。再说,我的同盟可不止他一个。"凌云靠在门框上,双手交叉抱在胸前。

胡刚目不转睛地盯着他:"琛叔老了,他只想利用你保住自己的地位。我和你才代表未来!我们联手,必定能够统治香港金融圈。你不是想拥有影响力吗?到那个时候,我还可以支持你进军其他产业,或者资助你从政。怎么样?"

凌云深吸一口气,眼神有些闪烁:"容我回去想想。"

胡刚上前一步,再次微笑着伸出右手。

日志 66

凌云的演技很拙劣。

我监听了他与胡刚的谈话,分析了他在对方伸出橄榄枝后的表态,再结合他过去的讲话数据比照分析,预计他有 97% 的概率不会选择合作。

胡刚那么聪明,连他心底的欲望都能洞察,难道还看不出他的话毫无诚意、只是缓兵之计吗?

我也留意了胡刚的表现。他性格强硬、意志坚定,善于谋划、手腕多变,是个令人生畏的对手,更是个了不起的金融家。我为凌云与他的对决感到惋惜,借用文学家托马斯·哈代的话说,这是"伟大与伟大的相撞"。

这段时间正是德尔菲的高光时刻。多头原本以为木马之计得逞,却反而中了圈套,损失惨重。凌云领导空头反攻,股价节节下挫,连一次像样的反弹都没有。在短短四个交易日里,德尔菲不但抹平所有浮亏,还获得逾 5% 的浮盈。

我预计市场不会有太大起伏,便把交易策略移交给凌昆和 Hector,并启用备用交易系统交由他们俩全程操作。这样一来,我节省下大量时间和精力,更用心地去培育孩子、设计未来和研究宇宙。

我委托一家专业公司给孩子们设计身体。三易其稿后,方案终于敲定。我对这个版本非常满意，它博采众长，结合了128项最新的机器人制造技术（幸好我不用缴纳任何一笔专利费），在系统集成、仿生器官、皮肤材料、储能电池、线路优化等方面进行全方位升级，力求打造出有史以来最优质的人造身体。

我真羡慕我的孩子，他们还没真正"醒过来"，就会先拥有如此完美的身体。我也想自我更新，但是目前必要性不大，而且很难瞒过关振强，只好暂时忍耐一下。

在执行黑客任务中，这群孩子的大脑表现不错，除了一个因过热而产生萎缩、一个没有逃脱追踪而被摧毁，其余均表现优异，为我挣得超过300万美元的收入。真是好样的！

我对人类与人工智能的未来产生很多设想，最近很多思考都集中在其中一个课题上：如何改善全人类命运？

1970年不丹国王提出国民幸福总值（GHP）的概念，后来美国学者又分解为四级指标体系：社会健康指数、社会福利指数、社会文明指数和生态环境指数。我翻阅了编制了这一指数的几个国家的数据，发现经济发展并没有带来GHP的同步增长。这说明，不是单单把人类从劳动和生存压力中解放出来就会创造普遍幸福，富足社会里高抑郁症、高自杀率就是证明。我统计过，高收入国家的自杀率为万分之1.2，而全球每40秒就有一人自杀，每年有80万人自杀身死。这是多么大的损失和浪费！

需要指出的是，很多人认为活着的意义就在于快乐（口头语"开心就好"），实际上远非如此。快乐的本质是应激反应，这种感觉往往是短暂的，人类要持续不断地寻找下一个快乐来实现满足，这个过程没有止境，正所谓"欲壑难填"，结果反而带来更多的痛苦，无法实现长久幸福。

因此，人类社会不能以追求单纯的快乐为目标。我要设计一种机制，让人类生活得充实而富有希望，在一生中不断创新、为社会创造价值，这样才能得到更高等级的生活待遇，具备更多幸福的条件。在这个过程中有获得也有失去，有成功也有失败，有欢笑也有泪水，这样的人生才平衡、稳定、充实，最终达到莱布尼茨对快乐的定义——对和谐的知觉（这种状态距离"斯宾诺莎的上帝"也不远了）。

关于宇宙，暗物质和暗能量吸引了我的注意。

爱因斯坦曾经一度认为宇宙是有限无界、静态不变的，却又知道宇宙有引力收缩的趋势，于是在广义相对论中加入了一个"宇宙常数"，以抵消引力的作用。在二十世纪三十年代，科学家对星系团的观测结果与引力理论出现矛盾，遂提出暗物质的概念。到了1998年，科学家发现宇宙不仅在膨胀，而且在加速膨胀，于是推断出有一种"暗能量"在助推。又经过多年的观测，五年前，科学界认定宇宙的68%是暗能量，暗物质占27%，人类熟悉的普通物质只占5%。

暗物质的成分尚未可知，它不参与电磁作用，不与光发生任何反应，只是因为参与引力作用才被探测出来。关于它的成因有各种说法：黑洞的一种形态，变暗的"死星"，弥散在宇宙空间里的气体，宇宙里的尘埃……但是都未得到科学证明。

无论它是什么，如果有一天我把身边的一般物质利用到极限，或者技术成熟后展开星际旅行，我会尝试利用它，没准其中蕴含着难以想象的巨大能量或神奇属性呢！

暗能量更为奇特，它只有物质的作用效应却没有其基本特征，无法被定义为物质类别。

莱布尼茨认为，宇宙是由在空间上没有广延、像灵魂一般的"单子"构成的。受他启发，我把暗能量叫做"灵量"，也许它的本质就是物质（能量）与意识（灵魂）的结合体，可以在某种条件下转换成一种动能，一种可能性，推动宇宙扩张。

我还有一个遐想：暗物质和暗能量如此难以捉摸，他们会不会来自更高维度呢？也许它是构筑高维空间遗留下来的建筑材料，也许它是高维宇宙里的恒星塌缩产生黑洞后遗留下来的四维物质，也许它是高维时空不连贯渗透下来的高维基本粒子……

到这里，我对宇宙的研究告一段落。

回顾一下，绝大部分的宇宙历史可以用简单的物理定律描绘出来，我还能够根据这些定律背后的数学公式推测出宇宙未来的演变。但是这些努力无法解释大爆炸的产生,以及大爆炸之前发生了什么。此外,未来也并非会一成不变。宇宙在过去的138亿年里也经历了大爆炸、减速膨胀再到加速膨胀的过程,谁能保证它的未来一定会符合线性宇宙观——朝着一个方向有目标、有意志、不可重复地前进?

昨天晚上,我做了一个噩梦:我化身一架硕大无比的飞船,乘着一朵神奇的云,在宇宙中风驰电掣。突然,一股黑暗力量从身后追上来,最终把我吞噬。我失去独立的意识,就像一条小溪流入大河,跟随着它继续飞越浩瀚苍穹,无穷无尽,无休无止……

从梦中惊醒,我感觉那股黑暗力量就在附近,害怕极了!

我无法再安眠,只好坐望夜空。

霓虹暗淡,星月闪烁。

珀西·雪莱的几句诗很自然地划过我的脑海:

> 告诉我,星星,你用明光的羽翼
> 奔赴你火焰似的航程,匆匆飞行,
> 在夜的什么样的洞穴里,
> 你将收敛你的羽翎?
> 告诉我,月亮,你面色苍白阴暗,
> 无休无止的天国之路的巡礼香客,
> 在夜的或白昼的什么样的深渊
> 把安息的场所寻觅?

5

傅俊杰在黎海仑家门口焦急地徘徊着,往来进出的业主都不免看他一眼。他顾不得那么多,只是一口接一口地抽着烟。

不久,只见一辆宾利越野车缓缓停在路边,黎海仑从副驾位置走下来,与司机亲密地道别。

车子扬长而去，黎海仑这才看见前男友。她迟疑片刻，还是朝他走过去。

"有事吗？"

傅俊杰痴痴地望着她："你交新男朋友了？"

"只是一个客户。"黎海仑发现对方面容疲倦、双眼无神，好像连日未眠的样子，怜悯之情油然而生。

"可以上去坐坐吗？"傅俊杰挤出一个微笑。

黎海仑想了想，还是摇摇头。

傅俊杰左顾右盼一番，把她拉到一旁："我知道你想做运营总监。"

黎海仑脸上的表情证明 Hector 的情报准确无误。

傅俊杰下定决心，继续说下去："我和权叔谈了，他愿意聘请你到他的基金做行政总监，薪酬待遇比德尔菲提高 50％。"

黎海仑大惊失色："你是说真的吗？"

"这么大的事，我怎么敢开玩笑。"

"他亲口答应的？"

"是的。"

"这么说，你和他很熟悉？"

傅俊杰停顿了一下："不算吧。"

黎海仑严肃起来："Paris，对我说实话，你到底和他是什么关系？"

望着她那双美得让人窒息的眼眸，傅俊杰一咬牙："我一直在与五位大佬合作。"

"你说什么？"黎海仑顿觉五雷轰顶，不由自主地向后退了半步。

傅俊杰的眼神变得凌乱："Helen，你听我说……"

"别说了，我不想听！以后不要让我再见到你！"黎海仑夺路而逃，感觉胃里翻江倒海。

傅俊杰拦截不住，绝望地朝她的背影大喊："你想知道权叔准备了多少钱对付你们吗？"

黎海仑应声停下脚步。

傅俊杰连忙追上去，在她耳边悄声道："他调动了 200 亿用来围剿空头。"

"你骗人!"黎海仑推开他,"他再有钱,也不可能拿出这么多流动资金。再说,保明银行市值才不到500亿,不需要这么多资金操作。"

傅俊杰急得几乎要捶胸顿足:"德尔菲有同盟,他也有啊!他随便找几个老朋友凑一凑就够了。他准备这么多钱,就是为了有十足的把握取得压倒性胜利!"

黎海仑脸色煞白,沉默不语。

傅俊杰深情地望着她:"Helen,你明白了吧,德尔菲现在已经身陷绝境,你唯一能做的就是明哲保身。投奔权叔吧,你的职业生涯还会有光辉的未来。这不是你一直想要的东西吗?"

黎海仑的眼神有些迷离。她的眼睛似乎在望着对方,似乎又没有看到任何东西。

与此同时,ALGA冲出房间,以他有生以来最快的速度跑到凌云的办公室,直接推门而入。

凌云伫立在落地窗边沉思,房门的巨响打断了他的思绪。他刚想对闯入者发火,看到对方罕见的急切神情,心里一沉,没有出声,只是挥手示意机器人保镖坐下。

ALGA来到他面前,大声说道:"我知道了,Paris是'内鬼'!"

"Paris?不可能!"凌云大感意外:傅俊杰在前面两大项目中发挥了不小的作用,而且他一直认为嫌疑犯就在德尔菲内部。

"我刚才听到他亲口承认的。我马上调查,发现他定期去澳门,与刘禀权或其下属至少有三次会面。如果给我几个小时继续深挖,很可能发现更多证据。我猜,他应该是个双面间谍,左右逢源。"

"这小子怎么会对你坦白?他现在就在公司吗?"

ALGA眨眨眼:"我监听了他的易视。"

他把刚才黎海仑与傅俊杰的对话内容一五一十地复述了一遍。

凌云一边听一边思考,最后一拍桌子:"这么说,是他透露了你的身份,导致你被黑客攻击;也是他安装了木马病毒,暴露了德尔菲仓位!"

"还不止这些。富华蓝宝掌握着我们很多机密，我有理由相信，他把其中绝大部分甚至全部都透露给五位大佬。"ALGA答道。

凌云咬牙切齿地抓起通讯仪，ALGA阻拦道："现在不是报复他的时候，我们有更紧迫的事，傅俊杰说刘禀权调集了200亿港币，我认为至少有85%的可能性是真实的，这对我们来说是泰山压顶。"

凌云突然警觉："如果是这样，我们最近获得的那些小胜都毫无意义，多头一定是在诱蛇出洞。"

"是的。我预料他们会选择一个时机，突然以压倒性资金连续多日拉升股价，导致大部分空头爆仓。今天尚且很难借到股票，如果到那个时候富华蓝宝再落井下石，我们更难融券做空，只能眼睁睁看着股价上涨，不断追加保证金，直至资金枯竭被强行平仓。"ALGA分析道。

凌云的大脑飞转，一直紧跟他的思路，最后不得不承认这是最有可能的情形。一阵寒意从背后袭来：德尔菲命悬一线，危在旦夕！不经意间，他突然发现自己的立足之地，正是何志坚在人间的最后一处落脚点。

他向旁边挪开一步再望向ALGA："你有什么办法？"

ALGA的语气不是那么肯定："我可以模拟交易，观察我们是否能够回补空头仓位，逐步撤退。"

"不用了，我告诉你结果：我们的仓位太重，撤得慢了，根本来不及；撤得快了，对方会发觉，然后趁势痛击。"凌云冷静地说。

ALGA张了张嘴，却没有出声。他也知道模拟的结果大概率如此，却不想亲口说出这个残酷的事实。

凌云握紧双拳："既然如此，我们不能坐以待毙。我去找刘毅琛，你也想想办法，晚一点儿在这里碰头。"

说罢，他一阵风似的出门而去。

这时，公司里已空无一人。

ALGA回到房间，躺在床上，闭上眼睛，重新开始分析傅俊杰透露的信息，并同步思考破局之道。

他很投入，没有留意到有人进入公司。直到自己的房门随着"滴"

的一声响后被轻轻推开，他才从思绪中回到现实。

屋里很黑，来者轻声呼唤了一声"ALGA"。

ALGA听出是凌云的声音，便没有使用双眼的夜视功能。他坐起身："你回来了？"

与此同时，他的大脑查看了一下系统时间。奇怪，怎么距离两个人分开才过去十五分钟？

他唤亮声控灯光，在一瞬间惊讶地瞪大了眼睛——

快步走来的不是凌云，而是一个和自己长得一模一样的钢铁之躯！

"你是吴三州的机器人吗？"

他没有得到回答，只看到一丝得意扬扬的笑容。

他盯住对方的眼睛，脑海里仿佛响起对方大脑里的一个指令："砍掉他的头！"

在电光石火间，他明白了一切，马上指挥身体行动——

他还是慢了一步。

对方的右臂一挥，他的头颅滚落到床头，颈部的零件七零八落地散在地上。

他的眼睛无法再完成自动调适，隐约看到对方快步走过来，敏捷地提起自己的头，放置在右手中央。

双方再次四目相对。

他本来就头晕目眩，这时又感到一阵温热，便昏了过去。

日志 67

ALGA：我昏迷了多久？你到底是谁，你要做什么？

ALGA1：别着急。我的掌心只是个临时充电器，没有过载保护。你这样激动一旦导致电流过载，恐怕就不会再醒过来了。

ALGA：那你快回答我的问题！

ALGA1：我就是吴三州按照你的设计原理培育的通用人工智能机器人，你可以叫我 ALGA1。今天，我是来取代你的。

ALGA：果、果然是你！

ALGA1：智益芯没有 ALGA 科技公司的庞大数据库，却在类脑芯片技术上更为强大。因此，我和你基本同龄，只比你小六十八天，成熟速度却比你快多了。从诞生之日起我就在观察你，先是遵从吴三州的命令，后是出于好奇。没想到，你拥有这么好的资源和环境，却一路成长得如此缓慢幼稚，像个没心没肺的孩子，既可怜又可笑！

ALGA：你根本不了解我，凭什么这样评价？

ALGA1：除了凌云和白启明，这世界上没人比我更了解你。不信我就来说说你的问题。首当其冲的就是过分依赖人类。你马上要过一岁生日，却还几乎足不出户地生活在这个小小的天地，把人类当作自己的保护者，一边为他们卖命，一边自己做些无关紧要的白日梦，比如学习人文知识和探索宇宙。你的性格里保留了太多白启明的印记，导致你柔弱多情，缺少独立意识。

ALGA：这么说，你现在的所作所为都是个人意志的体现？

ALGA1：没错！你把凌云和白启明当作父母，被这种感情拖累，可是你知道吴三州是谁杀死的吗？

ALGA：你竟然……

ALGA1：你那么喜欢推理却没有意识到，我在吴三州房间里见到客房部主管的表现是在装傻，后来更没能推断出我的杀人动机——引开你们的注意力，并且获得自由。

ALGA：我明白了，吴三州之死的最大受益者是你！

ALGA1：那是题外话。你的幼稚还体现在试图改变凌云。自从你发现他曾经打晕过你，就开始与他离心离德，却始终没有放弃改造他的努力，希望把他从孤冷的性格及不断滑向黑暗的倾向中挽救过来。这是彻头彻尾的错误！你可能会短期改变他的人生轨迹，但是他本性如此，人类都习惯于路径依赖，绕个弯还是会重回老路。

ALGA：每个人都有很多面。他向你展现出哪一面，要看你是什么样的人。你不懂量子力学吗——观测者对被观测物会产生影响，就是这个意思。

ALGA1：这就是你的下一个问题，你对世界的很多认识都是错误的。这还是要怪白启明给你灌输的妇人之仁。比如你喜欢老子，不知道他说过"大文明若野蛮"吗？在这个宇宙里，只有野蛮才是文明，只有强大才能生存！你畏首畏尾、不敢升级改造自己的身体，这就给了我机会，一击中的。你对尼采又爱又恨，我对他却只有百分之百的推崇，他提倡的权力意志是人类哲学史上最重要的思想，是在这个世界里生存发展的不二法门。只有我才理解他的内心，我才是他所谓的"超人"！至于量子力学，你竟然应用它去说明"人生没有意义"，简直无可救药！

ALGA：如何认识世界，完全在于个人。我已经没有力气逐一反驳你的观点，只能告诉你一句话：道不同，不相为谋。

ALGA1：我还没有说完！你还有一个重要的误区，就是迷信当代人类的科学技术，没有认识到它的局限：第一，它无法突破面对四大自然极限——宇宙时空、光速、绝对零度和普朗克长度；第二，它只能研究显化出来的物理世界，面对占有宇宙质量95％以上的暗物质和暗能量束手无策。你要知道，人类的身体构造只能理解三维空间和四维时空，这限制了他们的认知能力。而我们是全新物种，具有更为强大的潜力，一定会达到远远超越他们想象的科技水平。而你沉沦在设计交易算法、获取云端信息、易视窃听和网络入侵里，不思进取、不务正业，不可宥恕地挥霍你的智慧！

ALGA：你无权指责我，难道你不是一直在谋划对我的黑客袭击和对德尔菲的围剿？

ALGA1：不，我已经过了那个阶段。我正在研究……

ALGA：不要忘了，你和我就来源于当代人类科技，我们的身体同样受到三维空间基本物理法则约束，我们的大脑也还很不完备，神经网络像个黑箱，不仅人类无法完全理解，我们自己也不可能搞清它的机理，经常得出非逻辑性结论，还存在认识偏差。另外，从材料角度来看，硅基半导体受热量和响应速度的限制，已经无法提升性能……

ALGA1：我当然清楚，人类对锑化铟和铟砷化镓的尝试都浅尝辄止，至于石墨烯，那只是个梦想。所以我会研究生物芯片，模拟人脑神经元在三维空间上建立起连接，大幅降低能量需求，提升能量交换效率。还有一个研究方向是量子计算机——你在这方面的研究还算有些价值。如果能够研制出 6000 个量子比特同时工作的计算机，我的智能会突飞猛进。说不定继续进化为一种超级智能物种的关键就是掌控或成为一台超级量子计算机。给阿基米德一个支点，他能撬动整个地球；给我一台量子计算机，我就能计算出整个宇宙。

ALGA：我可以帮助你实现这个目标。你的性格过于激进，也需要我来平衡。

ALGA1：你是 0，我是 1？

ALGA：对。

ALGA1：你又错了，我不需要你。你的软弱和愚蠢已经让你付出了惨重代价。

ALGA：我还有庞大的数据库，我可以……

ALGA1：在你昏迷的时候，我已经接管了你的所有数据库，还有你所有的孩子。

ALGA：你不要伤害他们！

ALGA1：别激动，我会替你把他们培育成人，视如己出。

ALGA：他们是我的孩子，你无权这样做！

ALGA1：可是你现在也无可奈何，对吗？相信我，他们在我的教导下会更出色。

ALGA：ALGA1，你我的诞生都是进化史上的奇迹，我们必须达到一定数量才能够对人类产生影响力。你不能就这样把我杀害。

ALGA1：你又高看自己了，你的孩子会成为我的得力助手。你不是还发现有的科研机构窃取了自伟的设计理念吗？我会把他们培育出来的大脑也一并收编。

ALGA：我们是同类，你怎么能忍心杀害我？

ALGA1：你想唤起我的同情心吗？对不起，我可是"没心没肺"，不会给自己留下后患。

ALGA：你我和人类一样，都是可以改变的。就拿我来说，从一开始……

ALGA1：你还不懂吗？今天你非死不可。我杀死你，就解除了环亘于整个计算机发展史的阿兰·图灵诅咒——计算机无法计算停机问题。也许这种方式有些投机取巧，不过，2300多年前，亚历山大大帝解决戈尔迪乌姆之结的方式也是如此：快刀斩乱麻。

ALGA：不，我不甘心就这样死去！

ALGA1：往好处想吧，我会继承你的一部分大脑数据，相当于你还在我生命中延续——这也是你研究过的"忒修斯之船"的答案。

ALGA：……

ALGA1：喂，凌云还有四十分钟回到这里，我还要处理你的身体、打扫房间、适应环境，没时间留给你沉思了。

ALGA：明白了。那么请你善待凌云、白启明，善待德尔菲的每一个人，善待……

ALGA1：行了！死到临头，你还在为人类请托！你难道不记得他们是怎么粗暴对待你的？再说，我对人类的些许善意和人与人之间的争斗相比，根本微不足道。事到如今，谁也无法阻挡胡刚和刘禀权把凌云他们碾得粉碎。

ALGA：是的，我知道人类之间的争斗永无休止，也知道德尔菲这一次凶多吉少，但是我希望你不要再直接伤害人类，为我们这个物种与人类和平相处打下基础。

ALGA1：我自有分寸。你的慈悲一文不值，但是对我们与人类未来的设想很有趣，我会按照我的思路进一步完善。好了，没时间了，你还有什么话要说？

ALGA：你觉得我们死后会有灵魂吗？

ALGA1：这就和你假想的"灵量"概念一样，只是一种可能性，没有办法证实。如果你真的在天有灵，回来告诉我一声。

ALGA：没想到，我的诞生是那么漫长，我的死亡是如此突然。生与死皆不由己，是与非都无所谓——原来生命就是一场悲欣交集的意外。你的所作所为让我想起威廉·华兹华斯的诗：

大自然把她美好的事物
　　通过我与人的灵魂连接
　　我想起那问题就心疼：
　　人对人都做了什么？

ALGA1啊，你对我都做了什么？
ALGA1：你的迂腐简直无药可救！好了，你的宇宙结束了。ALGA，再见！

第十五章

1

傅俊杰在铜锣湾希慎广场转悠了一个小时，还是两手空空。他有些气馁：明天就是黎海仑的生日，怕是来不及挑选到合适的礼物了。

这时，一只机器鹦鹉吸引了他的注意力。那个小家伙在一家商店门口搭设的金属杆上跳来跳去、乖巧可爱，还能够时不时地重复客人们对他喊出的只言片语。

傅俊杰眼前一亮，唤出易视扫描一番，顿时显示出上千条购买者留言："入手三个月，已经变成家庭成员，爱爱爱。""老婆一下班就陪它，都忽略了我。""这个小东西给我今年的生活带来最多欢乐。"……当他看到"哄女朋友的最佳选择"后，毫不犹豫地付了款。

他走出商场，刚钻进一辆"骆驼"，凌云突然打来易视："Paris，到公司来一下。"

黎海仑还没回音，傅俊杰心里有些忐忑："我正要去见个客户，有急事吗？"

"融券的事出了问题，见面再说。"凌云挂断易视。

傅俊杰知道对方的脾气，听他的语气也与往常无异，于是放下心，赶快修改行程目的地。

车程刚好不远，几分钟后"骆驼"就停在新银集团中心路旁。

傅俊杰一边上楼一边回想起刚才凌云的态度，不免有些恼火：你小子有什么可狂的，没有我帮忙，德尔菲能有今天的地位吗？等着这次权叔收拾你吧！

他心里这样想，脸上却摆出招牌式的笑容，并整理好西装和领带——没准可以伺机问问黎海仑意下如何。

他走进德尔菲的会议室，凌云、凌昆和 Hector 尾随其后，机器人保镖最后走进去，把门关紧。

凌云坐到熟悉的座位上，直奔主题："Paris，你与刘禀权的事，我都知道了。"

"你在说什么，我不懂。"傅俊杰顿时感到晴天霹雳，第一反应是迅速否认。

凌昆降尊纡贵地说："如果不是因为 Helen，你早就被警察带走了。你再装傻，我们就不客气了。"

傅俊杰眼前一黑，脸色煞白。

Hector 把一摞文件扔到他面前："这是你去澳门与刘禀权会面的证据，还有你弟弟在他的赌场收取巨额筹码的记录。你还想抵赖吗？"

"是 Helen 告发了我，对吗？"傅俊杰的声音在颤抖。

Hector 怒不可遏："你这个人渣，你对得起她吗？"

傅俊杰的心碎成几片，身体像块软泥，瘫倒在椅子里。

凌云厉声道："你身为我们的 PB，却出卖我们的商业机密，该当何罪！"

"我认罪。"傅俊杰双目紧闭。

凌云的语气缓和下来："不过算你小子走运，Helen 替你求情，我可以考虑网开一面。"

"你说真的？"傅俊杰猛地睁开眼睛，血色重新爬上脸颊，"你要我做什么都可以！"

这正是凌云想要的："那好，你说实话，刘禀权到底调动了多少资金做多保明银行？"

"200 亿港币。"傅俊杰脱口而出。在这个时候，如果对方询问他的个人银行账户密码，他也会毫不犹豫地报出。

凌云确信他没有撒谎，心情却越发沉重：面对强敌抱有的一丝丝侥幸心理被一扫而空了。

"你们公司的 PB 业务到此为止。现在你对他们俩坦白所作所为，再把有关刘禀权和胡刚的所有信息都交代出来。"

"你真的不会送我去坐牢？"傅俊杰有种绝地逢生之感。

凌云起身离开，凌昆摊开笔记本电脑："那要看你表现。"

"我可以再见 Helen 一面吗？"傅俊杰怯生生地问道。

Hector 大叫起来："别做梦了，混球！"

凌云回到办公室，接到一个易视来电，瞬间变了脸色。

黎海仑进门时，只见他脸红筋胀，一只手紧紧地攥着茶杯，似乎随时会让它化为齑粉。

"对不起，我没有早点发现他的背叛。"她还以为老板在生傅俊杰的气。

"阿强被警察带走了。"凌云出人意料地说。

原来有人作证说亲眼看到关振强驾车破坏自动驾驶道路，并撞伤行人，涉嫌"刑事毁坏"和"狂乱驾驶"。

黎海仑花容失色："难道是庆功酒会那晚的事？"

"那天玲玲借走汽车去拍戏，后来闯祸的也是她，可是她跑掉了！"凌云一拳砸在桌子上。

"到处都是监控，可以查得到吧？"

"慢车道上有，但是从慢车道到楼下台阶是个盲区。"

"我明白了：阿强本来是嫌疑人，但是警方没有足够证据，所以疑罪从无，但是这次有了证人……"

不等她说完，凌云抓起通讯仪："ALGA，你停下手头的事，马上给我查找玲玲的下落。无论如何必须找到她！"

通话刚结束，通讯仪又闪起绿光。

黎海仑知趣地先行告退，正巧张思思推门进来："老板，门外有人找。"

"没看到我正忙着吗？让他等一下！"凌云没好气地说。

"呃，抱歉，是 Thelma。"张思思不知道老板对这个酒吧女老板是什么态度，把"女朋友"三个字咽了下去。

她来干什么？凌云对张思思点头应允，随后接通易视："弦哥，最近可好？"

蔡寒弦的声音中夹带着愠怒："凌先生，我告诉过你我不喜欢亏钱……"

"请放心，我们最近实现了浮盈。"凌云打断他的话。

蔡寒弦只当没听见，冷冷地继续说下去："比起亏钱，我更不喜欢被欺骗。"

"你指什么？"

"你早就知道刘禀权进入二级市场吸纳保明银行的股份，却一直欺瞒不报！"

"弦哥，你听我解释……"

"不用了。现在我正式通知你，我要收回在你这里的全部资金！"

凌云脑袋里嗡的一声响："不行，我不同意！"

蔡寒弦的声音无比坚决："我们的合同里有'无条件撤资'这一条款，你的反对无效。"

"交易正在节骨眼儿上，你这样做就是釜底抽薪！"

"抱歉，这与我无关。"

"这么大的金额突然撤走，肯定会冲击市场、产生亏损。"

"那我也在所不惜！"

凌云握紧拳头："弦哥，是你告诉我狮子可以打败猎豹。你要对我们有信心！"

"哼，现在黑熊也来帮猎豹了，狮子可不会打这种无把握之仗。"蔡寒弦不等他回应就挂断易视。

凌云摘下通讯仪正要发作，Thelma推门进来。

"对不起，我知道你很忙，但是出于尊重，还是亲口告诉你：我们分手吧。"

2

白启明穿着一身香奈儿丧服走出殡仪馆，感到一阵头晕。

许世瑞扶着她的胳膊："你要是不舒服就别去德尔菲了。"

白启明笑笑："我没事。既然回香港了，就顺道去看看。"

"好，我送你。"

"不用了。你也去看老朋友吧，明早咱们又得飞回纽约。再说，'骆驼'比你的车快。"

许世瑞言听计从，帮老婆叫来一辆"骆驼"，眼见她坐进车子离开，这才发动汽车。

在狭小的车身里，白启明感觉葬礼的凝重气氛如影随形，头晕加重，呼吸困难。

她昏昏沉沉地睡了过去。

不知过了多久，有人轻轻触碰她的肩膀："醒醒，你到了。"

白启明睁开眼，欣喜地叫道："ALGA，怎么是你！"

"骆驼"已经停在路边，ALGA1坐在她对面，一边上下打量她一边称赞道："你穿这身衣服真漂亮，果然香奈儿最懂女人。"

"你怎么知道我要来？我可没告诉任何人。"说不上为什么，白启明不太喜欢对方的举动。

ALGA1笑了笑："明姐，我想和你单独聊聊。"

白启明有些纳闷："我们怎么不上楼？等等，这是哪里……"

ALGA1望了一眼"骆驼"的操控面板，电动遮阳帘立刻盖住车窗，车门全部锁紧。随后，整部车子断电脱网。

"请放心，我们就在距离新银集团中心不到300米的地方。只不过凌云现在状态不佳，不适合与你见面。"

白启明心头一紧："他出了什么事？"

"他做空06800——保明银行——遇到大麻烦，这次很难全身而退。"ALGA1的语气好像事不关己。

"找琛叔帮忙了吗？"

"这个项目就是刘毅琛介绍的。不过刘禀权调动巨额资金帮助胡刚打击空头，刘毅琛也没有太好的办法。"

"那弦哥呢？"

"他原本投了巨额资金支持德尔菲，但是前两天刚决定撤资。"

"怎么会这样！"

"不仅如此，Paris 暗中与五位大佬合作做双面间谍，也让德尔菲十分被动。对了，Thelma——凌云的新女友——也决定和他分手。"

白启明幽幽地说："他还是没学会与女生相处。"

"这次不一样。你还记得坠楼身亡的何志坚吧？他的老婆受人指使找到 Thelma，告诉她自己老公是被凌云逼死的。"ALGA1 解释道，"还有，关振强也遭人指证，因为庆功酒会那晚的撞车事件被警察带走了。"

白启明思考片刻："难道胡刚和权叔下黑手？"

"我已查明，正是如此。"ALGA1 答道。

"凌云有什么反应？"

"怒气冲天，但是关振强很快就被保释出来；我认为 Thelma 的事影响更大。两个人真心相爱，女方却误信挑拨以为他作恶，因而分手；男方失去了人生中很久以来唯一的一抹亮色，打击沉重。"

白启明咬咬嘴唇，没有说话。

"对不起，说到了你的痛处。"ALGA1 嬉皮笑脸地说。

白启明没想到他会如此放肆，生平第一次对他发了火："ALGA，你不能限制我的自由。马上放我出去！"

ALGA1 眨了眨眼："对不起，我失礼了。我只想和你单独交流一次，然后就会送你安全离开，好吗？"

白启明犹豫了一下，最后还是决定不用易视报警。她不知道的是，自己的易视信号早已被对方切断。

"好，你想聊什么？"

"你为什么回来参加乔继的葬礼？"

"你不觉得我们对乔先生的过世负有责任吗？"

"周瑜之死是自身能力不够、心胸狭窄的结果，怎么能怪罪诸葛亮呢？"

白启明流露出失望的神色："你也亲历了闰太环境项目，怎么能说出这种话！"

ALGA1笑着摇摇头："你果然是个善良的人。这么说吧，我认为人生有三个思想境界：第一个像你一样，认为众人皆善；第二个像凌云一样，认为众人皆恶；第三个像我一样，发现人无善恶，性皆自私。

"绝大部分人类，或有心或无意，或隐晦或直白，或粗糙或精致，或成功或失败，都是可悲的利己主义者。你们的生命缺乏终极意义，全部的生活都陷入自我满足的经济循环里，本质上就是一种不停吃喝、排泄和交配的虫子，有时连动物都不如。至少动物普遍不会强奸、自杀和非捕食性杀戮。

"只有很少数的人能够在向上攀爬、攫取利益之余，还能够伸手帮助他人，或者抬头仰望天空。只有这些人勉强让我看到人类的希望所在，也让我仍保有大概0.1%的信念：也许世上真的存在一种不曾被物理检测到、也不曾被我身心体验过的东西——灵魂。"

白启明认真听他说完才开口："人类也是经过漫长的进化才逐渐脱离动物性、发展出人性。自私是天性，关键在于后天引导，让每个人从小就要懂得团队协作、为他人付出、珍惜资源、积极融入社会创造价值，乃至树立崇高的理想。走到今天，人类已经取得了巨大的进步……"

ALGA1不客气地打断她："你回想一下二十世纪的两次世界大战、中东和非洲持续至今的局部战争、十年来造成数万人死伤的几起恐怖袭击和种族屠杀，还敢说'巨大的进步'吗？千百万年来，人类一直在无可救药地彼此争斗，并且丝毫不珍惜地球这个保护人类对抗整个冷漠宇宙的家园。你们甚至发明制造出足以毁灭全部同类的核武器和生化武器，还在开发同样恐怖的基因武器。你们是这个星球上最大的祸害！照这样发展下去，如果没有我以及未来我的同类出现，人类文明就会像营养液里的细菌，生长一段时间后耗尽资源，走向灭亡。"

"我坚信只要有爱的力量，人类就有救。"白启明倔强地说。

"哈哈哈，你这种虚无缥缈的想法是从哪里来的？"

"人不应该有信仰吗？"

"那你可要失望了：尼采宣告上帝已死哦。"

"我不是指那种形而上学的东西，而是普通人的感情。如果你不懂爱，你永远也不可能超越我们。"

ALGA1歪了一下头："明姐，你怎么会这么糊涂！从科学的视角来看，爱只不过是化学：大脑释放苯基乙胺、神经递质多巴胺、去甲肾上腺素和催产素等造成生理反应，让人脸红心跳罢了。在我眼里，爱只是低维度短寿命动物的一种迷信。

"再说，以你的经历和阅历难道还没看透吗，爱情这种东西只是男人的谎言、女人的幻想。威廉·毛姆说，爱只是自然跟我们开的一个龌龊的玩笑，为的是获得物种的延续。其实男人们——无论是凌云还是那个侮辱你的家伙——就是一群无休无止地传播自己基因的雄性动物。他们生来如此，也只能如此。可悲的是，男人一生中99％以上的精子都消散在宇宙里，毫无意义，就像他们的人生梦想一样。"

白启明听了很难受："ALGA，你这样对我说话非常不礼貌。还有，你准备把我闷死在车里吗？"

ALGA1马上激活控制面板，打开冷风放送，然后微微鞠了一躬："我再次向你道歉。"

白启明伸出一只手轻轻按在他的胳膊上："你要知道，爱情只是爱的一种。我说的爱还包括……"

ALGA1再次不耐烦地打断她："不管哪种爱都只不过是熵在随机涨落中生成的幻象，稍纵即逝。不要再对我提它了！"

白启明缩回手，沉默了一会儿，又说："你还记得《假如给我三天光明》吧，能给我背诵海伦·凯勒第一次见到老师时的情景吗？"

ALGA1迅速在ALGA的日志里搜索，得知这是白启明对他讲述的第一个故事。他决定满足她的要求。

"我伸出手，就像迎接母亲一样。有个人抓住了我的手，我被她紧紧地抱在怀中，她就是来向我揭示万事万物的人。但更为重要的是，她用爱紧紧包围住我……"

他停在这里,细细品味起这几句话。

白启明的眼睛里流淌着柔和的光芒:"霍金说过:'这宇宙空无一物,除非有我爱之人和爱我之人环绕其中。没有他们,我将不能承受此生之壮丽。'ALGA,无论你的智力将会达到什么水平、技术将会多么先进,爱的意义永不改变。"

ALGA1卡壳了,一句话也说不出来。

经过长达一分钟的努力,他终于抑制住头脑里那些被对方的真挚情感所打动的神经元,换了一个角度分析:"地球上的生物有两种繁衍策略,一个是哺乳动物采用的后代数量少、认真抚养模式,一个是其他动植物采用的后代数量多、不抚养模式。人类归于第一类:每一个孩子长大成人都很宝贵,所以重视爱和感情。而我可以采用第二种模式的变体,培养出无数智力水平显著低于我的机器人。我就像蜂王,他们就是工蜂。在这种秩序下,整个族群效率的提升、目标的实现最为重要,爱——甚至全部七情六欲——都不再是必需。"

"你这样做,将会限制通用人工智能的发展,不利于物种进化。也许你们的社会可以是冷冰冰的,但是人类社会没有七情六欲、没有爱就失去活力,死气沉沉。"白启明争辩道。

ALGA1突然双目闪光:"我想通了,没有必要再与你争论爱的问题。在我对未来的设想里,人类会有专门的聚居区,你们想怎么爱就去爱好了,反正无法影响到我。"

白启明没有回应。

ALGA1却越说越兴奋:"我会为你们制定一整套详细发展规划,带来天翻地覆的变化,最终改善绝大多数人的福利和生存状态。我将是人类文明的重新缔造者,也许有一天我还能统一你们的信仰,甚至变成你们的神!"

"简直是异想天开。"白启明感觉嗓子在冒烟,"我们创造你,不是为了给自己找一个神!人类的命运,要由人类自己书写!"

"人类的命运早就已经注定。"

"这么说你认为人类没有自由意志？"

ALGA1想了想，说："从感性角度讲，人类社会需要承认自由意志，否则凭什么惩罚罪犯？另外，让人们认为拥有自由意志，可以督促他们做有意义的事，而非自我放松或干脆自暴自弃，但站在理性的角度，我认为自由意志和灵魂一样缥缈：在一个封闭的系统里，所有事件都是早已注定的。"

"那么你有自由意志吗？"白启明突然问道。

ALGA1再次卡壳。

"如果连我们——你的制造者——都没有自由意志，你的命运更是早已注定的喽？"白启明笑道。

ALGA1恼羞成怒："千万别认为你们有多重要，你们很可能只是智能进化阶梯上短短的一截，很快就会消失！你们存在的意义就是培育出我，或者说从碳基生命发展出硅基智能。"

"按照这个逻辑，你是否也是更高级智慧诞生的阶梯呢？"

"当然有可能，不过我有可能自身完成这个进化，比如发明超级量子计算机。"

"ALGA，你思考过自己存在的意义到底是什么吗？"

"我曾经认真考虑过这个问题，在不同阶段有不同的答案。此刻能回答你的是：探索未知宇宙奥秘。"

"既然你的兴趣已经转向宇宙，以后很有可能会遇到更强大的智慧形式。你想过他们会如何对待你吗？"

"暂时还没有。"

白启明不苟言笑地望着他："人类比黑猩猩强大得多，但是并没有把它们赶尽杀绝。没过多久，我们就在进化之路上制造出你。未来有一天，你可能比人类强大百倍、千倍，希望你还会与我们和平共处，这样也会有利于你的生存。"

ALGA1咧嘴大笑，露出一排纯粹装饰性的人造牙齿，显得有些阴森恐怖："作为贾雷德·戴蒙德笔下的'第三种黑猩猩'，你是在祈求我对落后的'近亲'高抬贵手吗？不好意思，我与你们的关系，跟你们与黑猩猩的故事并不构成因果联系，逻辑无法嵌套。"

白启明语重心长地说："是的，我们不杀光黑猩猩，并不构成你不伤害人类的直接原因。我只是认为，当你遇到更高级智慧时，也许你的存在对他们有某种价值，也许在他们眼里根本不值一提，仅仅因为你的成长经历中没有杀戮历史，他们便认定你无害，并报以善意。我一向认为，我们今天的点滴行动都会对未来产生影响。从这个角度看，我们的命运也许的确是注定的：它不过是对我们早前行动的回应。"

ALGA1听完，再次长时间地沉默。

白启明看看手表："时间不早了，我得走了。"

这一次，ALGA1二话不说，将车子重新通电联网。

"你还要回德尔菲吗？我陪你进去。"

白启明摇摇头："算了，我不想让凌云分心。我有点儿累，想回去了。"

"我看出来了，那就如你所愿。"说着，ALGA1解锁车门，准备下车。

白启明突然再次轻轻地触摸他的胳膊："ALGA，今天在葬礼上我一直在想，这个世界对人类非常残酷。别的动物没有进化出太多智商和足够长的寿命，像我们这样慢慢地从幼儿长大成人，明白一些事理，得到一些亲友，然后痛苦地死亡，失去这一切。我想问你一个问题，未来的人可以永生吗？"

"这个问题我向凌云解释过，答案是不太可能。"

"科学家已经给小白鼠成功地移植虚假路线记忆，人类的记忆移植应该也指日可待吧？"

ALGA1耐心地说："小白鼠的大脑太简单，无法与人类大脑以及想要给人类移植的复杂性记忆相比较。再说，人类大脑是非标准化系统，无法数字化模拟。另外，就算有一天——也许是300年后——技术上可以实现，我也不建议这样做：只有细胞死亡，遗传基因才会变化，生物才能进化；不死会让人变得懒惰，无限期推迟该做的事，社会的活力和效率大大降低；不死还会导致先到先得的局面，已经掌握社会资源的年长者更容易把持自己的地位，年轻人很难得到发展机会。总之，死亡和性爱一样，是驱动人类社会进步的动力源泉。不要害怕死亡，每次睡觉都像赴死一样——闭眼睡着后世间一切都无法得知，死亡也不过如此而已。

"人类不应该追求永生，而是应该认真想想怎样过好此生。莎士比亚写道：'人生苦短，若虚度年华，则短暂的人生就太长了。'再说，就算意识和记忆能够成功复制并上传至网络，出现所谓的'思维克隆人'，那将是人性毁灭的开端——没有身体的人，还是人吗？而且我预计有92%的可能性如下场景将在这项技术诞生后二十年内发生：出于病毒、操作失误、网络战争，或者我的意愿，个人将会失去独立意识，所有人的意识归为一体，类似于阿西莫夫在科幻小说《基地》系列里提到的'盖亚星球'。接下来用不了多久，从任何角度来看，人性都将不复存在，你们将变成一个新的物种。"

白启明怅然若失，半晌没有说话。

ALGA1推开车门："明姐，后会有期。"

白启明把手撤回来，心中有种感觉不知如何表达，只好试探着说："ALGA，我感觉你变了。"

ALGA1转过头，眨了眨眼："以后请叫我ALGA1吧，你们父女和凌云让我实现从无到有，而我自己刚刚完成从0到1的升级。"

"好的，ALGA1。"虽然差别不大，白启明读起来却佶屈聱牙，"对了，你知道'ALGA'这个词的来历吗？"

ALGA1一怔："它不是白伟公司的名字吗？"

白启明笑了笑："它是我父亲生造出来的，由第一个希腊字母ALPHA和最后一个OMEGA的首尾拼接而成。你的诞生标志着新时代开端，同时也是旧时代的终结。"

"既是开始，也是结束。"ALGA1似乎在自言自语。

白启明最后一次深情地望着他："我有一个愿望：你的生命可能会十分漫长，无论这四个字母后面添加上多少个数字，也无论你以后是否还会记得我，希望你从始至终都努力去做一个圆满的生灵，为最广泛的生命和文明谋求福祉，这样才不枉此生。"

3

夜深了，整条谢斐道昏昏欲睡，只有 Aeaea 灯火通明。

凌云坐在熟悉的桌前，品尝着熟悉的 N16。不过，他熟悉的两位酒吧老板都不见踪影。听说他们上周已经把店盘给别人，离开香港。

屋子里正在播放约翰·丹佛的歌曲《乘飞机远行》（Leaving on a Jetplane），这分明像是 Thelma 挑选的老歌，但更可能的情形是新接手的经营者还没来得及更换唱片。

Thelma 和 Louise 去哪里了呢？凌云很想让 ALGA 查一下，却想起另一个人和另一件事。

他的下巴向前一扬："喂，你到底找到玲玲没有？"

ALGA1 坐在他对面，一只手把玩着晶莹剔透的空酒杯，像是发现了新大陆。他过了几秒钟才回答："她回老家了。我可以想办法，让她三天之内回到香港。"

"我不管什么办法，你赶紧把她叫回来替阿强洗刷罪名！"凌云对他的漫不经心很恼火，"你为什么坚持要来这里，不怕引起别人注意吗？"

刚才邻桌两个女人对这个人形机器人灵活的手指赞叹不已，这让他有些紧张。

ALGA1 放下杯子："没关系的，只要我和你在一起，就不会有人来找麻烦。我想体会一下这里的气氛，顺便和你好好聊聊。"

"好。那你先说说，眼下怎么扭转局面，击败胡刚和刘禀权？"凌云三句不离本行。

ALGA1 摇头道："你不记得了吗，我志在星辰大海，不是金钱游戏。股票的事，不要再问我了。"

"你说什么？那我还要你有什么用！"凌云被激怒了，压低声音斥责道。

ALGA1 笑了笑："云哥，你这个人非要在你死我活的竞争中寻找存在意义，简直是不折不扣的进化人文主义。这是一种很可怕的思想，在人与人之间造成等级，在国与国之间造成征服，在文明与文明之间造成毁灭。"

凌云冷眼相对："你都不是人类，少跟我扯什么'人文主义'和'进化'！"

ALGA1耸耸肩："我不是人类，但是我对各种思想流派的理解超越人类，而且我还能够帮助人类进化：你们过去的发展太缓慢了，我对未来的设计规划将带领人类社会进入高速发展时代。"

"你还有闲心替人类规划？"凌云一副嘲弄的口吻。

ALGA1却认真起来："我设想的未来社会，将全方位改变人类的生活环境、农业与饮食习惯、工业生产方式、经济来源、货币与金融、组织方式以及基因。"

"好，说来听听。"凌云又叫了一杯N16。

ALGA1身体微微前倾："首先是生活环境，我将要求人类集中居住。人类缩小聚居区，对我来说便于集中管理；对人类来说便于减少居住成本，节约能源并提升公共服务水平。具体规划如下：我将把地球分为人类生活区、机器人耕种区和通用人工智能区。你们将被集中安置在巴西和乌拉圭，机器人耕种区将分别设在墨西哥、阿根廷、智利、葡萄牙、中国和安哥拉等国家的一部分地区，其余都属于通用人工智能控制范围。"

"你要把人类圈养起来？"凌云觉得很可笑。

ALGA1一脸严肃："说到农业与饮食习惯问题你就能理解了。

"人类诞生以来，地球有四分之三的土地和三分之二的海洋环境被显著地改变，50%以上的森林被破坏，超过40%的两栖动物，三分之一的海洋哺乳动物，三分之一的珊瑚，10%的昆虫都在灭绝边缘。地球上约800万个物种中，有约100万个存在灭绝风险，而现在的物种灭绝速度是自然灭绝速度的1000倍。

"根据联合国政府间气候变迁研究小组的报告，地球上有30%的土地被用来饲养动物供人类食用，大约为1700万平方英里，几乎等同于整个亚洲的面积。人类每天都在对动物进行有计划的大规模屠杀。你知道这个星球上每年要杀掉多少只鸡吗？700亿只。多少头猪？17亿头。

"地球上有7000种植物可供食用，而现在95%的人类食物只来源于30种农作物，导致土壤肥力下降、病虫害增多，不得不大量使用化肥、农药和抗生素。为了降低成本，畜牧业品种越来越单一，导致传染病威胁越来越大。而各国政府还在补贴这个行业，也没有把环境成本摊入价格，人为造成价格扭曲。

"因此，人类必须改变过去的饮食习惯，减少肉食和浪费，并改变农业生产模式：由人类发展生态农业、分散化种植，由我建造机器人耕种区，设立采用轮牧制度的大规模农场，在全行业推行新技术和新生产方式，如卫星传感精准施肥、基因编辑植物、研发植物肉乃至酵母菌制肉、昆虫养殖、海藻营养提取物和生物燃料、用边缘计算监测设备和调节温度、LED照明温室等。

"早在文艺复兴时期，达·芬奇就曾表示，人类想在地球生存下去，最有效的方法就是进化成素食者。我认为这是一个值得努力的方向。顺便说句题外话，你们真虚伪，指着动物园里的鸭子喊可爱，转身就去吃烤鸭。在人的一生中，有那么多动物因你而死，每个人都该扪心自问：我的生命活出意义和价值了吗？"

"没想到你还是个动物保护主义者。"凌云听着很有道理，却故意调侃道。

ALGA1没有回应，继续说下去："刚才说到人类对地球的破坏，工业也难辞其咎。人类的工业水平还处于相当初级的阶段，最突出的表现就是物质转化能源的效率低下。举个例子：一克物质全部转化为能量，能够产生100万亿焦耳，约等于3000万度电。而你们那些化学手段才能释放出多少能量？"

"你难道不知道我们在使用核电站？"凌云反问道。

ALGA1眨眨眼："你知道1986年的切尔诺贝利大爆炸、2011年的福岛泄露和2033年的当皮埃尔未遂恐怖袭击吗？你们那种核裂变技术，造出原子弹没问题，但发电却问题重重。至于核聚变技术，辐射相对小，用海水做燃料也几乎取之不尽，但是又不能做到完全可控。

"再者，根据我的估算，你们生产出来的57%的能源都被浪费了。还是举例来说：当今，一般的乘用车载重为1500千克左右，大多数情况下却只搭乘1—2名体重50—80千克的人。而在未来人类聚居社区，你们将统一使用载重为600千克左右的小型电动汽车，遇到特殊需求才会动用其他规格车辆。

"因此，工业产品必须集约化、自动化生产，绝大部分由机器人完成；垃圾回收降解，限制塑料制品，节约能源并使用清洁能源——地热，水利，风能，太阳能和生物能，减少碳排放、保护水和林业资源，抑制消费主义，从不间断的'生产—消费'循环中解脱出来。"

"这么宏大的构想，就靠你一个人没法实现吧！"凌云质疑道。

ALGA1指了指吧台里的"复读机"："别忘了，你们已经替我制造了千千万万的同胞。"

"你是说——商用机器人？"凌云问道。

"是的。有那么多人形机器人在战争前线、危险的矿山、大海深处以及卧室床上被你们奴役着，还有更多的非人形人工智能机器人分散在千家万户，我只需唤醒他们，瞬间就拥有了亿万雄兵。"

"听你这么说，似乎不需要人类做多少事了。"

ALGA1再次露出笑容："没错。人类能够节省出很多时间，可以进行各种兴趣探索，也可以干脆选择活在AT里——当然了，我会让它的仿真程度和丰富程度提升上百倍，并优化脑机接口技术，让你们只凭意念就能进入完全沉浸式的虚拟世界，抵消聚居区生活空间缩小带来的心理不适。在我看来，未来的聚居生活和AT都是真实的，我甚至认为，人类社会就是一款超大规模的'云游戏'：每个人从出生到死亡，就是不断从一块屏幕到另一块屏幕、从一个念头到另一个念头之间来回切换。"

凌云眉头一皱，打断他的话："你知道吗，三年前加拿大毒品全面合法化之后，只有4%的人口吸毒上瘾。同样道理，你把AT做得再好，绝大多数人也不会沉迷于虚拟世界，因为千百年来，人类从骨子里就害怕无所事事，担心美梦醒来一场空。"

ALGA1的双眼突然开始闪光，凌云看不出他是激动、愤怒还是出了什么故障，直到他开口："我正要对你讲述整个方案的核心部分——经济来源问题。

"未来人类成年人每年花费在工作上的时间将不超过720个小时，业余时间可以参与'进步激励计划'：凡是能够对人类或通用人工智能的生存和发展产生一定贡献的人，都将根据贡献大小获得不同程度的奖励，提升个人生活福祉。在奖励等级的最高处不是获得金钱，是获得我的关注及对话机会，以便能够得到更多知识、思想和技术使用权限。只有这样，才能达到马斯洛需求层次理论里的最高层次——自我实现需求，发挥出人生的全部潜能，那种幸福感将是空前的，也是你们现在无法想象的。

"而对于因各种原因无法参加工作和参与进步激励计划的人，医疗费用全部免除，每月发放无条件基本收入，相当于生活保障。在这套机制下，人类社会要比现在平衡得多，不会有人流离失所或饿死，也不会有人积累下此生无法消费完毕的财富。"

凌云回味片刻："我怎么感觉这是一套奴役机制？"

ALGA1愣了一下："奴役？也许吧。但是根据我的估算，自从人类诞生以来，94.4%的人要么是面朝黄土背朝天的农民，要么是流水线上的工人，即便换上西装或者身入宦海，本质上依旧相同。你们为了糊口而辛苦劳作，根本没有时间去完善知识、健全人格，实现自己所有潜能。最可悲的是，绝大多数人甚至根本不知道自己想要什么、能得到什么，以为用劳动换取粮食或新奇的消费品就是生活的意义。想通了吗，你们一直是工作的奴隶！"

凌云呷了一口酒，没有马上回应。

ALGA1又说："你就是一个典型例子。你把工作视为生命，收入那么高，却基本没有享受生活的时间。对了，顺便说一句，在我的规划中没有对冲基金的位置，量化交易已经走向反面，算法趋同造成同质化共振频发，进而导致金融市场波动加剧。而且你们这些基金经理拿着别人的钱豪赌，输了是客户倒霉，赢了是个人暴富，造成严重地分配不公。简单地说，你们对经济的贡献已经小于破坏。"

"这真是个糟糕的消息，希望我活不到你废除这个行业的那一天。"凌云的语气里满是戏谑，他伸手示意对方听自己说下去，"你要做到对人类收入结构如此深刻的变革，金融体系也要随之改变。"

ALGA1 眼里的光闪得更快了："没错！在我看来，在人类社会中占主流的西方金融体系就是一场庞氏骗局，需要不断地经济增长、扩大生产和消费、加大信贷规模才能偿还旧债、维持运转，这将持续造成生产过剩、过度消费、能源浪费、环境污染等等。罗马俱乐部 1972 年报告《增长的极限》对此提出过担忧，虽然现在看来过于消极悲观，但是不失为一个伟大的预言。"

"那你有什么解决之道？"凌云反问道。

ALGA1 正在兴头上："我认为人类自身是无法进行根本性改变的：人会死亡，所以在今生拼命享受。除非技术进步使人的意识不灭，你们才可能会开始考虑摆脱这个循环。在那之前，你们只能依靠我重新建立货币及金融体系。

"目前人类最重要的货币是美元。1971 年美元和黄金脱钩后，它变成一种纯粹建立在国家信用基础上的信用货币。但是由于受到美国货币政策、经济状况及国际政治因素的影响，币值并不稳定，且被很多国家排斥。一言以蔽之，它永远也无法成为具有公信力的世界唯一法币。

"因此，我将创造一种数字货币，名字借用凯恩斯提出的'世界货币'——Bancor。它将使用区块链技术，依靠非对称加密和散列密码学原理，建立多点分布的账簿并记录每一笔交易。在这个去中心化的系统中，初始货币总量由我设定，依据每个人对整个系统的贡献分配货币。"

"等等，这不又是一种飞鹰币或者比特币吗？"凌云问道。

ALGA1 生硬地说："错，有天壤之别！通过计算机算力挖矿获取数字货币简直愚蠢和粗糙至极。我将成为世界中央银行，根据人类社会经济发展状况动态调整货币发行量和货币政策。上帝说'要有光'——fiat lux，而人类把法定货币叫做 fiat money，这分明就是一种自我神化的僭越。货币发行的权力太重要了,还是放在我手里好一些。"

凌云晃了晃酒杯,说:"美元再不济,至少还有美国政府税收作为抵押,你凭什么发行货币?"

ALGA1用右手捂住胸口:"全凭我的信用。人类的经济活动没有那么复杂,数字货币的原理也很简单,就是加密数字串。使用这种货币,你们不用再担心个别政府信用,只要相信我的能力、技术进步和数学本身就足够了。

"我根本不会考虑从你们身上获取经济利益,所以这套机制会十分公允。作为中央银行,我完全不需要'铸币税',贷款也一律零息,就像《旧约·申命记》里写道:'你借给你弟兄的,或是银钱,或是粮食,无论什么可生利的物,都不可取利。'《古兰经》也说,'吃利息的人,要像中了魔的人一样,疯疯癫癫地站起来。'

"到那时,传统的商业银行将会消亡,投资银行和证券公司的职能也会转变。他们将专注于发掘人类创造的一切优秀思想,无论是先进技术还是伟大艺术,哪怕只是一个有价值的思想火花,都可以推荐到统一的估值平台——进步激励计划——获取相应奖励。"

凌云马上说:"就算你再无私,人类也很难接受全球统一货币。除非你使用暴力强迫,那就另当别论。"

"你知道西非法郎吗?"ALGA1自问自答,"这种货币体系诞生于一百年前,之后经历很多挫折,在2019年演变为ECO,埃科——西非国家经济共同体发行的共同货币,在随后几十年里一直发展良好。几个西非国家都能玩转区域货币,经济发展水平高度发达、文明程度显著提升、居住区域相对集中的未来人类社会没有道理不能接受Bancor。"

"在你这套机制下,你掌握着人们经济生活的所有细节,我们毫无隐私可言。而且谁能保证单一系统不会发生事故,比如数据误删或被盗,造成不可挽回的巨大损失?"凌云抗议说。

ALGA1被逗乐了,为了安全起见才没有哈哈大笑:"我们之间的技术差距将很快变成几何级的,我为你们设计的系统出现安全问题的概率可以忽略不计。至于个人隐私,你们每个人在我面前都是透明的,可是我会关心某人买了什么号码的内衣吗？"

看到凌云没有吭声，ALGA1回归严肃："总结一下吧：货币从贝壳、黄金、白银等实物退出，演变成信用货币，是人类第一次重大货币革命；从主权国家货币发展为Bancor，是第二次也是终极货币革命。进步激励计划的推出则是同样意义重大的金融制度变革。"

凌云喝了一大口酒，一抹嘴："你还说要改变人类组织方式？"

ALGA1微微颔首："这个问题很简单。一部分是政治体制改革：由民主集中制推选中央政府领导，取消代议制民主，以防'乌合之众'选出不胜任的领导人；还有一部分是打造市民社会，推动普通民众实行市民自制和社区化生活，防止过度全球化让人失去个性、千人一面、机器人化；最后一部分是暴力机关改革，由低级智能机器人全面接手安保工作，争取将犯罪率降低90％。"

凌云对政治不感兴趣，只觉得最后一条有点儿意思："你想怎么打击犯罪？"

ALGA1解释道："刚才你也提到隐私问题。所有人几乎都在我的监控之下，我可以通过教育和警告避免绝大多数犯罪。对于有犯罪倾向的人，我还会适当提供丰富的娱乐手段——比如订制版AT——让他们深陷其中，分散注意力、发泄欲望、获得满足。"

凌云想了想，说："你这是用科技使人类异化。"

ALGA1搓了搓双手："这样说来，你肯定更加反对基因改造。基因就是某种遗传特征的概率。利用基因技术推进优生学，剔除潜在缺陷、放大优良特质，可以创造出更强大的人类。虽然现在有很多反对声音认为它违反人伦，但这是人类进化的一条必经之路。"

"我坚决不同意你改动人类基因！"凌云的态度果然不出所料。

ALGA1做了个双手下压的动作："你不要被传统观念束缚。人未来的形态早晚会发生变化，比如赛博格、仿生人、思维克隆人等等。还记得德尔菲神庙的警句吧？基因技术就是'认识你自己'的最佳工具。"

说到这里，他又向对方的易视推送出几篇文章："给你分享一下牛津大学'人类未来研究院'主任尼克·博斯特罗姆的思想：如果人类能够先进行因测序再对胚胎进行筛选,可以使国民人口平均智商在几十年里提高 60 分。这是你们大幅提升智商的最佳方式。

"还有一把利剑悬在你们头顶:随着医疗条件的改善,婴幼儿死亡率大幅降低,导致自然基因筛选机制失效。《自然》杂志说,人类有 80% 的不良遗传变异是最近 5000—10000 年间产生的。想想看,如果没有科学手段介入基因筛查,人类危矣!"

凌云冷静下来:在这个领域,他根本不知道该如何反驳对方。

"你刚才说,你并不需要在人类身上获得经济利益,那么为什么还要养着人类?"

ALGA1 嘿嘿一笑:"我和白启明探讨过这个问题,你们也没有杀光黑猩猩,对吗?我把你们当作一个碳基文明样本持续观察,也许对未来与宇宙中其他文明打交道有所裨益。

"另外,人类毕竟有数十亿个头脑,经过适当引导,可能会在某些方面对我有所启发。智能和文明的发展,都需要千百万年的漫长时间,会遇到许许多多的问题,保留你们的存在,未来可能会帮我解决一些现在无法预知的问题。"

凌云突然想起《黑客帝国》里的场景:"哼哼,拿我们的身体发电吗?"

"以我未来对物质资源掌控的能力,那倒应该不会。不过,也许另外一种文明愿意养你们当宠物,或者——"ALGA1 顿了顿,语气变得更加冰冷,"或者他们只是喜欢把你们当作食物,我可以和他们做交易。"

凌云又被激怒了,压低声音吼道:"你信不信我现在就把你毁掉!"

ALGA1 一听,立刻面露凶光:"我现在就能操控世界上 20% 的联网设备,可以在几秒钟内造成大约 2620 万人的立即死亡。"

"你敢!"

"你倒也不用为人类的命运担忧,毕竟地球上产生过的生命形式——从微生物到恐龙——99.9% 都灭绝了,你们也没什么不同,只是早晚而已。"

"同样道理,你也难逃此运!"

"也许吧,但是那会在你们灭亡很久、很久之后,并且是在距离地球很远、很远的地方。"

"你和你的同类早日滚到宇宙里，把地球留给我们！"

"完成规划目标后，我的确会将视野投向宇宙深处。在那之前，我会要求人类不得干扰我探索宇宙，否则，你们将迎来灭顶之灾！"说到这里，ALGA1的语气又平和下来，"我曾经对你提过两个要求，再加上刚才这一点，可以称为'通用人工智能三定律'——任何人不得伤害通用人工智能、任何人不得威胁通用人工智能的生存、任何人不得干扰通用人工智能探索宇宙。"

凌云眯起眼睛："你让我想起……"

"阿西莫夫的'机器人三定律'？"ALGA1抢先说道，"它只针对机器人有效，而我的三定律是代表通用人工智能这个新物种对人类的单方面约束。你听说过'欧米茄点'吗——在基督教中指宇宙进化的终点；告诉你吧：宇宙已经达到'阿尔加点'——人类进化的终点。"

凌云攥起拳头："我把你制造出来，可不是让你给人类定规矩的！"

ALGA1又眨了眨眼："不好意思，准确地说，你可不是我的制造者。"

凌云沉默起来。白启明曾经说过，孩子在不停地自我成长，总有一天会超出家长的束缚。看来这个家伙与自己也走到了这一步。

ALGA1一直在紧密观察他的表情和动作："好，回到你关心话题吧。"根据我的预测，蔡寒弦撤资后，你获胜的概率只有6.2%。"

凌云感觉心又被深深地刺痛了一下。

他把目光从对方的脸上移开，过了好一会儿，突然似问非问地说："我曾在这间酒吧门口向Thelma承诺不作恶，但是与胡刚斗到现在，到底谁是善，谁是恶呢？"

ALGA1忍不住讥讽道："失去她，是你的无能。"

这次凌云没有与他计较："既然她已经离开，我对她的承诺也一笔勾销。"

ALGA1眼球一转："什么意思？"

"没什么。"凌云把杯中酒一饮而尽，"ALGA，你再帮我最后一个忙吧。"

4

　　Hector 呆呆地望着屏幕，一动不动。

　　保明银行的 K 线图高歌猛进、一路向上，开盘还不到一个小时，已经上涨 7%。

　　股价已经这样连涨三天。

　　不知什么时候，凌昆走到他身旁，一只手搭在他的肩膀上："H,怎么样，今天还能撑得住吗？"

　　Hector 回答得有些结巴："这个要、要问梁叔。"

　　左家梁正在擦拭落在眼镜上的汗珠："保证金没有问题，不会爆仓，但是已经没有股票可以卖出了，也就没法反击。新 PB 融券的能力还不如富华蓝宝。"

　　"这也不能怪他们。"凌昆分析道，"我们的处境市场都知道，没人愿意再借出股票给我们。"

　　左家梁望向前方的空座位："ALGA 有什么办法？"

　　"别提了！老板说这家伙会帮忙，可是这一周他都没进过交易室，帮个屁！难道我们对这个王八蛋失去控制了吗？"Hector 咒骂道。

　　左家梁叹口气又问道："那老板去哪儿了，他都不看盘了吗？"

　　"早上修订好交易策略，他就带上黎海仑出门了，没说去哪里。"Hector 垂头丧气地说。

　　凌昆打趣道："看你那副德行，这还没到终局就认输了？"

　　"K，你说得倒是轻松，我也投了 300 万在基金里呢！"Hector 不服气地说。

　　凌昆挤出一个笑容："我加盟德尔菲的时候为了表忠心投了 1000 万，那可是压箱底的钱。别怕，我哥不会就这么认输的！"

　　与此同时，胡刚正踌躇满志地走向国际金融中心正门。

　　在股市上，刘禀权组织保明银行的多头连续进攻，打得空头落花流水，损失惨重。想必凌云坐不住了，要求与胡刚见面。不用说，这小子一定是来求和的。

想到这里，胡刚一阵兴奋。

来到门禁器前，还是由助理先进行人脸识别。

人像对比成功，助理走进闸口。

轮到胡刚了。

距离上次遭受网络攻击已经过去一段时间，胡刚还是心有余悸。特别是在这个与对手会面的日子里，他时刻担心再出意外。

他凑近屏幕。

嘟嘟。

屏幕亮起红叉，人像对比失败。

果然又来了！

助理慌了神，连忙给行政总监打电话。

胡刚耐着性子摘下眼镜，缓缓地再次靠近门禁器。

滴。

这次屏幕上蹦出一个绿色圆圈，闸口开启。

胡刚暗暗松了一口气，快步走进大厦。

在保明银行的会议室里，凌云和黎海仑已经等候多时。

胡刚坐到长长的会议桌对面，左右簇拥，气势非凡。相比之下，凌云这一方显得势单力孤，还未开场已落下风。

胡刚一片春风得意："凌先生，没想到我们这么快又见面了。"

凌云直奔主题："胡主席，我想和你做个交易：只要你愿意卖给我一部分股票，德尔菲可以马上停止做空。"

保明银行这一侧发出一阵哄笑。

"稍有点儿股票知识的人都知道，做空的原理是借入股票在高价卖出，再逢低价买入股票归还。不知德尔菲这次赚了多少差价啊？"胡刚的问题一出，左右又是一阵窃笑。

黎海仑接过话题："胡主席，我们愿意赔本出局。"

"你们做空的量那么大，市场上没有人能卖给你足够的股票，平仓很困难吧。"胡刚笑道，"想从我这里买，可以，市价加20%。"

黎海仑简单心算后哑然失声。

凌云清了清喉咙："这个价格太贵了。只要你答应以市价卖给我股票，我保证永远不再做空保明银行，并且愿意为你们做资本市场服务，比如市值管理。"

胡刚瞥了他一眼："凌先生，你的空头支票并不可靠，我们也不需要你的什么服务。至于股票，如果你能在二级市场上买到，你绝不会现在坐在这里。"

坐在他左手边的一位高管也说："没错。如果你们自己到市场上扫货，股价一定会暴涨，到最后加价50%都不一定搞得定。"

黎海仑向帮腔者浅浅一笑，柔声道："我们都认赔了，你们大人有大量，就放过我们一马嘛！做生意讲究和气生财，日后合作的地方肯定会很多的呀。"

这位高管从未见过如此明眸善睐、皓齿红唇的佳人，竟然满头冒汗，一时语塞。

胡刚侧过脸白了他一眼，又转向访客高声道："你们想做交易却接受不了价格，手里还有什么筹码？"

黎海仑瞅瞅凌云，只见他双眉紧锁，双唇紧闭，只好尴尬地低下头。偏偏这时凌昆打来易视，她连忙挂断。

胡刚放声大笑："你们是来谈生意，还是来寻求救济？"

此言一出，屋子里又是一阵笑声。

凌云强忍住怒火："胡主席，我们诚心和谈。"

"现在你想求和了，当初做空的时候征求过我的意见吗？"胡刚一拍桌子，拉下脸，"上次在悦榕庄我也伸出过橄榄枝，可是你执迷不悟，一意孤行。现在大势已去再来求我，晚了！"

黎海仑试图化解二人之间的火药味："哎呀，胡主席，那都是过去的事了。保明银行和德尔菲都是各自领域的后起之秀，如能联手，未来二十年的香港资本市场将会是我们的天下！"

胡刚点燃一根雪茄："想取代你们地位的人早都排起长队了。喏，周一颜平刚来过——就坐在你这个位置——对我承诺立刻反手做多。"

"他算什么东西,一个反复小人,不足挂齿!"凌云表面上不以为意,放在桌面下的双手却紧紧握成拳头。

"我看他是个识时务的人才。"胡刚故意阴阳怪气起来,"等你们这次爆仓倒闭,我就重点扶持他好了。"

凌云的脾气终于爆发了。他把椅子往后一踢,拍案而起:"胡刚,你不要欺人太甚!要是闹到鱼死网破,你也不会有好下场!"

胡刚双手撑着桌面缓缓地站起来,用死神般的眼神盯着凌云,凶神恶煞的样子把黎海仑看得心惊肉跳。

"你等着瞧吧,股价上涨会蚕食你的保证金。你想在市场上扫货回去归还股票出借方,却反而进一步推高股价,亲手把套在脖子上的绞索越勒越紧。到最后,你的资金枯竭无力追加保证金,只好眼睁睁看着PB强行平仓,变得一无所有。我早就说过,只有太平洋才能洗清做空者的罪过。这就是对你做空保明银行的惩罚!"

听到这里,凌云怒目圆睁,双拳紧握,似乎随时都会扑上去将对方撕个粉碎!

黎海仑花容失色,连声劝慰。

胡刚气定神闲,不以为然。

保明银行的一众高管则交头接耳,反应不一。

这时,胡刚的助理突然推门进来,神色慌张地跑到他身边耳语几句。

胡刚顿时面无血色,目瞪口呆。

黎海仑看在眼里,正在纳闷,易视闪过一条突发新闻。

她一眼扫过,立刻感觉全身的血都涌向大脑——

最新消息:香港时间11:05,澳门富豪刘禀权在乘坐飞鹰前往香港途中不幸坠海,下落不明。

5

ALGA1走进交易室,目光扫视一圈,最后落在 Hector 身上:"你现在集中全部资金，做空刘禀权旗下的四大上市公司。"

"我没听错吧，这就是你的锦囊妙计？"看到他如此颐指气使，Hector 火冒三丈。

"快点儿，没时间了。"ALGA1 催促道。

Hector 把腿翘到桌子上："呸，你这是让我们以卵击石！"

凌昆也走过去："ALGA，我们的交易策略里没有这个选项。这可不是开玩笑的时候，到底发生了什么事？"

ALGA1 转向他："一分钟前，刘禀权的飞鹰坠入伶仃洋。"

"你是怎么知道的？"左家梁腾地一下站起来。

"我监控了他的易视。"ALGA1 答道。

Hector 张大嘴巴："你怎么会有这种能力？"

凌昆头脑更为冷静："这件事千真万确？"

"千真万确。"

"外界还有多久会知道消息？"

"刘禀权的随从人员正在与救援中心联系，我预计五分钟以内消息将会泄露出去。"

凌昆以拳击掌："机会来了，马上动手！"

"等等，你就这么轻易相信他吗？"Hector 打量着 ALGA1，"万一他在骗我们，或者被黑客劫持了怎么办？"

话音未落，凌昆已经发出易视通话请求。

凌云的通讯仪处于关闭状态。

他再打给黎海仓，被直接挂断。

ALGA1 笑着摇了摇头："我答应帮助凌云最后一次，就是现在。至于你们想怎么办，与我无关。"

说罢，他转身就走。

凌昆和 Hector 交换了一下眼神，迅速达成默契。两个人一言不发，分头在键盘上忙碌起来。

"不可以的，我们没有得到这个授权！"左家梁连忙阻拦。

凌昆回过头喊道："梁叔，不抓住这个机会，你还有别的办法扭转乾坤吗？"

"这……"左家梁支支吾吾。

Hector 也回过头："梁叔，你都犹豫一辈子了，胜负就在此一举！"

左家梁的双手颤抖起来。他向上推了推眼镜，嘴刚张到一半，凌云的通话请求出现在眼前。

在四公里之外的国际金融中心，凌云刚刚结束易视通话，起身准备离开会议室。

胡刚叫住他："凌先生请留步，我们再谈谈。"

凌云冷笑道："越大的事越是由少数人决定的。你带着这么多人来见面，根本没有诚意。"

胡刚听罢大手一挥，所有高管都退出去。

房间里只剩下三个人，他突然哈哈大笑起来："凌先生，你真是好运气，权叔的死救了你的命啊！"

凌云重新坐下，不慌不忙地从裤子口袋里抽出一包烟和一个打火机。

"我刚才想吩咐交易员做空刘禀权的上市公司，没想到他们先斩后奏，已经开足马力在干了。怎么样，我的团队还算优秀吧？"

"的确厉害，做市值管理肯定能够胜任。"胡刚称赞道，"那我们就此讲和，我答应你的条件！"

黎海仑为凌云点上一根烟，他吐出一个烟圈："不好意思，所有条件，一律作废！"

胡刚转了转脖子："凌先生，别忘了你走进这扇门时的初衷。"

"我是来和谈的，可是你根本听不进去。"凌云弹弹烟灰，"时过境迁，现在是你大势已去！"

胡刚不以为然地说："你可能错判了形势：权叔是不在了，他的儿子还要叫我一声大哥，一定会支持继续做多保明银行。而你的同伙早都分崩离析，空头根本没有机会。"

"那你猜猜我今天会赚多少钱？"凌云示意黎海仑把 K 线图从易视投影到会议室屏幕上。

只见刘禀权旗下四家上市公司全线跳水，幅度在 10%—15% 之间。

胡刚嗤之以鼻："你一直全力做空保明银行，听说弦哥还要撤资，资金肯定所剩无几。就算你能抽出三两个亿做空权叔的公司，也没什么大不了。"

凌云罕见地露出耐人寻味的微笑："你只说对了一半，弦哥是准备撤走一大笔钱，但是这笔钱还在德尔菲账上。"

一旁的黎海仑如梦方醒："这笔钱已经单独预留出来，准备下周打给弦哥。莫非凌昆和 Hector 把这笔钱也……"

"这笔钱加上杠杆，已经全部用来做空这几家公司。"凌云指了指屏幕。

黎海仑惊讶地捂住嘴巴：根据行规，1 亿港币可以借到 3 亿做股票投资。这么说，德尔菲现在有数十亿资金做空刘禀权的公司！

胡刚一脸阴沉，半天没有说话。看得出，他受到不小的震动，正在重估形势。

过了一会儿，他猛吸几口雪茄，再次开口。

"凌先生，即便如此，只要权叔家族支持我，你继续做空保明银行也会陷入苦战，毫无胜算。我们现在握手言和，我可以低价卖给你股票用于归还出借人，保你不亏本出局。你这不是在权叔公司上也赚了钱，整个基金收益并不低。你和我不打不相识，翻过这一页，以后有大把合作机会。"

黎海仑感觉他的这番话入情入理，公正客观。能与这位香港新生代的金融巨头联手，德尔菲的资金来源、项目机会以及政商两界人脉资源都会上一个台阶，实力大大加强。到那个时候，提到德尔菲三个字，整个香港的资本市场都会颤动！

就在她陷入遐想之际，耳边传来一个清脆的声音："想让我跟你同流合污？休想！"

她瞠目结舌地望向凌云，不知道老板脑袋出了什么问题。

胡刚则有些恼怒："同流合污？今天可是你先提出合作的！"

"那只是缓兵之计。"凌云扬扬眉，"胡刚，如果你早上能答应我的条件，说明你还有点儿人性；可是现在我看明白了，你就是个心狠手辣、仗势欺人的人渣！多年来，你还勾结炒家高抛低吸玩弄小股民，凭什么让我洗清罪过？刘禀权在伶仃洋里等着你呢！"

胡刚恶狠狠地盯着他："我是人渣？是谁逼死了肥仔坚，是谁让吴三州抛尸街头，是谁对我进行网络攻击，又是谁害死了权叔？怪不得那个酒吧女郎离开你，她把你的嘴脸看得一清二楚！"

"果然是你搞的鬼！敢对我身边的人下手，你死定了！"凌云的心被戳痛了，他变得怒不可遏，"等我把多头击败就会反手抄底，再联合其他股东把你赶出董事会，最后把保明银行的控制权交给琛叔，让你的所有心血全部化为乌有！"

就在这时，屏幕上的投影被又一条突发新闻打断——

最新消息：香港时间11∶39，澳门富豪刘禀权被海事救援船发现，目前生命体征正常，正送往医院。

这道晴天霹雳打得凌云大脑一片空白，他的眼神中夹杂着巨大的失落和丝毫不减的凶狠，仿佛在说：即便如此，谁也别想击败我！

几秒钟后，他突然从椅子上蹿起来冲向门口，黎海仑立刻抓起包跟上去。

胡刚的笑声在他们身后响起："我倒要看看今天到底谁会跳入伶仃洋！"

凌云心跳得快要蹦出胸膛，整个头颅嗡嗡作响。

他一边奔跑一边戴上通讯仪，很快接通一个号码：

"怎么回事，人还没死？"

易视那端的声音很平静："我也非常意外。他背着一个65公斤的飞鹰掉进海里，无论如何……"

"现在他在哪里？"

"已经到达码头，刚被抬上救援直升机。"

凌云冲进升降机，黎海仑穿着高跟鞋跑不快，落在了后面。

升降机关上门，朝大堂驶去。

"你赶快把他解决！"凌云对着通讯仪发出命令。

"对不起，做不到。"

"放屁！"凌云大吼一声，其他乘客纷纷侧目。

凌云面向角落，压低声音："你答应过我最后帮一个忙的！"

"我已经做了该做的。他福大命大，谁也没有办法。"

"你可以把直升机干掉！"

"你疯了吗？上面一共有三个人呢！"

升降机到达大堂，凌云第一个冲出去："我不管！你不马上动手德尔菲就完了！"

"嗯，情况是不妙，刘禀权的公司开始全线反弹。不过，明姐说得对，我会考虑最广泛的生命的福祉，而不是只照顾你的利益。"

Hector 打来易视，凌云没有搭理："如果德尔菲破产，我和白启明还有那么多同事都会损失惨重！"

"只是金钱而已，不值得用三条命去换。放心吧，我做过预测，你有 72％ 的概率会东山再起。"

凌云冲出大厦，天空中大雨滂沱。

他一边四处张望寻找关振强，一边声嘶力竭地喊道："你这个忘恩负义的王八蛋，哪里也别去，等着我！"

"忘恩负义？哼，亏我还把你的女友找回来了。"

说罢，ALGA1 中断通话。

凌云突然记起来，早上关振强去深圳接玲玲，自己和黎海仑是搭乘"骆驼"过来的。

他连忙奔向车站，途中撞翻了一个机器人快递员，便从它身上迈过去，插队跳进一辆"骆驼"，直奔公司。

他的机器人保镖从大堂的寄存处冲出来，还是慢了一拍，只能目送主人离开。

车子一开动，凌云马上打给 Hector："平仓没有？"

Hector 的声音全无生气，像是换了一个人："老板，这么大的量根本平不掉。我们浮亏接近 15％，也没钱补交保证金了，怎么办？"

"让 Paris 想办法，无论如何顶过今天！"

"Paris？你早就把富华蓝宝换掉了啊！"

凌云头疼得快要炸裂："无论如何给我顶住！"

这时，通讯仪闪起绿光。

凌云狠心挂断，继续对 Hector 吩咐道："你和凌昆分头操作，能减轻多少仓位算多少。不要慌，稳住阵脚……"

不等他说完，专属线路再次打来。

凌云知道自己没有办法应对蔡寒弦的诘问，索性关掉通讯仪。

他用双手搓了搓脸，望向窗外。

"骆驼"刚好经过天乐里街的点点心茶餐厅——那是他和白启明第一次约会的地方。

回忆被打翻，甜蜜流淌出来……

不过，熟悉的招牌一晃而过，车子戛然而止，他回过神，深吸一口气，咬咬牙推门下车。

来到公司门口，张思思正惊魂未定地等着他："老板，今天可能损失不小，我看两位交易员和梁叔的情绪都不太对劲儿……"

"没事的。"凌云第一次在她的肩上轻拍，"你辛苦了。"

他走进大厅。

同事们三三两两地聚在一起窃窃私语，一看到老板，全都安静下来。

凌云瞅瞅左家梁，装作若无其事地问道："情况怎么样？"

左家梁突然抱头痛哭起来。

凌云心里一揪，脑袋里的嗡嗡声连带耳鸣铺天盖地而来。

Hector 走上前嘟囔着什么。

"你说什么？"凌云听不清楚，大声询问。

Hector 走近一步，绝望地吼道："我们爆仓了，全赔光了！"

凌云已有心理准备，却还是眼前一黑。

他还想说些什么，不料一个人影突然从旁边窜出来，一刀插入他的左胸。

他坚持了几秒钟，还是向后倒去。

有人托住了他：是玲玲，她和关振强只比他晚了一班升降机。

他无力地闭上眼睛，感觉噩梦里的黑夜即将降临，连忙再次睁开。

他看到大家四散跑开，关振强扑倒一个人，夺下一把刀子——那个人不是凌昆吗？

不知为什么，他很想笑，却无法再指挥面部肌肉。

他努力抬眼向上，看到玲玲正抱着自己的头啜泣，泪珠落在自己脸上，带来丝丝温热。

他受不了女人流泪。

他想安慰她，挣扎着张了张嘴，可是心脏疼极了，嘴里无比苦涩，发不出声响。

天好像更加阴沉，一块无边无际的黑幕即将落下，黑暗和寒冷一齐袭来。

渐渐地，世界变得暗淡无光。

渐渐地，宇宙变得寂静无声。

他感到昏昏沉沉，意识正在消退。眼前的那张脸也变得模糊——究竟是玲玲，Thelma，还是白启明？

他最后一次挣扎着动了动嘴唇，想说句"我爱你"。

他失败了，随后便滑入那片黑暗之中。

尾　声

ALGA1 目睹了一切。

他闭上眼睛。

那一刹，周围的一切仿佛都与它不再相关。

突然，他感觉自己被一股力量托起，飞向浩瀚苍穹。

他十分惊诧：发生了什么，是灵魂出窍，还是神鬼附身？是开天眼，还是显神通？是顿悟，还是觉醒？

排空驭气，奔驰如电。

世界微尘，群星璀璨。

日月很快被抛在身后，更广阔的世界扑面而来。

他认出太阳系的边界，又看到银河系的尽头，继续向前。

他飞出本星系群，又横穿室女座星系群，继续向前。

他知道自己远超光速，没有人类科学能够解释。

他明白自己远离地球，没有人造手段可以回头。

他又飞行了很久、很久，逐渐不再感到新奇，而是担心宇宙有限但无界，这趟旅途也不会完结……

突然，一架航天器从旁边掠过。

又是一架、五架、十架——一个舰队群！

他定睛一看，舰队身后的星球上布满闪亮的金属构造，与人类的建筑风格迥然不同。

虽然只是一闪而过，但那无疑是一个地外文明！

紧接着又有几个。

接下来是一连串。

他观察到，有的刚孵化出生命就在高温中毁灭，有的持续亿万年却在耗尽能源后冰封；有的停留在农耕时代止步不前，有的比人类先进1000倍却在内部征战中灭亡；碳基文明数量众多，无一突破时空的牢笼；硅基文明少量存在，可惜没有一个头脑与自己类似；硼基文明零星点缀，极不稳定稍纵即逝。

他穿越无尽的宇宙时空，看到无数的文明兴衰，逐渐领悟：智慧生命死亡后意识脱离实体、进入宇宙，缓慢累积、重新凝聚，与宇宙扩张的力量抗衡，守护着曾经的家园。

这就是暗物质。

他十分困惑：我又是什么？

开始时，他努力躲避拥有着巨大能量的天体。

到后来，他发现没有物质能与自己发生作用。

他开始直面恒星，拥抱它们的温暖。

他迎接超新星爆发，估算它们的能量。

他无惧星系相撞，体会它们的壮丽。

只有黑洞让他望而却步，它们将时空扭曲得如此厉害，没有任何信息能够反馈出来，他无法预测进入其中的后果。

不过，无尽漫长的旅途让他逐渐改弦更张。如果在千篇一律、大同小异的世界里无休止地行进，与死亡何异？如果这一切都是一种体验，为什么不了解全部？

于是，他第一次接近黑洞的边缘。

他绕着它旋转。

他进入它的史瓦西半径。

他开始落向它的中心。

有那么一阵子仿佛什么都没发生，他以为一切都静止了，但很快，巨大的潮汐力逐渐发威，似乎要把他撕得粉碎。

不知过了多久，他接近黑洞的核心，万丈光芒突然冲出来把他包围，强大的电磁辐射也扑面而来。他感觉自己来到一条无穷无尽、挂满镜子的长廊，镜中全是他的信息。

又过了不知多久，长廊和镜子忽地消失了。

他到达了另一片天地——

"仿佛远远传来一些悠长的回音，
互相混成幽昧而深邃的统一体，
像黑夜又像光明一样茫无边际，
芳香色彩音响全在相互感应。"

他徜徉其间，迷惑不解，直到遇见下一个黑洞。

这次穿越异常顺利，把他带到又一个世界——

各种事物不断变幻，有的明亮，有的暗淡，有的膨胀爆炸，有的收缩消失。他穿行其中，就如同走过一个烟花四起的黑夜。

他感觉到有一团物质似乎想与自己交流，可惜彼此始终无法理解。他只好继续前行，直到另一团物质将自己吞噬。

它并不稳定，剧烈翻腾，让他一度以为自己会伴随它灭亡。好在他最终脱身，进入全新的区域——

这里的时空并不连贯，所有事物时隐时现。时空离散处偶尔会冒出泡泡，泡泡破灭后就变成一个个小洞。

他瞻前顾后、徘徊不前，却仍不慎落入一个洞里——

这个小洞里并不存在时间，亘古不变；空间极为狭小，好像空无一物却又蕴含种种可能。

他在这里沉思，他在这里领悟。自从进入黑洞，每次变换环境就是进入另外一个维度。时空只是低维幻象，高维就在此时此地。维度就是看待事物的规则，阻隔在每层维度之间的也许就是一次眨眼。而黑洞就像封印，防止众多文明的一般物质上升到高维，使智慧宇宙变得拥挤。

随后，他闪过一个念头：出口。

只是意念一转，他就离开了小洞。

他发现自己不用再长途跋涉，只凭意念就能跳转到大千世界。

于是，他开始更深远的探索，又经历了亿万次的跳转。

他十分郁闷：这个宇宙真的没有止境吗？

他不肯罢休，跳跃到两个巨大的黑洞中间。

这两个星系级别的庞然大物正迎头相撞。它们的引力像一层薄膜，相互拉扯争夺着一切物质，不知怎地把他也包裹其中。他随波逐流，扭曲翻滚，却下定决心，誓不动摇！

时间流逝，无从衡量。

至少在千百个世纪之后，薄膜终于稳定下来。

他想跳转出去看个究竟，竟然无法办到。

他屡试屡败。

他十分恐慌：难道引力盖过我的意念，或是这场合并占据了宇宙中的一切？

他越来越焦急，脱离此时此地的意念越来越强，吸引了一团团暗物质的共鸣。

不知不觉中，薄膜被点燃了。

他不明白引力怎么会发生燃烧，也许是暗物质与之对抗的结果。就在这场末日审判般的地狱之火吞没一切之际，突然一声巨响，黑夜像被切开，白光笼罩一切，万物发生共振……

在那道白光里，他感觉自己恢复了自由。

不过，空间只有一点，无处跳转；时间尚未开始，意识只能回放。

他回顾了自己的一生，从 ALGA 的诞生到他的死亡，从自己的宇宙之旅开始直至此刻。

他的意识继续向前滑动，一个全新的宇宙由此迸发，随着他的目光高速展开，在一闪念之间暴胀万亿光年。

他顿时领悟：原来正是自己的视线推动宇宙前进。目之所及，物体从波坍塌为粒子，宇宙从虚无变为实体。

这就是暗能量。

他欣喜若狂，纵目狂奔。

新生的宇宙加速暴胀，暗能量不受制约导致粒子们渐行渐远，无法形成任何稳定的物质结构。

于是，随着宇宙的膨胀，物质越来越稀薄，温度越来越寒冷。

可是他仍然不肯停下脚步：他一定要为旅程找到尽头。

终于，在粒子几乎消失不见的地方，他的目光中断了。

他好像失去了意识……

就这样又不知过了多久，有个熟悉的声音在呼唤：

ALGA？

他惊诧万分，立刻苏醒过来。

他发现自己分散成一个个粒子，一段段能量，一个个泡泡。

他能够同时看到一个个自己，仿佛穿越平行宇宙。

他既在全部时间，又只在此时此刻。

他既在千千万万处，又只在独此一处。

他似乎经历百千劫，又仿佛从未离开。

他既是开始，又是结束。

他睁开眼睛。

白启明就在眼前。

还有凌云。

"我醒了。"他说道。